«Consigue algo muy importante con un asunto espinoso, muchas veces de bordes imprecisos y candente. A través de la absorbente trama, esta novela es una radiografía en movimiento del abuso de poder.»

CULTURA|S, *LA VANGUARDIA*

«Bucea en las alcantarillas del abuso de poder y la escandalosa tolerancia ante la agresión sexual.»

LA RAZÓN

«Sarah Vaughan, la mujer que noveló el #metoo antes de que estallara.»

ABC

«Vaughan, excorresponsal de política, hace un debut impresionante con este *thriller* sensato y propulsor.»

KIRKUS REVIEWS

«Un absorbente drama psicológico que hace observaciones interesantes sobre el sexo, el poder y el abuso de autoridad y ofrece una lectura particularmente oportuna del #metoo.»

THE GUARDIAN

«Un *thriller* psicológico que aborda un tema desgraciadamente tan actual como es el acoso sexual; en este sentido, la intriga construida por Vaughan es un crítico y nada complaciente reflejo de la sociedad actual.»

LIBRÚJULA

Anatomía de un escándalo

Anatomía de un escándalo

Sarah Vaughan

Traducción de Ana Herrera

rocabolsillo

Título original: *Anatomy of a Scandal*

© 2018, Sarah Vaughan

Primera edición en este formato: febrero de 2019
Segunda reimpresión: abril de 2022

© de la traducción: 2018, Ana Herrera
© de esta edición: 2022, Roca Editorial de Libros, S. L.
Av. Marquès de l'Argentera 17, pral.
08003 Barcelona
actualidad@rocaeditorial.com
www.rocabolsillo.com

Impreso por CPI BLACK PRINT
Sant Andreu de la Barca (Barcelona)

ISBN: 978-84-16859-40-5
Depósito legal: B. 267-2019

RB5940A

Para mi padre, Chris, con amor

«Él necesita hombres culpables. De modo que ha encontrado hombres que son culpables. Aunque quizá no sean culpables de lo que se les acusa.»

HILARY MANTEL, *Una reina en el estrado*

KATE

2 de diciembre de 2016

*L*a peluca está tirada sobre mi escritorio, donde la he arrojado. Una medusa en la arena de la playa. Fuera del tribunal, descuido esa parte crucial de mi guardarropa, y muestro lo contrario de lo que debería mostrarle: respeto. Hecha a mano con crin de caballo, y con un valor de seiscientas libras, quiero que envejezca, que adquiera la *gravitas* que a veces temo que me falta. Que el nacimiento del pelo amarillee por los años de sudor, y que los rizos espesos color crema se suavicen y se vuelvan algo grisáceos por el polvo. Diecinueve años desde que ingresé en la abogacía, y sin embargo mi peluca todavía es la de una chica nueva y aplicada, no la del típico *barrister*[1] que la ha heredado de su padre. Esa es la peluca que quiero: deslustrada con la pátina de la tradición, el privilegio y la edad.

Me quito los zapatos, de salón y de charol negro con galón dorado por delante, zapatos de un petimetre de la época

---

1. Uno de los dos tipos de abogados de nivel superior, junto con los *solicitors*, según la Common Law, el derecho anglosajón. *(Todas las notas son de la traductora)*

de la Regencia, de un Black Rod[2] del Parlamento o de una abogada que se deleita en la tradición, las complicaciones innecesarias, todas estas ridiculeces. Los zapatos caros son importantes. Al hablar con algún colega o con los clientes, con ujieres y policías, todos miramos hacia abajo de vez en cuando para no resultar agresivos. El que me mire los zapatos verá a alguien que comprende esta peculiaridad de la psicología humana, y que se toma a sí misma muy en serio. Verán a una mujer que se viste como si creyera que va a ganar.

Me gusta vestir para la ocasión, ya lo ven. Hacer las cosas como es debido. Las abogadas pueden llevar también una pechera, un trocito de algodón y encaje que actúa como babero y solo va alrededor del cuello, y que cuesta unas treinta libras. O bien pueden vestir como yo: una blusa blanca con un cuello añadido mediante unos cierres a la parte delantera y trasera. Gemelos. Una chaqueta negra de lana, con falda o con pantalones y, dependiendo de su éxito y su experiencia, traje de lana negra, o de lana y seda.

Ahora no llevo nada de eso. He dejado parte de mi disfraz en la sala de togas del Bailey. Fuera las togas. Cuello y gemelos desabrochados; mi pelo rubio, media melena, atado con una coleta para el tribunal, ahora está liberado de su sujeción y un poco revuelto.

Se me ve un poco más femenina, despojada de mi atuendo. Con la peluca y las gafas de montura gruesa, sé que tengo un aspecto asexuado. Ciertamente nada atractivo, aunque quizá destaquen mis pómulos: dos huesos agudos que emergieron cuando tenía veintitantos, y que desde entonces se han endurecido y afilado, como yo, que también me he endurecido y afilado a lo largo de los años.

2. *Gentleman Usher of the Black Rod*: en Reino Unido, funcionario responsable de diversos cometidos de seguridad y ceremoniales en la Cámara de los Lores.

Con peluca, me siento más yo misma. Más yo. El yo que soy de corazón, no el que presento ante el tribunal, o cualquier encarnación previa de mi personalidad. Esta soy yo: Kate Woodcroft, Queen's Counsel (QC, es decir, *barrister* con más de diez años de experiencia), criminalista, miembro del Inner Temple,[3] altamente especializada en el enjuiciamiento de delitos sexuales. Cuarenta y dos años, divorciada, sin hijos. Apoyo la cabeza en las manos un momento, dejo que mi aliento salga con una larga espiración y me dispongo a relajarme durante un minuto. Pero no funciona. No me puedo relajar. Tengo un ligero eczema en la muñeca y me aplico un poco de crema, resistiendo la tentación de rascarme. Rascarme por mi insatisfacción con la vida.

Por el contrario, levanto la vista hacia los altos techos de mi bufete; una serie de despachos en un oasis de calma situado en el mismísimo corazón de Londres. Del siglo XVIII, con cornisas ornamentadas y pan de oro en torno al techo rosa, y con vistas a través de las altas ventanas de guillotina que dan al patio del Inner Temple y a la redonda Iglesia del Temple, del siglo XII.

Este es mi mundo. Arcaico, anacrónico, privilegiado, exclusivo. Todo lo que debería odiar (y normalmente odio). Y sin embargo, lo amo. Lo amo porque todo esto, este conjunto de edificios al borde de la City, encajados justo fuera del Strand y fluyendo hacia el río, la pompa y la jerarquía, el estatus, la historia y la tradición, es algo que en tiempos no sabía que existía e ignoraba que podía aspirar a tenerlo. Todo esto me demuestra lo lejos que he llegado.

Es el motivo por el cual, si no estoy con mis colegas, le doy un chocolate caliente, con sobrecitos extra de azúcar, a la

3. The Honorable Society of the Inner Temple es uno de los cuatro Inns of Court que hay en Inglaterra y Gales que pueden llamar a miembros a la abogacía y titularlos para que ejerzan como abogados.

chica que está acurrucada en su saco de dormir en un portal del Strand, y yo me tomo un cappuccino. La mayoría de la gente no se habría fijado nunca en ella. A los vagabundos se les da bien resultar invisibles, o a nosotros se nos da bien convertirlos en tales: apartamos la vista de sus sacos de dormir color caqui, de sus caras grises y su pelo enmarañado, de sus cuerpos envueltos en jerséis enormes y sus perros lobo igual de flacos que ellos, y pasamos a su lado de camino hacia el oropel seductor de Covent Garden o las emociones culturales del South Bank.

Pero si pasas algo de tiempo en un tribunal, verás lo precaria que puede ser la vida. Verás lo rápido que se pone tu mundo patas arriba si tomas una decisión equivocada; si, durante un segundo fatal, te comportas ilícitamente. O bien si eres pobre y quebrantas la ley. Porque los tribunales, como los hospitales, son imanes para las personas que las han pasado moradas desde el principio de la vida, las que eligen a los hombres inadecuados, o los compañeros inadecuados, las que se ven tan enfangadas en la mala suerte que pierden su brújula moral. Los ricos no se ven tan afectados. Fíjense si no en la exención de impuestos, o fraude, como se podría llamar si lo comete alguien sin el beneficio de un contable hábil. La mala suerte, o la falta de perspicacia, no parece perseguir a los ricos tan asiduamente como a los pobres.

Ah, estoy de mal humor. Se sabe que estoy de mal humor cuando empiezo a pensar como un estudiante de políticas. La mayor parte del tiempo guardo para mí mis tendencias de lectora del *Guardian*. No sientan demasiado bien a los miembros más tradicionales de mi bufete y provocan acaloradas discusiones en los almuerzos formales, en los que degustamos la típica comida de catering que se suele servir en las bodas (pastel de pollo o de salmón) y bebemos un vino igual de mediocre. Mucho más diplomático resulta limitarse a los cotilleos legales: qué abogado tiene tan poco trabajo que ha presentado una solicitud para ser juez en el Tribunal Superior de lo penal; quién será el próximo que reciba su nombramiento como QC; quién ha perdido la calma con un ujier del tribunal. Puedo ir participando en tales conversaciones mientras pienso en mi trabajo, me preocupo por mi vida personal o incluso planeo qué comprar al día siguiente para comer. Después de diecinueve años, sé integrarme a la perfección. Se me da muy bien.

Pero en el santuario de mi despacho, ocasionalmente me dejo ir, solo un poquito, y solo durante un minuto, y descanso la cabeza entre las manos en el escritorio de caoba de mi socio, cierro los ojos con fuerza y aprieto también los nudillos. Veo estrellas, puntitos blancos que rompen la oscuridad y brillan tanto como los diamantes del anillo que me compré yo misma, porque nadie me lo compraba. Es mejor ver eso que sucumbir a las lágrimas.

Acabo de perder un caso. Y sin embargo, aunque sé que el lunes habrá desaparecido la sensación de fracaso que tengo ahora, y que pasaré a dedicarme a otros casos, a representar a otros clientes, me sigue hiriendo. No es algo que me ocurra a menudo, o que esté dispuesta a admitir, porque me gusta ganar. A todos nos gusta, es natural. Lo necesitamos para asegurarnos de que nuestras carreras siguen brillando. Y así es como funciona nuestro sistema judicial de procedimiento contradictorio.

Recuerdo que me sentí muy sorprendida cuando me explicaron todo esto, ya al principio de mis prácticas como abogada. Había entrado en la profesión jurídica con elevados ideales —y algunos me han quedado, no es que me haya convertido en una escéptica total—, pero no esperaba que se expresaran de una manera tan brutal.

—La verdad es un asunto complicado. Con razón o sin ella, la práctica de la ley mediante el sistema contradictorio no es realmente una indagación de la verdad —nos dijo Justin Carew, QC, a los inexpertos de veintitantos años recién salidos de Oxford, Cambridge, Durham y Bristol—. La práctica del derecho consiste en ser más persuasivo que tu oponente —continuó—. Se puede ganar aunque las pruebas estén contra ti, siempre que argumentes mejor. Y todo consiste en ganar, por supuesto.

Pero a veces, a pesar de toda tu capacidad de persuasión, pierdes, y en mi caso eso invariablemente ocurre si un testigo resulta estrafalario, si no está a la altura y no muestra bien sus pruebas; si, al realizar un interrogatorio cruzado, su historia se enreda como una madeja de lana atrapada por un gato, un montón de contradicciones que se van anudando cada vez más a medida que se cuentan.

Eso ha sido lo que ha ocurrido hoy en el caso de Butler. Era un caso de violación enturbiada por violencia doméstica. Ted Butler y Stacey Gibbons llevaban cuatro años viviendo juntos, durante la mayor parte de los cuales él le pegó.

Ya sabía que las probabilidades estaban en nuestra contra desde el principio. Los jurados son muy dados a condenar al violador depredador, al típico criminal que actúa en un callejón oscuro, pero cuando se trata de una violación en una relación, en realidad prefieren no meterse, gracias.

Aunque pienso que, en general, los jurados lo hacen bien, en este caso no fue así. A veces creo que están atascados en la época victoriana; ella es tu esposa, o concubina, y por lo tanto es un asunto completamente privado que pasa tras las puertas cerradas. Y para ser justa, hay algo repugnante en hurgar tan íntimamente en la vida de una pareja: oír lo que ella llevaba puesto en la cama, una camiseta de talla grande de una cadena importante de supermercados, o que siempre le gusta fumar un cigarrillo después del sexo, aunque es asmática y sabe que se le congestiona el pecho. Me pregunto qué piensan los que están sentados en la galería del público. ¿Por qué han venido a contemplar este drama triste y sórdido? Es más apasionante que un culebrón, es verdad, en el sentido de que las personas que lo representan son reales, y los sollozos de la testigo son reales también… aunque afortunadamente los de la galería no pueden verlos, ya que su identidad está protegida por una pantalla, para que no tenga que ver a su supuesto atacante, de cuello ancho y ojillos de cerdo, vestido con un traje barato, camisa y corbata negra, su versión amenazadora de lo que es la responsabilidad, con el ceño fruncido detrás del cristal blindado del banquillo.

Es indecente y lascivo. Una intrusión. Pero aun así, hago las preguntas, preguntas que hurgan en los momentos más vulnerables y terroríficos que Stacey ha experimentado jamás, porque en lo más hondo, a pesar de lo que me dijo ese eminente QC muchos años atrás, todavía sigo queriendo llegar a la verdad.

Y entonces el abogado defensor saca el tema del porno. Un tema que solo se puede plantear porque ha prosperado una solicitud de mi oponente que argumenta que existe un paralelismo entre una escena de un DVD que estaba en su mesilla de noche y lo que ha ocurrido aquí.

—¿No es posible —pregunta mi docto amigo, Rupert Fletcher, con su voz profunda y convincente de barítono—, que fuera un simple juego sexual que ahora ella encuentra un poco vergonzoso? ¿Una fantasía consentida que a ella le parece que ha ido demasiado lejos? El DVD muestra a una mujer atada, igual que estaba la señorita Gibbons. Se puede creer que en el momento de la penetración, Ted Butler creía que Stacey Gibbons estaba representando una fantasía de la que ellos habían hablado en alguna ocasión. Ella estaba representando un papel al que, con toda disposición, había accedido antes.

Va enumerando más detalles del DVD y luego se refiere a un mensaje de texto en el cual ella admitía: «Me pone cachonda». Y veo el estremecimiento de disgusto en la cara de un par de jurados, esas mujeres de mediana edad, bien vestidas para venir a los tribunales, que quizás esperaban intervenir en un juicio por robo o un crimen, cuyos ojos han quedado bien abiertos por este caso, y sé que sus simpatías por Stacey están desapareciendo a más velocidad que una ola que rompe en la playa.

—Usted fantaseaba con la idea de que la ataran, ¿verdad? —dice Rupert—. Le mandó un mensaje de texto a su amante para hacerle saber que le gustaría probar ese tipo de cosas.

Espera un poco, dejando que los sollozos de Stacey se oigan bien en la sala sin ventanas del tribunal. Y entonces:

—Sí —admite ella, con voz ahogada… y a partir de entonces, no importa que Ted casi la asfixiara mientras la violaba, o que tuviera verdugones en las muñecas porque había luchado por liberarse, o quemaduras de las cuerdas que había tenido la previsión de fotografiar con su iPhone. A partir de entonces, ya no se puede hacer nada.

Me sirvo un chupito de whisky de la licorera del aparador. No suelo hacer esto de beber en el trabajo, pero ha sido un día muy largo, y ya son más de las cinco. Ha oscurecido: una suave luz color melocotón y oro ilumina las nubes, de modo que el patio está exageradamente bonito… y yo siempre he pensado que el alcohol está permitido en cuanto oscurece. El whisky de malta se me agarra a la garganta y me calienta el gaznate. Me pregunto si Rupert estará celebrándolo en el bar que hay enfrente del Tribunal. Ha tenido que darse cuenta por los verdugones, por el ahogamiento, por la sonrisita en la cara del sospechoso al oír el veredicto, de que su cliente era culpable como el demonio. Pero un triunfo es un triunfo. Aun así, si yo estuviera defendiendo en un caso como este, tendría al menos la decencia de no regodearme, y mucho menos de comprar una botella de Veuve para compartirla con mi pasante. Pero claro, yo no intento defender semejantes casos. Aunque se te considere mejor abogado si haces las dos cosas, no quiero manchar mi conciencia representando a aquellos que sospecho que son culpables. Por eso prefiero estar en la acusación.

Porque estoy del lado de la verdad, ¿saben?, y no solo del

lado de los ganadores… y pienso que, si creo a un testigo, hay pruebas suficientes para instruir un caso. Y por eso quiero ganar. No solo por ganar, sino porque estoy del lado de las Stacey Gibbons de este mundo, y de aquellos cuyos casos son menos enmarañados e incluso más brutales aún: la niña de seis años violada por su abuelo; el niño de once años sodomizado repetidamente por su jefe de exploradores; la alumna obligada a practicar sexo oral cuando comete un error, tarde por la noche, o cuando vuelve andando sola a casa. Sí, sobre todo ella. El estándar de la prueba es muy alto en el juzgado de lo penal: más allá de la duda razonable y no en el equilibrio de probabilidades, que es la carga de la prueba aplicada en el tribunal civil. Y por eso Ted Butler ha salido libre hoy. Se había sembrado la semilla de la duda: esa hipotética posibilidad conjurada por Rupert, con su voz acaramelada, de que Stacey, una mujer que los jurados dan por supuesto que es un poco bruta, consintió en practicar sexo violento, y solo dos semanas después, cuando descubrió que Ted tenía un rollete, pensó en acudir a la policía. La posibilidad de que ella estuviera traumatizada y avergonzada, de que pudiera temer ser vapuleada por el tribunal y que no la creyeran, como ha pasado al final, no parece que se les haya ocurrido.

Lleno de nuevo mi pesado vaso de cristal y añado un chorrito de agua. Dos chupitos es mi límite, y me voy a atener a él. Soy disciplinada. Tengo que serlo, porque sé que si bebo más mi intelecto quedará embotado. Quizá sea hora ya de irme a casa… pero la idea de volver a mi ordenado piso de dos habitaciones no me resulta atractiva. Normalmente me gusta vivir sola. Soy demasiado contradictoria para tener una relación, ya lo sé, demasiado posesiva de mi espacio, demasiado egoísta, demasiado combativa. Me regodeo en mi soledad, o más bien en el hecho de que no necesito acomodarme a las necesidades de nadie más, cuando mi cerebro funciona a todo gas al preparar un caso, o cuando estoy cansadísima después de uno. Pero cuando pierdo echo de menos el silencio cercano, comprensivo. Ya no quiero estar sola, regodearme en mis insuficiencias profesionales y personales. Y por eso tiendo a quedarme hasta tarde en el trabajo, con la lámpara encendida, cuando mis colegas con familia se han ido a casa hace mucho rato; buscando la verdad entre mis pilas de papeles y buscando una forma de ganar.

Esta noche oigo taconear a mis colegas por las escaleras de madera del siglo XVIII, y el burbujeo de risas viene hacia mí. Estamos a principios de diciembre, el inicio del periodo previo a la Navidad; es viernes por la noche y se nota el alivio general de llegar al final de una semana muy larga. No voy a reunirme con mis colegas en el pub. Estoy de morros, como diría mi madre, y ya he fingido demasiado por hoy. No quiero que mis compañeros de trabajo sientan que tienen que consolarme, que me digan que hay otros casos por los que luchar, que cuando se trata de violencia doméstica tienes todas las de perder desde el primer momento. No quiero tener que sonreír mientras por dentro estoy rabiosa; no quiero que mi ira estropee la atmósfera. Richard estará allí: mi antiguo tutor de prácticas, amante ocasional… muy ocasional ahora mismo, porque su mujer, Felicity, se ha enterado de lo nuestro y yo no quiero poner en peligro ni mucho menos destruir su matrimonio. No quiero que él sienta lástima por mí.

Unos golpes secos en la puerta: el rápido ra-ta-ta de la única persona a la que podría soportar ver en este momento. Brian Taylor, mi procurador durante los diecinueve años que he pasado en el Juzgado Rápido nº 1. Cuarenta años en la profesión y con más sentido común y conocimiento de la psicología humana que muchos de los abogados para los que trabaja. Detrás de su pelo liso y canoso, el traje perfectamente abrochado y el alegre «señora» con el que insiste en mantener la jerarquía, al menos en la oficina, hay una aguda comprensión de la naturaleza humana y un profundo sentido de la moralidad. También es muy discreto. Tardé cuatro años en enterarme de que su mujer le había abandonado; cuatro más en saber que estaba con otra.

—He pensado que todavía estaría aquí. —Mete la cabeza por la rendija de la puerta—. He oído lo del caso Butler.

Sus ojos saltan de mi vaso de whisky vacío a la botella, y de nuevo al vaso. No dice nada. Solo se fija. Dejo escapar un murmullo indefinido que parece más bien un gruñido nacido en lo más hondo de mi garganta.

Él se queda de pie frente a mi escritorio, con las manos a la espalda, cómodo consigo mismo, sin más, esperando poder ofrecerme alguna perla de sabiduría. La verdad es que le sigo el juego y me arrellano en mi silla, desplegando un poquito de mi mal humor a pesar de mí misma.

—Lo que necesita ahora es algo sustancioso. Algo realmente bueno.

—Veamos. —Noto que el aliento se escapa de mi cuerpo, y siento el alivio de saber que alguien me conoce tan bien que ha establecido mi ambición como punto de partida.

—Lo que necesita —continúa él, mirándome con timidez, con los ojos oscuros iluminados por la emoción de un caso jugoso— es algo que la lleve al siguiente nivel. Que cambie por completo su carrera.

Lleva algo en la mano, ya me lo imaginaba. Desde octubre de 2015 todos los casos han llegado a mí electrónicamente; ya no hay papeles rodeados con una cinta roja como si se tratara de un *billet doux* muy gordo. Pero Brian sabe que yo prefiero leer los documentos físicos, hojear un grueso fajo de papeles en el que pueda garabatear, subrayar, cubrir con *post-its* fluorescentes, hasta crear un mapa que me sirva para orientarme en el juicio.

Siempre me imprime los casos, y son para mí las cartas más hermosas, que se me presentan ahora con el floreo de un mago.

—He conseguido el tipo de caso que necesita ahora mismo.

SOPHIE

21 de octubre de 2016

Sophie nunca ha pensado que su marido sea un mentiroso.

Sabe que finge, sí. Esa tendencia a ser económico con la verdad forma parte de su trabajo. Es un requisito previo para un ministro del gobierno, podríamos decir.

Pero nunca se había imaginado que le mentiría a ella. O más bien, que tendría una vida secreta de la que ella no sabe nada: un secreto que podría estallar en su mundo amorosamente mantenido y destrozarlo para siempre.

Mirándole este viernes, mientras él sale para llevar a los niños al colegio, nota una punzada de amor tan llena de orgullo que hace una pausa en las escaleras para empaparse de la imagen de los tres juntos. Están enmarcados en el vestíbulo, James volviéndose para decir adiós, con el brazo izquierdo levantado en ese saludo político que ella antes imitaba en son de burla, pero que ahora le parece una segunda naturaleza suya, y cogiendo con la mano derecha la cabeza de Finn. Su hijo, con el flequillo sobre los ojos, los calcetines caídos y arrugados en torno a los tobillos, roza el suelo con el pie, reacio a salir, como siempre. Su hermana mayor,

Emily, atraviesa la puerta: decidida, con nueve años, a no llegar tarde.

—Bueno, pues hasta luego —dice su marido, y el sol otoñal cae sobre la parte superior de su peinado todavía algo infantil, iluminándole con un halo, y la luz realza su altura, metro noventa.

—¡Adiós, mamá! —grita su hija, mientras baja corriendo los escalones.

—Adiós, mami. —Finn, desconcertado por el cambio en su rutina (por una vez, su padre los lleva al colegio), saca el labio inferior y se sonroja.

—Vamos, hombrecito. —James lo empuja hacia la puerta, competente, autoritario. Incluso dominante, aunque a ella siempre le cuesta admitir que eso todavía le parezca atractivo. Luego él sonríe a su hijo, y todo su rostro se suaviza, porque Finn es su debilidad—. Sabes que lo pasarás bien cuando llegues.

Pasa el brazo por encima de los hombros de su hijo y lo guía hacia su limpio jardín del este de Londres con sus laureles bien recortados erguidos como centinelas y su camino bordeado de lavanda, y salen a la calle, separándose de ella.

«Mi familia», piensa ella, contemplando cómo se aleja el trío perfecto: la niña, corriendo hacia delante para abrazar el día, todo piernas esbeltas y cola de caballo agitada; el niño, cogido de la mano de su padre y mirándole con una adoración manifiesta propia de sus seis años. La semejanza entre hombre y niño (porque Finn es una versión en miniatura de su padre) no hace más que magnificar su amor. «Tengo un hijo precioso y un hombre guapísimo», piensa, contemplando los anchos hombros de James (en tiempos, hombros de remero) y espera, por simple ilusión, que él se vuelva y le sonría, porque ella no ha conseguido todavía ser inmune a su carisma.

Por supuesto, él no se vuelve, y los ve desaparecer a todos de su vista. La gente más maravillosa de su mundo.

Ese mundo se derrumba a las 20.43. James llega tarde. Ella ya se imaginaba que pasaría algo así. Es un viernes alterno de esos en los que a él le toca sesión de atención de reclamaciones, en lo más profundo de su circunscripción de Surrey, en una sala comunal muy bien iluminada.

Cuando lo eligieron iban allí cada fin de semana, y acampaban en una casita fría y húmeda que nunca les pareció un hogar, a pesar de las amplias reformas que hicieron. Unas elecciones más y fue un alivio abandonar todo fingimiento de que deseaban pasar en Thurlsdon una parte de la semana. Encantador en los meses de verano, sí, pero siniestro en invierno, cuando ella miraba los árboles desnudos que bordeaban su diminuto jardín, mientras James se ocupaba de los asuntos de su distrito electoral e intentaba consolar a sus hijos urbanitas, que añoraban el ajetreo y la distracción de su auténtico hogar en North Kensington.

Ahora se aventuran a acudir a Thursldon una vez al mes, y James tiene que asistir a la sesión del viernes en la quincena intermedia. Dos horas de la tarde de un viernes, y él había prometido que se iría a las seis.

Tiene chófer, ahora que es subsecretario, y debería haber vuelto a las siete y media, si el tráfico lo permitía. Se supone que han quedado con unos amigos para una cena informal en su casa. Bueno, eso de amigos… Matt Frisk es subsecretario también, agresivamente ambicioso, de una forma que no cuadra bien con su ambiente, donde se comprende el éxito como algo inevitable pero la ambición desnuda se considera vulgar. Pero Ellie y él son vecinos muy cercanos, y no pueden desairarlos una vez más.

Han dicho que estarían allí a las ocho y cuarto. Son y diez

ya... ¿dónde estará ese hombre? La tarde de octubre llama sigilosamente a las ventanas de guillotina, de un negro suavizado por el resplandor de las farolas de la calle, y el otoño entra a hurtadillas. A Sophie le encanta esta época del año. Le recuerda los comienzos, correr entre las hojas secas por los Christ Church Meadows como alumna de primero, atolondrada al pensar en los mundos que se abrían ante ella. Desde que tiene niños es una época de estar en el nido, de acurrucarse ante la chimenea, de asar castañas, de dar paseos rápidos y vigorizantes y hacer guisos de caza. Pero ahora la noche de otoño está llena de posibilidades. Los viandantes pasan por la acera y una mujer suelta una risa coqueta. Se oye el murmullo de una voz más profunda, pero no es la de James. Los pasos se acercan y luego se alejan y desaparecen.

Marca la rellamada. El móvil de él suena y luego salta el buzón de voz. Toquetea la cara brillante de su teléfono, nerviosa al haber perdido su habitual autocontrol. El miedo le tensa el estómago y, por un momento, vuelve al helado pabellón de su facultad en Oxford, con el viento silbando a través del patio interior, mientras espera que suene el teléfono de pago. La mirada comprensiva de un conserje de la facultad. El horrible temor, tan intenso aquella última semana de su primer trimestre de verano, a que ocurriera algo más horrible aún. Con diecinueve años y ya deseando que él la llamara.

Las 20.14. Lo intenta otra vez, odiándose a sí misma por hacerlo. El teléfono de él salta directamente al buzón de voz. Ella se quita una pelusa imaginaria, se coloca bien las pulseras de la amistad y mira crítica sus uñas: bien arregladas, sin barniz, a diferencia de las uñas falsas de gel de Ellie.

Pasos en las escaleras. Una voz infantil.

—¿Ha vuelto papá?

—No... vuelve a la cama. —El tono es más duro de lo que se proponía.

Emily la mira con una ceja levantada.

—Sube y métete en la cama, cariño —añade, con una voz más suave, empujando a su hija escaleras arriba y con el corazón acelerado al doblar la esquina y meterla bajo las mantas—. Tendrías que estar durmiendo ya. No tardará mucho.

—¿Puede venir a decirme buenas noches cuando llegue? —Emily hace un puchero, encantadora.

—Bueno, es que vamos a salir... pero si todavía estás despierta...

—Lo estaré. —La decisión de la niña, esa forma de apretar la mandíbula, esa implacable autoconvicción, la señala como hija de su padre.

—Entonces seguro que subirá.

Le da un besito rápido en la frente, para frenar más argumentos, y le mete el edredón alrededor.

—No vuelvas a salir de la cama, ¿entendido? Vendrá Cristina a hacer de canguro, como siempre. Mandaré a papá arriba en cuanto llegue.

Las 20.17. No piensa llamar para comprobarlo. Nunca ha sido de esas esposas que acosan a su marido, pero algo en este silencio absoluto la aterra. Normalmente se le da muy bien la comunicación, no es propio de él. Se lo imagina en un atasco en la M25, hojeando sus papeles en el asiento de atrás de su coche. La llamaría, le enviaría un mensaje de texto o un e-mail: no la dejaría nunca esperando, con la canguro merodeando por la cocina, esperando a que se vayan para acurrucarse en el sofá y tener la casa para ella sola; la cara de Sophie, cuidadosamente maquillada, un poco menos perfecta; las flores que les llevaban a los Frisk marchitándose en su envoltorio, en la mesa del vestíbulo.

Las 20.21. Llamará a los Frisk a y media. Pero llega ese

momento y él todavía no ha llamado. Las ocho treinta y cinco, treinta y seis, treinta y siete. Sabiendo que está mal hacerlo, a las 20.40 envía un texto breve a Ellie Frisk, disculpándose y explicando que ha surgido un asunto en la circunscripción y que lo sienten muchísimo pero que al final no podrán acudir.

The Times ha publicado un artículo de Will Stanhope sobre el Estado Islámico, pero las palabras de su antiguo compañero de facultad le resbalan. Podría ser una historia sobre dinosaurios astronautas de las que le lee a Finn, por lo mucho que se interesa por el tema. Todo su ser está sintonizado en una sola cosa.

Y por fin llega. El sonido de la llave en la puerta. Un roce y luego un susurro cuando se abre la pesada puerta de roble. El sonido de sus pasos: más lentos de lo normal, no su habitual paso vivo, enérgico. Y luego el golpe sordo al dejar la caja roja: el peso de la responsabilidad abandonado durante un momento, un sonido tan glorioso, un viernes por la noche, como la salpicadura del vino blanco seco vertido desde una botella. El tintineo de las llaves en la mesa del vestíbulo. Y luego otra vez el silencio.

—¿James? —Ella sale al vestíbulo.

Su hermoso rostro está gris, la sonrisa tensa y sin correspondencia con los ojos, donde sus patas de gallo parecen más hondas que de costumbre.

—Será mejor que canceles lo de los Frisk.

—Ya lo he hecho.

Él se quita el abrigo y lo cuelga cuidadosamente, ocultando la cara.

Ella hace una pausa y luego le pasa los brazos en torno a la cintura, su fina cintura, que forma una V, como el tronco de un árbol joven que florece hacia el exterior, pero él, con suavidad, los aparta a un lado.

—¿James? —Nota frío en la boca del estómago.

—¿Está aquí Cristina?

—Sí.

—Pues mándala a su habitación, ¿quieres? Tenemos que hablar en privado.

—Bien. —El corazón se le agita al notarse la voz entrecortada.

Él le dedica otra sonrisa tensa, y en su voz suena una cierta impaciencia, como si ella fuera una niña desobediente o quizás una funcionaria lenta.

—¿Puedes hacerlo, por favor, Sophie?

Ella le devuelve la mirada sin reconocer su tono, tan distinto de lo que había esperado.

Él se frota la frente con sus dedos firmes y largos, y sus ojos verdes se cierran brevemente, y las pestañas (atractivamente largas) le besan las mejillas. Luego sus ojos se abren de nuevo, y la mirada que se ve en ellos es la que tiene Finn cuando intenta adelantarse a una regañina y suplica perdón. Es la mirada que le dirigió James hace veintitrés años después de confesar la crisis que amenazaba con sobrepasarle, lo que hizo que rompieran, lo que, a veces, la hace temblar todavía, y que teme que esté ahora sacando la cabeza de nuevo.

—Lo siento mucho, Soph. Lo siento. —Y es como si llevara a cuestas no solo el peso de su trabajo (subsecretario de Estado para combatir el extremismo), sino la responsabilidad de todo el gobierno entero—. La he jodido bien.

Se llamaba Olivia Lytton, aunque Sophie siempre había pensado en ella simplemente como en la investigadora parlamentaria de James. De metro cincuenta y cinco de alto, veintiocho años, rubia, bien relacionada, confiada, ambiciosa.

—Supongo que su apodo será Bomba Rubia.

Intenta ser mordaz, pero su voz suena estridente.

El asunto había durado cinco meses, y él había roto con

ella hacía solo una semana, justo después de la conferencia del partido.

—No significó nada —dice James con las manos en la cabeza, sin fingir que es otra cosa que un penitente. Se echa atrás, arrugando la nariz, y suelta otro tópico—: Fue solo sexo... y yo me sentí halagado.

Ella traga saliva, con la rabia oprimiéndole el pecho, apenas contenida.

—Vale, pues estupendo.

Los ojos de él se suavizan al mirarla, dolorido.

—No había ningún problema en ese aspecto entre nosotros. Ya lo sabes.

Suele leer sus gestos con claridad, una habilidad que ha ido perfeccionando en dos décadas, una de las cosas que los unen tanto.

—Simplemente cometí un error estúpido.

Ella espera en el sofá de enfrente a que su rabia se amortigüe lo suficiente para hablar civilizadamente con él y salvar la distancia que ahora hay entre ellos. Tender una mano quizá, o al menos esbozar una sonrisa.

Pero él está paralizado: con la cabeza inclinada, los codos sobre las rodillas, los dedos tocándose entre sí, como si rezara. Al principio Sophie desprecia esa demostración de gazmoñería, una figura retórica de la época de Blair, el político penitente, y luego se ablanda al ver que los hombros de él se sacuden, una sola vez, no por un sollozo, sino por un suspiro. Por un momento ella ve a su madre mientras su padre, encantador y libertino, confiesa otra «indiscreción» más. La resignación seca de Ginny, y luego el relámpago de dolor en sus ojos azul marino, rápidamente controlado.

«Quizá esto sea lo que hacen todos los maridos...» Surge la pena, y luego la ira. No debería ser así. Su matrimonio es distinto. Se funda en el amor y la confianza, y en una vida sexual que ella hace todo lo posible por mantener.

Ella ha adoptado unos compromisos en su vida, y Dios sabe que le dio un voto de confianza muy grande cuando volvieron a estar juntos, pero la única certeza que tiene es que su relación es sólida. Se le empieza a emborronar la vista, su mirada nublada por las lágrimas. Él levanta la cabeza y ve sus ojos, y ella desea que no los hubiera visto.

—Hay algo más —dice.

Claro, él no confesaría una aventura sin un motivo.

—¿Está embarazada? —Esas palabras, feas pero necesarias, manchan el espacio entre ellos.

—No, claro que no.

Sophie se relaja un poco. Nada de hermanitos para Emily y Finn. Ninguna prueba de la relación. No tiene que compartir a su marido de otra forma.

Y entonces él levanta la vista, con una mueca. Ella se clava las uñas en las palmas como agudas medias lunas, y ve que los nudillos de él son como cuentas de marfil que se transparentan a través de su piel rojiza.

¿Qué podría ser peor que el hecho de que otra mujer tuviera un hijo de él, o quizá hubiera decidido abortar a ese hijo? Que otras personas lo supieran: el asunto es un cotilleo especialmente jugoso, que se dejará caer al oído de unos pocos elegidos en los salones de té de los Comunes hasta que sea de conocimiento general. ¿Quién lo sabe? ¿Sus colegas? ¿El primer ministro? ¿Las mujeres de otros ministros? ¿Y Ellie? Se imagina su cara redonda y estúpida iluminada con una compasión apenas encubierta. Quizá reconozca su mentira en el mensaje que le ha enviado y ya lo sepa.

Hace un esfuerzo por respirar hondo. Podrán soportar todo eso y superarlo. Han experimentado cosas mucho peores, ¿no? No es ningún crimen tener una aventura rápida: se puede desechar, olvidar enseguida, asimilar. Y entonces James dice algo que lo vuelve todo mucho más dañino, hasta un nivel corrosivo, algo que le asesta un fuerte golpe en el plexo solar, mientras ella contempla un escenario terrible, que no había visto venir.

—Está a punto de salir en la prensa.

SOPHIE

22 de octubre de 2016

*E*l que tiene la historia es el *Mail*. Han de esperar hasta las primeras ediciones para ver hasta dónde llegan los daños.

El director de comunicaciones del primer ministro, Chris Clarke, está ahí, paseando de un lado a otro, con el teléfono pegado al oído o a la mano, su cara malhumorada tensa por la expectación, sus ojos pequeños guiñados a cada lado de una nariz afilada y embotada por la grasa del exceso de comida para llevar y el agotamiento gris de incontables madrugones y noches en vela.

Sophie no puede soportarlo. Su acento descuidado y barriobajero, lo pagado de sí mismo que está, ese tartamudeo… el tartamudeo de un hombre bajito, que al medir solo metro setenta y cinco parece enano al lado de su marido. Saber que es indispensable para el primer ministro. «Tiene el toque de la gente común, nos mantiene alerta, sabe lo que nos falta… y cómo contrarrestarlo», le había dicho una vez James cuando ella intentó expresar el disgusto instintivo que le producía aquel hombre. No tiene ningún baremo con el cual medir a ese antiguo periodista del *News of the World*, de Barking. Soltero, sin hijos, pero al parecer no gay, la política parece consumirle por entero. Con treinta y muchos ya, es lo más típico que se puede encontrar: el hombre casado con su trabajo.

—Joder, joder. —Está leyendo por encima la noticia en su iPad, mientras espera que le entreguen el enorme fajo de hojas del periódico del sábado. Su boca se retuerce en una mueca de desdén, como si tuviera un sabor de boca muy agrio. Sophie nota que la bilis le sube a la garganta al leer el titular: «Subsecretario tiene una aventura con una ayudante», y luego la entradilla: «Amigo del primer ministro tiene citas amorosas en los pasillos del poder».

Lee por encima el primer párrafo, unas palabras que se fusionan en algo sólido e imposible.

> El parlamentario más apetecible de Gran Bretaña ha mantenido relaciones sexuales con una empleada suya en los Comunes, revela en exclusiva el *Daily Mail*.
>
> James Whitehouse, subsecretario del Ministerio de Interior y confidente del primer ministro, tuvo una aventura con su investigadora parlamentaria en el Palacio de Westminster. Casado y con dos hijos, compartió habitación con Olivia Lytton, rubia, de 28 años, durante la conferencia del partido.

—Bueno, ha sido una auténtica estupidez. —La voz de Chris corta el silencio mientras ella hace un enorme esfuerzo por dominar sus sentimientos y pensar cómo parecer controlada y convincente. No puede conseguirlo y se pone en pie de golpe; la repulsión se eleva como una oleada de mareo y sale corriendo de la habitación. Escondida en la cocina, se apoya en el fregadero, esperando que se atenúen las ganas de vomitar. El acero está frío al tacto, y se concentra en su brillo y luego en un dibujo de Finn, uno de los pocos que ha considerado lo suficientemente bueno para colocarlo en la puerta del frigorífico. Se ven cuatro figuras hechas de palotes con enormes sonrisas, la figura del padre mucho más alta que las demás: un cincuenta por ciento más alto que su mujer, un cien por cien más alto que su hijo. La visión del mundo de un niño de seis años. «Mi famlia», ha garabateado debajo con un rotulador rojo.

La familia de Finn. Su familia. Las lágrimas se agolpan, pero ella parpadea para contenerlas y se toca las pestañas húmedas para evitar que se le corra el rímel. No hay tiempo para compadecerse. Piensa en lo que haría su madre: servirse un whisky doble y llevarse a los perros a dar un tonificante y vigoroso paseo por los acantilados. Aquí no hay perros, ni tampoco caminos remotos de la costa en los cuales perderse, o esconderse de la prensa que, teniendo en cuenta el modelo de antiguas indiscreciones de algún otro ministro, pronto estará haciendo guardia delante de su puerta.

¿Cómo explicarles eso a los niños y esperar que se vayan a sus clases de danza o de natación? Las cámaras. Quizás algún periodista. Se podría engatusar a Finn, ¿pero Emily? Las preguntas serían inacabables: «¿Por qué están aquí? ¿Tiene problemas papá? ¿Quién es esa señora? Mamá, ¿por qué quieren hacernos fotos? Mamá, ¿estás llorando?». Solo pensarlo, el hecho de que se vean expuestos a este escrutinio y acoso público, y que ella tenga que tranquilizarlos mientras siguen las preguntas incesantes… le produce arcadas.

Y luego vendrán los fragmentos de información oídos y solo medio comprendidos en el patio del colegio, y las miradas de pena o de regocijo mal disimulado por parte de las otras madres. Por un momento piensa en meter a los niños en el coche y llevárselos a casa de su madre, que está en lo más profundo de Devon, escondida entre inacabables caminos con cunetas elevadas. Pero la huida implica culpabilidad… y falta de unión. Su lugar está aquí, con su marido. Llena un vaso con agua del grifo, da dos tragos largos y luego vuelve a la sala delantera, para ver cómo puede reforzar su matrimonio y ayudar a rescatar la carrera política de su esposo.

—Entonces... ¿es la típica mujer despechada? —Chris Clarke está inclinado hacia delante, escudriñando a James, como si intentara encontrar una explicación comprensible. A Sophie se le ocurre que quizá sea asexual. Hay algo muy frío en él, como si encontrara inconcebible la flaqueza humana, y mucho menos la turbia insensatez del deseo.

—Le dije que nuestra aventura era un error. Y que se acabó. No la han citado directamente, ¿verdad?, así que no puede haber salido en los periódicos...

—Trabaja en Westminster. Sabe cómo hacer que salga la noticia.

—¿Algún amigo...? —James parece dolido, al mirar la enorme cantidad de páginas escritas sobre él.

—Exacto. «Se ha aprovechado de ella. Pensaba que era una relación auténtica, pero la ha tratado fatal... dice una "amiga" de la señorita Lytton.»

—Ya lo he leído —dice James—. No hace falta que insistas.

Sophie se sienta entonces en el sofá frente a su marido y a la derecha del director de comunicaciones. Quizá parezca masoquista, queriendo saber cada detalle, pero no se puede permitir la ignorancia. Necesita comprender exactamente a qué se enfrenta. Intenta leer de nuevo el artículo, asimilar la descripción que hacen esos «amigos» de lo que ha soportado Olivia. Hablan de que se subieron a un ascensor en la Cámara de los Comunes. «Pulsó el botón de parada y el viaje duró un buen rato.» Ella se imagina la sonrisa del periodista cuando eligió la frase, las risitas, reprimidas enseguida, o las cejas levantadas de algunos lectores... pero aunque las palabras la golpean con su crudeza, los hechos, en su totalidad, no los entiende.

Levanta la vista, consciente de que Chris todavía está hablando.

—Así que el guion es este. Lamentas profundamente la breve aventura y el dolor que has causado a tu familia. Tu prioridad ahora es reconstruir esas relaciones. —La mira a ella al decir esto—. No nos vas a venir ahora con ninguna sorpresa, ¿verdad, Sophie?

—¿Como qué? —Ella se sobresalta.

—Anunciar que le dejas. Explicar tu parte de la historia. Largarte sin avisar.

—¿Tienes que preguntarlo, de verdad?

—Claro que sí. —Evalúa con la mirada.

—Pues no, por supuesto. —Ella consigue mantener un tono neutro, no revelar que sí, por supuesto, ha pensado en salir huyendo, desaparecer en un laberinto de carreteras muy lejos de Londres y de su nueva y dolorosa realidad, no traicionar su ira por el hecho de que este hombre lo haya adivinado.

Él asiente, aparentemente satisfecho, y luego se vuelve hacia su marido.

—El problema, claro, es: a) que estabas en una posición de poder, y b) te acusan de andar follando en un tiempo que es del gobierno. A expensas de los contribuyentes.

—La conferencia del partido no la financian los contribuyentes.

—Pero tu trabajo como subsecretario del Gobierno de Su Majestad, sí. Y la idea de que estuvieras haciendo cochinadas en un ascensor cuando tendrías que haber estado ayudando a gobernar el país resulta problemática, por decirlo con suavidad.

—Ya me lo imagino.

Ella mira entonces a James: una mirada rápida y llena de

asombro al ver que él no lo niega, que reconoce que la descripción es correcta. El director de comunicaciones sonríe y ella se pregunta si estará disfrutando al denigrarlo de esa manera. Así se encumbra él mismo: poniéndolo en su lugar, se reafirma, reitera su importancia ante el primer ministro; de eso se da perfecta cuenta. Pero también parece que hay algo más, incluso más allá que el simple regodeo periodístico en una buena noticia. Porque a pesar de sus trucos sucios políticos (tiene la reputación de ser implacable, alguien que se agarra a un chisme y amenaza con sacarlo en el momento más efectivo, como un azote del gobierno), parece erigirse personalmente en juez con respecto a esto.

—Así que la clave es negarse a comentar los detalles. Son todo chismes, menudencias a las que te niegas a dejarte arrastrar. En tu declaración recalcarás que este breve error de juicio no afectará de ninguna manera a tus asuntos ministeriales. No dejarás que te arrastren a hacer desmentidos, porque estos tienen la manía de volver luego para acosarte. Y tampoco improvisarás. Debes atenerte al guion: lo lamentas muchísimo, una aventura puntual, la prioridad es tu familia. Desvía y descarta, pero no desmientas. ¿Comprendido?

—Por supuesto. —James la mira y le ofrece una sonrisa, que ella ignora—. ¿Y no tengo que presentar mi dimisión?

—¿Por qué? El PM dejará claro si la desea… pero no abandona a los viejos amigos, eso lo sabes muy bien, y tú eres uno de sus íntimos. —Chris señala el iPad y el ejemplar del *Mail*—: Aquí lo dice.

—Sí.

James parece ponerse tenso de repente. Tom Southern y él fueron juntos a Eton y a Oxford, y sus vidas adolescentes y adultas están inextricablemente entrelazadas desde los trece años. Es algo positivo a lo que aferrarse: el primer ministro, conocido por ser leal hasta la exageración, hará todo lo humanamente posible para no abandonar a su viejo amigo. Sophie se agarra a esa idea: Tom no dejará en la estacada a James. No puede hacerlo, no está en su naturaleza y además le debe demasiado.

—Lo ha reiterado antes. —James se aclara la garganta—. Me ha transmitido su apoyo.

Sophie nota que se le tranquiliza la respiración.

—¿Así que habéis hablado?

Él asiente, pero se niega a ir más allá. La suya es una relación exclusiva. Los rituales de bebida, las bromas escolares, las vacaciones compartidas a los veinte —en las cuales tramaron la carrera política de Tom y la de James posteriormente, después de que tuviera experiencia en el mundo real— fusionaron a los dos hombres de una manera indestructible que doce años de matrimonio y dos hijos no han conseguido igualar. Y lo más curioso es que Tom, en quien todavía no era capaz de pensar como en el hombre más poderoso del país, a quien todavía recordaba completamente borracho en una de sus vacaciones en la Toscana, a los veintitantos, es el más dependiente de los dos. Resulta menos aparente desde que se ha convertido en primer ministro, pero aun así, sabe que hay una desigualdad, quizá solo discernible para ella. Es él quien busca a su marido para que le aconseje, sí, pero también se apoya en él, y Sophie lo sabe, para que guarde sus secretos.

—Con el apoyo del PM seguro que todo va bien. —Chris es eficiente—. El sexo no acaba con una carrera en estos tiempos, si el tema se cierra rápidamente, claro. La mentira, en cambio, sí. O más bien que te pillen mintiendo. —Resopla de repente, maniático—. Y además tú no eres un pobre hombre a quien han cogido con los pantalones bajados, filmándose a sí mismo con un smartphone. Habrá una cierta parte de votantes masculinos y de mayor edad que vean perfectamente comprensible un polvete rápido con una potranca joven —dice con sorna—. No es asunto de nadie más que tuyo, mientras seamos capaces de dejarlo a un lado con rapidez y no vuelva a suceder.

—¿Y si hay una investigación… por eso de tener una relación con una empleada?

A Sophie se le forma un nudo en el estómago. La idea de una investigación interna, examinada por la prensa, que pudiese meterle prisa, empujarlo y hostigarlo y quejarse por no asumir su responsabilidad o por encubrimiento, es espantosa. Podría destruir su carrera, pero también hacerles mucho daño, porque no haría otra cosa que avivar el fuego en lugar de enterrarlo en lo más profundo.

—¿Ha mencionado algo el PM? —Chris habla muy seco; sus ojos malhumorados, de un azul pálido opalescente, se abren mucho.

James niega con la cabeza.

—Entonces no hay necesidad. Es un asunto muy tonto, se olvidará enseguida… si me lo has contado todo, claro.

James asiente.

—Bien. Tú eres parte del sanctasanctórum. Si esto sale pronto de la primera plana, no habrá necesidad de nada más.

Sophie tiene ganas de reír. A James le irá bien porque es un hombre como debe ser, no ha hecho nada ilegal y tiene el respaldo del primer ministro. Mira más allá de donde él está, hacia los estantes sobre los que se encuentran las novelas de Cromwell que escribió Hilary Mantel. Historias de una época en la cual el favor voluble de un rey lo era todo. Han pasado más de cuatro siglos y, sin embargo, en el partido de Tom todavía hay un cierto regusto de aquella vida cortesana.

Ella baja los párpados, intentando bloquear las ideas que le vienen acerca de tener que soportar las noticias las veinticuatro horas del día y la mentalidad de rebaño, que arraiga con fuerza cuando una historia tiene tirón en los medios. Las noticias, en estos tiempos, pasan muy rápido. Pero todo irá bien, ha dicho Chris, y él es realista, incluso cínico, y no hay motivo para que les ofrezca falsas esperanzas. Ninguno en absoluto.

Abre los ojos y finalmente mira a su marido.

Pero el rostro de él, de una belleza clásica, con sus altos pómulos y la mandíbula fuerte, y esas arrugas en la parte exterior de los ojos que hablan del amor por el aire libre y la propensión a reírse, está demacrado, y su expresión resulta ilegible.

James mira al otro hombre y ella ve algo poco habitual: un casi imperceptible asomo de duda.

—Espero que tengas razón.

James

31 de octubre de 2016

*E*l sol se filtra por las cortinas del dormitorio y Sophie todavía está dormida cuando James vuelve a la habitación. Son las seis y media, lunes por la mañana. Nueve días desde que salió a la luz la noticia.

Es la primera vez que ella duerme pasadas las cinco y media en todo este tiempo. Él la contempla ahora sin perderse detalle de su rostro, despojado de maquillaje, suavizado contra las mullidas almohadas. Tiene la frente marcada por las arrugas y el pelo revuelto espolvoreado de finos cabellos plateados que le salen de las sienes. Sigue pareciendo más joven de lo que es, cuarenta y dos, pero esta semana que han pasado la ha afectado mucho.

Él se quita la bata y se mete en la cama, con cuidado para no despertarla. Lleva levantado desde las cinco, rebuscando minuciosamente en los periódicos que, gracias a Dios, no contienen nada sobre él, como si la prensa hubiera aceptado al final que las cosas habían seguido su curso. ¿Cuál era la norma de Alastair Campbell? ¿Que si una historia aparecía en portada ocho días, el ministro tenía que dimitir? ¿O eran diez? Fuera cual fuese la cifra, las había evitado ambas, y en el periódico del domingo ya no venía nada. No había indicios de que hubiera algo más en las redes sociales, ni siquiera en Guido Fawkes, y Chris tampoco había oído nada. Todo indicaba que los tabloides no habían encontrado cosas nuevas.

Además, tenían una noticia candente ese fin de semana. Una vez más, se había frustrado una trama terrorista. Dos extremistas islámicos de Mile End planeaban otro atentado al estilo del de 7/7, y habían caído en una redada al recibir suministros. La policía de Londres estaba paranoica por que no se filtrasen detalles con el fin de evitar prejuicios en los futuros jurados, pero los periódicos estaban llenos de especulaciones sobre los daños que podía haber causado la munición. No habían tenido que presionar al presidente del Comité Selecto del Ministerio del Interior para ayudar a incendiar la cobertura. Malcolm Thwaites, como pomposo exministro del Interior, estaría recurriendo a todos sus contactos, haciéndoles ver que era un riesgo permitir a los musulmanes que buscaban asilo que permanecieran en este ambiente, reafirmando los temores de sus electores y haciendo el juego en general a los británicos medios, blancos e insulares. La aventura de un subsecretario del que poco se sabía fuera de Westminster se desvanecería en la insignificancia, comparada con el probable riesgo de que hordas de posibles terroristas se infiltraran en el país.

Bosteza, dejando escapar parte de la tensión de la semana anterior, y Sophie se agita. No quiere despertarla. Ni siquiera se arriesga a pasarle el brazo en torno a la cintura, y mucho menos entre las piernas. Ella todavía se comporta de una manera decididamente gélida. Educada ante los niños y Cristina, pero congelada (y frígida) cuando están solos. Es comprensible, claro, pero no podrá seguir así mucho tiempo. El sexo es la energía que los mantiene unidos. Ella lo necesita igual que él, o al menos necesita el afecto, y tener pruebas de que él todavía la desea.

Eso es lo que más le ha dolido de todo el asunto de Olivia: él se da cuenta, no es tonto. Se ha portado fatal, de eso no cabe ninguna duda, y lo ha admitido libremente en esos momentos tranquilos de la noche en que ella finalmente se ha permitido llorar y la rabia que consigue controlar la mayor parte del tiempo se ha convertido en sollozos intensos y agudos. El problema es que él quiere sexo con más frecuencia que ella. Lo haría cada día, si fuera posible. Es como una liberación... simplemente como salir a correr, o incluso orinar. Algo puramente físico, un picor que hay que rascar, una necesidad que hay que atender. Y desde hace ya algún tiempo, desde que los niños eran muy pequeños, parece que ella ya no siente la misma necesidad urgente.

Él decide arriesgarse y envolver entre sus brazos a su esbelta mujer. Ella sigue siendo menuda, con una figura más delgada aún que cuando era remera en su primer ocho femenino de la universidad. Tiene el culo respingón, las piernas tonificadas por correr a menudo y el estómago quizá un poco flojo, veteado con finas marcas por haber tenido a Emily y Finn. Y no es que él no la desee. Por supuesto que la desea. Pero Olivia estaba allí... se le ofreció virtualmente en bandeja. Además era muy guapa, es innegable. Incluso ahora, que piensa en ella como una zorra, porque consintió que saliera la noticia en los periódicos, o puede que se la ofreciera ella misma, reconoce que es muy bella. Un cuerpo no tocado por la maternidad, tenso, con grandes pechos y las piernas finas, rubia natural, brillante y sabrosa como un fruto cítrico, y con una boca capaz de crueldad, además... porque es lista, y eso forma parte del atractivo, así como de su tentación.

Era la primera vez que era infiel. Bueno, la primera desde su matrimonio. Su compromiso no cuenta... ni tampoco los días de estudiante. En la universidad, él iba detrás de las chicas como si le fuera la vida en ello. Las cosas cambiaron un poco después de conocer a Sophie, y ella, el remo y los exámenes finales se combinaron brevemente para dejarlo exhausto; sin embargo, aun así, todavía estaba abierto a oportunidades. De eso iba Oxford, ¿no? Exploración de todo tipo: intelectual, emocional, física...

Se salió con la suya en eso, de la misma forma que, como único hijo varón con dos hermanas mayores que lo adoraban, siempre se había salido con la suya de niño. Soph nunca había sospechado que hubiera otras mujeres. Él las escogía con criterio: chicas de otras universidades, de otros cursos, que estudiaban otras materias, y así podía arreglárselas. Eran aventuras de una noche, dos a lo sumo, porque lo que ansiaba realmente era la variedad: la interminable y sorprendente diferencia entre un par de pechos y el siguiente, los gritos de una mujer y los de otra, un coño suave y húmedo o el pliegue de un codo o la curva de un cuello. Para un joven que se había pasado cinco años de su adolescencia en un internado masculino, y antes de eso había asistido a un colegio privado, su primer año en Oxford, e incluso más aún el glorioso segundo año sin exámenes, antes de conocer a Sophie, le había proporcionado una libertad inmensa y anárquica.

Y siguió retozando a los veintitantos, después de que se separaran durante seis años, y cuando ya se acercaba a los treinta. Aquellos años trabajó de consultor de gestión, y debido a su salario y a que trabajaba hasta tarde por la noche y luego se iba a tomar copas, nunca le faltaron chicas. Y luego, a los veintinueve, volvió a encontrarse con Sophie en un pub de Notting Hill y ella entonces tenía veintisiete y ya no era una chiquilla insegura de veinte. Más confiada, con más experiencia, era todo un desafío, un poco una presa. Se hizo la dura al principio. Temía, decía, que él se volviera a comportar tan imprudentemente como lo había hecho antes, temía que la crisis que le había llevado a dejarla (porque ella le había visto en su momento más vulnerable, y él no podía soportarlo) volviera a producirse y los persiguiera. Pero a pesar de sus dudas, era inevitable que volvieran a estar juntos. Como bien dijo él en el discurso de su boda, sacando un tópico que no había tenido tiempo de articular de una manera más adecuada, parecía como si estuviera volviendo a casa.

Y realmente pensó que su ansia se había satisfecho. Ese deseo de ir remoloneando por ahí. Durante su compromiso, hubo un par de amigas con derecho a roce, una antigua novia que intentó disuadirle de que se casara con Soph los meses anteriores a su boda, y una colega que había acabado un poco como una acosadora, al negarse a reconocer que él realmente lo que quería era solo sexo, nada más. Todo eso le alteró un poco. La pesadez de Amelia, esos ojos trémulos, como estanques límpidos de lágrimas que se llenaban cada vez que él se iba de su cama, dejándola justo después del sexo; aquella iracunda llamada telefónica final, su voz que se iba elevando con un histérico *crescendo* de pánico, hasta que él la silenció con el botón de apagar... Eso le había obligado a trazar una línea en su conducta. En el momento del matrimonio, decidió, empezaría su fidelidad.

Y funcionó. Durante casi doce años había sido completamente fiel. Los niños lo habían hecho más fácil. Él había asumido que sería un padre tradicional, medio distante, como Charles, su propio padre, y sin embargo le habían cambiado por completo... al menos durante mucho, mucho tiempo. Todavía no lo sentía así cuando eran bebés. No estaba muy seguro cuando vomitaban, gorgoteaban y dormían. Pero en cuanto empezaron a hablar y a hacer preguntas, se inició esa relación amorosa inabarcable. Empezó con Emily, pero luego fue mucho más intensa con Finn, esa carga de responsabilidad, esa necesidad de ser alguien a quien sus hijos (sobre todo su hijo) respetasen. No solo un hombre admirable, sino un hombre «bueno».

A veces los encontraba un poco desconcertantes. Esos ojos enormes, llenos de interrogantes, esa inocencia extrema, esa confianza total. En su vida profesional no siempre era completamente sincero: podía dar respuestas que no cuadraban con la pregunta, y sin embargo arreglárselas para aplacar o engatusar a la gente. Pero con ellos no. Con ellos, temía que vieran a su través. Para sus hijos tenía que ser el mejor.

Y durante un tiempo, bastante tiempo, tuvo éxito, y fue ese buen hombre. Se comportó como sabía que debía. Se atuvo a los votos que pronunció en aquella iglesia del siglo XVI, frente a Max, el padre de Sophie, que no había fingido mantenerlos en absoluto. Sería un buen hombre para ella y sus hijos, y un hombre mejor que el padre de ella. Y hasta un mes antes de su duodécimo aniversario de boda, lo había conseguido.

Y luego, en mayo, estaba en la Cámara una noche, tarde. Con la nueva Ley Antiterrorista. Una sesión tardía. Corrió a través de los claustros después de una votación, hacia Portcullis House, con el estómago rugiendo de hambre, esperando encontrar algo sano que comer. Y allí estaba ella, que volvía a recoger su bolso del despacho, después de haber salido con unos amigos. Estaba algo achispada, ligeramente, deliciosamente achispada. Él nunca la había visto así. Y a ella se le enganchó el tacón al pasar a su lado, tropezó con él y se agarró a su brazo con una mano, y el pie izquierdo descalzo de ella aterrizó en la fría pizarra de los claustros. Un pie envuelto en una media transparente descansando junto a sus pulidos zapatos Church's, con las uñas pintadas de morado apenas visibles a través de la punta.

—Uf... lo siento, James —dijo ella, y se mordió el labio inferior mientras su risa se desvanecía, porque en el despacho todo era «sí, subsecretario», aunque él sabía que lo llamaban James en su ausencia, e intentaba que se acostumbraran todos a usar sus respectivos nombres de pila. Ella siguió agarrada al antebrazo de él mientras se estabilizaba y volvía a meter el pie en el zapato, y él la sujetó por el codo del otro brazo, hasta que ella consiguió enderezarse de nuevo.

—¿Estás bien? ¿Te pido un taxi? —Empezó a acompañarla hacia la campana del New Palace Yard, preocupado, solícito, porque ella era una joven que necesitaba llegar a su casa sana y salva, una empleada algo cansada de tanto trabajar.

Olivia se quedó quieta y levantó la vista hacia él, a la luz de la luna, sobria de repente, y un poco cómplice.

—Preferiría tomar otra copa.

Y así fue como empezó todo. Las semillas de su aventura se sembraron aquella noche agradable y templada de finales de la primavera, mientras el cielo se volvía de color azul marino y él se limitaba a tomar una cerveza y ella se bebía un gin-tonic en el Terrace Bar. El Támesis pasaba por allí y él miraba sus profundidades negras como el carbón, contemplando enfrente las luces del Saint Thomas, el hospital donde nació su hija, que moteaban el agua. Y supo entonces que estaba abandonando sus principios, que estaba poniendo en juego absolutamente todo lo que le convertía en el hombre que era, el hombre bueno que quería ser para sus hijos... y apenas le importó.

No consumaron su relación entonces. Ni siquiera se besaron, todo era demasiado público y él aún se decía a sí mismo que se resistía a lo inevitable. Ocurrió una semana más tarde: siete días del juego previo más doloroso y delicioso de su vida. Después él se disculpó por haberse precipitado tanto, porque necesitaba consumirla (así lo sentía) rápidamente y por completo. Ella sonrió. Una sonrisa perezosa.

—Habrá otras oportunidades.

—¿Como ahora?

—Como ahora.

Y la cosa, la aventura, siguió, hasta hacía tres semanas. Intensa, cuando había oportunidad de ello, pero con lapsos físicos durante los recesos: una semana en South Hams con la madre de Sophie, una quincena en Córcega, donde él enseñó a los niños a navegar e hizo el amor con Sophie cada noche. Veía entonces su aventura con Olivia como una locura, algo que podía dejar, y que dejaría en cuanto volviese al Parlamento.

Intentó distanciarse cuando volvió; le dijo que todo había terminado después de la conferencia del partido. La llamó a su despacho esperando que así ella no haría una escena y podrían solucionarlo todo de una manera más profesional. Había sido divertido mientras duró, pero ambos sabían que no podían continuar.

Los ojos de ella se llenaron de lágrimas y su tono se volvió seco, una reacción con la que él estaba muy familiarizado y por tanto no le perturbó; era la misma respuesta de sus novias anteriores. Y en las raras ocasiones en que la decepcionó, también de su madre, Tuppence.

—Así que ¿todo bien? —se esforzó por preguntar, esperando que ella dijera que sí.

—Sí, claro, todo bien. —Olivia le dedicó una sonrisa con la barbilla levantada, la voz llena de ánimo y valiente, aunque casi lo estropea todo al echarse a temblar—. Claro que sí.

Y así tendría que haber sido. Quizá lo habría sido, si él no hubiera sido un idiota. Si él no hubiera sucumbido una última vez.

Se acerca a Sophie, la estrecha contra su cuerpo. No piensa regodearse en lo que ocurrió en el ascensor. No era el entorno más romántico del mundo, pero es que en su relación había poco de romántico, no necesitaba que el *Mail* se lo recordase.

Debió de ser eso lo que colmó el vaso para Olivia, o la reacción de él después. Un relámpago de arrogancia quizá, sí. Pero él pensó que aquello era algo excepcional, que un brote de sexo rápido y furioso no significaba, como ella predeciblemente podía esperar, que volvían a estar juntos.

—Gracias. Era justo lo que necesitaba. —Algo aturdido, él fue inhabitualmente grosero. Ahora se daba cuenta.

—¿Y eso qué significa?

—¿Cómo?

El ascensor llegó a su planta y, cuando las puertas se abrieron, él salió al pasillo estrecho y abrió la puerta del comité, con la mente ya puesta en los asuntos del día, sin interesarle lo que ella pudiera decir.

Los ojos de ella se convirtieron en pozos llenos de dolor, pero él no podía entretenerse con eso. Se suponía que iban a presentar pruebas ante el comité, y llegaban tarde. Sencillamente, no tenía tiempo.

Quizá si le hubiera dado un beso, si le hubiera acariciado un poco el pelo, si la hubiera tratado con amabilidad. Quizá si hubiera sido un poco menos brusco, ella no habría acudido a los periódicos.

Pero él sencillamente la dejó allí. Olivia tenía la melena despeinada, las medias, ahora lo recordaba, rotas por el lugar donde él había tirado. La dejó allí, mirándole.

Sophie se agita y se da la vuelta hacia él, lo saca de la incomodidad de los recuerdos. Él contiene el aliento para evitar que ella se aparte, notando la calidez familiar de su cuerpo apretado contra su pecho. Con cautela, desliza una mano entre los omoplatos y la va bajando por su espalda, atrayéndola hacia sí.

Ella abre los ojos, de un azul profundo, asombroso, y por un momento parece sorprendida de tenerlo tan cerca. No es extraño: ha pasado una semana poniendo toda la distancia física que ha podido entre ellos.

—Hola, cariño. —Él se arriesga a darle un leve beso en la frente.

Ella aparta la cara con una arruga entre los ojos, como si no acabara de decidir si esto es una intrusión o no. Él aparta la mano y se la pone en torno al hombro, rodeándola con sus brazos, pero ligeramente.

—¿Estás bien? —Se inclina hacia ella, le deposita un beso en los labios.

—No. —Encoge los hombros, quejosa, pero no se aparta.

—Soph… no podemos seguir así.

—¿Ah, no? —Lo mira y él ve el dolor reflejado en sus ojos, y algo más prometedor: una mezcla de derrota y esperanza que sugiere que ella no quiere continuar en realidad en ese estado de frialdad y restricción.

Él quita el brazo, liberándola del círculo de su abrazo, retrocede un poco y la mira detenidamente. Hay un palmo entre ellos, que atraviesa para acariciarle la suave parte inferior de la mejilla. Durante un momento Sophie duda, y luego vuelve los labios hacia él y, como si no pudiera evitarlo, como si fuera por la fuerza de la costumbre, le besa ligeramente la palma de la mano. Sus párpados se cierran, como si supiera que es una debilidad darse por vencida.

La atrae hacia sí. La sujeta muy cerca, intentando transmitir con la fuerza de su abrazo lo mucho que significa para él. Los hombros de ella, tensos por los últimos nueve días, están algo agarrotados, pero su aliento sale fluido, como si intentase relajarse, como si quisiera hacerlo desesperadamente.

—No hay nada en los periódicos hoy. Parece que todo ha terminado —dice él, atrayéndola hacia sí y besándola en la cabeza.

—No digas eso. Estás tentando al destino…

—Chris no ha oído ni un murmullo en todo el fin de semana. Y hoy no viene nada. —Se niega a la superstición de su mujer—. Creo que estamos a salvo, de verdad.

—Tenemos que escuchar *Today*. —Se aparta de él mientras la radio-reloj se sintoniza automáticamente y desgrana los titulares de las seis treinta. Una bajada en los tipos de interés ya prevista; una enfermera británica con ébola; otra bomba en Siria.

Escuchan en silencio.

—Nada —dice él.

Los ojos de Sophie se llenan de lágrimas, enormes globos que acaban cayendo. Se los seca e inhala aire y sorbe por la nariz con un ruido sorprendentemente fuerte.

—Estaba muy asustada.

—¿Por qué? —Está desconcertado.

—Ya sabes por qué... Por si los periódicos desentierran algo de los Libertinos.

—Bah. Eso no va a pasar. —James ha enterrado muy hondo aquellos días, no se permite pensar en ellos, y habría deseado que ella tampoco lo hiciera—. Tengo la conciencia tranquila sobre lo que ocurrió entonces. Ya lo sabes.

No responde.

—¿Soph? —Le coge la barbilla y mira sus ojos hondamente, y le dedica su sonrisa más persuasiva y calurosa—. De verdad. Es así.

Durante un rato se quedan allí echados, ella en sus brazos, él apoyando la barbilla encima de su cabeza.

—Tú eres mi apoyo, ¿sabes?

—¿Y qué otra cosa podría ser?

—No, en serio. Lo eres todo para mí. Tienes todo el derecho del mundo a estar furiosa, pero los niños y tú me habéis ayudado a superar esto. —Le llena la cara de besos, un ligero espolvoreo, como a ella le gusta. No responde—. Te debo mucho, Sophie.

Ella lo mira entonces y él ve un ligero atisbo de la joven de la que se enamoró, bajo las capas de desconfianza que se han ido formando a lo largo de la semana anterior.

—Si voy a seguir contigo, si vamos a intentar que todo esto funcione, necesito saber que la cosa ha acabado «de verdad» —dice.

—Ya hemos pasado por esto antes —suspira él—. Joder, si ni siquiera quiero ver a esa mujer. —Suelta una ligera risa—. Además, nuestros caminos no se van a volver a encontrar. Ella está de baja por enfermedad, y luego la trasladarán a otra oficina, cuando vuelva... si es que vuelve. No hay necesidad de volver a verla jamás.

—Y yo necesito saber que no volverás a hacer esto nunca más... No podría soportar otra humillación. —Se estremece y se aparta de él, moviéndose en la cama y rodeándose las rodillas con los brazos—. Yo no puedo ser como mi madre. —Lo mira, acusadora—. Dijimos que no seríamos como ellos... como mis padres. Cuando nos casamos, me lo prometiste.

—Lo sé, lo sé. —Él baja la vista, consciente de la necesidad de seguir representando el papel de penitente—. No sé qué decir para convencerte... Yo... nosotros, todos hemos pagado por mi conducta. No es algo que quiera volver a repetir jamás.

»Tú eres todo mi mundo —añade entonces, pasándole un brazo alrededor de los hombros. Sophie no se aparta, así que pasa también el otro brazo, explorando, en torno a su cintura.

—No... —dice ella, resistiéndose y trasladándose hasta el borde de la cama—. Tengo que ir a levantar a los niños.

—¿Pero me crees? —Le dirige una de sus miradas. Esa que ella normalmente encontraría irresistible, una mirada intensa, en la que hay inyectada una veta de incredulidad.

—Sí. —Se inclina hacia él, brevemente, y le dedica una pequeña sonrisa triste, reconociendo así su debilidad—. Soy una idiota, pero sí.

Él la besa entonces, un beso con todas las de la ley, con la boca abierta y un poquito de lengua. Un beso que consigue ser respetuoso y al mismo tiempo está lejos de ser casto.

—Todo ha terminado —le dice él, mirándola a los ojos e intentando transmitir una convicción que no siente del todo—. Todo va a ir bien.

KATE

31 de octubre de 2016

*D*ejo mi ejemplar del *Times* en la limpia superficie de la cocina y lo examino metódicamente, y luego hago lo mismo con el *Sun*, el *Mirror* y el *Daily Mail*.

Mucho de la trama terrorista frustrada de Mile End, más de la inacabable noticia de la semana, una bomba en una playa egipcia. Pero nada de James Whitehouse, el «amigo del primer ministro al que cogieron tirándose a otra», como lo describió el *Sun* la semana pasada, o «el amante de Liv en el ascensor». Compruebo una vez más los tabloides, robados de la oficina de los procuradores. Ni una sola palabra.

Es raro lo rápido que ha pasado esta noticia, enterrada por noticias de verdad, de las que causan terremotos, y, sin embargo, su completa ausencia resulta algo intranquilizadora. Hay algo aquí que no huele bien, como diría mi madre. El primer ministro ha dicho que él apoya a su colega. Que tiene la mayor confianza en él, que esos son asuntos privados, que ya están resueltos. Pero otro subsecretario al que hubieran pillado teniendo relaciones sexuales con algún miembro del personal estaría ahora crucificado. ¿Qué es lo que ha inspirado pues tal lealtad?

Me molesta ese favoritismo de la vieja escuela, pero no tengo tiempo para obsesionarme. Las nueve, lunes por la noche y, como cualquier otra noche, tengo una maleta con ruedas llena de documentos que me empuja con el morro, como un perro leal, a mis talones. Voy examinando las notas para el caso Blackwell, la audiencia de mañana en el tribunal superior penal de Southwark. Estoy acusando a un delincuente sexual reincidente que, a las dos de la mañana de un día de marzo, secuestró a un niño de once años. ¿Su defensa? Que él solo quería ser amable, y que el chico, paralizado por las cuatro latas de sidra que le había obligado a beber, es «un mentiroso de mierda». Suena todo encantador.

Trabajo con eficiencia y, a pesar de lo sórdido de las pruebas y la tremenda pena que siento por el chico, empiezo a notar que estoy más aliviada: Graham Blackwell, de 55 años y más de 150 kilos, no conseguirá congraciarse con el jurado. A menos que algo vaya terriblemente mal, es muy improbable que yo pierda. Y luego me dedico al caso Butler, una violación en el seno de una pareja que resultará mucho más difícil de probar. Los detalles van surgiendo de las páginas de notas y me doy cuenta de que se me nubla la vista: unos gruesos lagrimones se acumulan en mis ojos, noto que cuelgan de mis pestañas inferiores. Me los limpio con los nudillos. Dios mío, debo de estar exhausta. Miro mi reloj. Las 22.40, relativamente temprano para mí.

Me enderezo, intentando activar el cuerpo entero. Pero sé que no es el cansancio mortal que procede del hecho de ir pateando de aquí para allá el circuito suroriental, o el cansancio intelectual de diseccionar cada laguna jurídica, sino que más bien se trata de un agotamiento emocional que me cubre como la oscuridad aterciopelada de una noche sin estrellas. Aquí, en mi piso tranquilo y bastante solitario, estoy cansada de la inhumanidad del hombre contra el hombre. O más bien de su inhumanidad con las mujeres y los niños. Estoy cansada de tanta violencia sexual, o, como diría Graham Blackwell, me niego a que me importe una mierda.

Es hora de levantar el ánimo. No me puedo permitir regodearme. Mi trabajo consiste en coger a esos hijos de puta y usar mis poderes de persuasión, que son considerables, para hacer lo posible por enchironarlos. Recojo mis expedientes, echo un poco de whisky en un vasito, busco en el congelador unos cubitos (siempre me acuerdo de hacer cubitos de hielo, aunque me olvide de comprar leche) y sintonizo el reloj despertador a las 5.30. El piso está frío, la calefacción central no funciona y no he tenido tiempo de hacer que la arreglen, así que me doy un baño, esperando que al menos eso me calentará los huesos y deshará los tensos nudos de los hombros, envolviéndome en su acuática caricia.

Surge el vapor y sumerjo los miembros. Casi me abraso, pero el alivio es inmediato: nadie me ha tocado desde la breve e insatisfactoria velada del mes pasado con Richard, y me noto expuesta y vulnerable mientras asimilo mi desnudez y veo lo delgados que tengo los muslos. Mis caderas sobresalen como diminutas islas, tengo el estómago cóncavo, los pechos tensos. Cada década tengo una talla menos de copa. A lo mejor la cara ha mejorado: pómulos altos, cejas arqueadas, la nariz, que tanto odiaba en tiempos, ya no tiene bultos, sino que es recta y pequeña; un regalo de trigésimo cumpleaños que me hice a mí misma, la prueba más evidente de mi reinvención y mi éxito, pero mi cuerpo es más flacucho que esbelto. Brota una burbuja de autocompasión al recordar a la joven Kate y contemplar a otra futura más vieja: un suspiro de mujer con canas, tan frágil y encogida como las hojas de haya que piso en mi camino desde el metro a mi piso. Apergaminada.

«¡Por lo que más quieras, piensa en otra cosa!» Mi mente hojea la agenda de las novedades: Egipto, la niebla pegajosa, la esperada llegada de los refugiados sirios antes de Navidad… y luego vuelve a James Whitehouse y la intensidad de su amistad con Tom Southern. Se remonta a treinta años atrás: mucho tiempo para que existan secretos, compartidos y guardados. Me pregunto si los gacetilleros de los tabloides andarán husmeando por ahí, buscando una posible noticia con temas de clase y corrupción, decididos a desenterrar esta vez algún bocado selecto…

Hay una famosa fotografía que salió a la luz justo después de que eligieran al primer ministro, en 2010, de ambos en Oxford. Están posando en la escalinata de la facultad más importante, vestidos con el uniforme de su club de élite, los Libertinos: frac azul noche, chaleco de terciopelo color granate, pañuelos de cuello de seda color crema floreciendo como peonías junto a cada una de esas caras sin mácula. La foto fue eliminada enseguida, ahora no puede utilizarla ninguna de las organizaciones de noticias, pero persiste la imagen de esos jóvenes engreídos y privilegiados. Veo sus caras suaves y sonrientes ahora mismo: las caras de unos hombres que navegarán con facilidad por la vida. Eton, Oxford, Parlamento, gobierno.

Y entonces pienso en el niño del caso Blackwell, el caso del agresor sexual reincidente de mañana, y lo distintas que han sido sus oportunidades vitales, lo muy descarrilada que está ahora su vida. El papel se moja con el agua y dejo que se empape, y que caiga de mi mano al suelo, y me atrapa una oleada de pena, un dolor que me engulle por completo, de tal modo que solo puedo sucumbir a él o eliminarlo. Me hundo en la bañera y doy la bienvenida al olvido que me da el agua caliente y grisácea al cerrarse por encima de mi cara.

JAMES

1 de noviembre de 2016

James atraviesa rápidamente Portcullis House, luego New Palace Yard y por fin Westminster Hall, procurando no mirar a los turistas que levantan la vista hacia el enorme espacio que se encuentra por encima de ellos, elevándose hasta el tejado del siglo XIV, con sus cimbras góticas.

Sus zapatos resuenan en el suelo de piedra, apartándolo de la Babel de acentos (checo, alemán, español, mandarín, supone) y la cuidadosa pronunciación de un joven guía turístico, quizás un recién graduado en ciencias políticas, que está dando su discurso (este es el tejado más grande de los de su tipo, la parte más antigua del palacio de Westminster), temblando con su anticuada chaqueta de *tweed* y su corbata.

Westminster Hall, helado, austero, oliendo a historia, es la parte de los Comunes en la cual la importancia de su trabajo (parlamentario por Thurlsdon, subsecretario en el Ministerio del Interior, miembro del gobierno de Su Majestad) asalta a James con mayor claridad. La sala más grande de todo Westminster, salvada a expensas de la mayor parte del resto de edificios, cuando el fuego arrasó el palacio en octubre de 1834. No hay fingimiento alguno en Westminster Hall; nada de baldosas recargadas con flores de lis, ni estatuas de mármol, ni murales estridentes. Ni tampoco color, esos característicos verde intenso de los Comunes y rojo bermellón de los Lores que iluminan el palacio, como si hubieran dejado suelto por allí a un decorador de interiores con un pantone de los años cuarenta después de tomarse un ácido. Westminster Hall, todo piedra gris y severa y oscuro roble, está tan despojado de ornamentos y tan sombrío como pudo desear en su tiempo Oliver Cromwell.

Sin embargo, hace también un frío helador. Ese frío que exige que la gente se envuelva en abrigos de pieles para hacer juego con la herencia medieval de la sala, un frío inflexible, que se ríe en la cara de la modernidad y le recuerda a James, por si alguna vez se le sube la fama a la cabeza, su insignificancia en la historia de este lugar. Pasa junto a una pareja de policías que se están calentando con un calefactor vertical en St. Stephen's Porch, y cruza el St. Stephen's Hall, más íntimo y cálido, con sus arañas brillantes, sus relucientes vidrieras y murales, sus imponentes estatuas de grandes oradores parlamentarios, resplandecientes con espuelas y mantos hechos de pliegues de mármol. Pasa junto al lugar donde murió el único primer ministro británico que fue asesinado, y luego tiene que dar la vuelta en torno a un cubo. Porque todo se está desmoronando.

Nadie le dirige una sola mirada allí, y sigue a través del Vestíbulo Central, el corazón del Palacio, repleto de turistas, donde un diputado laborista sin cargo específico, hablando con un miembro del público, le saluda con un gesto poco amistoso. Él gira hacia la izquierda y pasa junto a otra pareja de policías a la entrada de la zona prohibida al público en general: el pasillo de los Comunes, relativamente estrecho, que conduce a la sala de los parlamentarios, y más allá, a la Cámara misma.

Se siente a salvo aquí. Ningún periodista perteneciente a un grupo de presión puede atacarlo, ahora que la Cámara está reunida, a menos que, mirando los pasillos que dirigen al vestíbulo donde se les permite esperar, él decida atraer su atención. No necesita aventurarse por allí hoy: las preguntas para el Ministerio del Interior no son esta semana, no hay debate alguno que requiera una fuerte presencia en las bancadas, y tampoco hay comparecencia del primer ministro para responder preguntas. Y sin embargo, siente la necesidad de afrontar los espacios públicos de la Cámara: visitar los salones de té, comer en el Portcullis, sentarse en la Cámara. Probarse a sí mismo, y también a sus colegas, que, como le dijo a Sophie, realmente todo está muerto y enterrado.

Al reunirse con Tom para una sesión secreta de gimnasio, aquella misma mañana, le ha convencido de que lo de Olivia y sus secuelas es un capítulo cerrado. Chris echó chispas cuando se enteró más tarde, pero él entró y salió a escondidas de Downing Street a las 6.15 de la mañana.

Tras cuarenta minutos de darle a la máquina de los remos, se contuvo para no darle un abrazo a su antiguo amigo.

—Gracias por no dejarme con el culo al aire —dijo al final de una sesión de ejercicios que eliminó lo superfluo y los llevó de vuelta a lo esencial. El sudor relucía en su piel, y se secó la frente empapada.

Tom, con la cintura más ancha desde que se había convertido en primer ministro, no podía hablar al principio, de lo mucho que jadeaba.

—Tú habrías hecho lo mismo por mí —consiguió decir al final.

El hombre más poderoso del país se inclinaba sobre las manivelas de la máquina de correr, pero, cuando se enderezó, su mirada transportó de nuevo a James a veinte años atrás. Podían estar perfectamente corriendo en torno a Christ Church Meadows, forzando sus cuerpos, con gozoso alivio al acabar los exámenes finales o con frenética desesperación. James se resistió a ese recuerdo… pero una vez más, Tom no le dejó.

—Tenemos que reconocerlo: es lo menos que puedo hacer. Probablemente me toca a mí ahora sacarte de apuros…

Hasta hoy, todo había ido bien. Había sufrido algunas pullas de los diputados laboristas del norte más mojigatos y menos en forma, que probablemente no habían tenido relaciones sexuales desde el milenio anterior, y algo de desdén por parte de las mujeres laboristas de peor genio, pero muchos de los suyos le habían dedicado gestos de apoyo. Hubo notas amables, sobre todo de un par de políticos de más experiencia: antiguos ministros que recordaban a Alan Clark, Cecil Parkinson, Tim Yeo, Steve Norris, David Mellor. Por no mencionar a Stephen Milligan, que murió por autoasfixia vestido con unas medias. Nadie finge que este gobierno ha vuelto a «los principios esenciales», a nadie le importa (al menos, no demasiado) la moral sexual individual. Quizá se haya producido un escalofrío de preocupación por el hecho de coquetear con una empleada, pero la estrategia de Chris Clarke ha resultado impecable. La sensación de James, y su instinto acierta normalmente con estas cosas, es que su escarceo puede ser una marca en la apócrifa lista negra del jefe, o bien puede merecer un párrafo o dos en unas futuras memorias políticas, pero que, en términos de su carrera de larga distancia, se ha tachado por completo.

El alivio es inmenso. Hace una pausa junto a los casilleros de roble, quizá anacrónicos en esta época en que los teléfonos vibran constantemente llenos de mensajes y correos, pero que todavía se usan con frecuencia. Está iluminado y se ve un mensaje, una nota, sorprendentemente nada condescendiente, de Malcolm Thwaites. Hace una pausa, mirando hacia la entrada de la Cámara, más allá del portero principal —otro anacronismo con su frac negro y su chaleco—, que le dedica un gesto medido, pero cortés. El vestíbulo está tranquilo y James se queda de pie, en la tranquila antecámara, levantando la vista hacia el bronce de Churchill, que tiene las manos en las caderas y la cabeza proyectada hacia delante como si fuera un boxeador. Al otro lado del vestíbulo está la señora Thatcher, con la mano derecha levantada, apuntando con el índice, como si estuviera en la tribuna. El suyo es un nuevo tipo de conservadurismo y, sin embargo, él necesita canalizar la inquebrantable fe que tiene en sí mismo, recuperar su orgullo. Hace una seña a la Dama de Hierro, se vuelve y le dedica al portero su sonrisa más encantadora.

Todo irá bien. Cuando retrocede, levanta la vista hacia el arco de la Cámara y las zonas rojizas que dejaron las llamas cuando fue bombardeada y completamente destruida en el Blitz. El tejado de este vestíbulo está combado, aunque nadie lo diría. Se reconstruyó todo, igual que su carrera, algo desbaratada, pero no destruida irreparablemente. La clave, así como en ser menos distante con sus colegas de bancada más tediosos, es hacer algo interesante con el encargo que tiene del Ministerio del Interior, potencialmente un cáliz envenenado, aunque Tom sabe que él puede destacar. Ahora vuelve al despacho por el corredor de los Comunes, dejando atrás el sanctasanctórum, el corazón vivo de esta Cámara.

Cruza hacia los vestíbulos de los lores, con gruesa moqueta roja y paredes forradas de madera, coronadas con los emblemas en azul pavo real y pan de oro de los fiscales generales. Un viejo lord va tambaleándose a la oficina de impresión de documentos y lo saluda con un gesto. Nadie habla, la atmósfera es tan silenciosa como la de un monasterio trapense, aunque la decoración de alto gótico victoriano está lejos de ser austera. James prefiere esta suntuosidad y secretismo al brillo y la transparencia del Portcullis, la parte moderna del Parlamento, con su enorme patio con higueras, aunque podría haber ido mejor si «aquella» reunión del comité hubiera tenido lugar en esa parte de los Comunes.

Piensa un instante lo distintos que podrían haber sido los acontecimientos allí, donde las puertas de los ascensores son de cristal.

Deja a un lado esa idea y coge un atajo, bajando por una escalera de caracol y luego a través de un laberinto de oficinas de administración donde vuelve a salir a un patio en el extremo más lejano del edificio, envuelto en plástico y repleto de andamios, justo por la entrada del Black Rod. El sol de otoño brilla con fuerza, y tras de sí el Támesis destella y le recuerda los momentos más dorados de Oxford. Hace mucho tiempo que ha bloqueado por completo el aspecto menos dorado. Y Tom ha tenido que referirse a ello precisamente esta mañana: «Tenemos que reconocerlo: es lo menos que puedo hacer. Probablemente me toca a mí ahora sacarte de apuros...».

—¿Señor Whitehouse?

La voz lo saca de sus pensamientos. Un hombre de mediana edad y una mujer de treinta y pocos vienen hacia él, mientras se dispone a cruzar Millibank, dando grandes zancadas hacia el Ministerio del Interior.

—¿Qué se les ofrece? ¿Puedo rogarles, por favor, que pidan una cita para hablar conmigo? —Mira hacia atrás, en dirección a los Comunes, con su protección policial y sus guardias de seguridad. No le importa reunirse con el público, pero preferiría no hacerlo, sobre todo viendo que este hombre le sonríe como un chiflado.

—Lo siento, pero no necesitamos ninguna cita —dice el hombre, acercándose. La mujer, que no es fea, lo comprueba de una manera automática, aunque el traje pantalón que lleva le sienta mal y el pelo lacio no la favorece, le sigue un paso por detrás.

—¿Cómo dice? —James se fija en el toque gangoso de su voz, pero el hombre entonces saca una tarjeta identificativa de la policía metropolitana de su cartera... y la sonrisa de James se queda congelada en un rictus.

—Detective sargento Willis, y esta es mi colega, la detective Rydon. Hemos intentado ponernos en contacto con usted, señor Whitehouse, pero en su despacho al parecer no sabían dónde se encontraba —lo dice con una sonrisa fácil, aunque sus ojos no ceden ni un segundo. Su voz, llena de oclusiones glóticas, tiene un tono especial.

—He apagado el móvil durante una hora. Ya sé que es una conducta criminal. —James elige deliberadamente sus palabras, intentando esbozar una sonrisa que resulte reservada—. A veces lo hago, a la hora de comer. Simplemente quería pensar.

Sonríe de nuevo y les ofrece la mano derecha. El detective la mira como si fuera algo que no se encontrara habitualmente, y no la coge.

James, fingiendo que no se da cuenta, mueve la mano como si les estuviera guiando.

—Quizá podríamos hablar en otro sitio. ¿En mi despacho del departamento? Voy hacia allí.

—Sí, creo que quizá lo prefiera —dice el otro hombre.

Su acompañante, delgada y con rasgos delicados, asiente, implacable. Él se pregunta qué habría que hacer para que sonriera, y al mismo tiempo, cuál podría ser el lugar más discreto.

—Quizá puedan decirme ustedes de qué quieren que hablemos —dice. Expulsa el aliento con demasiada rapidez, y se concentra en bajar la velocidad.

—Olivia Lytton —dice el detective Willis, y lo mira cara a cara. Echa atrás los hombros, sorprendentemente anchos para un hombre tan delgado, y de repente parece más imponente—. Estamos aquí para hacerle unas cuantas preguntas con relación a una acusación de violación.

KATE

9 de diciembre de 2016

$\mathcal{V}$iernes por la noche… y estoy de buen humor, mientras voy llegando a casa de mi vieja amiga Ali, en una calle residencial del oeste de Londres. Ha pasado una semana desde que Brian me entregó el primer expediente con documentos del caso Whitehouse, y todavía estoy aturdida por la emoción, al pensar en llevar este proceso ante los tribunales.

—¡Oooh, champán! ¿Navidad? ¿O has ganado algún caso? —Ali me da un rápido beso en la mejilla, coge el *prosecco* frío y el ramo de flores que le llevo y se lo pone en los brazos.

—Acaban de darme uno muy bueno —le explico, siguiéndola hacia el salón de su adosado eduardiano. Un bosque de abrigos se balancea ante mí, y me envuelve el olor de lasaña (cebolla, ajo, carne caramelizada) al entrar en su atestada cocina, en la parte posterior de la casa.

Hay mucho ajetreo allí: un niño asalta un armario de la cocina («pero es que tengo hambre»), otra toca el piano muy mal, apelotonando los dedos en una misma tecla y luego aporreando el teclado más fuerte, al parecer ajena a lo que le rodea. Solo Joel, el más pequeño, que es ahijado mío, está tranquilo, jugando con la caja de Lego que le he traído, esperando comprar así una hora de charla ininterrumpida con su madre. Quince minutos después de abrir la caja, ya casi ha completado la tarea, al parecer no tan complicada.

Ali coloca una taza de té delante de mí, apartando un ejemplar de ayer del *Guardian*. Está muy ocupada, pero es que siempre lo está: da clases cuatro días a la semana, cría a tres hijos de entre siete y trece años, y es la mujer de Ed. Nunca necesita explicar lo atareada que está, se nota a simple vista. Es un hecho. Y yo siento un cierto resentimiento a veces por eso, como si su forma de estar atareada tuviera una textura mucho más rica que la mía. La maternidad, el matrimonio y además una carrera… no una carrera tan prestigiosa como la mía, ni tan bien pagada, pero aun así una carrera; la agotan tanto que el viernes por la noche probablemente no estará de humor para escuchar todos mis triunfos, y mucho menos mis problemas. Está muy bien verme, pero podría pasar sin ello al final de una larga semana, podría hacerlo perfectamente.

Todos esos pensamientos me los imagino, claro. Ella no da indicación alguna, pero lo noto burbujeando, implícito en su rápido vistazo a mi bolso nuevo, enorme y de marca, de piel buena, y lo sugiere el absoluto agotamiento que envuelve su rostro. Esto se refleja cuando finalmente acaba por sentarse, y el aliento sale de su cuerpo como el aire de un globo deshinchado, y se rasca el pelo, que lleva sujeto en una coleta, con movimientos bruscos y una mueca. Incluso su pelo lo indica también: mechones de canas grises y otros de un rubio sucio, cuyas raíces necesitan un retoque. Y el hecho de que su frente parezca permanentemente fruncida entre dos cejas no demasiado cuidadas.

—Me gustan tus gafas. ¿Son nuevas? —pregunto, intentando decir algo positivo.

—Ah, estas. —Se las quita y las mira como si las viera

por primera vez. Una de las patas está torcida y los cristales están llenos de huellas de dedos. Se las vuelve a poner y me lanza una mirada que consigue ser a la vez irónica y desafiante—. No, son viejas. Ni me acuerdo de cuándo me las compré.

—Antes no te gustaba nada llevar gafas.

Pienso de nuevo en la chica que llevaba lentes de contacto de adolescente, con veinte años y hasta los treinta, y a quien yo consideraba tan glamurosa por conseguir sujetar con soltura una lentilla en el dedo y, sin espejo, ponérsela en el ojo.

—¿Ah, sí? —Ali sonríe—. Bueno, son más baratas y mucho menos lío.

Se encoge de hombros. No hace falta que diga que ya no tiene tiempo para arreglarse, o para recordar que en tiempos ella era la más guapa: esbelta por naturaleza, rubia, confiada, mientras que yo era más pesada y más tímida. Una galería de antiguas Kates y Alis en nuestras distintas encarnaciones físicas, recuerdos acumulados, una capa sobre la otra, cuelga como una tira de muñecas de papel recortadas.

—Bueno... ¿estás bien?

Ali se sube las gafas a la parte superior de la cabeza y aparta algunas piezas de Lego. Me pregunto si realmente lo querrá saber. Parece más preocupada por la lasaña que está cociéndose en el horno, por la segunda carga de uniformes escolares que gira en la lavadora, o la primera que está en la secadora, que da vueltas con pesada regularidad, con un sonido repetitivo.

Su atención vacila.

—He dicho que no comas nada. —Se pone de pie y cierra de golpe la puerta del armario que su hijo Ollie, de diez años y al parecer siempre hambriento, intenta saquear—. Vamos a cenar dentro de diez minutos.

—¡Pero tengo mucha hambre! —El chico golpea el suelo

con el pie, con la testosterona bien palpable, y sale corriendo de la habitación.

—Lo siento —dice ella, sentándose de nuevo y mirándome con una sonrisa—. Es imposible intentar llevar una conversación normal aquí.

Como si le diera pie entonces, Pippa, la hija mayor, entra y se enrosca en el respaldo de mi silla, sinuosa como un gato.

—¿De qué habláis?

—¿Quieres irte de aquí? ¡Salid todos! —La voz de Ali se eleva, exasperada—. ¿Podéis dejarme hablar en paz diez minutos con mi amiga?

—Pero mamá... —Joel parece horrorizado por verse expulsado de una forma tan poco ceremoniosa. Su hermana mayor se aparta del respaldo de mi silla y sale muy ofendida, y sus esbeltas caderas se menean de un lado a otro, parodiando a una modelo. Veo salir a esta niña-mujer, medio maravillada de la mujer en la que se convertirá, medio temerosa de lo que le traerá el futuro.

—Así está mejor.

Ali bebe un poco de té con alivio y emite un pequeño suspiro satisfecho. ¿Por qué no nos estamos bebiendo el *prosecco*? Es viernes por la noche. En tiempos, a estas alturas ya nos habríamos bebido tres cuartas partes de la botella. Pero Ali la ha guardado en el frigorífico. Me bebo el té, demasiado fuerte para mi gusto, porque ella nunca lo hace demasiado bien, busco el cartón de leche que está en el mostrador y me echo un poco más.

—Bueno... ¿decías algo de un caso?

Así que le interesa... Siento una oleada de alivio y luego vuelve a aumentar la aprensión en mi interior.

—Es un caso importante. Una violación. De muy alto nivel.

—Suena emocionante...

Estoy indecisa. Deseo muchísimo divulgar solo un poquito: no contarle todas las pruebas, claro, sino hacerle saber de quién estamos hablando.

—En realidad no puedo hablar de ello... —Cierro por completo la posibilidad de revelaciones y capto su expresión: una sonrisa que dice: «bueno, si eso es lo que quieres»..., un suspiro ligero, un distanciamiento entre las dos cuando ha parecido, brevemente, que volvíamos a nuestras habituales confidencias.

—Se trata de James Whitehouse. —Rompo mis propias normas, ansiosa por recuperar aquella cercanía, y más que eso: comprobar su reacción.

Sus ojos azules se abren mucho. Ya he conseguido que se interese.

—¿El subsecretario?

Asiento.

—¿Y tú llevarás la acusación?

—Sí. —Levanto los ojos al cielo. Todavía no me lo creo del todo.

—Y... ¿crees que es culpable?

—La fiscalía cree que el caso es sólido.

—Pero no es lo mismo. —Menea la cabeza.

Arrugo la nariz y le ofrezco mi respuesta habitual, anodina hasta decir basta.

—Él dice que es inocente. La fiscalía supone que hay pruebas suficientes para acusarle, y yo haré todo lo posible para convencer al jurado de que hay caso.

Ali aparta su silla y coge unos cubiertos de un cajón, que tintinean con un sonido plateado. Seis cuchillos, seis tenedores; las vinagreras sujetas en la otra mano como un par de maracas. Se vuelve rápidamente, cierra el cajón con la cadera.

Quizás esté irritada porque le he hablado con legalismos, pero es inevitable, porque es el lenguaje que uso en el tribunal. Es difícil, cuando hablo de un caso, hacerlo de una manera más coloquial, igual que encuentro muy difícil abandonar mi precisión de abogada, mi tendencia a interrogar cuando intento demostrar algo. Observo las señales reveladoras de que está enfadada: se niega a mirarme a los ojos, veo tensión en torno a su boca, como si hiciera un esfuerzo para no hablar. Pero Ali parece más pensativa que ofendida.

—No puedo creerlo de él. Quiero decir que ya sé que ha tenido una aventura, pero creía de verdad que era uno de los buenos. Parece que estaba haciendo un buen trabajo, que llegaba bien a las comunidades musulmanas, en lugar de burlarse de ellos sistemáticamente. Y además me parecía encantador.

—¿Encantador?

Ali se encoge de hombros, violenta durante un momento.

—El único conservador al que no echaría de mi cama.

Su tono me conmociona, pero bromeo:

—Pero no es tu tipo, ¿no?

Lo digo en broma, porque se parece muy poco a Ed, su compañero desde que teníamos poco más de veinte años y ahora un profesor muy serio y algo calvo.

—Me parece muy guapo.

Me mira con franqueza, y todo su bagaje, tan pesado, como esposa, madre y maestra de niños pequeños, se desprende de ella al admitir una cosa tan poco habitual. Podríamos estar preparándonos para ir a un baile en la facultad, alumnas de primero discutiendo a qué chico le hemos echado el ojo, las dos con dieciocho años otra vez.

Me encojo de hombros y me entretengo despejando la mesa, preocupada por su respuesta a distintos niveles. Otra vez nos enfrentamos a lo mismo de siempre: un hombre que se ganará a todas y cada una de las mujeres del jurado porque es muy guapo; podría incluso ganarse a algunos de los miembros masculinos también, porque su belleza no resulta ofensiva. La mandíbula bien cincelada, los pómulos altos, los ojos verdes, su altura, su carisma, porque es eso, esa rara cualidad que le distingue con una claridad total, todos ellos rasgos de un hombre dirigente. Y luego está también su encanto, porque James Whitehouse lo tiene en abundancia. La cortesía sin esfuerzo y sin ostentación que es marca de la casa de un antiguo etoniano, que te halaga y te hace sentir, cuando fija su atención en ti, que está genuinamente interesado, genuinamente deseoso de ayudar. Como averiguó Olivia Lytton, eso puede ser muy seductor. No tengo duda alguna de que, si llega al banquillo, como seguramente llegará, usará hasta la última pizca de ese encanto, todos los trucos que guarda en la manga.

—Un poco superficial por mi parte, dejarme llevar por su belleza, ¿no?

—No, no es superficial. Me preocupa, es natural. Me preocupa lo que pensará el jurado.

—Me imagino a su pobre mujer y su familia... es padre y marido. Creo que por eso resulta tan difícil de creer.

—Oh, Ali... la mayoría de los violadores son conocidos de sus víctimas. No son hombres con cuchillos que se esconden en los callejones.

—Ya lo sé. Sabes que lo sé. —Empieza a colocar los cubiertos.

—¡Y ahora me dirás que no crees en la violación marital! —Río para cubrir mi frustración, mi incredulidad de que pueda pensar bien de él.

—Eso no es justo, Kate, no es justo en absoluto...

La temperatura en la asfixiante cocina cae cinco grados de repente. Ella tiene la cara muy roja, los ojos muy oscuros y relucientes, cuando levanta la vista hacia mí. Me sorprende ver que está muy enfadada.

—No quería ser condescendiente...

Me echo atrás, consciente de que entre las dos se está abriendo una gran distancia, un abismo que empezó con una grieta cuando yo saqué una matrícula y en cambio ella solo consiguió un 2,2, y ha seguido ampliándose al dedicarse ella a la enseñanza y progresar yo hasta la abogacía. Siempre se ha mostrado un poco quejosa por sentirse intelectualmente inferior y, sin embargo, de vez en cuando, discute tan apasionadamente como yo, y se une a mí dando lecciones de feminismo y de política sexual y defiende sus ideas a veces con mucha energía. ¿Será el matrimonio, la maternidad o simplemente la edad lo que la ha cambiado? Se ha hecho más conservadora. ¿Estará menos dispuesta a creer que un hombre atractivo… no, guapo, y además de clase alta, pueda ser capaz de un delito tan feo? Todos nos ablandamos con la edad, cedemos, doblegamos nuestras opiniones, nos volvemos menos estridentes. Todos menos yo. No en lo que respecta a la violación.

Me siento irritada, pero es injusto que dirija hacia ella mi exasperación. Este caso, y la probabilidad de que James Whitehouse se libre, me han afectado de una manera inhabitual. Porque a pesar de mi acaloramiento y mi furia, se me da muy bien el distanciamiento emocional. En las raras ocasiones en que he perdido un caso, es mi fracaso lo que me molesta, así como las implicaciones para los reclamantes, las chicas cuya forma de vestir, niveles de consumo de alcohol y conducta sexual son escudriñadas en el estrado, como si fuéramos lascivos lectores de tabloides cuyos relatos no se acaban de creer todavía, después de todo.

Normalmente supero bien los fracasos: una carrera, una ginebra a secas, mucho más trabajo en el cual sumergirme, porque debido a la presión de mi trabajo no puedo regodearme en la autocompasión. Yo presenté las pruebas y la decisión quedó fuera de mis manos, así que sigo adelante. Eso es lo que me suelo decir a mí misma, y normalmente suelo creérmelo.

Pero esta vez no. Este caso se me ha metido dentro. Y las

probabilidades están contra nosotras. Igual que ocurría con Ted Butler y Stacey Gibbons: había una relación, aunque no tuviera nada que ver con lo doméstico. Una aventura en el lugar de trabajo: en ascensores y despachos, con botellas de Veuve en habitaciones de hotel y en el piso de ella. Y algunas de las pruebas apuntan a una violencia latente bajo el exterior encantador de James Whitehouse, sugiriendo, con su absoluto desdén por los sentimientos de su antigua amante y esa convicción absoluta de tener derecho a todo, que el tipo es un sociópata.

No puedo hablar de nada de esto con Ali. No puedo compartir la declaración de Olivia como testigo. Los detalles de lo que ocurrió exactamente. No es que no confíe en ella. Ni siquiera es porque sea profesionalmente inaceptable. Quizá sea que no quiero resultar vulnerable, no quiero admitir que una acusación de alto nivel de una figura carismática y creíble es casi imposible de conseguir. O quizá sea porque temo que resulte evidente que estoy perdiendo mi objetividad... y eso es algo que no se puede cuestionar nunca, en absoluto.

—No discutamos. —Mi querida amiga tiene una copa de vino en la mano, una oferta de paz que yo acepto, agradecida—. Ven aquí.

Abre los brazos, súbitamente maternal, y yo le doy un rápido y apretado abrazo, disfrutando de la calidez que fluye de ella, de la familiaridad de su cuerpo pequeño y blando contra el mío alto y delgado.

—No sé si podré hacerlo —reconozco por encima de su cabeza.

—Bah, no seas ridícula.

—No sé si puedo hacer que le condenen. —Me aparto, avergonzada por haberlo reconocido.

—No es decisión tuya, ¿no? Es lo que dices tú siempre: que depende del jurado.

—Sí, así es. —La idea es deprimente.

—Pues entonces creo que lo tienes crudo. —Da un sorbo de vino—. ¿No estaba teniendo una aventura con ella… y luego esta fue a los periódicos cuando él la dejó para estar con su mujer y sus hijos? No suena mucho a víctima, la verdad, sino más bien a una mujer que se protege muy bien las espaldas —dijo.

—Eso no significa que no la violaran.

Mi voz suena cortante, las palabras duras, como coágulos furiosos y, a mi espalda, cierro las manos involuntariamente formando puños, con fuerza.

HOLLY

3 de octubre de 1992

*E*ra como si Holly estuviera en un plató de cine, o en un episodio de *Morse*, quizá. Sí, esa era la perspectiva, vista a través de sus ventanas con parteluz. Un patio dorado, un cielo de un azul intenso y la cúpula de una biblioteca vistos en el folleto informativo de la facultad y en las tarjetas de Oxford que compró cuando fue a la entrevista. La Cámara Radcliffe, o Rad Cam, como se suponía que la iba a llamar muy pronto. Del siglo XVIII. Icónica. No tanto un pináculo etéreo como un pimentero color miel. Una imagen fotografiada por decenas de miles de turistas, cada año, y ahora, al parecer, la imagen que veía desde su ventana.

Pero ella todavía no podía creerlo. Estar allí, en aquella habitación… o aquel par de habitaciones. Porque tenía una *suite*: un enorme salón o estudio, con las paredes forradas de roble, un enorme escritorio con siete cajones y un sofá de cuero baqueteado, y un pequeño dormitorio anexo: una cama sencilla situada junto a otros paneles de madera, enclaustrada.

—Has tenido suerte en el sorteo de habitaciones —le dijo el portero mientras le entregaba una llave grande y pesada, y era verdad. Había salido la decimocuarta, parece ser, cosa que significaba una *suite* con dos habitaciones en el primer piso del Old Quad, el antiguo patio del siglo XVI, no una habitación en el «nuevo» patio gótico victoriano, o exiliada en el anexo de 1970, al otro lado de la ciudad. Las escaleras teñidas de oscuro crujían al ir subiendo los empinados e irregulares escalones, y observó cómo se habían ido torciendo y desgastando en la mitad por el paso de los estudiantes a lo largo de los siglos. Y cuando empujó la pesada puerta de roble, que chirrió como en un cuento de los hermanos Grimm, casi gritó de emoción.

—Diferente de casa, ¿eh? —La voz de su padre interrumpió sus pensamientos. Pete Berry examinó el marco por encima del alféizar de la ventana forrado de madera—. Yo creo que habrá corrientes de aire.

Se metió las manos en los bolsillos, hizo sonar las llaves del coche y se puso de puntillas.

—Un poco distinto, sí.

Holly ignoró las críticas a las cuestiones prácticas de la habitación, examinando el reloj de sol que había en el muro de enfrente del patio cuadrangular: azul, blanco y dorado con un filo rojo muy regio. En casa ella tenía solo medio dormitorio, y su parte era espartana comparada con la de su hermana pequeña, Manda, con su enorme cantidad de maquillaje Rimmel y joyería de plástico. No había vista alguna desde su ventana, excepto la pared de ladrillo rojo de la casa de enfrente, la pizarra del tejado y un montón de cañones de chimenea coronados con antenas de televisión. Un borrón de cielo gris, color carbón.

—Bueno, será mejor que me vaya.

Su padre estaba inquieto en aquel entorno, quizá también en presencia de su hija. No tenía sentido fingir que era un padre orgulloso cuando en realidad había desaparecido seis años antes, abandonando a su mujer y a sus dos hijas. Estaba allí solo porque ella tenía demasiado equipaje. Deseó haber hecho un equipaje más ligero, en lugar de tener que enfrentarse a la incómoda situación de charlar de cosas intrascendentes en el Nissan Micra. La manifiesta jovialidad de él, una mezcla de orgullo y de chabacanería apenas disimulada, quizá incluso de nervios, llenaba aquel espacio diminuto.

Su maleta y su mochila se encontraban entre los dos.

—Bueno, pues adiós, cariño. —Fue hacia ella con brusquedad, abriendo los brazos. Ella se quedó muy tiesa entre ellos—. Estoy muy orgulloso de ti. —La apartó—. No nos metemos en un callejón sin salida contigo, ¿verdad? —Como era instructor de autoescuela, se reía de sus habituales bromas.

—No, supongo que no. —Ella consiguió esbozar la sonrisa que correspondía.

—Sé buena.

¿Como tú? Estuvo a punto de preguntárselo, porque sus aventuras eran habituales, una compulsión por seducir a las mujeres a las que enseñaba, y tenía un sorprendente éxito en ello que había hecho que abandonase la vida familiar. Pero lo dejó correr.

—Lo intentaré —dijo.

—Buena chica. —Él volvió a hacer sonar las llaves en su bolsillo. No pensó en ofrecerle algo de dinero, porque tenía una beca completa, él andaba algo apurado y no se le habría ocurrido hacer tal cosa—. Bueno —volvió a decir—. Pues será mejor que me vaya.

Ella no sugirió que buscaran un pub para almorzar, ni siquiera que fuesen al bar Wimpy que estaba cerca. Abajo, en el patio, sus colegas salían a disfrutar del sol otoñal con sus padres, un río de chaquetas azul marino y abrigos color *camel* coronados todos con un pelo muy brillante y bien cortado. Se oyó alguna carcajada: un padre que echaba la cabeza atrás y luego colocaba un brazo en torno al hombro de su hijo. Una madre que ponía la mano en la espalda de su hija y dirigía a la joven alta y rubia hacia la portería, junto a un carrito cargado con un equipaje que hacía juego. Había una cierta uniformidad en aquellas familias. Esbeltos, altos, bien vestidos. Seguros de sí mismos. La sensación de que aquellos estudiantes que llegaban para estudiar en la facultad estaban a sus anchas, de que pertenecían a aquel lugar.

La idea de que la vieran con su padre, con su risa demasiado estridente, su cazadora de cuero negro y la barriga sobresaliendo por encima de los vaqueros la ponía nerviosa. Todo lo que se refería a él chirriaba.

—Sí —dijo, y tragó saliva, porque quería aferrarse aún a todo lo que era familiar, y al mismo tiempo se daba cuenta de que intentaba repudiarlo—. Sí, a lo mejor deberías irte.

Una vez sola ya pudo relajarse. O al menos lo intentó. Se echó en la cama, sin preparar, que tendría que hacer al cabo de un minuto, y miró al techo, y luego saltó de pie de nuevo porque estaba nerviosa, demasiado emocionada para estarse quieta, y con el estómago hecho un manojo de nervios. No podía salir al patio soleado todavía, pero ya se orientaría, encontraría el lavabo —en lo más alto de la escalera, creía que había dicho la alumna de segundo que les había enseñado el sitio— y quizá pudiera ver quiénes eran sus vecinos. De camino hacia arriba pasó junto a un cuchitril que se abría en el panel de la pared, un antiguo aparador ahora eliminado que albergaba un pequeño frigorífico. Miró en el interior. No había leche en los estantes, pero sí tres botellas con corchos gordos y decoradas con etiquetas doradas. Hasta ella, que no había visto en la vida real una sola botella de aquellas, sabía que eran de champán.

Se abrió una puerta por encima de ella y asomó una cara. Un chico, en realidad un hombre joven, mayor que ella, con el pelo largo y rizado, color castaño rojizo, y la cara divertida y perezosa.

—¿Estás saqueando mi suministro? —Su voz sonaba un poco gangosa.

—No… de verdad. —Ella se puso tensa, como si la hubiesen cogido con las manos en la masa.

—Ned Iddesleigh-Flyte. —Le tendió la mano. Sorprendida, ella subió las escaleras que quedaban hasta él y se la estrechó—. PPE.[4] Tercer curso. ¿Dónde fuiste al colegio?

Ella se quedó un poco desconcertada.

—En Liverpool —dijo.

Él levantó una ceja.

—Quiero decir que a qué colegio. —Una pausa—. Yo fui a Eton.

Ella estuvo a punto de echarse a reír. Era broma, seguro.

—¿De verdad? —Fue lo mejor que se le ocurrió, y se odió a sí misma por no dar con una respuesta adecuada, algo que lo pusiera firmemente en su lugar.

—De verdad —dijo él, con una pronunciación que hizo que sonara muy distinto a su entonación gutural, que ahora se daba cuenta de que tendría que abandonar enseguida. Las vocales largas de él se alargaron más aún en el silencio, mientras ella buscaba algo que decir.

—Bueno, es igual. —La rescató—. ¿Cómo te llamas, querida vecina?

—Pues… Holly —dijo ella, preparándose para lo inevitable—. Holly Berry.[5]

—¿Estás de broma?

---

4. Triple licenciatura en Filosofía, Políticas y Económicas (Philosophy, Politics and Economy). Una parte notable de la élite política inglesa está licenciada en esta triple carrera por la Universidad de Oxford.

5. En inglés, baya de acebo.

—No.

Ya estaba acostumbrada a aquella reacción, y acostumbrada también a tener que soltar siempre la misma explicación embarazosa.

—Fui concebida en Nochebuena. Mi padre tiene sentido del humor... o le gusta creer que lo tiene.

La sonrisa de él se amplió y echó la cabeza hacia atrás, como aquel padre del patio, abajo: quizás era él a quien ella espiaba.

—Bueno, realmente es memorable. Holly Berry. ¿Pinchas?

—Puede.

¿Era lo mejor que se le ocurría? Las pullas de toda la niñez aparecieron en sus pensamientos, pero su lengua permaneció ociosa en su boca, incapaz de formular una réplica mejor. La sangre enrojecía su cuello mientras el silencio se abría entre los dos, poniendo de manifiesto su torpeza. Tenía que decir algo, algo que le borrara esa sonrisita de la cara.

Él sonrió de nuevo, con una sonrisa amplia, lánguida, de un chico que sabe que tiene el mundo a sus pies. Aunque no era para tanto. Manda, que tenía mucha experiencia, o al menos más experiencia que ella, no lo miraría dos veces, con esa melena enmarañada. A ella le gustaba que sus hombres (que eran hombres, no chicos) tuvieran un aspecto pulido. Pero Manda no iría nunca a Oxford.

—¿Por qué quieres ir a un sitio pijo como ese? —le había preguntado a Holly, a quien también veía como una pija estirada. Ella quería ir a Mánchester, y había empezado unos cursos voluntarios de administración de empresas en el instituto. Estudiar literatura, o leer literatura, era una pérdida de tiempo. Era mucho mejor empezar a ganar dinero enseguida, o hacer algo vocacional. Algo que supieras que podía darte mucho dinero.

A Holly no le preocupaba ganar dinero. Estudiaba literatura porque era la asignatura que mejor se le daba. «Excepcional», había dicho su profesora de selectividad, que luego sugirió a su mamá que se matriculase en Oxford.

—Algunas facultades se están dando cuenta de que tienen que diversificar la procedencia de sus alumnos. Creo que realmente tiene una oportunidad —explicó la señora Thoroughgood.

Entró en la primera facultad que eligió, una elección que se había basado en que le parecía especialmente bonita en el prospecto y estaba muy céntrica y cerca de las bibliotecas. Aunque sabía que allí el porcentaje de alumnos nuevos de una escuela estatal como la suya sería bajo, no se le había ocurrido que pudiera conocer a alguien como Ned. Había oído hablar de Eton, claro, pero solo como se oye hablar de la Cámara de los Comunes o de Buckingham Palace.

Y ahora tenía a un etoniano como vecino. Necesitaba encontrar algo más normal, más como ella misma. Porque aunque había querido venir a Oxford para dejar atrás su vida, ahora ansiaba algo familiar.

—¿Hay alguien más en esta escalera? —preguntó.

Resultó que Alison Jessop no estaba en su escalera, ni tampoco estudiaba literatura. Pero Holly se acercó a ella tan inevitablemente como las limaduras de hierro atraídas por la fuerza de un imán. Fue su risa lo que llamó su atención, un sonido cálido y pleno que procedía de aquella chica pequeña y guapa, que sacudía el pelo y le sonreía a un chico que estaba al otro lado del comedor, dos hileras de mesas oscuras más allá. Por encima de ella colgaban los pesados óleos de los alumnos notables: un arzobispo de Canterbury, un primer ministro, un novelista y actor que ganó el Premio Nobel. A cada lado se encontraban unos chicos muy serios (sus compañeros matemáticos, se enteró después Holly) con el rostro pálido y granos y el pelo lacio y grasiento de aquellos que pasan demasiado tiempo en la biblioteca. Alison, con su risa gutural y el top color rosa intenso bajo su minivestido negro, proporcionaba un toque de color, un atisbo de *glamour* ante los paneles de madera oscura y la penumbra de aquella sala iluminada por lámparas de araña parpadeantes.

Era de Leeds. Su acento era más apagado que el de Holly. Típicamente norteña para los sureños que las rodeaban, con su extraña pronunciación y sus aes que se prolongaban mucho, cálidas e indulgentes, comparadas con las aes de Holly, breves y planas. Alison había asistido a una escuela privada, y por eso podía haber encajado allí, pero exageraba su acento norteño y no lo veía como una vergüenza, que era lo que temía Holly.

—Me apetece una empanada con salsa —decía, con un acento que parodiaba al típico pueblerino con gorra que otros asumían que era, mientras hacían cola juntas en el restaurante, al día siguiente, o mientras se zampaba el plato de comida con una glotonería que indicaba que estaba dispuesta a atacar su vida en Oxford con el mismo entusiasmo.

Tenía que haber desentonado, y quizá lo habría hecho, si hubiese sido maciza y con el pelo corto como Holly, o si hubiera parecido que tenía un galgo encadenado en el patio. Pero Alison parecía que había nacido para llevar un vestido de cóctel. Tenía la cara angelical; en forma de corazón, con unos enormes ojos azules y los labios bien dibujados, de los cuales colgaba a menudo un cigarrillo sin encender, con el paquete arrugado metido en el bolsillo de atrás.

Los estudios que había elegido tenían que haberla marcado como alguien muy poco *cool*. Pero sus contradicciones, como esa cara exquisita o su risa turbia, el tema árido y la chica vivaz, eran seductoras. Y parecía que Holly le caía bien.

—Menos mal que te he encontrado, joder —declaró al final de su primera tarde juntas, con la apasionada ferocidad que tendía a caracterizar las amistades aquella primera semana, alianzas de las que muchos pasarían el trimestre siguiente, o quizás el año siguiente, intentando escabullirse. Se bebió de un trago su «mordedura de serpiente» (cerveza rubia con sidra y un chorrito de grosella)—. ¿Nos da tiempo para otra?

Teniendo a Alison como amiga, Oxford, de repente, parecía más manejable. Al menos el aspecto social. El académico no parecía demasiado difícil. Estaban haciendo el trabajo de medieval ese trimestre, y literatura victoriana. Un autor por semana: Hardy, Eliot, Pater, las Brontë, Charlotte y Emily, Tennyson, Browning, Wilde, Dickens, este último en dos semanas, una rara concesión dado el volumen de su obra.

Leer las novelas que no había devorado antes de llegar allí era algo factible, igual que estructurar los trabajos, porque era organizada y sistemática, trabajaba muchas horas y llevaba un calendario muy realista, gracias a lo cual no tenía que empezar a preparar su trabajo semanal a las ocho de la noche, el día antes de una tutoría programada para la primera hora del día siguiente. Estudiaba con madurez, con un método afinado a lo largo de los últimos años de colegio, cuando sus compañeros la rehuían y los libros eran su consuelo y su escape de la rutina de su acoso sistemático. Pero abrirse camino socialmente era mucho más peliagudo.

Y ahora sin embargo no tenía por qué ser así, pues estaba Alison, a la que habría encontrado intimidatoria si no fuera por la geografía compartida que las unía, Yorkshire y Merseyside como parte de un enorme y desconocido «bienvenidos al norte»; ellas dos, ovejas negras en un rebaño uniformemente blanco. Por supuesto que había otros que destacaban en la masa de bulliciosos sureños de colegios privados. Por ejemplo, el chico abiertamente afeminado que se fue a Bristol al final del primer año, o un matemático asiático como nota exótica. Pero estos se automarginaban. Esos chicos se mantenían apartados de los que se escapaban de las

SARAH VAUGHAN

biblioteca para ir a los bares y los dormitorios, de las tutorías a los comedores, los que salían fuera las noches buenas con luna. Aparecían como sonámbulos para los exámenes, pero en cualquier otro momento vivían en el universo alternativo de la sala de ordenadores de la facultad, donde encontraban amigos en salas similares de otras universidades a través de la magia de los mensajes de internet.

Pero Holly y Alison eran distintas. En primer lugar eran chicas, en un mundo en el cual su relativa rareza, en una facultad dominada por los chicos, las hacía interesantes. Y, al menos en el caso de Alison, no eran socialmente ineptas. En virtud de la asociación con su amiga divertida y parlanchina, Holly pudo arreglárselas en la vida de la facultad y subirse a su carro, al menos durante un tiempo.

El sábado de su primera semana, que llevaba el extravagante nombre de «semana cero», el ruido del bar del sótano salía hasta el patio desde el fondo de la escalera. Una risa masculina profunda y aterciopelada se mezclaba con otra de un tono mucho más agudo y efusivo: el sonido de las chicas que querían caer bien.

La escalera que bajaba al bar estaba húmeda por la condensación, por la humedad de más de ochenta estudiantes respirando el mismo aire rancio. Holly se abrió paso detrás de Alison y la empujaron contra la espalda mojada de un joven que tenía la camiseta empapada en sudor. Sus nalgas, embutidas en unos vaqueros, estaban muy calientes, apretadas contra su piel.

—Dos mordeduras de serpiente, por favor —llamó Alison al camarero, un estudiante de tercero mal afeitado y guapo a rabiar. Ella buscó en su escote y retiró un billete de cinco libras todo arrugado, y se metió las tres de cambio que le dio él en un bolsillo de los vaqueros.

84

El suelo estaba mojado y pegajoso y Holly sintió náuseas al irse moviendo a través de la gente apelotonada, los cuerpos vibrantes, la conversación que subía y bajaba de tono y luego iba subiendo casi hasta el rugido. Esa parte del bar estaba repleta de humo, que salía serpenteante de las bocas de Ned Iddleseigh-Flyte, quien les dirigió un saludo irónico, y un grupo de chicos de tercero, todos vestidos con camisas iguales, con las mangas arremangadas y medio salidas de los vaqueros que les colgaban de la cintura, muy bajos, revelando un trocito de cinturilla elástica de Calvin Klein. Ned llevaba un trozo de cordón enrollado en torno a una de sus peludas muñecas.

Se metieron al fondo del bar, en la parte más alejada, más allá de la mesa de billar. Acababan de pedir las últimas copas. Holly había insistido en trabajar en la biblioteca de la facultad antes de que Alison, sorprendida por su conducta («No tienes que ser tan empollona») la arrastrara allí abajo. Los alumnos de aquella parte oscura del bar habían pasado una larga noche. Ella resbaló con un charquito de sidra y se dio un golpe en la cadera con el borde de una mesa de madera oscura; se quedó aturdida un momento cuando alguien la agarró por el codo y la enderezó pasándole el brazo con desenvoltura en torno a la cintura.

—¡Eh, que es una de primero! Con calma… —gritó él, y ella notó que su cuerpo se tensaba al notar el contacto de sus dedos, el rápido apretón que sabía que no quería hacerle daño, pero aun así era una sorpresa. «Follarse a una de primero» era el mantra que había oído correr por ahí en el comedor cuando los de segundo habían evaluado a las recién llegadas, y le llenaba la cabeza. Miró al chico. ¿Era eso lo que quería? Pero ya la había soltado y estaba bebiéndose una pinta, con la cabeza echada hacia atrás y la nuez moviéndose mientras el líquido dorado se deslizaba por su gaznate. Lo miró, fascinada; la memoria de sus dedos todavía estaba impresa en su cintura.

—Vamos… ¡te vas a perder toda la acción! —Alison la llamaba y levantó una mano hacia ella, los dedos cuadrados con sus uñas color fucsia descascarilladas. Holly la cogió y permitió que Alison tirase de ella y la arrastrara en su estela, a empujones, a través de la multitud—. ¿Estás bien? —le preguntó Alison con el rostro sonrojado de emoción y brillante por el sudor.

Holly asintió, rechazando todos los posibles recelos y cediendo a la excitación que iba en aumento en su interior, la sensación de que algo nuevo, y posiblemente ilícito, estaba a punto de ocurrir, porque definitivamente estaba pasando algo en el rincón más alejado de aquel bar del sótano. Una multitud se había reunido de cara a la pared, compartiendo una mesa, y una cantinela aumentaba de volumen: «¡Roscoe, Ros-coe, Ros-coe, Ros-coe!». El nombre del chico se repetía una y otra vez, y luego se oyó el tamborileo de muchas manos en la mesa y surgió un gran «hurra», un grito brutal de deleite al romper algún tabú final.

—¡Joder! —El chico, Roscoe, se tambaleaba a un lado y a otro—. Necesito una cerveza.

Su rostro ancho y agradable estaba sonrojado al pasar dirigiéndose a la barra, pero detrás de su sonrisa ella vio cierto bochorno, aunque quizá fuese solo el efecto de la bebida, sujeta bien alta y que caía con un fuerte chapoteo en un vaso de plástico de una pinta.

—¡Voy a probar! —gritó otro chico, con el pecho tan ancho como el primero, y su petición fue recibida con vítores.

—¡An-dy, An-dy, An-dy! —volvió a resonar la salmodia, mientras el chico se lanzaba entre sus amigos y lo subían a la mesa. Miró a su alrededor, sonriendo, encantado al ver que le vitoreaban sus compañeros de equipo… porque eran miembros del equipo de rugby de la facultad; Holly se dio cuenta al ver las camisetas que llevaban, con las iniciales estampadas y el escudo de la facultad.

—¡An-dy, An-dy, An-dy, An-dy! —Y entonces, mientras él se iba agachando para echarse de espaldas en la mesa—: Vamos, hijo mío.

Ella miró, curiosa al principio, luego asombrada, y al final horrorizada, mientras otro miembro del equipo de rugby se bajaba los vaqueros y los calzoncillos y se colocaba a cuatro patas por encima del sonriente Andy.

—¡Salis-bury! —se alzó el rugido mientras un tercer chico se ponía de pie en un banco, con una pinta de cerveza, y la vertía en las nalgas desnudas de Salisbury y hacia la boca del pobre Andy.

—¡An-dy, An-dy, An-dy! —El tamborileo en la mesa casi ahogaba los gritos, pero luego se oyó un rugido de júbilo y el chico se levantó de la mesa, escupiendo cerveza y exigiendo que le pusieran otra bebida, mientras Salisbury, medio desnudo, después de bajar de su puesto encima de él, se subía los calzoncillos y los pantalones.

—Joder, joder. —Andy medio escupía su cerveza—. Qué asco…

—¿Algún interesado más? —El cabecilla, el chico que había vertido la pinta de cerveza, miró a su alrededor y, para asombro de Holly, otro jugador de rugby, con el pecho hinchado y meneando las caderas en una parodia de un cowboy que andara pavoneándose hacia una pelea, ocupó el lugar de Salisbury.

—¿Qué están haciendo? ¿Por qué hacen eso? —Las palabras salieron de su boca mientras miraba al sonrojado Andy, cuyo cuello estaba sujeto por una llave de cabeza aplicada por otros miembros del equipo. Todos le daban palmadas en la espalda y lo empujaban hacia la barra.

—Es priva anal —gritó Alison en su oído—. Es lo que hacen los chicos del rugby.

—¿Cómo?

—Ya lo sé. Ese chico, el que está de pie, es un «estudioso». He visto su toga en la comida. Se supone que es muy brillante. —Levantó las cejas y luego las volvió a bajar.

Holly miró al chico del que hablaba Alison, que sobresalía entre sus compañeros de equipo, vertiendo un vaso de plástico de cerveza con una mano y la otra en las caderas, como si fuera un granjero que presenta a su mejor animal a un concurso.

Su cara, encima de un cuello ancho, parecía libre de toda malicia: los ojos oscuros relucían por debajo de un flequillo lacio que estaba húmedo de sudor; tenía los labios rosa, con unos dientes perfectos, separados mientras iba vertiendo la cerveza ámbar y luego echaba la cabeza hacia atrás y lanzaba una carcajada.

La decepción le oprimió el pecho como un dolor físico. Se suponía que aquellos eran los cerebros más brillantes de su generación, y Oxford el lugar donde ella pensaba que podría discutir de filosofía o de política, donde se quejaría del gobierno de Major; no esperaba ver a chicos de hombros anchos con acento pijo beber cerveza pasada por la raja del culo de otros.

—Qué locos, ¿no? —Alison le sonrió y puso los ojos en blanco, pero no había nada en su reacción que sugiriese que sentía repulsión, aparte de estar intrigada por ese aspecto de su vida estudiantil.

Se dio cuenta de que Andy, el segundo chico que había tomado parte en el juego, estaba ahora a su lado, liberado del follón e intentando mezclarse con la multitud que estaba detrás. Bebía con decisión, con los ojos fijos en una distancia media, mientras iba vaciando su vaso de cerveza, con los grandes hombros inclinados hacia delante, como para minimizar su presencia. Holly captó su mirada e intentó transmitirle su empatía. Él apartó la vista, pero antes ella lo vio sonrojarse.

HOLLY

Otoño de 1992

Sophie Greenaway dobló las piernas, las colocó por debajo de su cuerpo en el amplio sillón y sonrió al doctor Howard Blackburn, renombrado estudioso medievalista inglés, levantando la vista del trabajo que estaba leyendo en voz alta.

Era la segunda semana del trimestre de otoño, y Holly veía a su tutor observar a la otra chica, con sus ojos siguiendo el movimiento fácil de aquellas piernas con las medias negras opacas, que se cruzaban y descruzaban y luego se recolocaban lánguidamente, con los pies metidos por debajo del culo. La mayor parte de la semana, Sophie llevaba ropa de remo: las prendas azul marino y azul claro normativas que la señalaban como miembro del primer equipo de remo de la facultad. Pero no, al parecer, para las tutorías de Howard. Para esas llevaba una minifalda de cuadros escoceses, mocasines y medias opacas.

Estaba leyendo un texto sobre el amor cortés. *Sir Gawain y el caballero verde.* El concepto de amar sin esperar consumación, de admirar desde lejos, de humillarse a sí mismo en la adoración de una bella dama y arriesgarse a su desdén o desaprobación para probar la caballerosidad propia: eso era ser un caballero.

El trabajo de Sophie no resultaba especialmente esclarecedor. Holly no podía detectar nada que no hubiese leído ya en las *York Notes* que había hojeado antes de volver a C.S. Lewis y A.C. Spearing, ni tampoco estaba elegantemente escrito. Era un trabajo sólido, lo que más tarde conocería como «material be menos». Pero no importaba. Lo que le importaba a Holly es que Sophie parecía ese tipo de mujer que, seis siglos antes, seguramente tendría a nobles caballeros a sus pies. Mientras que Holly habría sido una campesina, Sophie sería de las receptoras del amor cortés.

Volvió a cruzar las piernas, y Holly quedó en trance. Aunque Alison era guapa, Sophie tenía algo especial. Un tipo de belleza que parecía haber evolucionado a lo largo de las generaciones, o quizá sus antepasados se habían emparejado conscientemente para tener ese aspecto, porque sin duda denotaba que pertenecía a una clase determinada. Las piernas eran delgadas sin esfuerzo alguno, incluso en los muslos; los huesos eran delicados, tenía las cejas arqueadas y el pelo espeso y oscuro, y lo hacía oscilar, para irritación de Holly, de un lado a otro. Los ojos eran de un azul increíble, y tan enormes que se podían usar para obtener determinados efectos, como estaba haciendo ahora mismo, para sugerir inocencia, o bien incomprensión. Si Holly hubiera tenido que describirla en una sola palabra, habría elegido esta: «Clase». Pero esa palabra la habría usado su padre, seguramente. No captaba bien la esencia de lo que ella era.

A Holly le parecía incongruente que las hubieran emparejado de aquella manera para todo el trimestre, entre los siete alumnos que estudiaban literatura en su año en la facultad de Shrewsbury. Literatura medieval con el doctor Blackburn, y luego la clase de traducción anglosajona. Sentada en el estudio de Howard, se sentía vulnerable. Sus botas

Doctor Martens estaban plantadas en la alfombra, entre dos pilas de libros inestables, como todas las demás pilas de la habitación, las que ocupaban las mesitas de centro o se tambaleaban en los bordes de los estantes que corrían a lo largo y ancho de una pared. Se removió en el sillón, sobre una funda suelta de terciopelo sencillo y muy gastado. La tela era muy suave bajo sus dedos, y la acarició, apartando los ojos de los libros y dirigiéndolos hacia las amplias ventanas que se abrían al patio, con motas de polvo danzando a la luz del sol, a la mirada de su tutor, quien con una sonrisa socarrona contemplaba las piernas de Sophie, que se cruzaban y se descruzaban una vez más.

—¿Y usted? ¿Está de acuerdo con la interpretación que hace Sophie de los motivos de sir Gawain? —El doctor Blackburn apartó los ojos de su compañera de tutoría y los clavó en ella.

—Pues, bien… —Y de repente Holly encontró su voz. Habló del conflicto de sir Gawain entre la caballerosidad y el deseo y, a medida que adquiría confianza, fue notando que no era el doctor Blackburn el único que la miraba con más interés—. Es una interpretación inusual, pero me gusta. —También Sophie, olvidado ya su trabajo be menos, se espabilaba un poco y se unía a ellos, esforzándose por pensar aparte de las notas sencillas que había copiado al pie de la letra, quizá. En cualquier caso, la atención era conjunta, no carente de simpatía, y cuando salieron de la «tuto», como la llamaba ahora, le pareció natural que las dos se tomasen un té juntas en el bar. Además, Sophie decía que tenía que proponerle una cosa.

El plan era que se dividieran las traducciones de anglosajón, y que hicieran turnos para investigar el grueso de los trabajos de inglés medieval. Sophie tenía un archivador lleno de apuntes que le había entregado un complaciente alumno de segundo a quien había sobornado a base de copas la semana anterior.

—¿Seguro que no has tenido que hacer nada más? —Holly no quería parecer impertinente, y sin embargo aquella buena voluntad le parecía excesiva.

—¡Holly! ¿Qué quieres decir? —Sophie le dirigió una sonrisa de complicidad—. Él ya no necesita esos trabajos. Y me dijo que sabía que lo de medieval es muy aburrido. Dios mío, tenemos que leer tanto de los victorianos que no vamos a poder cubrirlos adecuadamente, a menos que manejemos mejor nuestra carga de trabajo. Mira, aquí hay una sobre el poeta Pearl (puedo robarle eso la semana que viene) y tú podrías leer a Malory.

—Creo que *La muerte de Arturo* es bastante importante. Igual deberíamos leerlo las dos, ¿no crees?

—¡A la mierda! La vida es demasiado corta. De verdad. Quiero presentarme al peso ligero femenino, y no tendré tiempo si no hago los victorianos como Dios manda. Si pudieras leer a Malory y luego explicármelo, yo haré lo otro copiándolo de los apuntes.

—Vale… de acuerdo.

—Y haré mi parte de la traducción del *Beowulf*, lo prometo. Ah, pero mira… —Le dirigió una sonrisa descarada—. Jon me ha pasado su traducción también.

—¿Eso no es hacer trampa?

Sophie la miró con recelo y sonrió, aunque no sin amabilidad.

—No, en absoluto. Es ser eficientes. Todo el mundo lo hace.

—Es que pensaba… —Y casi se atraganta con las palabras, al darse cuenta de que sonaban muy torpes—. Pensaba que hacer las traducciones y leer la literatura inglesa desde el principio era importante para que comprendiésemos su desarrollo. Pensaba que esta licenciatura iba precisamente de leer todo el canon.

—Bueno, si quieres perder el tiempo traduciendo el *Beowulf*, hazlo. —Sophie tomó un sorbo de té, pero parecía más divertida que irritada—. No creo que hacerlo o no suponga ninguna diferencia en mis notas o mi experiencia universitaria... aparte de reducir el tiempo que puedo dedicar a otras cosas.

—¿Como por ejemplo? —preguntó Holly.

—Bueno, ya sabes. Remar... y los chicos. —Soltó una risa jubilosa—. De eso va la uni. Divertirse, hacer contactos, hacer deporte. Una extensión del colegio, más o menos.

Holly se encogió de hombros. Su colegio no había sido así tampoco.

—Mi padre siempre dice que habría que calcular el valor de cualquier inversión, antes de decidir la cantidad que inviertes.

—Ah. ¿Y a qué se dedica tu padre?

—Es banquero de inversiones. ¿Y el tuyo?

Holly notó que se le encogía el corazón. Tenía que haberlo visto venir.

—Es profesor.

—¿De qué?

—Bueno... de coches. Enseña a conducir. —Habría sido mejor ser sincera desde el principio.

—¡Ah, qué chulo! Y útil, ¿no?

—Supongo que sí. Yo no sé conducir.

—¿No te ha enseñado? ¿O es que os peleabais?

—No. Es que no está mucho por casa. Mis padres se separaron.

Le pareció extraño contar todo aquello, divulgar tanta información de golpe, cuando en general era muy reservada, pero parecía que las cosas eran así en la uni, según estaba descubriendo. Las amistades íntimas se forjaban a una velocidad de vértigo, como si debido a la brevedad de los trimestres (ocho o nueve semanas) hubiera que abandonar la velocidad habitual y precavida a la que se desarrollaban las relaciones y acelerar todo el proceso.

—Dios mío… yo desearía que los míos lo estuvieran, a
veces. —Sophie se llevó la mano a la boca como si se le hubieran escapado aquellas palabras sin querer—. Uy. Olvida
que te he dicho eso. No quería…

—¿De verdad? —Holly estaba interesada. Quizá la vida
de Sophie no fuera tan perfecta como parecía.

—Bueno, ya sabes, él es un poco… mujeriego. Los hombres, ¡uf!

Sophie recogió sus libros y los metió en una bolsa, y
luego cogió el archivador con los apuntes que estaba en la
mesa y se lo apretó contra el pecho. La oportunidad de compartir secretos parecía que había concluido de repente, y la
sonrisa que esbozaba ahora Sophie era estereotipada, sin
la alegría de unos minutos antes. Holly, recogiendo sus notas, la siguió.

—¡Sí, los hombres! —dijo, como si lo supiera todo de
ellos, en lugar de ser todavía virgen a los dieciocho años recién cumplidos. Se alborotó el pelo y se estiró el jersey ancho
por encima de los vaqueros, un medio de mimetizarse con el
fondo, o al menos resultar sexualmente invisible… y siguió
a su nueva amiga desde el salón de té al exterior, iluminado
por el suave sol otoñal.

Ese primer trimestre en Oxford le resultó muy instructivo, y no por los textos del poeta Pearl y de Malory, ni por
la poesía de Christina Rossetti y Elizabeth Barrett Browning, sino por la vida o la posibilidad real de llevar una vida
distinta. Recordando el pasado, era como si sus dieciocho
años le hubieran ofrecido solo una versión, y las antiguas

certezas (lo que comía, lo que hablaba, lo que pensaba la gente) pudieran desmontarse y volverse a montar de otra manera, para que la vida resultase más iluminada y más dura, con más texturas y más compleja de lo que había sido antes.

Después recordaría aquel primer trimestre otoñal como un festín constante de los sentidos: un bombardeo diario de nuevas imágenes, olores y sonidos que a veces resultaba agotador; así de extensamente se oponían a lo que antes había conocido.

Era novata en todo. Iba paseando por Christ Church Meadows y veía una vaca mirándola entre la densa niebla de noviembre, con su enorme cabeza contemplativa y triste, porque, claro está, los alumnos podían tener ganado Longhorn en los Meadows y llevaban haciéndolo así desde el siglo XV; o bien corría por la empedrada Merton Street y se sorprendía al encontrarse con un portero con bombín, o un par de chicos, inexplicablemente vestidos de frac, que volvían tambaleantes a su facultad, cada uno con los brazos en torno a los hombros del otro, como si fueran los amantes más ardorosos, con una botella vacía en la mano. Se introducía en el laberíntico mercado cubierto y notaba el olor intenso y maduro de la carne fresca, y veía un ciervo colgado boca abajo por las ancas, entero y perfecto, aparte del agujero del disparo en la cabeza. Y luego veía otro ejemplar en un parque con ciervos en el centro de la ciudad, horas más tarde, parpadeando, tímido, con sus ojos húmedos.

Aquel trimestre de otoño estuvo especialmente caracterizado por la comida. Patatas asadas en cajas de poliestireno, rezumando mantequilla, y judías cocidas compradas en la furgoneta que vendía kebabs en High Street, cuando se perdía el *hall*... como pronto aprendió a llamar al almuerzo. Enormes cantidades de lasaña y de pan de ajo, que se zampaban los chicos del rugby y el remo, y Ali y ella, a medida que el otoño iba avanzando y las noches se volvían más frías. Humeantes tazas de té y bocadillos tostados en la cafetería de la facultad, o en el salón de té de Queen's Lane, donde te sentabas en unos taburetes altos y la gente miraba a través de los ventanales húmedos por la condensación. Venado y oporto, consumidos por primera vez en un comedor formal, tan deliciosos que intentó robar el vino, que estaba en un decantador de cristal, y la detuvo una sirvienta de la facultad que se lo quitó suavemente de la mano.

Había que aprender un nuevo idioma: las *tutos*, en vez de tutorías; los *battels*, que eran los gastos para cada trimestre; *mods*, que eran los exámenes del primer año; *subfusc*, el vestido blanco y negro que se llevaba en ocasiones formales; las colecciones o exámenes al principio de cada trimestre; los «exhibicionistas», que eran los alumnos que conseguían menciones de primera en su examen anual; los «estudiosos» que las conseguían los años siguientes... Una nueva terminología académica que había que dominar: la teoría marxista, la teoría feminista, así como las listas de críticas que tendría que leer y los profesores a los que tendría que escuchar.

Compró postales de las agujasde ensueño de Blackwell y las puso en la repisa de la chimenea, encima del fuego, y pegó en la pared de su dormitorio un grabado grande de *El beso* de Klimt, atraída por la opulencia del pan de oro y la tranquilidad de saber que eres amada, que era la expresión que iluminaba el rostro de la mujer. Como pensaba que era lo que había que hacer, invirtió en una bufanda de la facultad, una gruesa extensión de lana azul marino y rosa que le parecía pretencioso llevar echada por encima del hombro, de modo que la llevaba alrededor del cuello y respiraba en ella, y así se volvía cómodamente cálida. No se apuntó a la Oxford Union, el terreno de debate para antiguos primeros ministros y líderes políticos, y el entorno donde se reunían los futuros políticos, con sus pantalones de pana color mostaza y sus chaquetas de *tweed*. Los jóvenes, porque eran invariablemente chicos, imitando la conducta de los mayores.

Empezó a despojarse de sus jerséis anchos y empezó a llevar chaquetas con capucha, probó a llevar *leggings* con sus botas Doctor Martens de confianza, aunque seguía teniendo los muslos muy gruesos y pesados, comparados con los de sus amigas. Escondía sus gafas, de montura oscura y pagadas por la Seguridad Social, cuando no estaba en la biblioteca, y empezó a experimentar con el lápiz de ojos, aplicado con generosidad en el rabillo del ojo. Se apuntó al periódico de los estudiantes y empezó a hacer críticas del teatro de los alumnos; asistía a reuniones del Partido Laborista estudiantil y se ofreció voluntaria para el servicio de orientación telefónica Nightline. Se manifestó, furiosa, en el movimiento «Recupera las calles», sujetando bien fuerte su alarma antiviolaciones como si los posibles violadores de Oxford estuvieran preparados para lanzarse sobre su presa en cualquier momento. Al cabo de un par de semanas dejó de llevarla, porque su mundo del patio y High Street, los pubs y la facultad, le parecían tan seguros y mimados, comparados con cualquier otra cosa que había experimentado en casa, que le pareció una afectación. Además, aunque estaba en una facultad con solo dieciocho chicas en su curso, recibía muy poca atención por parte de los chicos. Ned de vez en cuando le dirigía alguna sonrisa irónica; los dos chicos que estudiaban literatura inglesa de su curso eran muy amistosos, pero ninguno parecía estar interesado en ella sexualmente. ¿Por qué iba a ser así, cuando tenían a chicas como Alison, que pasaba las noches bebiendo o yendo de fiesta, o Sophie, el epítome de la joven atlética, para probar suerte con ellas?

No le molestaba, o al menos se decía a sí misma que no era así, y su pasión se canalizaba hacia sus amigas más íntimas. El vínculo con Alison, tan distinta de ella en muchos aspectos, se fortaleció la noche que se la encontró caída, inconsciente, en el lavabo, después de una sesión muy intensa en el bar.

Fue ella la que le sujetó el largo cabello rubio mientras su amiga vomitaba en la taza; fue ella quien le limpió la boca con un pañuelo de papel y le llevó un vaso de agua, quien estuvo sentada a su lado aquella noche, aterrorizada al pensar que podía asfixiarse si no la vigilaba.

Alison llevaba los vaqueros bajados cuando la encontró, y le pareció que había algo muy vulnerable en verla expuesta de aquella manera.

—¿Y si me hubiera encontrado uno de los chicos? —le preguntaría más tarde su amiga.

—Se habrían sentido muy violentos.

—Bueno, sí. Pero ¿y si me hubiera pasado algo?

—No habría pasado nada. No estabas en situación de hacer nada, y estabas a punto de vomitar.

—No lo sé. —Alison se mordió una cutícula y Holly notó que sus uñas, antes pulidas, estaban mordidas, en carne viva. Lanzó una risa dura, intensa.

—No estoy segura de que a todos les hubiera disuadido eso.

Si aquello las unió más aún, y la chica confiada empezó a apreciarla más, igualando un poco la relación, fue a través de los estudios de anglosajón como se unió más a Sophie. Cada miércoles se sentaban juntas en la biblioteca de la facultad, intercambiando mitades de traducciones y copiándolas laboriosamente la una de la otra, antes de que Sophie encontrara una fotocopiadora y abreviara así sus sesiones.

Holly miraba a su amiga desde el lado opuesto del escritorio y se preguntaba si el pelo le crecería así de espeso, si debía abandonar su corte masculino y cómo podía hacer que sus cejas gruesas como orugas parecieran igual de elegantes y refinadas que las de ella. ¿Y la forma que tenía de vestirse?

Sophie llevaba faldas cortas o Levi's, si no iba con la ropa de remo, y Holly se preguntaba si un par de esos vaqueros, aunque estaban fuera de su presupuesto, podrían hacer que sus piernas parecieran más largas, o darle aquel estatus exclusivo propio del que es *cool*.

Veía la letra llena de volutas de Sophie, un remolino de tinta color morado que surgía de la pluma y se plasmaba en un papel DIN A4 rayado, y salía ganando si la comparaba con su letra apelotonada escrita con bolígrafo. El trabajo de Holly era muy pulcro: *post-its*, marcadores fluorescentes, un archivador de anillas con distintas partes señaladas con separadores de cartulina y de plástico que se podían reinsertar, porque ella era una yonqui de los objetos de papelería, pero su letra, en realidad, parecían garabatos. Era como si hubiese tantas ideas dentro de su cabeza que todas lucharan entre sí a la hora de plasmarse en el papel. Una ráfaga de letras mezcladas, letra de bruja, o de oficinista de tercera, ese era el resultado.

Esa hora que pasaban comparando traducciones, controlando que la otra hubiera entendido lo que hacía el Caballero Verde en un determinado momento, o si podían discutirlo de una manera convincente, era uno de los puntos álgidos de la semana de Holly. Antes, su inteligencia siempre había sido algo vergonzoso, algo de lo que estaba orgullosa en secreto, pero que sabía que no debía publicitar ante los demás, ni siquiera allí, donde era habitual sugerir que empollabas solo para las *tutos*: una semana de trabajo comprimido como un acordeón en unas pocas horas, al anochecer.

Pero Sophie apreciaba francamente el trabajo duro de Holly, porque invariablemente era esta la que hacía la parte del león, y Sophie solía dejar una nota en el casillero el día antes, reconociendo que las mañanas que dedicaba a remar le habían pasado factura y que no había encontrado «aún» el tiempo suficiente para hacer su mitad.

—Ah, qué lista eres —le decía, repetidamente—. No como yo, que soy muy lerda.

—Venga ya. Tú no eres lerda.

—Tonta del bote, cree mi padre.

—No será para tanto…

—En todo caso será mucho mejor que me dedique a disfrutar. Una licenciatura, el nivel máximo en remo y un chico majo, esperemos que futuro marido: eso es lo único que quiero sacar de aquí.

Holly se echó atrás. Había muchas cosas de esa frase que eran desconocidas para ella, otras que consideraba completamente erróneas, y sin embargo se le escapó una sonrisa ante la sinceridad de Sophie. Había algo sencillo en ella, en su rostro fresco de jovencita, antigua corredora de campo a través y capitana de *lacrosse* y ahora miembro del club First Eight de remo de la facultad, para la cual la vida consistía en aprovechar oportunidades y sacar el máximo provecho posible de sus ventajas: esas largas piernas cruzadas y descruzadas delante del pobre Howard, y sí, la capacidad de engatusar a su compañera de tutorías para que hiciera la mayor parte del trabajo.

Holly sabía que la estaba manipulando, pero lo hacía de una manera tan encantadora que la verdad es que no le importaba. Sophie era férrea, estaba dispuesta a levantarse a las seis de la mañana aunque hiciera un frío terrible, ya en el río cuando la mayoría de los estudiantes estaban todavía acurrucados bajo sus edredones, convencía a alumnos de segundo de que le prestaran sus trabajos sin pensar que tenía que corresponderles de alguna manera, y conseguiría remar en el equipo estrella, el futuro marido (o un posible futuro marido), y probablemente, porque la suerte siempre es favorable a los que son como ella, y ella sabía cómo usarla, un aprobado raspado.

Sería fácil envidiarla, quizás incluso despreciarla. Pero

Holly no podía. Sophie representaba un mundo que, aunque ella aseguraba odiar, la verdad es que le intrigaba mucho.

—Es *tory*, ¿sabes? —gruñó a Alison más tarde, después de mencionarle a Sophie que iba a un mitin universitario del Partido Laborista.

—Pues claro —dijo Alison.

—Y quiere vivir en una casa en Woodstock Road, el año que viene, o en Jericho… no lejos de Cowley Road, como nosotras.

—¿Por qué iba a querer ir al este de Oxford? Supongo que su papá le comprará una casa.

—No lo sé. —De repente se sentía desleal, pensando en las conversaciones que sugerían que el padre de Sophie no le prestaba atención emocional, que vivía una vida completamente separada de su familia—. No me lo ha contado. Olvida lo que te he dicho.

Alison se rio.

—Te cae bien esa chica.

—Sí. Bueno, ya sabes… no es tan mala.

Y no la encontraba tan mala, en absoluto. Absorbía la información que Sophie le contaba de su vida, los detalles de las fiestas en otras facultades, la referencia casual a drogas esnifadas por compañeros de clase, en todas partes, aunque Sophie no tocaba nada de todo aquello, porque estaba demasiado preocupada por ser una remera sana y completa; aquellas historias que contaba poniendo los ojos en blanco, con tolerancia, y diciendo «cómo son los chicos» de las sociedades alcohólicas de la élite, a las cuales pertenecía su primo Hal, de tercer curso, que iba a otra facultad.

—Te quedarías asombrada de lo que organizaron el fin de semana pasado —susurró, y Holly se preguntó si en el fondo no le gustaba escandalizar a su amiga con la extravagancia de las clases superiores.

—¿El qué? —El estómago de Holly se tensó lleno de aprensión ante una historia que prometía ser más Brideshead de lo que ella podía imaginar. Esas historias, contadas a toda prisa y sin aliento entre una cascada de risas, eran como la parte inicial de *Decadencia y caída*, con el morbo añadido de que había ocurrido en la vida real.

—Los Libertinos fueron a comer a Brooke's, en Turl Street y, cuando acabaron, cada uno de ellos pidió un taxi por separado para ir al King's Arms.

—Pero si solo hay un minuto andando... —Holly estaba asombrada.

—¡Exacto! Un ejército de taxis haciendo cola a lo largo de Turl Street, esperando para hacer una carrera de un minuto.

—¿Y no se enfadaron los taxistas?

—Les pagaron cincuenta libras a cada uno.

—No está mal, cincuenta libras por un minuto de trabajo.

—Estoy segura de que les fue bien. —Sophie parecía displicente.

—Pero supongo que se sintieron bastante idiotas.

—Bueno, ¿qué más da? Ellos hicieron su trabajo y les pagaron. Joder, ¡a veces eres tan seria...! —Recogió sus libros con un movimiento rápido que sugería que el tema estaba cerrado, y se quedó de pie mirando a Holly, que todavía se imaginaba a los desconcertados taxistas—. Vamos... —Su voz estaba tensa por la irritación—. Llegaremos tarde.

Y Holly fue detrás de ella, reprochándose el crimen de no ser lo suficientemente desenfadada, o de ser incapaz de ver qué tenía de divertido un grupo de jóvenes consentidos alardeando de sus privilegios, y se rompía la cabeza preguntándose por qué detestaba ese tipo de conducta pero aun así continuaba dejándose seducir por Sophie y el mundo que ella parecía representar. Bajó torpemente los gastados escalones de madera desde la biblioteca y fue al Old Quad, Sophie varios pasos por delante de ella, obviamente disgustada y al parecer quitándosela de encima antes de la tutoría, donde podría lucirse con su traducción y volver a ser toda dulzura y luminosidad.

Junto a la portería, Sophie se detuvo y sonrió a un joven alto, un chico de otra facultad a quien se le daba muy bien remar, quizá de Oriel o Christ Church. Parecía que conocía a la compañera de tutoría de Holly, así que se inclinó a darle dos besos, uno en cada mejilla.

La luz que inundaba el patio se reflejaba en su pelo espeso, que se le metía en los ojos, y en sus pómulos altivos, iluminando su rostro de modo que Holly podía ver la curva de su boca, y sus ojos verdes y veteados de dorado. Sus hombros, que iban en disminución hasta una cintura estrecha, eran los de un remero, y cuando se reía, cosa que hacía en ese momento ante algo que le decía Sophie, el tono de su risa era intenso, pero no estentóreo. Todo ello revelaba clase, más que dinero, y una confianza en sí mismo innata, pero no chirriante.

—¿Quién era ese? —le preguntó a Sophie después, mientras esperaban en el rellano junto a la habitación de Howard, y su amiga contemplaba a su Adonis caminar a través del patio y salir de la facultad. Ante la portería, él se volvió y la miró.

—Ah, ¿ese? —dijo Sophie, regodeándose al mirarlo, aunque su tono sugería que sus sentimientos eran enormemente despreocupados—. Era James Whitehouse.

HOLLY

Otoño de 1992

El corazón de Holly latía con fuerza, muy deprisa, apoyada en el tronco de un árbol. Eran las siete de la mañana y su aliento salía entre la neblina del amanecer y se condensaba formando gotas de humedad que se agarraban a cada rama desnuda.

Le dolía el pecho. Había conseguido salir a correr cuatro veces aquella semana, y seguía sin resultarle fácil. Su cuerpo no estaba acostumbrado a ir al límite: los deportes eran algo que eludía en lo posible, su erudición era una excusa aceptable.

—Bueno, supongo que podrás dejarlo para preparar tu examen para Oxford —había dicho la señora Thoroughgood, y su exclusión se había vuelto permanente, porque su presencia en la cancha de baloncesto contribuía poco y nunca la buscaba el equipo que la tenía como lastre.

Ahora, sin embargo, estaba pagando por aquella indolencia. Su rostro, lo sabía, estaba de un rojo vivo, y el sudor le pegoteaba los tirantes del sujetador por debajo y le humedecía las axilas, un motivo más aún para esconderse. Ellos no habían pasado aún. El First Eight masculino. Y ella se había asegurado de estar muy adelantada, o escondida y fuera del camino, cuando lo hicieran. El temor de ser vista era la única cosa que la espoleaba, que evitaba que cayera derrumbada en la hierba, donde su cuerpo quería rendirse, eso estaba claro. Por supuesto, para evitar que la detectaran, podía volver despacio a la facultad, simplemente, con la cabeza gacha, introduciéndose por los pasajes más pequeños, con la esperanza de no ver a nadie. Pero entonces no los vería tampoco. Y ella quería verlo.

Una voz en un megáfono, el rítmico chapoteo de los remos en el agua, el zumbido de una bicicleta que pasaba por el camino de sirga. Holly dio un salto: como uno de los ciervos del parque de Walsingham College, aunque con unos *leggings* negros húmedos y unas zapatillas de deporte baratas, tan desgarbada como puede ser una chica de dieciocho años con exceso de peso. Se pegó al tronco, observando mientras el primer bote pasaba a toda velocidad, epítome de sincronización y potencia. Ocho jóvenes en el punto álgido de su forma física trabajando al unísono, exhortados por el timonel y el entrenador, cuya bicicleta iba corriendo a su lado. Había ritmo y belleza en lo que estaban haciendo, los remos impulsando el agua sin salpicar, los cuerpos inclinados hacia delante y hacia atrás con un movimiento continuo, perfecto. Aunque no estuviera interesada en un miembro de la tripulación (el líder, el más dotado y competitivo), era una satisfacción verlos.

Siguió corriendo, manteniendo la distancia, aunque sabía que ellos estaban demasiado ocupados para verla, y que prestarían muy poca atención a la novata patosa que no poseía ni un solo artículo del equipo deportivo de la facultad, igual que los cisnes que siseaban, imperiosos, desde las orillas del Isis, y se alzaban del agua entre un revoloteo de alas agitadas con fuerza. En un momento dado, el bote daría la vuelta y se encaminaría rápidamente hacia arriba, hacia el club de remo, y entonces ella tendría la oportunidad de ver su cara, tensa por el esfuerzo y la concentración, mientras se inclinaba hacia delante y luego hacia atrás, dirigiendo a sus compañeros de equipo y marcando el ritmo. Ella intentaría coordinar su carrera para poder verlo, antes de volver pesadamente al lugar donde había dejado la bicicleta. Su respiración se volvió más dificultosa, le dolía el pecho al esforzarse más y más. ¿Cómo sincronizarse para poder verlo?

Y de repente vio que ya habían pasado a toda velocidad, y ella recorría pesadamente el camino de arena, de vuelta a la facultad, con un brote de adrenalina corriendo por su cuerpo mientras intentaba recuperarse de su éxito del día. Ellos se entrenarían también al día siguiente, y ella estaría allí, aunque tenía una tutoría a las nueve y notaba que se avecinaba una crisis en su trabajo. Pero esto, el hecho de verle, le daría más fuerza todavía, y podría escribir su trabajo sobre la sensualidad en *Middlemarch* con mucha más sensibilidad y autoridad. La universidad proporcionaba educación, pero una educación conseguida de muchas formas distintas.

A veces se preguntaba si no se estaría obsesionando. Pero su conducta parecía estar a la par de los sentimientos de las heroínas literarias. La excitación física que sentía cuando le veía, su aliento que se volvía más ligero, el nudo que se le formaba en el estómago, todo eso era el enamoramiento. Le bastaba con oír su nombre para sentirse aturdida. «Ah, vaya», decía cuando Sophie le mencionaba, y adoptaba esa despreocupación casual que su amiga había mostrado una vez. Se aseguraba de no andar nunca rondando alrededor de ellos dos, de no meter la cabeza en las raras ocasiones en que estaban juntos y él entraba en la facultad. Él, de eso estaba segura, la ignoraba por completo.

Solo una vez la vio mirarle. Iba corriendo hacia su habitación y oyó pasos que resonaban por la escalera que conducía a Ned Iddlesleigh-Flyte, por encima de ella. Dos pares de pisadas: las de Ned, parece ser, y las de otro desconocido. Pasaron rápidamente a su lado mientras ella llegaba a su puerta y se apartaba para dejarlos pasar.

—Hola —le dijo Ned al pasar. «Hola», pronunció ella, sin emitir sonido, mientras la segunda figura pasaba a su lado a empujones.

—Lo siento... ¡Lo siento! —Levantó ambas manos y le dedicó una sonrisa, y sus ojos verdes transmitían una calidez y una confianza tal que merecía el perdón, y lo tuvo, por supuesto, y luego pasó dando saltos, sin esperar respuesta.

—No importa —dijo ella hacia abajo. Su voz sonó algo chillona, débil e inútil, resonando por el hueco de la escalera. Esperó, pero no hubo respuesta.

Las cosas podían haber resultado un poco más peliagudas cuando Sophie empezó a salir con él. «Verle», era como se refería al tema ella; bastante tímidamente, porque nadie podía decir que salía con James Whitehouse. No solo era de esos jóvenes que nunca puede estar en posesión de nadie, también era que todo el mundo quería parecer *cool*.

De hecho, su relación hacía las cosas más fáciles. Él raramente venía a la facultad, excepto a última hora de la noche, y por lo tanto no había riesgo alguno de ser vista, de que alguien adivinara su enamoramiento. Y sin embargo, Sophie no podía resistirse y le hacía confidencias: insinuaba sus inseguridades, buscaba reafirmación de que realmente a él le gustaba. Y por supuesto la deleitaba con las últimas hazañas de los Libertinos, de los cuales James era miembro, susurradas a sabiendas de que en realidad no debería contar todo eso, pero lo iba a hacer de todos modos, divulgándolo, en parte, por un deseo de asombrar.

Sophie hablaba también de una fiesta de fin de año que daría en casa de sus padres en Wiltshire, mientras ellos estaban en Londres. Asistiría James, al menos eso esperaba, y también el grupo con el que iba en la facultad: chicas que estudiaban clásicas e historia del arte, y que procedían del mismo entorno que ella, con padres banqueros, casas en el campo, ponis, lecciones de tenis y esquí en vacaciones, una educación privada que culminaba en un internado que preparaba para la universidad, en una escuela privada muy buena. Holly no tenía nada contra Alex, Jules o Cat, estaba segura de que todas eran estupendas, pero habían hecho pocos esfuerzos para mostrarse amistosas con ella. No esperaba que la invitaran, y sin embargo, le seguía doliendo a medida que progresaba el trimestre y tenía cada vez más claro que no lo iban a hacer. Esperaba que surgiera el tema, pero cuando las cosas cambiaron y ya no se trataba de una fiesta sin más, sino de una cena también, se dio cuenta de que en ningún momento habían pensado en ella.

¿Debía sacar el tema, como si fuera una broma? Se imaginaba entonces la compasión de Sophie. «Ay, lo siento, no se me había ocurrido que tú quisieras venir.» O más brutal aún: «Ah, no, Holly, esto no es para ti, en absoluto».

A medida que el trimestre corría hacia su fin, se dio cuenta de que había establecido un contrato tácito con aquella chica que la embelesaba y la asombraba. Ella asumiría cada vez más carga de trabajo, haría la traducción semanal, tomaría notas para el trabajo, que luego fotocopiaría en la papelería de Holywell Street, y a cambio Sophie le permitiría experimentar su vida indirectamente.

Y le parecía bien. La amabilidad casual le bastaba: las peticiones de reafirmación, los cotilleos, reconocerla en medio de un comedor repleto de gente con una sonrisa radiante que hacía que se detuviera en seco, y que la llenaba de calidez. Todo indicaba que, aunque ella no fuera del tipo adecuado, era una especie de amiga.

Y entonces, una tarde, Holly se los encontró a los dos en la puerta de la facultad y consiguió decir «hola», y las sílabas se atravesaron en su garganta, de modo que casi tuvo que toserlas. A él apenas lo miró, era consciente de su presencia, sus anchos hombros, embutidos en una chaqueta de lana color antracita, no del equipo de remo, porque iban a salir a cenar, con el cuello subido, enmarcando un atisbo de sonrisa. Sonrió a su amiga, con la cara sonrojada y murmurando no sé qué tonterías de que tenía que ir a buscar un libro al casillero, y rápidamente desapareció de la vista.

—¿Quién era? —oyó que él le preguntaba a Sophie, mientras Holly se entretenía en el alojamiento del conserje, buscando el inexistente libro.

Esperó, aguzando el oído, a ver cuál era su respuesta, evitando los ojos del conserje.

—Ah, ¿esa? —dijo Sophie—. Es mi compañera de tutorías. Nadie importante.

Y cogió el brazo de James, agarrándose a él como si fuera un espécimen delicado que necesitara protección, y ambos se perdieron en la noche.

SOPHIE

13 de diciembre de 2016

*E*l Segundo Tribunal del Old Bailey no es como Sophie lo imaginaba. Ella había pensado en algo intimidatorio e impresionante, no en esta sala de un color pardo rojizo, con paneles de roble, que parece claramente desgastada, como si sus días de gloria hubieran pasado hace mucho.

Apenas puede creer que se encuentre aquí, en este entorno, que le recuerda tanto a los Comunes: la misma piel color verde de los asientos con estampados de oro, la misma madera que forma cinco tronos muy recios y un escudo. El mismo guiño a una grandeza pasada, atisbada en la madera tallada con formas de flores y uvas, cubierta de polvo, que adorna cada puerta por encima.

Ella se inclina hacia el borde de un banco, arriba, en la galería pública, e intenta distraerse del hecho de que su marido está sentado en el banquillo, debajo, flanqueado por un oficial de seguridad, exhibido entre hojas de cristal a prueba de balas. Parece muy vulnerable desde este ángulo, con los hombros tan anchos como siempre, pero el cabello le clarea un poquito por encima; es algo que nota por primera vez. Una oleada de terror la asalta. Le empiezan a temblar las rodillas y apoya las manos en ellas con firmeza, esperando que los turistas adolescentes, que la miran con franca curiosidad, no se pregunten por qué está temblando. Estúpida. Claro que se lo imaginarán. Se pone el bolso, que ha pasado por los rayos X y lo han abierto y registrado, en las rodillas, y cuando nota que ya no puede parar el temblor, cruza las piernas y se las abraza, apretándolas.

Un fuerte ruido gorgoteante surge de su estómago. Nota el ácido que se eleva, aunque no ha comido nada desde la mañana. No es extraño que haya perdido casi seis kilos en las seis semanas que han transcurrido desde el arresto de James. Esto no es más que una vista previa, una audiencia preliminar, de modo que, ¿cómo estará de demacrada cuando lleguen al juicio, el año que viene?

Traga saliva, intentando desalojar el dolor agudo que se le atraviesa en la garganta. Podría echarse a llorar. Ella, que es la más calmada y controlada de las personas, a la que educaron para que atenuase cualquier sentimiento desagradable con un humor seco, o bien lo suprimiese. Por dentro se nota hueca, y la invade una potente oleada de emociones: horror, incredulidad, repulsión, y por encima de todo una vergüenza profunda, inabarcable. Aprieta los labios con fuerza. Esta intensidad de sentimientos la espanta. Solo una vez sintió algo parecido, y aquello no era más que una sombra de esto. Se seca los ojos con un pañuelo de papel. No puede dejar que las emociones la venzan. Tiene que pensar en los niños y, por supuesto, en James.

Pero ahora sabe, con una certeza que antes no tenía, que no podrá asistir cada día del juicio. Solo enfrentarse a los fotógrafos que están fuera del tribunal le ha demostrado que no podrá. Mantener la sonrisa mientras los dedos de James casi estrujan los suyos, el puño de él tan parecido a una garra de hierro que ella casi hace una mueca. Ha notado lo nervioso que estaba, algo que él no ha reconocido aún, ni siquiera en los momentos más tranquilos de la noche, cuando Sophie se deja llevar al cálido abrazo de él en la cama y susurra: «¿Estás bien?». Él no ha demostrado ni un ápice de vulnerabilidad desde que le acusaron, ni tampoco ha comentado la posibilidad de ser declarado culpable. Si no hablan de eso quizá no pase. Y parece algo tan lejano… Un tópico: una pesadilla viviente.

Ahora todo le parece mucho más real. Tan sólido como el robusto roble que se extiende por todas partes, por el estrado de los testigos, los bancos del jurado, el estrado del juez, el de los abogados, en el cual la defensora de James, una mujer recia y formidable que se llama Angela Regan, y la QC de la acusación, una tal señorita Woodcroft, están apilando un archivador de pruebas tras otro.

Su marido se someterá a un juicio por violación. Nota el sabor de esa palabra, tan fea como el propio delito. Sabe que está ocurriendo, y sin embargo, aunque la realidad se impone cuando ella baja la vista y lo ve en el banquillo, cuando absorbe todos los detalles del tribunal, cuando ve la mirada patricia del juez con el que, en su vida normal, se puede imaginar hablando en una fiesta, todo aquello sigue sin tener sentido.

Él es inocente. Por supuesto que es inocente. Ella lo sabe, lo ha sabido desde aquel martes terrible en que le arrestaron. Conoce todas las debilidades de la personalidad de él, y no sería capaz jamás de una cosa así. De modo que, ¿cómo es posible que la situación haya llegado a este extremo? Piensa en recientes investigaciones del partido, una presidida por un abogado que había ido al colegio con James y Tom, la otra por un amigo de Oxford: hombres que podían proporcionar una pátina de independencia y garantizar al mismo tiempo que la conclusión fuera la correcta. Sophie se pregunta por qué no ha ocurrido lo mismo en este caso. Tom se lo debe. Ah, sí, le debe mucho. Pero en cuanto se implicó la policía, ni siquiera la amistad estrecha con el primer ministro, cuyos lazos les han ligado a ambos durante más de treinta años, bastó para protegerle.

—¿De modo que podemos estar de acuerdo en esa semana de abril? —La QC de James, la señorita Regan, interrumpe sus pensamientos: su voz, con su acento de Belfast, tiene un tono casi masculino. Ella y el juez se refieren a «la intendencia» como si el caso de James fuera algo que hay que organizar militarmente.

La vista parece llegar a su fin, y se establece una fecha para abril. Se confirma la fianza, y ahora John Vestey, el *solicitor*[6] de James, está apartando su asiento y se permite sonreír mientras le susurra algo a la QC.

Sophie mira al techo mientras todos recogen sus documentos y el secretario del juzgado les pide que «se pongan en pie». El techo es alto, y está formado por ochenta y un paneles de cristal opaco. Ella los cuenta, intentando establecer un orden: nueve por nueve, exactos. El cielo tiene un color gris pesado, anodino, opresivo, poco atractivo, y un pájaro revolotea por encima, como un borrón negro que se burla de los humanos que están debajo. Se burla de su marido, al que se le ha concedido una fianza, pero no la libertad real. La luz límpida apenas se filtra a través del techo, y ella ansía la luz del sol, el cielo abierto, unos campos verdes y limpios, y la tranquilidad de una mente vacía.

Al celebrarse el juicio en abril, estarán más de cuatro meses en ese limbo, pero ahora lo único que ella quiere es seguir adelante. Poner fin a esa sensación horrible de temor. Ya han pasado seis semanas de tortura, durante las cuales ella se

6. Profesional del derecho en el ámbito anglosajón equivalente, aunque no exactamente igual, al procurador que conocemos en España.

ha preparado y ha considerado sus opciones. Seis semanas de correr largamente junto al Támesis, y de frenéticas sesiones de gimnasia que dejan exhausto su cuerpo, pero no su mente. El tiempo suficiente para examinar y reexaminar su relación, y preguntarse: «¿Qué quiero yo en realidad?».

La respuesta hacia la que ha avanzado, a trompicones, porque no hay certezas ya, no ha habido ninguna certeza desde aquella terrible tarde de octubre, es que quiere mantener a su familia intacta. Quiere a James. A pesar de la humillación que ha arrojado sobre ella, de la ira que siente por su infidelidad y el egoísmo que ha mostrado al hacerles pasar por todo esto; aun así, sigue queriendo estar con su marido. Nunca ha dudado de su inocencia, de modo que ¿por qué no seguir con él?

Ella lo necesita, claro, y a veces se odia a sí misma por esa dependencia. Quizá esté inscrito en su ADN... Esa necesidad de agarrarse a su hombre, una sensación que conoció intensamente de estudiante cuando adivinó, claro, que él era infiel, aunque pensara que no era así. O quizá se desarrolló cuando vio el impacto de la infidelidad de su padre, en particular la inseguridad financiera, que se produjo cuando Max dejó a Ginny justo antes de que cumpliera los cincuenta. Sus tres hijas habían abandonado ya el hogar, de modo que hubo poca recompensa financiera, a pesar de que ella decidió dedicarse a ser su esposa como carrera. Su madre aseguraba que era «completamente feliz», pero la antigua rectoría se vendió y ella se trasladó a una pequeña casita en Devon. Su vida era más estable, emocionalmente, sin aquellos periodos exaltados de odio a sí misma que tenían lugar cuando Max encontraba a otra mujer y que habían caracterizado la niñez de Sophie, pero había perdido su hogar, su vida social y su estatus. Vivía sola, un poco recluida, con sus perros: un labrador negro y un springer spaniel color marrón rojizo.

Sophie no quería eso. Era demasiado joven para dedicarse a sus hijos, o para convertirse en una excéntrica que vivía en el campo. Tampoco quería convertirse en ese tipo de mujer de la que se apartaban sus amigos: la divorciada atractiva. Nunca la invitan a cenas en casa de la gente, por temor a que les quite a sus maridos. Como si la infidelidad de su exmarido fuera algo contagioso, o el estado de carencia de ella y su implacable tendencia a volverse a casar se pegara, como una sexualidad almizclada.

Quizá sería más fácil si tuviera alguna carrera. Pero no había vuelto a su trabajo como editora subalterna en una editorial infantil después de tener a Emily, ya que las personas contratadas para el cuidado de los niños se comían casi todo su salario, y James, cuya madre nunca había trabajado, se sentía muy feliz de que ella se centrase en los niños y en él. Sospecha que fue un error. La literatura infantil fue lo único que le interesó de la carrera, incluso redactó un trabajo sobre la amenaza en Narnia, explorando el uso de Lewis del mito del fauno priápico y el tema del secuestro. Increíble pensar que ella pudiera escribir sobre semejante tema. Había esperado brevemente poder tropezar con la siguiente J.K. Rowling. Pero luego se desvió hacia la literatura preescolar, donde el único desafío era la dificultad de ponerse un calcetín desparejado o encontrar un dinosaurio perdido, y era difícil de justificar dejar a su bebé en una guardería para editar semejantes cosas.

Además, el matrimonio y la familia eran lo que siempre había querido. Cuando era pequeña, pintaba repetidamente retratos de sí misma vestida de novia. Un marido (que fuera guapo y con una brillante carrera) estaba en su lista de deseos, junto con unos hijos y una propiedad de época, con establos para los caballos y un jardín amplio y vallado. Era lo que había vivido en su niñez, y lo que le habían enseñado a querer. Bueno, pues había conseguido dos de las tres cosas.

Incluso en Oxford, encontrar un marido había sido una prioridad para ella. Quizá no tendría que haberlo sido. Mira fotos de sí misma entonces, y se pregunta por qué perdió tanto tiempo preocupándose por quedarse sola y obsesionándose por agarrarse a James. Ella era un buen partido entonces, pero luego él la dejó al principio del primer curso, y no se volvieron a ver hasta al cabo de siete años. Y ella se las había arreglado bien. Tuvo otros novios, chicos amables, guapos, divertidos, con los que cortó cuando estaba claro que no eran posibles maridos, e incluso hubo periodos, un par de meses en dos ocasiones, en que estuvo totalmente sola. Y lo soportó muy bien.

Pero no le había gustado nada, y a ser posible, no quería arreglárselas así de nuevo. James había sido su prioridad durante demasiado tiempo. Un novio y luego marido que sabía que codiciaban otras mujeres, pero que la había elegido a ella, y que le había sido fiel antes de este problema, esta cosa terrible y destructiva que amenazaba con destrozar su matrimonio. Oír declarar a Olivia es lo que más teme. Tener que escuchar a esa zorra detallar el «acto»; oírla describir su relación antes de que ocurriera esto... porque teme que el abogado de James la obligará a describirlo todo: cómo se conocieron, dónde se besaron por primera vez, con qué frecuencia tenían relaciones sexuales, si era una relación como Dios manda, un asunto de cinco meses, como había dicho James, en lugar de una metedura de pata apresurada y violenta, algo excepcional, poco característico.

Porque la defensa de James, por supuesto, se basaba en que era sexo consentido: sexo al que había accedido Olivia, y que ambos buscaban, a pesar de saber que era moralmente reprobable. «Clásica mujer despechada. Un asunto amoroso que no acabó bien», como decía Chris Clarke en los primeros tiempos.

No es violación... pero tampoco es amor, y la pone fu-

ANATOMÍA DE UN ESCÁNDALO

riosa que se haya considerado así. Eso y que piensa que conoce suficientemente bien a su marido para comprender que solo era sexo.

Por supuesto, ha hecho que James le cuente todo el asunto. Dónde. Cuándo. Por qué. Cuántas veces. «Ya veo», decía ella, intentando mantener la calma. «¿Y lo que pasó en el ascensor?» La tentación de chillarle por lo del puto ascensor era casi abrumadora, pero ella supo controlarse, como hacía siempre.

Ella y sus hijos (porque en aquel momento los hijos eran de ella, y no de él) necesitaban estar tranquilos. Se imaginaba una fina capa de serenidad que la recubría: un barniz duro, impenetrable.

Odiaba escuchar aquellas respuestas, que él afirmase con toda tranquilidad que había sido un momento de pasión; una locura, aunque enteramente consensuada, pero se esforzó por quedarse allí sentada, con la furia atrapada en su pecho. Le ardían los ojos, pero estaba demasiado furiosa para llorar. No le preguntó si amaba a Olivia, o si Olivia había pensado en algún momento que lo amaba a él. Fingió que aquella pregunta era irrelevante, pero la verdad es que no quería oírlo.

KATE

24 de abril de 2017

*L*a sala del tribunal está silenciosa. Temblando por el peso de una expectación como la que ataca el segundo antes a un jugador de Wimbledon que está a punto de disputar el campeonato, o a un medio apertura que chuta un golpe de castigo que podría ganar la copa del mundo de rugby.

Hemos pasado por los trámites administrativos. Elegir el jurado, la organización de nuestras mesas de trabajo, el tira y afloja del último minuto entre mí misma y la abogada defensora, Angela Regan, para ponernos de acuerdo sobre lo que podemos o no podemos presentar como prueba, y para que no haya más revelaciones sorpresa en el último momento. Hemos tosido y carraspeado e intentado congraciarnos con la secretaria del juez, Nikita, una joven asiática que, en virtud de su cercanía al juez, es una de las personas más importantes de la sala. Nosotros, con nuestros pasantes, Tim Sharples y Ben Curtis, que han hecho parte del trabajo de investigación, la redacción de las declaraciones y el contacto con los otros abogados, y que están sentados a nuestro lado, hemos marcado nuestros territorios, física, intelectual y legalmente, con el mismo cuidado que dos gatos machos en sus merodeos nocturnos.

Su Señoría, el juez Aled Luckhurst, QC, ha hablado con el jurado, explicándoles su responsabilidad a la hora de juzgar este caso. El hombre al que se juzga, les recuerda, es un individuo importante a quien quizá reconozcan de los periódicos. Como respuesta a esto se ven un par de caras indiferentes, la del joven chico negro de la fila de atrás y la mujercita menuda de pelo gris vestida como si las últimas tres décadas se la hubieran saltado totalmente, pero la mayoría de los jurados se alegran mucho ante esa noticia. Despiertos y alerta, este lunes por la mañana al inicio de su servicio de dos semanas como jurado, saben perfectamente bien que James Whitehouse es subsecretario en el Gobierno de Su Majestad, aunque quizá no supieran, o no les importase, su cargo o su papel. Lo que sí saben es que es el político acusado de violar a una colega en el ascensor de la Cámara de los Comunes. Lo miran con perspicacia. ¿Parece un violador? ¿Qué aspecto tiene un violador? Más que un político, parece un actor de esa nueva camada de colegios privados de élite.

Les ha tocado la lotería, en cuanto al servicio como jurado. Aparte de un juicio que implicara a un famoso de la televisión, o un asesinato sangriento, no les podía haber correspondido nada más interesante o que mereciera más cotilleos. Pero Su Señoría les indica que tienen que ser inmunes a este hecho.

—Oímos hablar mucho de violación en el Parlamento y en los periódicos —dice, con una voz más patricia que nunca—. Todos tenemos prejuicios, pero ustedes deben asegurarse de que los prejuicios, ideas preconcebidas o conjeturas no les influyen en lo más mínimo. —Hace una pausa, dejando que sus palabras penetren bien, y aunque ha dicho esto cien veces antes, la formalidad de su lenguaje y la autoridad que exuda, a través de su peluca, su voz, su posición elevada en su trono, crean un momento intensamente solemne. Nadie parece respirar; no se oye el roce de los papeles—. Este caso debe juzgarse únicamente de acuerdo con las pruebas.

Hace una pausa y crea una gran expectación; ese escalofrío de aprensión y emoción. Se ve que la enormidad de lo que les están pidiendo que hagan les lastra. El joven hombre asiático se queda mirando con los ojos muy abiertos; una mujer de unos treinta años parece acobardada por el miedo. Su Señoría entra en detalles, explicando que aunque puede que hayan leído cosas sobre el caso en los periódicos o en internet, no deben hacerlo a partir de este momento. Ni tampoco, y los mira por encima de la montura de sus gafas de media luna, deben llevar a cabo ninguna investigación. Y lo más importante es que no deben hablar de este caso fuera de la sala del jurado, ni siquiera con la familia y los amigos. Sonríe, porque es un juez muy humano, a quien admiro, y que llegará a gustarle al jurado; tiene poco más de cincuenta años, y no es uno de esos juristas que parecen divorciados del mundo real, aunque se refiere a «internet» como si hubiera que mirarlo con sospecha. Creo que sabe más de la red que muchos de los jurados. Recientemente ha presidido un juicio muy largo por fraude contra dos banqueros de la City, y antes, el juicio de un grupo pedófilo que se reunía en una sala de chat de internet. Conoce perfectamente el trabajo de la unidad de recuperación criminal de internet, que al parecer puede desenterrar documentos borrados de discos duros, y aunque quizá no use Whatsapp ni Snapchat él mismo (prefiere cantar a Bach en un coro, y cultivar orquídeas en su tiempo libre) sabe exactamente cómo funcionan.

Los jurados le devuelven la sonrisa y asienten, esos doce hombres buenos y justos, aunque la verdad es que siete son mujeres: un jurado que no es ideal, porque las mujeres tienen más tendencia a absolver de violación a un hombre agradable. Dos o tres están tomando notas: el hombre robusto con americana y corbata del extremo derecho del banco delantero, que sospecho que se convertirá en el portavoz del jurado, y dos de las mujeres, ambas de treinta y tantos, cuya mirada revolotea del defensor al juez. El típico chico de Essex, con perilla, tupé engominado, jersey trenzado, un moreno impresionante, mira al hombre que está en el banquillo detrás de mí, con un asomo de amenaza a punto de estallar justo por debajo de la superficie. Yo bajo los ojos hacia mis notas, con las manos en el regazo, y espero a que llegue mi momento.

Con un breve gesto del juez, me pongo en pie, colocándome con la cabeza levantada y el cuerpo cómodo. Mi mano izquierda sujeta el discurso inaugural, al cual apenas echo alguna mirada, y en la derecha llevo un bolígrafo desechable de tinta morada, mi diminuto acto de individualidad para contrarrestar las innumerables convenciones del tribunal. No lo necesito para mi discurso, pero el boli y mis hojas de papel son accesorios para evitar que gesticule como una loca. Lo último que debo hacer es moverme demasiado y distraer al jurado o irritar al juez.

Mantengo la mirada del juez y luego me vuelvo hacia los jurados y los miro a todos y cada uno de ellos a los ojos. Voy a hablar a estas personas, a concentrarme en atraerles por encima de todos los demás. Como un amante que intenta seducir, usaré el enfoque y el tono de mi discurso y la forma que tengo de atraer su atención para persuadirlos. Usaré todos los trucos que sepa.

Porque este día de inauguración, todo es poco familiar para los jurados, y les desorienta: las pelucas, las togas, el lenguaje que podría proceder de un libro de texto del siglo XVIII: «Con la venia, Su Señoría. Me adhiero al escrito del fiscal, *in dubio pro reo*, esa es una pregunta capciosa, *iuris tantum*, se levanta la sesión, *de lege ferenda*, visto para sentencia».

Mañana ya se habrán acostumbrado a la cantina, sabrán dónde está el lavabo y el tiempo que pueden pasar fumándose un cigarrillo. Se darán cuenta de que se tienen que concentrar mucho, y estarán de acuerdo en que, como dice el juez, «cinco horas al día bastan para todos nosotros». Por entonces, ya habrán comprendido la definición legal de violación y el concepto de consentimiento, y sus ojos no se abrirán tanto, ni sus cuerpos se quedarán congelados por la sorpresa cuando se usen palabras como pene, penetración, oral y vagina.

Pero ahora mismo son alumnos atentos al principio del año escolar, con los zapatos bien lustrados y bonitos uniformes, con expedientes nuevos y cajas de lápices, emocionados y aprensivos porque no saben lo que les traerá la semana. Y yo tendré que tranquilizarlos, asegurarles que podremos hacerlo juntos, que comprenderán la terminología, así como la magnitud de lo que el sistema de justicia británico les está pidiendo. No los marearé con términos legales. La mayor parte de los delitos se centran en la falsedad, la violencia y la lujuria, y las dos últimas están plenamente representadas aquí. A veces los jurados me sorprenden con la astucia de sus preguntas, y serán plenamente capaces de comprender la cuestión que se halla en el corazón de este juicio: en el momento de la penetración, ¿comprendió James Whitehouse que Olivia Lytton no consentía en tener relaciones sexuales?

Empiezo a hablar, ignorando todavía al hombre que está en el banquillo, detrás de mí, cuyos ojos imagino intentando penetrar bajo mi toga negra, mi chaleco y mi camisa y llegar a mi alma, pero me animo ante el hecho de que su esposa, que había pensado que le apoyaría incondicionalmente, no está en la galería del público, muy por encima del tribunal. Hablo en voz baja y tranquilizadora, acariciando las palabras, y solo inyecto una nota de pesar e indignación cuando considero que es estrictamente necesario. Reservo mi ira para el discurso de cierre. Quizá la necesite. Por ahora, me mostraré calmada y firme. Y así es como empiezo:

—Este caso se centra en un hecho que tuvo lugar entre dos individuos: James Whitehouse, a quien ven detrás de mí en el banquillo, y una mujer joven que se llama Olivia Lytton.

»El señor Whitehouse, como Su Señoría ha dicho, quizá les resulte familiar. Es miembro del Parlamento y, hasta que se le ha acusado de este delito, subsecretario del gobierno. Está casado y con dos hijos, y la señorita Lytton era su investigadora parlamentaria, que empezó a trabajar para él en marzo del año pasado.

»En mayo, ambos se habían involucrado en una aventura amorosa, a pesar de que él estaba casado. Era una relación consensuada, y la señorita Lytton creía estar muy enamorada. La relación concluyó el 6 de octubre, cuando el señor Whitehouse le dijo que tenía que estar con su familia. Y eso tenía que haber sido todo. Pero el 13 de octubre, una semana después de que terminara su relación, tuvieron relaciones sexuales una vez más en un ascensor que da al pasillo del comité, en el corazón de la Cámara de los Comunes.

»No se discute que este hecho tuviera lugar. Ambas partes reconocen que fue así. Lo que se discute aquí es la naturaleza del acto. ¿Fue, como asegura la Corona, algo siniestro, un acto al que el acusado obligó a la señorita Lytton? ¿Fue una violación, realmente? ¿O más bien fue, como alega la defensa, un acto de pasión, un brote frenético de deseo amoroso que sintieron dos individuos, y que los atrapó en ese momento?

»Oirán ustedes pruebas de ambas partes, pero para llegar a este veredicto, ustedes deben estar de acuerdo en tres cosas. Una, ¿tuvo lugar una penetración mediante el pene? La respuesta es sí: ninguna de las dos partes discute ese hecho. Dos: en el momento de la penetración, ¿consentía a ello la señorita Lytton? Y tres, en el momento de la penetración, ¿era consciente el señor Whitehouse de que la señorita Lytton no consentía?

Hago una pausa y me subo las gafas, de montura gruesa, por la nariz, y miro al jurado, consiguiendo hacer contacto visual con todos y cada uno de ellos; intentando inculcarles que deben concentrarse, pero al mismo tiempo tranquilizándoles y transmitiéndoles que serán capaces de hacer esto. Sonrío, como diciendo que todo es muy sencillo.

—En realidad, no es más complicado que eso.

KATE

25 de abril de 2017

*S*egundo día. Olivia Lytton, la demandante, en el lenguaje del tribunal, la «amante rubia», tal y como la describió en una ocasión el *Sun*, sube al estrado de los testigos. El jurado se queda muy callado, porque mi discurso inaugural no era más que un calentamiento. Olivia es el acontecimiento principal, por lo que a ellos respecta.

Dos de las mujeres la miran, entrecerrando los ojos. La mujer mayor, que ayer parecía que no sabía absolutamente nada del caso, la mira a través de sus gafas de montura metálica, y una de las de treinta y tantos, con el pelo alisado, las cejas gruesas, un montón de maquillaje, de modo que su cara parece de un rosa anaranjado, está perfeccionando el gesto de pocos amigos. Es una de las mujeres que miraban al acusado en el banquillo como si no pudiera creer que él estuviera allí. Casi como si estuviera deslumbrada por su fama. Yo mantengo la mirada neutra y, cuando se encuentra con mis ojos, me dedica una sonrisa anodina, seria.

Olivia parece aterrorizada. Le brillan los ojos, la posibilidad de las lágrimas no anda lejos, y su piel tiene una palidez antinatural, como si fuera el espíritu, y no solo la sangre, lo

125

que le faltase. Cuando me reuní con ella en la sala de los testigos, ayer, habló con claridad y rapidez, dejando ver su inteligencia, su ansiedad y una ira latente. Parecía quebradiza, su cuerpo estaba muy tenso, como una ramita frágil a punto de romperse.

—Las probabilidades están contra nosotras, ¿verdad? —dijo, recitando algunas estadísticas sobre tasas de condenas obtenidas en un enfrentamiento directo.

—Tenemos bastantes pruebas, y me propongo convencer al jurado de que él es culpable —respondo, mirándola a los ojos e intentando transmitir la fuerza de mi determinación, no solo de la fiscalía, para conseguir una condena.

Ella sonríe débilmente, torciendo la boca a un lado, con una mirada de triste resignación que dice: «Pero no basta con eso, ¿verdad?». Es graduada en Cambridge y no es tonta. Pero no tienes que ser lista para saber lo que ella sabe: si te violan, se erosiona enseguida tu creencia en la justicia y la equidad y en ser tratada con respeto.

En el tribunal, sin embargo, no se insinúa en ningún momento una conciencia tan brutal, y ella parece la viva imagen de la inocencia, o al menos más inocente de lo que podría parecer una mujer joven cercana a la treintena que se ha embarcado en una aventura extramatrimonial. Luce un vestido muy sencillo con un cuello bebé y me pregunto si no estará llevando la cosa demasiado lejos. Pero le funciona bien. Es lo suficientemente delgada para jugar a la androginia, para adoptar una imagen patética, y ha desexualizado su cuerpo. Esos pechos pequeños, mordidos y estrujados, como sostendrá la Corona, están ahogados por una tela color azul marino, y sus largas piernas ocultas por el estrado. No se aprecia ni un atisbo de nada que se pudiera percibir como abierta y tentadoramente sexual.

James Whitehouse no puede verla, claro. El estrado está acordonado, de modo que a ella la pueden ver el jurado, el juez y el abogado, pero no el acusado. Se tiende a utilizar las pruebas en vídeo para los testigos vulnerables, en los casos de ataque sexual; el testimonio de la reclamante se retransmite en imágenes con grano en blanco y negro que parpadean y saltan como un vídeo *amateur* muy mal editado, que oscila entre lo perturbador y lo prosaico. Olivia también habría podido ser interrogada a través de vídeo, pero ha accedido valientemente a dar testimonio en el tribunal. De ese modo, el jurado podrá notar todo el trauma que ha sufrido, captará cada vez que respire hondo, verá temblar sus hombros. Y aunque será incómodo y podría parecer cruel, en los espacios entre sus palabras, en los silencios que irán creciendo mientras busca un pañuelo de papel o responde a la sugerencia de Su Señoría de que beba un sorbito de agua, será donde surja su historia con mayor claridad. A través de esas pruebas claras e imperiosas con las que tenemos la esperanza de conseguir que le condenen.

Veo que los jurados la miran, que examinan su vestido, el brillo de su pelo, que intentan leer su expresión, claramente aprensiva, aunque intenta con todas sus fuerzas parecer valiente. Ella me ve mirarla y le sonrío, esperando transmitirle mi confianza, hacerle saber que sobrevivirá a esto, que será soportable, e incluso estará bien. Sé que se está preparando para revivir el hecho más horrible de toda su vida con toda la intensidad de su vergüenza, ira y miedo. Hace falta auténtico valor para hacerlo, para aparecer ante el tribunal y acusar a alguien a quien amaste una vez de este delito infame, y ella puede que se sienta culpable de esta aparente traición. Imagino que notará las palmas pegajosas de sudor, que sus axilas también se irán poniendo húmedas, a medida que el reloj del tribunal vaya marcando el silencio, regular e insistente. Está a punto de revelarse a sí misma con la misma intensidad que si la cortaran hasta el hueso.

Me pregunto si estará pensando en él detrás de la pantalla, si se imagina que la mirada de él estará centrada en su dirección. Parece muy nerviosa; su voz, con el típico acento de pija del sur, suena tan bajo que cuando confirma su nombre tengo que pedirle que hable más alto.

—Olivia Clarissa Lytton —dice, con mayor firmeza, y yo sonrío y me vuelvo hacia el jurado. Las cejas de la Señora Naranja se han levantado. Sí, todos sabemos que es un nombre ridículamente pijo, pero eso no se le puede reprochar a ella. La violación, como la violencia doméstica, se da en todas las clases sociales, puede ocurrirle cada día a cada una de nosotras.

—Señorita Lytton, voy a hacerle algunas preguntas y nos vamos a tomar las cosas con calma. Y ahora, si pudiera usted levantar la voz un poquito, por favor. —Intento tranquilizarla, mantener el contacto ocular y sonreír animándola, hacer que se sienta cómoda. Es importante, porque un testigo inquieto no contará bien su historia, y no hay nada peor que un testigo que de repente se queda en blanco.

Planteo mis preguntas con mucha sencillez y de una en una, que nos conducen a cosas como fecha, ubicación, hora, nombres; pero, aparte de eso, le permito hablar de los hechos a su propio ritmo y con sus propias palabras. Desarrollamos una cadencia: pregunta, respuesta, pregunta, respuesta. Manteniendo un compás regular, como si estuviéramos dando un agradable paseo por la tarde, y cada hecho saliera con cada paso que damos. ¿Cuándo empezó usted a trabajar para el señor Whitehouse? En marzo. ¿Y cuál era su papel en su despacho? ¿Le gustaba a usted? ¿Y qué representaba? Preguntas breves, fáciles, que son indiscutibles y que me permiten dirigirla un poco, porque no hay nada que discutir, y Angela Regan, que es una abogada formidable, no necesitará bravuconear e interrumpir. Y creo que cuando el señor Whitehouse consiguió su trabajo ministerial, usted todavía trabajaba para él en la oficina de los

Comunes, ¿verdad? Sí, ¿no es verdad? Y así sucesivamente.

Nos enteramos un poco de que se esperaba que trabajase muchas horas, y de los requisitos generales en ese sentido y en otros, en la oficina del departamento. Todos respetaban al señor Whitehouse, los funcionarios lo llamaban «subsecretario», aunque él prefería «James».

—¿Era amistoso?

—Sí. Pero sin exagerar.

—¿Socializaban ustedes juntos? —Le dirijo una sonrisa.

—Patrick y Kitty (el personal de la oficina privada) y yo a veces íbamos a tomar algo, pero James no venía nunca.

—¿Y eso por qué?

—Tenía una agenda de trabajo muy cargada, o decía que tenía que irse a casa para ver a su familia.

—Su familia… —Hago una pausa. Dejo que quede flotando en el aire el hecho de que es un hombre casado con hijos pequeños—. Pero todo cambió, ¿verdad?

—Sí.

—El 16 de mayo fueron a tomar algo juntos.

—Sí.

—Había estado usted tomando algo con unos amigos antes, ¿verdad?

Hago una pausa y sonrío para tranquilizarla y asegurarle que no voy a revelar nada llamativo. Todos tomamos una copa de vez en cuando, mi conducta y mi tono tranquilo lo dicen.

Establecemos que ella se tomó un gin-tonic con antiguos colegas de la Oficina Central Conservadora en el Marquis of Granby, y que, notándose «un poco mareada», volvió a los Comunes justo antes de las diez de la noche para recoger una bolsa del gimnasio que se había olvidado. Y cuando iba caminando a través de New Palace Yard, se encontró con James Whitehouse.

—Está marcado con una A en el primer mapa de sus expedientes. El espacio exterior entre Portcullis House y Westminster Hall —le digo al jurado, levantando el documento.

Se oye roce de papeles, un aumento en el interés en los rostros de los jurados, que abren sus archivadores de pruebas y buscan el mapa. A todo el mundo le encantan los mapas, aunque no existe necesidad real alguna de mirar uno en estos momentos. Pero quiero que los jurados visualicen a Olivia y James encontrándose en ese punto que ven marcado con una X en el mapa de sus archivadores. Tienen que acostumbrarse al diseño físico de los Comunes, un laberinto de pasajes traseros y pasillos secretos que se prestan para reuniones ilícitas, tanto políticas como sexuales. Quiero plantar la semilla de esa idea ahora mismo.

—¿Y qué ocurrió a continuación? ¿Habló usted con él? —pregunto.

—Sí —dice Olivia, y su voz tiembla. La miro con intensidad. Que no se me venga abajo ahora. No hemos llegado ni por asomo a lo más jugoso de las pruebas. Sonrío para animarla, aunque mi sonrisa contiene una puntita de acero—. Lo vi viniendo hacia mí, de modo que le dije hola, y me tambaleé un poco. Creo que estaba nerviosa. No había sesión, y no esperaba verle allí. Simplemente, iba corriendo a recoger mi bolsa.

—¿Y qué ocurrió cuando usted se tambaleó?

—Pues que él me ayudó. Me sujetó por la parte superior del brazo para estabilizarme, y me preguntó si me encontraba bien, algo así.

—¿Y le había ayudado a usted alguna otra vez así, le había cogido el brazo alguna vez?

—No. Nunca me había tocado. En la oficina era muy formal.

—¿Siguió tocándole el brazo?

—No. Lo soltó en cuanto conseguí ponerme el zapato de nuevo.

—¿Y qué ocurrió entonces? —sigo. Cualquier joven ligeramente borracha se habría escabullido enseguida, pero no fue eso lo que ocurrió. No puedo llevarla hacia ese hecho, sin embargo, debo esperar a que sea ella quien coloque la pieza siguiente en el rompecabezas de su historia.

Sonríe y su voz tiembla un poco al recordarlo.

—Él me propuso que tomáramos una copa.

La voy conduciendo. Pregunta, respuesta, pregunta, respuesta. Manteniendo el ritmo. Haciendo que las cosas vayan despacio, igualadas, agradables, controlando mi velocidad para acompasarla con el movimiento del bolígrafo del juez.

Confirmamos que la relación empezó así, y al cabo de una semana se había consumado. La Señora Cara Naranja entrecierra aún más los ojos. «O sea que tuvieron relaciones sexuales. De eso va este caso. Pues adelante.» No transmito esta irritación, por supuesto. Yo sigo serena, y mi mirada va pasando de un jurado a otro, sin detenerse en ninguno de ellos durante mucho rato. Estoy demasiado ocupada sacando información a mi testigo principal, que se ha ido confiando cada vez más. Ella se encuentra mucho más a gusto ahora, su voz ya no tiene ese tono tan agudo.

No quiero que entre en detalles de su relación, porque solo conseguiríamos que Angela la interrogase sobre su experiencia sexual previa, algo que, según cree la Corona, es totalmente irrelevante. Hemos acordado una serie de palabras que transmiten lo que ocurrió, y ahora es el momento de pasar a lo que sucedió en el ascensor.

Pero Olivia se resiste a limitarse a describir esto de una manera objetiva y clara.

—Yo no quería que terminara —añade, cuando le pido que confirme que la relación terminó el 6 de octubre. Su voz cae hasta que es poco más que un susurro. Una cortina de pelo le tapa la cara.

No le pregunto por qué, y estoy dispuesta a seguir adelante, pero ella parece decidida a que se la escuche.

Levanta la cabeza, y su pelo roza la mejilla. Tiene los ojos húmedos, pero su voz suena fuerte y clara, en la sencillez de su declaración.

—Yo no quería que terminara porque estaba enamorada de él.

SOPHIE

25 de abril de 2017

*S*ophie está temblando. En la inviolabilidad de su hogar ha empezado a temblar; su cuerpo la ha traicionado de una manera que nunca haría en público, sus miembros chocan entre sí, resonantes, debilitando su habitual autocontrol.

Se le revuelve el estómago nada más llegar al váter de la planta de abajo. Tira el bolso al suelo y su contenido se desparrama por las baldosas eduardianas: pintalabios, monedero, diario, teléfono móvil. La superficie del teléfono se raja con el golpe repentino, y una línea fina corre en limpia diagonal, dispersándose luego en diminutos añicos que solo sujeta la tensión de la cubierta. Recoge las cosas y traza la línea con un dedo, embelesada y sin pensar, y luego hace una mueca ante el dolor causado por una diminuta astilla de cristal.

Se echa a llorar, con los hombros abatidos, solloza ahogadamente, hasta llegar a su dormitorio, porque Cristina podría estar en su habitación en el otro piso, y no podría soportar su apoyo amable e insistente. La *au-pair* está demasiado ansiosa por mostrarle su simpatía. Sus ojos castaños y trémulos amenazaban con desbordarse de lágrimas cuando se fue con los niños al colegio aquella mañana, y Sophie quiso chillarle que se rehiciera, que mostrara un poco de compostura frente a los niños, como era su obligación, como debía hacer continuamente. ¿Dónde estaba el ensimismamiento que era de esperar en una adolescente, y que había experimentado con Olga, su anterior *au-pair*, capaz de vaciar el congelador de helado Ben & Jerry's, cogerlo a cucharadas directamente del envase y metérselo en su enorme boca abierta, y luego volver a dejar el envase casi vacío dentro?

Cristina había presenciado cómo se desarrollaba aquel espantoso lío desde el principio: estaba en casa aquella noche, en octubre, cuando surgió la historia; vivió con ellos el asedio de los *paparazzi*, aquel terrible primer fin de semana, e incluso, pobrecilla, había abierto la puerta y había mentido para protegerlos.

—La señora Whitehouse y los niños no están —le dijo a un fotógrafo más insistente que los demás, que seguía por allí cuando James se había ido ya a Westminster, el lunes, y los asediaba en su propio hogar. Y ella y Emily y Finn se habían escondido todos arriba, en el dormitorio de Em, en la parte de atrás, mientras aquella chiquilla esbelta de dieciocho años, con un encantador acento francés, se apartaba de las instrucciones que le habían dado: «Simplemente diles que no estamos aquí y cierra la puerta educadamente, pero con firmeza», y empezó a suplicarles, con la voz llena de indignación.

—Pog favog... pog favog... la señoga Whitehouse no está aquí. ¿Podgían por favog dejaglos en paz?

Escucha, con un sollozo en la garganta.

—¿Cristina?

La llama junto a su dormitorio. Silencio. El cuerpo le duele del alivio, del absoluto alivio de estar sola. Cierra la puerta del dormitorio y se apoya en el radiador, notando que el calor le penetra en la espalda, levanta las rodillas y se las coge bien apretadas contra el cuerpo, como si así estuviera más recogida y cálida; como si estuviera de vuelta en el útero materno, reconoce mientras se entrega al temblor que sacude todo su cuerpo, de modo que las rodillas entrechocan una contra la otra de nuevo, incontrolablemente.

Se queda allí sentada cinco minutos por lo menos, y las lágrimas marcan surcos en sus mejillas, aunque sus sollozos siguen siendo ahogados. Después de pasar cuarenta años aprendiendo a controlar sus emociones, se siente algo cohibida y, sin embargo, ¡qué alivio dejarse ir! Busca un pañuelo de papel y se suena ruidosamente, se seca las mejillas húmedas y luego se arriesga a mirar en el espejo y se ve la cara hinchada, roja, veteada de rímel. Está hecha un desastre. Va al baño, se echa agua fría en la cara y busca la leche limpiadora. Laboriosamente se va quitando los restos de la mañana, rímel, maquillaje, lápiz de ojos, miedo, culpa, vergüenza, y un pesar intenso, persistente, con un disco grande de algodón. Se seca la piel a golpecitos, se aplica crema hidratante. Mira sin expresión alguna el rostro que no es ya el que ella conoce, o más bien uno que preferiría no reconocer. Empieza el proceso de reconstrucción, y de ser ella misma una vez más.

Había ido al tribunal disfrazada, y se fue justo después de que Olivia dijera que estaba enamorada de su marido. Provocó un breve silencio lleno de simpatía, y algunos de los jurados la escucharon absortos cuando su voz, tensa por la emoción, resonó en el tribunal.

James no sabía que ella estaría allí. Después de la audiencia preliminar, ella le dijo que no iría. Que no podía soportar estar allí sentada, oyendo las pruebas, todo lo que Chris Clarke considerase necesario para su rehabilitación política, después de que hubiese concluido el caso.

—¡Pero así no estarás con él apoyándole! —El director

de comunicación se puso frenético, escupiendo diminutas bolitas de saliva.

—Sí, estoy con él y le apoyo, pero no tengo que sentarme allí, regodeándome con todo eso —respondió—. Además, si voy, solo significará una foto más.

Chris, con la cara sonrojada, de un rojo antinatural, gruñó y admitió, a regañadientes, que ella tenía razón.

Sophie se quedó sorprendida por la intensidad de su propia furia y por la fuerza interior que había surgido en ella, ante la insistencia de los demás.

«El problema de las mujeres —le dijo una vez James, haciendo una de esas generalizaciones que nunca haría ante colegas femeninas, pero que sí hacía en casa— es que carecen del valor de sus convicciones. Aparte de la señora Thatcher, no tienen la misma fe en ellas mismas que tenemos nosotros.» Esas fueron las palabras que utilizó, lo dijo con los ojos fríos, con un cierto moralismo, aunque ella no se imaginaba (un nuevo brote de ira se encendió de nuevo en su interior) a santo de qué podía mostrarse él moralista, pero por supuesto, él respetaba su decisión. ¿Cómo no hacerlo? La amaba, no quería que sufriera más humillaciones. Y quizá, en el fondo se sintiera aliviado. Porque igual que se había negado a verla en pleno trance del parto, por miedo a que pudiera afectar a su vida sexual, quizá pensó que podía matarla por completo que ella tuviera que oír todos los detalles de su relación con otra mujer.

Porque ¿cómo podía sobrevivir una relación oyendo los detalles más íntimos de otra, de esa manera? Se puede sobrevivir a la infidelidad si eres capaz de convencerte a ti misma, una y otra vez si es necesario, de que no tiene por qué repetirse. Ella lo sabía porque su madre había vivido con su padre, porque James había sido repetidamente infiel, cuando salieron por primera vez. Se había negado a aceptarlo, ignorando las risitas de las chicas que pensaban que podían arrebatárselo, pero ni una sola vez se enfrentó a él, porque eso le habría obligado a elegir entre ellas. Y se puede sobrevivir a las infidelidades repetidas, eso lo sabía, si te dices que esos asuntos están desprovistos de emoción. Que son puramente físicos, y que es a ti, y solamente a ti, a quien ama tu marido.

Pero ¿puede sobrevivir un matrimonio si te ves obligada a escuchar todos y cada uno de los detalles de la aventura? ¿Si esa relación es diseccionada como un animal muerto, destripado por los carroñeros, si tu matrimonio aparece bajo los focos y todas sus debilidades y su solidez se ven implícitamente cuestionadas, y al final resulta que es defectuoso? ¿Si te enteras de que otra mujer amó a tu marido y, lo que es peor, que ella creía que él la amaba a ella, o al menos que había sugerido que sentía algo por ella? Porque una aventura de cinco meses con una colega, con la cual trabajas estrechamente y a quien él incluso había admitido que admiraba, no es cosa de una sola noche. No está totalmente desprovista de emoción, no si el implicado es alguien como James, que puede ser despiadado, sí (y ella piensa en sus ojos gélidos, en su tendencia a analizar a todos los que están en una habitación y decidir quién puede ser el más interesante, el más útil, y librarse de las conversaciones menos interesantes), pero también puede ser muy tierno.

¿Podría sobrevivir su matrimonio a todo eso? ¿A que Sophie oyera que no era solo a ella a quien hacía el amor, realmente, o que el sexo, hasta el más duro, porque así es como pensaba ella de aquella acusación, reflejaba el sexo que ella había tenido con él? ¿Que había paralelismos claros entre la forma que tenía él de besarla, chuparla, pellizcarla, que servía para las dos, y que la parte más íntima de su relación no era tan única como ella siempre había pensado? ¿Que su relación con él, eso que ella siempre había puesto en primer lugar, por delante incluso de sus hijos, y esto la avergonzaba ahora, no era tan especial como había imaginado?

El riesgo de descubrir todo esto es lo que hacía que se cerrase en banda e insistiera en apartarse. Eso y la inevitable humillación, la perspectiva de ser escrutada por un juez y un jurado y todos los que estaban en la galería pública, una mezcla peculiar de estudiantes de derecho, turistas y curiosos que habían descubierto que podían encontrar dramas más atractivos allí, en aquel juzgado, que en casa, en las pantallas de su televisor.

Ella siempre ha tenido suerte. Su vida siempre ha sido sólida y preciosa como un lingote de oro enorme. Su segundo nombre es Miranda (la que debe ser admirada), y siempre daba por sentado que era el nombre más adecuado para ella. Pero en los últimos seis meses su suerte la ha abandonado, y la admiración que tanto tiempo llevaba aceptando se ha visto sustituida por una compasión casi jubilosa. La envidia a la que está acostumbrada, que tuvo su punto álgido cuando James fue elegido y empezó a llevar a los niños al colegio una vez a la semana, se ha estropeado y se ha convertido en falsa simpatía y suspicacia pura y simple. Las invitaciones a tomar café por la mañana se han terminado, y se le pidió que abandonara el comité del baile de profesores y padres, por si se perdían sustanciosas cifras de donaciones. La incesante cantidad de peticiones para jugar con sus hijos se había detenido de repente. Y si todo esto había menguado su autoestima y corroído su espíritu, y dolido mucho más de lo que quería admitir, ¿no sería mucho peor aún tener que soportar su humillación en los juzgados?

Y sin embargo cuando llegó el momento no pudo mantenerse apartada. El deseo de escuchar lo que había ocurrido y comprender a qué se enfrentaba su marido se había vuelto físicamente abrumador: un dolor extremo aferrado al pecho, que la hacía toser y que no podía contener. Y por tanto hizo algo poco propio de ella: se puso un gorro de lana, se disfrazó con unas zapatillas y pantalones de deporte y las gafas con montura que a James no le gustaban nada y que solo llevaba cuando hacía el largo camino por carretera a Devon. Vestida así, fue allí a escondidas.

A diferencia de la vista anterior al juicio, en la que entró por la puerta del juzgado cogida de la mano de James y enfrentándose a una multitud de fotógrafos, se deslizó hasta la cola de la galería pública y esperó con un par de jóvenes negros de anchos hombros y cazadoras bomber que hablaban de las anteriores estancias a la sombra de sus amigos, y predecían su sentencia en un idioma que solo podía adivinar.

—¿Cuatro, tío?

—Naaa, solo dos.

El más alto hizo crujir los nudillos y rebotó sobre los pies, con la testosterona y la adrenalina fluyendo desde su cuerpo, con una energía tan contagiosa que ella no pudo evitar mirarle, aunque intentaba rehuir la tentación.

—El móvil.

Ella se sobresaltó, mientras el otro señalaba su dispositivo electrónico, con una voz de bajo muy sexy que desarmaba, y una mirada no provocativa, sino seria.

—No se puede entrar con el móvil ahí. Tiene que dejarlo fuera.

Y ella, que se había olvidado, se sintió avergonzada, porque él fue la caballerosidad en persona, cuando ella dejó de comportarse como si hubiera que tenerle miedo, y le señaló la agencia de viajes que estaba al otro lado de la calle, donde se podían dejar las cosas por una libra y donde, le dijo entusiásticamente, él mismo había dejado su móvil.

Al final solo consiguió oír a Olivia media hora. Apretujada entre el público de la galería, con un grupo de estudiantes de leyes americanos cuyo juicio por terrorismo había sido aplazado, no pudo verla, aunque la conocía de los periódicos y de filmaciones de las noticias: alta, como una sílfide, una versión rubia de ella misma, o ella misma tal y como había sido hacía quince años.

Podía oírla, sin embargo, y reconocerla por su voz entrecortada y por la reacción de los miembros del jurado, intrigados, escandalizados y luego bien dispuestos hacia ella, cuando dijo que se había enamorado. Y Sophie contemplaba a su marido, aparentemente olvidado en el banquillo, pero escuchando atentamente cada palabra que decía Olivia, y de vez en cuando escribiendo una nota que luego tendía a su abogado.

Y entonces Olivia confirmó detalles de cuándo había empezado y terminado su relación, y ella recordó entonces que simplemente supuso que James trabajaba hasta tarde. Y de repente el aire se volvió opresivo, y se abrió camino entre las chicas americanas con sus largas piernas enfundadas en vaqueros y sus enormes zapatillas blancas, murmurando disculpas al ver que levantaban la vista hacia ella, desconcertadas. Se esforzó por no ser observada desde la sala, al intentar abrir silenciosamente la puerta de roble que daba a la galería, y consiguió escabullirse por fin.

Paró un taxi en Ludgate Hill, después de recuperar su móvil, y ya está en casa, sana y salva. Su experimento de contemplar el caso de incógnito al parecer no ha sido descubierto, pero sigue sintiendo una profunda sensación de vergüenza. No sabe si conseguirá volver alguna vez. Si podrá sentarse ante el tribunal y escuchar las pruebas más explícitas y los detalles más turbios. Porque se va a tener que enfrentar a eso, ¿no? El hecho de que su marido, su amante marido que adora a sus hijos y es admirado casi universalmente, sea acusado de algo indecente, de algo abusivo, de algo que no quiere ni oír (¡una violación, por el amor de Dios, el peor crimen que puede concebir, aparte del asesinato…!) y que no cuadra con lo que conoce de él.

Empieza a meter ropa en una bolsa de viaje. Ridículo, ya lo sabe, y sin embargo el reflejo de salir huyendo la está invadiendo de lleno. No puede quedarse allí, en su dormitorio de buen gusto, con sus grises y sus blancos apagados, su algodón egipcio de muchos hilos y sus toques de cachemir, con sus superficies limpias y claras para lo que James llama sus ungüentos y pociones, y su colección de joyería... reducida a la mínima expresión, con las reliquias de su abuela escondidas.

«Debemos tener un dormitorio como el de un hotel», dijo una vez su marido, haciendo una rara incursión en el terreno de ella, el diseño de interiores de su hogar. «Así nos parecerá más decadente. Más picante», y le pasó una mano por la parte delantera de la camisa. Ahora se pregunta en qué habitaciones de hotel estaría pensando él... y con quién pasaba el tiempo allí.

Corre a las habitaciones de sus hijos, con el corazón en la garganta, un martillo que golpea contra sus costillas. Abre los cajones y los vacía de vaqueros, camisetas, chaquetas con capucha, pantalones y calcetines, pijamas, un par de libros, los peluches favoritos. En el baño, coge los cepillos de dientes y las cosas de aseo, y también paracetamol, jarabe para la tos, ibuprofeno. Del vestíbulo, tres pares de botas de agua, sus botas de andar, sombreros, guantes, anoraks, chaquetas impermeables. En la cocina, las botellas de agua de los niños, fruta y el tipo de alijo que normalmente tiene racionado: cereales, barritas, bolsas de dulces que sobraron de alguna fiesta, galletas de chocolate. En la nevera hace una pausa y luego descorcha una botella de vino blanco y da un largo trago.

Hacia las 15.30 está aparcada en primera fila en la escuela de los niños, con el morro del coche apuntando hacia el oeste. Las carreteras quedarán colapsadas por la hora punta, y quiere evitarlo. Se mira en el espejo y nota que tiene los ojos iluminados con lo que espera que Emily interprete como emoción, pero que ella reconoce como simple adrenalina. En las patas de gallo que se le marcan en los ojos, deshidratados por falta de sueño, ásperos por el llanto, solo puede leer miedo y dolor.

Finn sale el primero, esboza una sonrisa y corre disparado hacia sus piernas, como una pequeña pelota de pasión.

—¿Por qué no nos recoge Cristina?

Emily, golpeándole los tobillos con la mochila, es más cauta.

—Porque he venido yo —sonríe—. Ven, entra en el coche.

—¿Y dónde está papá? ¿Cómo ha ido el día en el juzgado?

Finge no oír nada mientras los dirige al cuatro por cuatro, y elige una ruta sorteando a sus antiguos amigos, cuyas mamás de ojos felinos no pueden evitar mirarles, aguzando el oído y con los ojos brillantes, cuando resuena la voz demasiado alegre de Emily, alta y clara.

—No está aquí, cariño —murmura ella, casi corriendo hasta el coche, y resistiendo la tentación de ser cortante. Pone una deliberada dulzura en la voz—. Ya estamos. Vamos.

Sus manos tiemblan al meter la llave en el contacto y poner en marcha el motor, y sus pupilas reflejadas en el espejo son como botones gigantes. Tiene la impresión clara de estar observándose a sí misma, de saber, objetivamente, que está demasiado alterada para embarcarse en un largo viaje con dos niños pequeños y sin embargo dándose cuenta de que de todos modos lo tiene que hacer. Da un sorbo rápido de una botella de agua, y el líquido se le derrama por la barbilla. Mira por encima el indicador y sale.

Un coche negro y brillante como un tanque, todo parachoques cromado, brillo y rabia, atruena con su claxon cuando ella se le pone delante. Sophie da un volantazo, evitando por los pelos un accidente, y levanta la mano, disculpándose.

—¡Mamáaaaa! —La voz de Emily se convierte en grito—. Aún me estoy poniendo el cinturón…

—Lo siento. —Está a punto de gritar. Su voz tiembla—. Lo siento mucho, ¿vale?

El silencio resuena dentro del coche.

—¿Mamá? —pregunta Finn al final, cuando circulan por la arteria principal que sale de Londres por el oeste y siguen alejándose, dejando atrás los rascacielos y todas las incertidumbres—. ¿Adónde vamos?

Ella nota que la tensión la abandona un segundo, porque había previsto esa pregunta y tiene la respuesta preparada.

—A una aventura —dice.

HOLLY

16 de enero de 1993

*L*a biblioteca de la facultad olía a libros, un olor seco y dulce, como si el aroma del pergamino hubiese sido destilado hasta obtener ese olor limpio y fresco a paja. No olía como una librería, un lugar en el cual el aroma de los libros se veía enfangado por la lluvia que traían los clientes en sus impermeables, o la atmósfera viciada que venía con ellos, del bocadillo de atún que habían engullido justo antes de entrar en la tienda, y que ahora eructaban silenciosamente, o de la cerveza que habían trasegado en el King's Arms, momentos antes, todavía caliente en su aliento.

Cuando Holly entró por primera vez en la biblioteca de mediados del siglo XVII fue ese aroma a libros lo primero que la impresionó. Un olor que no alteraba nada excepto un toque de café instantáneo que surgía de la taza de robusta cerámica del jefe de bibliotecarios. A continuación, le impresionaron los propios libros: extendiéndose desde el suelo, con su gruesa moqueta, casi hasta el techo de bóveda de cañón, con paneles pintados de un delicado rosa pálido, como de uña de bebé, y un suave verde menta, divididos con oro y tachonados en cada intersección con un rosetón de color blanco.

Había diez estantes o más de esos libros, que ocupaban toda la altura de cada estantería, desde tomos enciclopédicos encuadernados en piel a libros de texto de bolsillo, para acceder a los cuales hacía falta una escala, cuyos puntales crujían a medida que movías el peso para ir subiendo hasta arriba. En total había dieciséis huecos, cada uno lleno de estantes y divididos en literatura inglesa, francesa, alemana e italiana, de la antigua Grecia y latina, filosofía, política y economía, geografía, teología, música, historia del arte y derecho. La historia tenía su propia biblioteca en la facultad, como si el tema fuera tan inmenso que no se pudiera contener dentro de aquellos estantes. Ella no sabía si los químicos, bioquímicos y matemáticos cogían libros de texto en préstamo, pero la verdad es que apenas los veía por allí, e imaginaba que la mayor parte de sus conocimientos no los conseguían en aquel espacio tranquilo y estudioso, sino más bien en el entorno forense de un laboratorio.

Era temprano por la mañana, las ocho y media. Uno de sus momentos favoritos del día, cuando la biblioteca estaba casi vacía y solo estaban ella y el jefe de los bibliotecarios, el señor Fuller, una figura sigilosa a la que había apodado señor Tumnus, por el fauno de *El león, la bruja y el armario*, y que emanaba tensión pura si un alumno se atrevía a hablar en voz alta o, peor aún, entraba en la biblioteca a buscar a un amigo, y no un libro. Ella sin embargo le gustaba. La saludaba con un breve movimiento de cabeza y luego seguía ocupándose de los pequeños cajones de roble en los cuales se registraban los libros, los autores por orden alfabético y los títulos. La biblioteca de la universidad, la Bod, tenía un catálogo electrónico, pero esas cosas cuestan tiempo, y no había prisa, aquí, para tal sistema. Aunque los libros estaban impecables, una leve capa de polvo cubría la pantalla del ordenador de la biblioteca. El orden se mantenía mediante tarjetas de cartón, algunas amarillas ya, con los títulos mecanografiados hacía cincuenta años, y otras escritas a mano. El sistema había funcionado durante más de cien años, y parecía que no había necesidad alguna de alterarlo. Todavía tenían utilidad aquellos pequeños cajones de roble.

El bibliotecario anduvo rápidamente por el pasillo enmoquetado para guardar en los estantes los libros devueltos y volver a arreglar una pila que habían sacado durante la noche y luego abandonado. Pero aparte del ruido de sus mocasines y algún siseo ante el egocentrismo de los alumnos, la biblioteca estaba en silencio. Solo Holly y todas aquellas decenas de miles de libros.

Se desperezó, disfrutando del rayo de sol que entraba a raudales por el enorme ventanal que daba al este, junto a ella, y que moteaba su libreta. Motas de polvo bailoteaban en la luz, y la sombra de la tracería de la mampostería delimitaba su libro. Una escalera se entrecruzaba por el interior de las ventanas de la facultad, en el otro lado del patio, y ella entrevió el bulto de una figura que corría y se preguntó, una vez más, por la exquisita belleza de ese lugar y por su misterio. Todas esas vidas, todas esas «historias», interpretadas unas junto a las otras, en bibliotecas, comedores y cobertizos para botes, bares y clubes nocturnos, museos, jardines, incluso barcas.

Si la universidad era un lugar de descubrimiento, entonces había miles de vidas reinventadas o encontradas, narraciones escritas y reescritas, sexualidades probadas y descartadas, lealtades políticas examinadas, alteradas y abandonadas a lo largo de un periodo de ocho semanas.

Los recién llegados, que sonreían orgullosamente en su primera foto formal de grupo, no eran los mismos estudiantes que arrojaban sus birretes al aire y se acribillaban unos a otros con huevos y harina, algunos con timidez, otros con la simple emoción del alivio, al abandonar el edificio de los exámenes finales, tres años más tarde. La vida intelectual, social y de descubrimiento sexual los unía a todos por igual.

Y ella ya estaba preparada para todo aquello. Solo llevaba allí un trimestre, pero ya notaba que algo se había alterado en ella: su acento se había suavizado, como si el clima más cálido de Oxfordshire estuviera fundiendo las cadencias de su habla, su fe en sí misma había aumentado, y ya había conseguido bajar la guardia, solo un poquito, y permitirse a sí misma creer que tenía tanto derecho a estar allí como cualquier otra persona. La idea la pilló desprevenida. ¿Realmente creía eso? Bueno, pues sí. Solo un poquito. Todavía se sentía una impostora, pero quizá a los otros les pasara lo mismo. «Yo soy la mascota, la chica matemática», había reconocido Alison con desánimo, una noche muy tarde, mientras examinaba un libro de texto que por lo que entendía Holly de él podía estar escrito en ruso, y luego trazó una limpia línea negra en torno a sus cálculos. «Me han aceptado para cubrir una cuota de género.» Y luego: «Me siento como un puto fraude».

Holly, sin embargo, era feliz allí. Notó el pecho oprimido y luego liberado con un suspiro gigante, cuando aquella idea reverberó en su interior. En Oxford podía ser ella misma, por completo. Sobre todo allí, en aquella biblioteca, donde lo mejor era que podía sumergirse en aquel útero de libros y no tener que fingir que no era lista. En el colegio la acosaban constantemente por ser inteligente, hasta que tuvo que encogerse en sí misma y dejar de contestar las preguntas de los profesores, agachar los hombros y fijar los ojos en el suelo, para hacerse invisible. Si había un crimen peor que ser inteligente, era no conseguir disfrazar ese hecho bajo capas y capas de sarcasmo y rímel. En su colegio, el objetivo principal era tener novio, y ser lista lo único que podía hacer era estorbar en ese camino.

Y entonces, en el último curso, cuando se supo que iba a pedir el ingreso en Oxford, se volvió desafiante, empezó a hablar de nuevo y a reconocer su inteligencia, aunque al principio algo indecisa. «Esto es lo que soy», era lo que decía en realidad, cada vez que se encontraba levantando una mano para responder a las preguntas de la señora Thoroughgood sobre el libre albedrío y el determinismo en *El molino sobre el Floss*, o sobre Berta Rochester como el otro yo de Jane Eyre. Veía ya el final del colegio, podía contar los meses que faltaban y «oler» la libertad que pronto sería suya; ya casi notaba la huida de las camarillas de chicas, la mala uva constante, la insidiosa creencia de que si no eras guapa, o delgada, o no llevabas la falda lo suficientemente corta, o te ponías la corbata de una manera muy concreta (estrecha, con la parte ancha metida entre el segundo y el tercer botón empezando por arriba) no valías nada. El último día de los exámenes entró en el de Shakespeare con los muslos rozándose entre sí bajo su falda tableada toda arrugada, la corbata insolentemente ancha, y escribió lo que le salió de dentro. Su peor atormentadora, Tori Fox, le preguntó qué le había parecido, y ella aún no se atrevió a decir la verdad, no se arriesgó a confesar: «En realidad, ha sido bastante fácil». Pero cuando sacó cuatro aes, todas lo supieron.

Se puso de pie para enderezarse y miró por la ventana de nuevo, una de las mejores vistas de Oxford. La torre gótica de Santa María compensada por la clásica Radcliffe Camera; una aguja como un falo enhiesto eclipsada por una rotonda, el estudio venciendo al culto, la contención derrotando al engrandecimiento, una y otra vez. Quizá por eso se sentía tan contenta allí, en aquel punto del lado occidental del patio empedrado donde estaba rodeada de bibliotecas, y el centro del patio exhibiendo la más bonita de todas ellas. Y toda esa belleza, historia y tradición existían para celebrar y facilitar el estudio. Nunca más tendría que disculparse por querer leer un libro, o por ser ella misma.

Y ninguno de sus temores sociales importaba en realidad. Sabía que nunca formaría parte del grupito de Sophie, pero quizá tampoco fuera para tanto. Ella tenía amigos fuera de la facultad, chicos serios y ambiciosos del periódico estudiantil, que hablaban de pedir trabajo para coger experiencia en un periódico serio o en la BBC, y que quizá ya lo hubiesen hecho, y Alison, con la que se podía tomar una pinta de sidra en el bar de la facultad, y que sabía que todavía le tenía cariño, incomprensiblemente, aunque se mostrara demasiado inhibida cuando la arrastraba a los clubes nocturnos de Park End, con la ropa equivocada y los movimientos forzados, y el cuerpo demasiado torpe para soltarse de verdad.

Era libre del temor de que la consideraran deficiente, porque allí, se daba cuenta por fin, había otra gente que también era distinta, lo bastante para que ella pudiera integrarse, de alguna manera. Por primera vez en su vida, o por primera vez desde la temprana niñez, pertenecía a algún grupo. Y se podía relajar. La ansiedad que corría por sus venas todos los días, mientras estaba en el colegio, y que solo cedía un poco cuando volvía en autobús a casa, buscando consuelo en un Twix devorado a escondidas en un brote de alivio por haber sobrevivido a un día más, había desaparecido, y solo volvería a la superficie intermitentemente, cuando buscaba a Sophie entre sus otras amigas. Era una sensación nueva y absolutamente maravillosa. Una convicción fuerte. Una sensación de ser feliz y estar a gusto.

KATE

26 de abril de 2017

*T*ercer día, y parece que Olivia Lytton se ha vestido para una entrevista de trabajo. Ha desaparecido el cuello bebé, y en su lugar, lleva una camisa blanca e inmaculada y un traje de chaqueta y falda azul marino muy bien cortado. El pelo, que se metía repetidamente por detrás de la oreja ayer, lo lleva sujeto con una serie de pasadores. El efecto es que parece a la vez más joven y menos elegante. Sus pómulos resultan menos pronunciados así, está menos atractiva, más severa.

Incluso está más pálida esta mañana. Supongo que apenas ha dormido, y sus ojos están iluminados por un brillo artificial potenciado por la adrenalina y el café de filtro muy intenso que sirven en la cantina del tribunal. Los ojos de Olivia se han endurecido. Ali, en un raro momento poco diplomático suyo, me dijo una vez que nadie puede entender adecuadamente el dolor de dar a luz a menos que lo haya experimentado. De la misma manera, Olivia no podía predecir la experiencia horrible que sería prestar testimonio. A pesar de los esfuerzos del juzgado por ser amables, conozco pocos testigos principales en los casos de violencia sexual que hayan conseguido pasar por semejante experiencia y salir ilesos.

El tribunal está casi lleno. Arreglo mi lado del banco: construyo una fortaleza con montañas de documentos, bolígrafos bien alineados, una jarra y un vaso de agua, me defiendo con libros y archivos, igual que los jurados se colocan en sus puestos ya familiares y un puñado de periodistas (no solo el típico reportero hastiado del tribunal de las agencias de noticias, con su traje brillante y su corbata sucia, sino la gente más segura de los periódicos más serios y de los tabloides) se deslizan furtivamente en los bancos de la prensa, y colocan sus libretas.

Jim Stephens, del *Chronicle*, está aquí: un gacetillero de la vieja escuela que funciona a base de cerveza y pitillos, con la cara amoratada y el pelo negro como ala de cuervo, un color que quizá proceda de un bote. Uno de los pocos que recuerdan haber trabajado en Fleet Stret, cuando todavía era Fleet Street. Sería fácil despreciarlo comparándolo con los ávidos graduados en prácticas que trabajan junto a él. Pero yo sé cómo es, lo valoro bien.

Para el tercer día, Sophie Whitehouse no ha llegado.

—Se ha dado el piro —susurra Angela Regan, con la boca apretada y condenatoria. Mi pasante, Tim Sharples, un chico lánguido al que se le da bien el humor negro, me mira a los ojos.

Yo miro a la QC, intensamente.

—Se ha largado a casa de su madre, en Devon. —Su tono es sombrío. No pinta bien para el cliente, esta continua ausencia de su esposa. Me entretengo buscando un documento en un archivador y comprobando y volviendo a comprobar cosas por puro nerviosismo. Conteniendo la sombra de una sonrisa que Angela, una oponente que es una auténtica luchadora, debe de saber que me alegra la cara.

Y entonces hay un espacio vacío, que va creciendo hasta

convertirse en un enorme cojín de silencio. Los ruidos se detienen y lo único que oigo es el tictac rítmico del reloj. Todos estamos preparados. Me pongo de pie, como un actor en el escenario, hasta que Su Señoría indica que debemos empezar. Me vuelvo hacia Olivia. Porque es el momento de recurrir a ella, ahora, para que cuente lo fundamental de la historia.

—¿Puede usted volver al 13 de octubre? —digo, con voz moderada y razonable—. La fecha en cuestión. Creo que debían asistir juntos al Comité Selecto del Ministerio del Interior, ¿verdad?

—Sí. James tenía que declarar sobre las nuevas estrategias en contra del extremismo que estábamos a punto de implementar.

—Hablando de una manera más sencilla, creo que se refiere a la forma en que el gobierno piensa detener a los posibles terroristas, ¿no?

—Sí. —Ella se endereza, porque aquí está en territorio familiar, es una funcionaria que habla de temas que no son polémicos—. Normalmente, las pruebas se entregaban en privado al Comité de Inteligencia, pero había una pequeña lucha interna entre los presidentes de los comités.

—Creo que la reunión era a primera hora de la mañana. Así que, ¿a qué hora salió usted?

—Justo antes de las nueve. James estaba nervioso y dijo que quería hablar conmigo tomando un café.

Me subo las gafas por la nariz y me vuelvo a mirar al jurado. El hombre oficioso de mediana edad, con el vientre tenso contra la camisa bien planchada, que hoy lleva una bonita corbata azul marino, me sonríe, anticipando mi siguiente pregunta, porque es una danza cortesana la que estoy interpretando aquí, y el jurado empieza a predecir todos mis movimientos.

—Ha dicho usted que estaba «nervioso»... ¿A qué se debía?

—Había salido un artículo con comentarios desfavorables en *The Times*. Era de un periodista que él conocía y del que tenía buena opinión. Un contemporáneo suyo de Oxford, pensaba que era amigo suyo. Era bastante ponzoñoso, y él parecía que no conseguía reírse, como hace habitualmente. Seguía repitiendo las frases más dañinas, como si no pudiera quitárselas de la cabeza.

—Creo que tenemos aquí el artículo en cuestión. —Busco la página relevante en mi archivo—. Verán que es el documento número tres del pliego de pruebas...

Roces, acción, un murmullo de emoción entre el jurado al pedirles que hagan algo. Francamente, me asombra que el juez haya considerado admisible el artículo, porque tiene muchas posibilidades de ser perjudicial. Pero yo argumenté que es importante porque provocó la ira de James Whitehouse antes de la supuesta violación, y explica su estado mental.

—¡Aquí está! —Sujeto el documento en la mano izquierda, blandiéndolo con firmeza y mirando alrededor en busca de confirmación—. Es del *Times* de aquella mañana, el 13 de octubre, escrito por Mark Fitzwilliam, comentarista del periódico. Es sobre el impacto de la legislación sobre el terrorismo, pero la parte que nos interesa empieza en el segundo párrafo y, como pueden imaginar, constituye un ataque al acusado.

Miro a Angela pero ella lo deja pasar, como discutimos antes del juicio. Todos acordamos que el artículo es condenatorio de la hostia. Me aclaro la garganta.

—Si me permiten que empiece: «Cuando James Whitehouse llegó al gobierno, muchos esperaban que sería un soplo de aire fresco que barrería nuestra legislación antiterrorista más draconiana. Pero el amigo íntimo del primer ministro, miembro desde hace tiempo de su gabinete personal, ha sobrepasado a su predecesor arrasando las libertades civiles de nuestra nación como un miembro del Club Libertino decidido a destrozar un restaurante de Oxford: romper sus ventanas, pintarrajear sus paredes, manchar sus moquetas con un mágnum tras otro de champán desperdiciado, tirado.

»Como miembro de ese notable club gastronómico, James Whitehouse adquirió fama por su arrogante y pasmosa indiferencia hacia los que poseían aquellos establecimientos o trabajaban en ellos. ¿Por qué preocuparse por los trastornos, las quejas, los dolores de cabeza de arreglar luego el caos que habían causado sus amigos y él, cuando un puñado de billetes de cincuenta libras proporcionaba siempre una solución rápida? Nacido en noble cuna, no llegaba a comprender los efectos de su conducta sobre aquellos cuyo sustento destrozaba. De la misma manera, este antiguo etoniano demuestra una descarada indiferencia por el impacto de la legislación antiterrorista sobre los musulmanes británicos respetuosos de la ley que ahora defiende».

Hago una pausa.

—¿Dice usted que estaba un poco «nervioso»? ¿Sería justo decir que este artículo también le puso furioso?

—Señoría… —Angela se levanta, porque estoy influyendo en la testigo.

—Lo siento, Señoría —me inclino ante el juez—. Déjeme que plantee la pregunta de otra manera: ¿Podría describir con más precisión la respuesta del señor Whitehouse a este artículo?

—Estaba furioso —confirma Olivia. Piensa un poco y obtengo un breve atisbo de la joven reflexiva que podría haber estado destinada a una buena carrera antes de que esta se desbaratase por culpa del sexo—. Cortante conmigo, pero también de alguna manera buscando reafirmación. Era como si hubiera olvidado la distancia que había puesto entre nosotros y quisiera volver a nuestra proximidad. Estaba claro que esto le había afectado muchísimo. Parecía vulnerable, por una vez.

—«Le había afectado muchísimo.» ¿Por qué puede usted asegurarlo?

—Su lenguaje corporal era muy tenso: tieso como un palo, y yo casi tenía que ir corriendo para mantener su paso. Normalmente no hacía caso de las críticas, pero mientras nos acercábamos a la sala del comité seguía repitiendo frases, como si realmente aquello se le hubiera quedado dentro.

—Perdone si la interrumpo, ¿a qué hora era todo esto?

—Era sobre las nueve y cuarto. Normalmente, el ministro entraba justo antes de empezar, para no tener que hablar con los diputados sin responsabilidad ministerial a menos que quisiera hacerlo. Y no quería aquella mañana. Cuando vio a los miembros del comité todos juntos a la puerta de la sala quince, la sala Lloyd George, mirándole, dijo algo así como «No puedo ocuparme de esto», y se alejó por el pasillo, en la otra dirección.

—¿Hacia la galería de prensa, al este? —Los jurados hojean sus expedientes y se oye roce de papeles.

—Sí, exactamente, así es.

Dirijo a los jurados hacia el mapa relevante: otro pasillo que se aleja de la escalera central y que conduce a nuestra escena del crimen, para la cual también tienen fotografías: un ascensor vulgar, enmoquetado en color castaño.

—¿Y qué hizo usted cuando él se fue de esa manera?

—Pues le seguí.

—Lo siguió. —Hago una pausa, dejando que el hecho se comprenda bien, así como lo que significaba: que ella era una buena empleada, atenta a su jefe—. Él dijo: «no puedo ocuparme de esto», se fue a toda prisa y usted lo siguió. —Inclino la cabeza a un lado, comprensiva—. ¿Puede recordar qué más dijo?

—Seguía murmurando en voz baja, y luego se paró junto

a la puerta que conducía a la galería de prensa y el ascensor, se volvió hacia mí y me dijo: «No soy tan arrogante, ¿verdad? ¿Tú crees que soy arrogante?».

Y aquí Olivia se detiene abruptamente porque es como una corredora que ha estado empujándose a sí misma para superar su marca personal, y se da cuenta de que se ha sobrepasado y está sin aliento; tiene la cara roja y la energía casi agotada del todo.

—¿Qué respondió usted cuando él le dijo eso? —Sigo con una voz natural, y miro mi expediente abierto, como si la respuesta no tuviera particular importancia.

—Le dije que podía ser implacable, cuando era necesario. Incluso cruel, a veces.

—¿Y qué respondió él?

—No le gustó. Dijo: «¿cruel?» y luego: «Lo siento».

—¿Y qué contestó usted al oír esto? —le pregunto, porque todos podemos imaginar lo que sintió ella: el amante al que dejan plantado y que finalmente recibe la disculpa que esperó tanto tiempo.

—Pues dije… —Y su voz baja de tono, pero el tribunal está muy callado, todos intentamos captar todas y cada una de las palabras que dice, y son palabras que le pueden hacer daño—. Dije que a veces la arrogancia puede ser irresistiblemente atractiva.

Seguimos con las pruebas que se podrían considerar perjudiciales. Él abre la puerta desde el pasillo de la sala del comité a la galería de prensa, se detiene ante el ascensor, aprieta el botón y ella entra la primera.

—¿Y qué ocurrió a continuación?

—Nos besamos. Bueno… casi chocamos.

—¿Cómo que «chocaron»?

—Supongo que ambos nos acercamos al mismo tiempo.

—Se acercaron los dos al mismo tiempo. Existía una gran atracción, entonces, aunque él había «cortado» con usted, que es el término que usó usted misma, una semana antes, ¿no es así?

—Llevábamos cinco meses viéndonos… habíamos sido amantes.

Aquí me mira, un poco desafiante, y me pregunto qué pensará de mí. ¿Me imaginará como mujer que nunca ha conocido una irresistible atracción sexual, esa fusión de bocas y miembros, el encaje como de rompecabezas de unos cuerpos, que encoge el mundo entero hasta la medida de los dos, y en esos momentos más íntimos hace desaparecer el resto del mundo?

Sonrío, esperando a que continúe. Porque es lo que necesita oír el jurado para comprenderlo: por qué se metió ella en esa situación, ya de entrada. Tienen que notar toda su confusión emocional y apreciar que, a pesar de sentirse humillada y dolida por el trato recibido por él, ella no podía dejar de responder cuando el hombre a quien amaba tan apasionadamente se acercaba a ella para darle un beso.

—No se pueden apagar sin más los sentimientos por alguien cuando acaba contigo. No después de tan poco tiempo. No si tú querías continuar, en realidad… —dice ella—. O al menos yo no puedo. Todavía le encontraba muy atractivo. Todavía le amaba.

—¿Puede describir usted el beso? —Tengo que insistir en esto.

Ella se queda como en blanco.

—¿Un casto besito en los labios?

—No —me mira, perturbada.

Sonrío.

—Bueno, ¿podría usted usar una expresión para describirlo?

Ella parece algo violenta.

—Pues supongo que se podría llamar un beso de tornillo.

—¿De tornillo?

—Ya sabe. Un beso apasionado, con lengua.

—Así que ustedes se besaron con lengua… ¿y puede recordar lo que ocurrió entonces?

—Me tocaba por todas partes. Los pechos, el culo… —Se detiene.

—¿Y luego? —La impulso suavemente.

—Luego él… él… Me arrancó los botones superiores de la camisa para llegar a mi sujetador… a mis pechos.

Hago una pausa, dejando que la sala compruebe su humillación, la violencia casual del momento. Quizá pueda parecer fría, empujándola a que reviva todo aquello, pero no lo soy. Me lo imagino todo con bastante claridad, y quiero que el jurado se imagine también lo que ella sentía entonces y lo que está sintiendo ahora.

—¿Podemos explicarlo por partes? Él le tocaba los pechos y el culo, y le «arrancó» la camisa para llegar a su sujetador. ¿Metió las manos dentro de él?

—Sí. —Está a punto de llorar—. Me agarró uno de los pechos… el izquierdo. Lo sacó del sujetador y empezó a besarlo y morderlo… —Hace una seña y traga saliva—. Me lo besó bastante violentamente.

—¿Qué quiere decir con eso?

—Que me dejó un chupetón… bastante fuerte.

—Creo que le quedó a usted un hematoma como resultado, justo encima del pezón izquierdo, ¿verdad?

Ella asiente, casi llorando.

—De hecho, tenemos una foto que se hizo usted misma con su iPhone más tarde, aquella semana. Es la fotografía A que tienen en sus expedientes —le digo al jurado, y levanto una foto tamaño A4 para que la vean. Muestra un hematoma como una ciruela, de dos centímetros por tres, amarillo y marrón por aquel entonces, menos violento que el color negro y rojo que debió de tener inmediatamente después del ataque.

—Si miran de cerca la parte izquierda del hematoma —le digo al jurado, con un tono casual—, verán una ligera depresión. La defensa asegura que es una decoloración habitual en un hematoma, pero la Corona sostiene... —y aquí hago una pausa y meneo la cabeza un poquito—, la Corona sostiene que lo han causado unos dientes.

Espero el inevitable respingo. Los jurados no me decepcionan. Unos cuantos miran hacia el banquillo y el Chico de Essex mira de arriba abajo claramente a James Whitehouse: los ojos color chocolate no se apartan de su cara.

—¿Y dónde estaban ustedes mientras sucedía todo esto? —sigo yo, porque debo continuar antes de que Olivia pierda el impulso del momento.

—En el ascensor. Es un ascensor pequeño, de madera, dice que puede llevar a seis personas, pero no creo que sea posible. Yo tenía la espalda apoyada contra la pared, y él estaba enfrente de mí, así que yo estaba apoyada... bueno, atrapada contra la pared. No podía moverme.

—No podía usted moverse... pero debió de hacer algo, ¿no?

—Creo que chillé por la conmoción, e intenté apartarlo de un empujón. Le dije algo así como: «Me haces daño». Y luego: «No. Aquí no».

—Dijo usted: «No. Aquí no». ¿Y por qué lo dijo?

—Un beso en un ascensor es una cosa... algo excitante incluso, pero aquello era distinto. Demasiado a saco. Demasiado agresivo. Él quizá quiso que el mordisco fuera apasionado, pero la verdad es que me dejó muy afectada. Había sido muy doloroso, y él nunca me había hecho nada semejante. No era apropiado tampoco. Me había retorcido los pechos y mordido, cuando en realidad teníamos que estar preparándonos para el comité. El ascensor va desde la galería de la prensa hasta el New Palace Yard, donde esperan los coches de los ministros. Es un atajo hacia el pasillo de la sala del comité. Cualquiera podía haber llamado el ascensor en cualquier momento y habernos encontrado allí.

—Así que ¿se podría decir que usted tenía miedo de que les descubrieran?

—Sí.

—¿Y que le preocupaba llegar tarde a la reunión?

—Sí. Pero era algo más. Yo no tenía ni idea de que él fuera tan contundente, y además parecía que no me escuchaba, un poco como si estuviera poseído.

—Como si estuviera poseído.

Hago una pausa mientras los periodistas bajan la cabeza, con sus titulares y la entradilla escritos ya, y mientras el juez toma nota, con su Parker negra rozando el papel. La pluma se detiene y yo puedo empezar de nuevo.

—De modo que, en ese momento, ¿qué hizo él cuando usted dijo: «No. Aquí no» e intentó apartarlo empujándolo?

—Me ignoró, me cogió los muslos y el culo.

Se detiene y yo inclino la cabeza a un lado, la viva imagen de la comprensión porque las pruebas van a resultar más repugnantes ahora, cada detalle más vergonzoso y explícito, y sin embargo tenemos que oírlos. El jurado también lo nota. Algunos se inclinan hacia delante. Todos estamos absortos, sabiendo que el meollo de este caso, las pruebas que mi docta colega intentará rebatir y examinar para destruirlas en las repreguntas, se encontrarán y quedarán preparadas y empaquetadas en las próximas palabras.

—¿Y qué ocurrió a continuación?

—Me tiró de la falda para levantármela por el culo y dejarla en torno a la cintura. Entonces me metió la mano entre las piernas.

—Debo rogarle que sea un poco más específica. ¿Dice que le metió la mano entre las piernas?

—En la vagina.

Espero un buen rato.

—Le metió la mano en la vagina. —Mi voz se suaviza, se aplaca, se vuelve tan suave como el cachemir, mientras espero que el impacto de sus palabras resuene por todo el tribunal—. ¿Y qué ocurrió entonces? —pregunto, con la misma suavidad.

—Pues que me tiró de las medias y las bragas y... me las bajó de golpe. Recuerdo que oí que las medias se rompían y se hacían carreras, y que el elástico de las bragas se desgarraba.

—Perdón si la interrumpo ahora. Tenemos una foto de las bragas como prueba. Si miran ustedes la foto B de su expediente —le digo al jurado—, pueden ver el elástico roto.

Un susurro de páginas que se vuelven y aparece una foto de una cosita pequeña de encaje de nailon, negra, esas bragas que llevaría siempre una amante. La cinturilla de la parte superior está deshilachada, la costura suelta, como si hubieran tirado de ella con prisas. No es una prueba incontrovertible, y la defensa argumentará que podían estar ya rotas de antemano, pero noto una corriente de simpatía hacia Olivia, que nunca había imaginado que su ropa interior sería examinada de aquella manera o impresa en imágenes. Está sonrojada ahora, con las mejillas de un color carmesí, y sigo adelante, porque las pruebas serán peores incluso, y su experiencia también.

—Así que le arrancó las medias y las bragas... ¿y qué ocurrió después?

—Pues que me metió dos dedos, el medio y el índice, creo, dentro.

—¿Y qué ocurrió entonces?

Parece molesta al ver que yo sigo, incansablemente.

—Luché un poco e intenté apartarlo, de nuevo, y decirle que se quitara. Pero tenía la espalda aplastada contra la pared del ascensor, con todo su peso apoyado contra mí, y él, sencillamente, no me escuchaba.

—Así que tenía dos dedos metidos en su interior. —Hago una pausa y hablo un momento solo para ella, poniendo la voz más profunda, e indicando que sé muy bien que la parte siguiente será difícil—. ¿Qué ocurrió a continuación?

—Me di cuenta de que él tenía la bragueta abierta, se había bajado los calzoncillos y vi su... bueno, vi su pene que sobresalía.

—¿Estaba flácido o erecto, en aquel momento?

Su mirada es de intensa vergüenza por el hecho de tener que decir aquello. Inclino la cabeza y me quedo impasible. Su voz suena más baja.

—Erecto —consigue decir.

Yo sigo insistiendo.

—¿Y qué ocurrió entonces?

—Él me levantó, no sé cómo, contra la pared, y me lo metió dentro —dice, y su voz se quiebra por el dolor y quizá el alivio de haber soltado ya lo peor—. Simplemente me lo metió, aunque yo le había dicho que no quería.

—¿Lo dijo otra vez, entonces?

—Dije algo como: «Aquí no. Alguien podría vernos».

—Para que quede bien claro, usted le indicó que no quería. Dijo: «Aquí no».

—Sí. —Es rotunda.

—¿Y qué dijo él?

—Él dijo... —Y su voz se rompe ahora, y apenas puede pronunciar las palabras, tan dolorosas le resultan—. Dijo... Susurró... —Una pausa más, y luego sale la frase, y su voz resuena claramente, aunque yo imaginaba que sería un simple susurro—. Dijo: «Qué calientapollas».

La palabra resuena en todo el tribunal, con sus ces y sus pes sonoras, que golpean el silencio.

—¿Y luego?

—Pues siguió.

—Él le dijo: «Qué calientapollas», y simplemente, siguió penetrándola —repito, más con dolor que con ira, y hago una pausa, dejando que el jurado capte los sollozos incontrolados de ella, que ahora llenan toda la sala del tribunal, sin ventanas, y flotan hasta el techo y rebotan en los bancos de roble, con sus asientos de cuero color verde abeto.

El juez baja la vista esperando que ella se rehaga. Los jurados dejan los bolígrafos y se inclinan hacia atrás. Una de las mujeres mayores, con un pelo gris bastante corto, y un rostro amplio, abierto, parece a punto de llorar, mientras la más joven, delgada, con el pelo oscuro, que imagino que es una estudiante, la contempla con la cara envuelta en la más absoluta compasión. Esperan y con su silencio le dicen que tienen todo el tiempo del mundo.

Olivia no está en situación de responder con calma todavía, pero no importa. Esas lágrimas, y nuestro silencio comprensivo, probarán lo que tenga que decir con más elocuencia que nada.

El juez Luckhurst nos mira a mí y a Angela por encima de sus gafas, cuando los sollozos se hacen más intensos y feos, una cascada gutural que no da señales de ir en descenso de inmediato, aunque ella se limpia los ojos con violencia.

—Quizá sería un buen momento para levantar la sesión —sugiere, con voz amable—. Podríamos seguir dentro de veinte minutos, a las once en punto, si les parece bien. —Es muy amable con el jurado.

Su ayudante, Nikita, se pone de pie al mismo tiempo que él.

—Silencio. La sala se pondrá en pie.

Tiemblo al llegar a la cantina en busca de unos momentos para recobrar la compostura. Olivia lo ha hecho muy bien. No podría esperar que lo hiciera mejor, aunque preveo bien los puntos que tocará Angela en su turno de repreguntas. El hematoma, ¿señal de pasión o de violencia? Lo de «calientapollas»: ¿seguro que lo recuerda correctamente? ¿Que no es solo un «qué caliente me pones», algo que se podría susurrar amorosamente? Esas palabras: «Aquí no. Alguien podría vernos». No, como yo esperaba que ella explicase con mayor detalle, aunque no estaba en su declaración inicial, un más rotundo e inequívoco «No».

La *solicitor* de la fiscalía, Jenny Green, parecía complacida a la entrada del tribunal, y creo que Olivia ha actuado bien ante su Señoría, aunque la decisión, por supuesto, no es de él. Tendría que sentirme muy aliviada, pero la adrenalina se escapa de mi cuerpo y de momento me siento exhausta. El anticlímax inevitable, quizá, después de una buena actuación, pero hay algo más en el fondo, y es la ira en sordina, que me da fuerzas mientras desgranamos todas estas pruebas, una tristeza residual que me secuestra, como un matón muy tozudo al que no puedo evitar.

Me derrumbo en mi silla y doy un trago de una botella de agua. Ya está tibia y no sabe a nada. Mis cutículas, me doy cuenta ahora, están mordidas. Tengo que recuperarme físicamente, no puedo permitirme ningún fallo. Solo un minuto de introspección y luego a concentrarme otra vez. Cierro los ojos, regodeándome en la negrura casi mareante, dejando fuera el ruido de mis compañeros abogados que van y vienen, e intento reunir mi fuerza interior, esos fragmentos de acero que mi exmarido, Alistair, insistía hace tiempo en que yo tenía en lugar de corazón. Qué poco me conocía él en realidad, qué poco me conoce nadie, excepto quizás Ali. Veo a Olivia en ese ascensor, y aparto a un lado el recuerdo de otra persona.

—Qué pensativa estás, Kate —dice Angela, con sus ojos grises muy agudos en medio de su cara blancuzca. Rápidamente pone a un lado un vaso de papel medio lleno de café frío y deja caer su paquete de documentos. En la sala retumba el estrépito de los abogados que consultan los portátiles, analizan documentos del tribunal o reviven el horror de representar a determinados acusados. «En aquel momento se había bebido catorce pintas de cerveza y una botella de vodka.» «Pero él es impotente, esa es su defensa.»

Soy consciente de que los ojos de Angela siguen clavados en mi cara. Su presencia, sus documentos, su portátil, su enorme bolso plantificado justo enfrente de mí, todo me parece opresivo.

—Siempre pensando, Angela —replico, porque mi docta amiga es implacable en el tribunal y no puedo traicionar ninguna debilidad. Me alejo de la mesa para escapar del fétido olor de la sala, a comida de cantina reseca en el plato y a ventanas cerradas, y me preparo para la siguiente parte del caso.

A veces, pienso mientras ordeno mis papeles, asegurándome de que cada documento está en su sitio, los jurados deben de preguntarse cómo es posible que yo siga pinchando de esa manera. Cómo es posible que hurgue en los momentos más terribles de la vida de una mujer y parezca tan indiferente. Cómo puedo regodearme de esa manera en los detalles: ¿dónde puso exactamente los dedos? ¿Cuántos dedos? ¿Durante cuánto tiempo? ¿Dónde estaba su pene? ¿Estaba erecto o flácido en ese momento? Una pausa, solo para explotar su angustia. ¿Y qué hizo él entonces?

«¿Dónde está tu amabilidad humana?» Era algo que solía echarme en cara Alistair cuando fracasó nuestro matrimonio, que duró solo dieciocho meses, víctima no solo de mi incapacidad de abrirme a él y de pasar demasiadas noches trabajando, sino de una obsesión, en las peleas, por ser absolutamente implacable a la hora de ganar todos y cada uno de los aspectos.

Sé que, en los primeros tiempos, yo pensaba que simplemente había que ir soltando las preguntas hasta destrozar por completo al testigo y desenterrar el hecho destacado. Y eso está bien si es el acusado el que está en el banquillo, pero ¿cómo puedo hacerle semejante cosa a otra mujer? ¿Reducirla a la humillación y a las lágrimas?

Lo hago porque quiero llegar a la verdad, y llegando a la verdad tengo más probabilidades de que todo violador o asesino o abusador sea condenado. No puedo garantizarlo, esa decisión la tienen que tomar los jurados, pero yo hago todo lo que puedo para asegurarme de que sea así.

¿Y cómo me ocupo del asunto de conocer, repetir y ensayar unos detalles tan gráficos? Desde las bocas y lenguas que hurgan, indeseadas, a un pene introducido en todos los orificios... porque las manos en los pechos o incluso en las vaginas es la parte más suave de lo que suelo oír constantemente. Me ocupo de ello igual que hace o debería hacer un detective, o un patólogo forense, o un trabajador social. Practico la indiferencia, desarrollando una fachada neutra que es tan disfraz como cualquier toga o peluca.

Por supuesto, eso no significa que yo no sienta nada. Simplemente, he decidido contener esa emoción, o más bien canalizarla hacia una rabia honrada, fría, forense, centrada, en lugar de la rabia al rojo vivo que desbordaría locamente si le diera la menor oportunidad.

—¿Tenía la mano en su vagina? —repito, manteniendo la voz indiferente y baja. Una pausa, y ella lo confirma. Espero un poco más—. ¿Y qué ocurrió entonces?

Para ser justos, a veces me pregunto por qué tantas mujeres consentimos en ponernos tan directamente en el camino del peligro. Por qué volver con un hombre que ha hecho una insinuación no deseada, o nos ha enviado un texto con un beso o con un emoticono de una cara sonriente, por qué «comprometerse», cuando es lo último que una desea.

Pero la verdad es que a menudo las mujeres tienen miedo de enfrentarse a sus atacantes, o pueden tener sentimientos encontrados. No hace mucho tiempo, quizá ellos las hayan seducido. Y a las mujeres nos gusta complacer. Está inscrito en nuestros genes que debemos aplacar y calmar, y plegar nuestra voluntad a la de los hombres. Ah, sí, algunas de nosotras hemos luchado contra ello, y nos han visto como tercas, difíciles, autoritarias, de mal genio. Pagamos el pato. ¿Por qué yo no tengo un compañero de vida adecuado? No es solo porque no esté segura de poder confiar en alguien suficientemente. Es porque me niego a comprometerme. Me niego a hacer de mujer, se podría decir.

Y por lo tanto sí: una joven cuyo jefe la ha tocado, o cuyo supuesto amigo la ha besado, puede intentar minimizar lo que ha ocurrido. Pensar lo mejor: que solo fue un error impropio de él, que es mejor olvidar o intentar borrarlo, por mucho que lo traicione el latido de su corazón, y el pinchazo de miedo que la atraviesa.

Pero es que ella es idiota… y así, no es de extrañar.

Los hombres nos convierten a todas en idiotas.

JAMES

16 de enero de 1993

*H*abían llegado a aquel punto de la noche en que era imperativo que vaciaran el restaurante de todo el champán que tenían.

Eso, para la mente cada vez más embriagada de James, era perfectamente cuerdo y lógico.

—Aquí, Jackson. —Se echó atrás en la elegante silla de comedor e hizo señas al maître del restaurante Of the Cock, que parecía que había tenido una mala noche, aunque James no podía comprender por nada del mundo por qué, dado que se le reembolsaría ampliamente cualquier daño que pudieran causar los Libertinos. Pasó uno de sus fuertes brazos en torno a los hombros de aquel tipo y lo atrajo hacia él, ante la evidente incomodidad de Jackson. Que los Libs hicieran polvo tu casa era un motivo de honor entre el personal de los restaurantes de Oxford. O debía serlo. Parte del folklore universitario. De la tradición. James creía a pies juntillas en la tradición, o en realidad solo creía cuando había bebido con tanto exceso que necesitaba algo que lo sujetara, como el cemento, en lugar de agarrarse a conceptos mucho más nebulosos y que sonaban vacuos.

No bebía en exceso aquellos días. Si quería remar, lo tenía prohibido. Uno no se convierte en atleta, el líder del bote azul masculino de los pesos pesados, saturando tu cuerpo de alcohol, ni tampoco escaqueándote del entrenamiento o de los ejercicios ergonómicos por culpa de una resaca monstruosa, algo que experimentaría al día siguiente, lo sabía bien. Por eso lo más sensato era no beber más y dejar el Bollinger que quedaba para otros menesteres. No tenía sentido dejar nada para que se lo bebieran otros clientes, ni tampoco era probable que otros clientes visitaran aquel elegante establecimiento en el futuro inmediato. Quizá lo hubieran destrozado ya bastante. Su pie resbaló en una astilla de cristal bajo la mesa, mientras miraba la mesa sembrada de vasos rotos: copas fracturadas y hechas añicos, fragmentos que empolvaban la solitaria cesta del pan y brillaban sobre las porciones de mantequilla. Los platos grandes, manchados de grasa de pato, habían sido apartados, pero los platos auxiliares los habían roto todos, Tom de pie en una silla y Cassius en la mesa, que crujió al soportar su gran peso. Levantaban mucho la vajilla y luego la arrojaban al suelo, como si fueran turistas griegos. Jackson y su personal, incluyendo a dos jóvenes camareras que los miraban con los ojos muy abiertos, no habían limpiado los restos, trozos astillados de porcelana y fragmentos más pequeños. Les parecía más sensato esperar a ver toda la extensión de la destrucción. Ahora aquel amasijo parecía lamentable, aunque en el momento de romperlo todo, el estruendo había sido muy satisfactorio.

El estómago le burbujeaba. Seguramente sería el borgoña que había bebido después del champán, el pato y el lenguado de Dover. Dios mío, se encontraba fatal, una náusea física y algo también al borde del disgusto o el desagrado. Por supuesto, su cuerpo se recuperaría de aquella noche de excesos, pero estaba orgulloso de su silueta: con esos abdominales, el hecho de acostarse con quien quisiera era una conclusión previsible. Se metió las manos bajo el chaleco para comprobar disimuladamente que todavía seguían igual de definidos.

—¡No basta! —Tom, más mamado de lo habitual, más borracho aún que James, venía tambaleándose hacia él, golpeando con las caderas los bordes de la mesa, con su ancha y agradable cara de un rojo muy animado. No parecía que hubiese un cerebro despabilado debajo de aquella piel brillante y aquel pelo de petimetre. Estaba en vías de obtener un título con doble especialidad y notas máximas, porque tenía la habilidad excepcional de juzgar la cantidad de trabajo exacto que requería sobresalir. James había compartido tutorías con Tom el trimestre de verano de su segundo año, un tiempo que él pasó remando, paseando en barca y, antes de Sophie, acostándose con tantas chicas como pudo, y confiaba muchísimo en Tom, pero aun así le sorprendió hasta qué punto su amigo había triunfado a base de camelos. Ninguno de los dos frecuentaba la Union, unos carcas, viejas glorias que «nunca fueron glorias», según las palabras de Tom, pero a pesar de eso, tenía la sensación de que Tom, con un lugar reservado en el Departamento de Investigación Conservador después de los exámenes finales, podía hacer lo que se propusiera y forjarse una carrera política estelar.

Pero en aquel momento nadie lo habría dicho.

—Esto no es suficiente.

Tom dio con la palma en la mesa, con una sonrisa exagerada, y luego sorbió por la nariz. Había esnifado varias rayas de coca, cosa que ayudaba a explicar su extraña volubilidad.

—Necesitamos más champán, ¿verdad, Jackson? —Estrechó al *maître* en un abrazo forzado—. Más champán. Más champán. ¡Más Bolly! ¡Necesitamos más Bolly ahora mismo!

Se oyó una risotada general de asentimiento de George, Nicholas y el honorable Alec, los tipos que estaban al final de la mesa, y un grito repuntó desde el otro extremo, donde Hal estaba dormitando en el suelo, con su frac color azul noche lleno de fragmentos de cristal, la camisa levantada por la cintura, exponiendo un estómago que formaba un arco pálido y delicado y se agitaba. Una mancha oscura floreció en su entrepierna, y dejó escapar un eructo grave y frutal.

—Mejor no beberlo. —James aportó una nota de precaución—. ¡Mejor tirarlo!

La cara de Tom se iluminó con una sonrisa de comprensión.

—Vamos, Jackson. Todo el Bolly. Todo el Bolly-olly-olly. Vamos a bebérnoslo, y luego lo meamos en las paredes.

El maitre levantó las manos con una humilde súplica.

—¡Venga, hombre! ¿Qué más te da? —protestó Tom, mientras Nicholas rugía y George se abría la bragueta, dispuesto a tomarse aquello literalmente—. Bueno, no nos mearemos de verdad... métete la colita dentro, George. Solo lo tiraremos por ahí.

Y todos llevaron medio a empujones al hombre a la nevera donde tenía el champán, y vieron cómo retiraba las diez botellas que quedaban, y que se añadirían a las veinte que ya se habían trasegado.

—¡Vamos, tío! —George, con el pene otra vez metido en los pantalones, la cremallera subida a toda prisa, estaba de un humor autoritario—. ¡Abre, abre, ábrelas! Joder. ¿Pero qué te pasa? Qué torpe...

—¡... y las tiras todas! —rugía Tom.

Jackson trasteaba con las manos temblorosas intentando quitar el morrión y finalmente consiguió extraer el primer corcho y vaciarlo en el fregadero de la cocina, y las burbujas sisearon al caer en el acero inoxidable. Una de las camareras retrocedió, pero la mayor de las dos, una chica con el pelo oscuro, guapa, aunque algo vulgar, se quedó de pie junto a su jefe, sujetando botella tras botella, con la cara tensa de desaprobación. Mezquindad y estrechez de miras. A la mierda. Seguramente ella nunca haría nada parecido.

—¡Y otra! —exclamó James—. Vamos, buen hombre...

Se quedó de pie junto al *maître*, consciente de que se imponía con su altura al hombre menudo, metro setenta y cinco como máximo, y de la posible amenaza de su presencia. Retrocedió unos pasos. No había por qué ser un matón. No era su estilo. Lo de romper platos y cristales de ventana lo aceptaba como inevitable, parte de la tradición de los Libertinos, ya que los estragos eran fundamentales para el espíritu del club, la sensación general de tenerlo todo permitido, de ser invencibles y estar por encima de aquellos que habían asistido a un colegio privado de poca categoría, o incluso a escuelas públicas, a quienes apenas conocían, y con los que en realidad jamás se mezclaban. Pero no había necesidad alguna de ser grosero. Eso se lo dejaba a gente como Hal o Freddie, que eran brutales y bastos. No podía dejar de ser cortés, igual que ellos tenían que ser imprudentemente violentos. James siempre se aseguraba de disculparse profusamente por su destrucción, y era el primero en sacar puñados de billetes y reunir el dinero para compensar los daños. La cortesía no costaba nada, su madre siempre se lo había enseñado, y servía para facilitar los problemas y hacerse querer.

—¡Y la siguiente! —exclamaron a coro Tom, Nick y Alec—. ¡Todo el Bolly! ¡Todo el Bolly! ¡Todo el Bolly! ¡Todo el Bolly! —Sus voces se alzaron con un enorme rugido, mientras pisoteaban la vajilla rota y se tambaleaban y caían contra las cortinas de terciopelo color borgoña. Cassius se agarró a ellas, el terciopelo le cayó encima como si fuera el final de un acto, y la barra acabó arrancada de la pared.

—Caballeros, por favor... —El rostro de Jackson estaba muy tenso, su voz llena de pánico, al ver el trozo de yeso que había quedado enganchado en la barra y la pintura descascarillada que nevaba encima de ellos.

—¡Uy! —dijo Tom, tan encantado como un colegial descarriado, sonrió y se volvió al *maître* con la solicitud que le permitiría suavizar muchas diferencias políticas en el futuro—. Lo siento muchísimo, mi querido señor. Por supuesto, se lo reembolsaremos.

Jackson todavía parecía inquieto pero puso reparos, con la cara completamente agotada; al parecer se estaba dando cuenta de que su restaurante pasaría unos cuantos días inhabilitado y del trastorno que todo eso le supondría. Aunque James estaba seguro de que lo habían destrozado antes.

—¡Todo el Bolly, todo el Bolly! —Alec, puesto de coca como de costumbre, continuaba cantando, y todos ellos se fueron empujando de camino a la cocina, y al descorchado en masa. Como orina efervescente espumeaba y burbujeaba, bajando por el desagüe en una larga corriente dorada.

—Dentro de unos años —Tom pasó un brazo conspirativo en torno a su mejor amigo— podremos decir: éramos lo bastante ricos para tirar el Bolly por el desagüe... juventud dorada, ¿no?

Soltó un discreto eructo y luego se rio y apretó sus labios húmedos contra la mejilla de James.

James se soltó. Aún no estaba lo bastante borracho para disfrutar de los besos de Tom. Pensó en otros labios.

—Necesitamos mujeres... —La necesidad era urgente.

—¡Mujeres! —Tom negó con la cabeza—. El problema de las mujeres es que hay que trabajárselas mucho, mucho.

George se inclinó hacia una raya de coca que había conseguido preparar en la mesa, echó la cabeza atrás y rio.

—Ponles alcohol en la bebida —dijo Sebastian—. Ponlas tan calientes que no haga falta ni sobarlas antes.

James tembló.

—No, no es lo mío. Me gusta que aprecien lo que estoy haciendo.

—Jim no lo necesita —farfulló Cassius mirándole con

una envidia no disimulada—. Tiene el toque de Errol Flynn.

James se encogió de hombros. No había necesidad de negar o confirmar la suposición de Cassius. La tenía tan grande como un botellín de agua, le dijo una vez una chica.

—Ración doble de vodka —insistió Seb—. Eso es lo que necesitamos los demás si no queremos quedar hechos una mierda. Metérselo en la bebida y follarlas.

Vació el vaso en tres rápidos tragos, su nuez bajó y subió furiosamente, y luego miró fijamente a James con sus ojos acuosos, en medio de aquella cara rechoncha, todavía sin forma definida, esperando una reacción.

—O bien les pinchamos las ruedas de las bicis para que no se puedan ir. Que se tengan que quedar y nos las follamos.

James no sonreía. Durante un segundo sintió repulsión por aquel hombre de la facultad Christ Church, el miembro más rico del club (su familia había hecho millones con el comercio minorista) pero del que menos sabía; su dinero nuevo era demasiado llamativo y no tan fiable como el dinero viejo que mantenía a la mayoría de ellos. Entonces se encogió de hombros. Seb era un imberbe, un estudiante de primer año sin experiencia sexual que hacía demasiados esfuerzos para intentar ser un hombre, pero era inofensivo, ¿no? El chico sonrió, con los labios carnosos muy tirantes pero los ojos todavía fríos, y de nuevo James notó un escalofrío de inquietud, una necesidad de distanciarse, quizá de emborracharse más o drogarse más, si no podía irse y buscar a una chica. Buscar una sensación nueva, que no solo le distrajese, sino que le resultara abrumadora.

Hizo una seña a George y, por una vez, se rindió a lo inevitable; esnifó la coca fresca y punzante esperando el subidón, y joder, qué buena estaba, y qué bien se sentía, se sentía invencible de la hostia. ¿Qué hacía allí escuchando las mierdas de Seb, cuando podía ir a por una chica ahora mismo? Más hacer y menos decir, porque él era guapísimo, ¿verdad? Todos lo sabían: Los Libertinos, Soph, todas las chicas de Oxford. Era un dios del amor, y podía darle a la cosa durante horas, la tenía tan grande como un botellín de agua, con el aguante de un remero, la lengua de un lagarto, los labios de Jagger... bueno, no, de Jagger no, joder, que era un tío muy feo... pero en la cama él era fenomenal, y lo sabía, y además era divertido también; era un buen partido, y aunque quería mucho a todos aquellos tíos, bueno, al menos quería a Tom, había sitios adonde ir, chicas a las que ver, la noche era joven y le esperaba una noche entera de amor, si podía escalar la pared del colegio de Soph, los pinchos junto al cobertizo de las bicis, y llamar a su puerta, o buscar a alguna nueva, porque aquello era lo que le apetecía, justo en aquel preciso momento: una boca nueva, nuevos pechos, nuevas piernas que se envolvieran en torno a su cintura o rodearan sus oídos, una nueva manera de gemir cuando se corriera, porque por supuesto, ellas siempre se corrían, esa chica nueva e imaginaria que estaba repleta de posibilidades, porque él era la hostia en la cama, la tenía tan grande como un botellín de agua...

Se le escapó una risita, no la risa varonil por la que se le conocía, sino algo mucho más joven y mucho más feliz, su risa a los siete años, cuando le enviaron al colegio de primaria y aprendió a manipular a la gente. Una risa de complicidad y de intimidad, porque él quería a aquellos tíos, igual que quería a sus chicas, ¿verdad? Bueno, no, no de la misma manera que quería a las chicas, porque él no era «gay», joder, pero sí que quería a Tom. Su mejor amigo desde su primer curso en el colegio; haría cualquier cosa por él. Bueno, casi cualquier cosa. Joder, cómo le quería. Le iba a decir ahora mismo lo mucho que le quería... su amigo más querido, el mejor de los tipos...

—Aquí, Tom. —Le pasó los brazos por los hombros y lo

atrajo hacia él, y le ofreció el beso que le había negado antes—. Vámonos y nos buscamos unas chicas.

—Chicas. El problema de las mujeres es… —empezó Tom.

—Sí, sí, ya lo sé. El problema de las mujeres es que hay que trabajárselas mucho —acabó, y surgió de nuevo aquella risita, chillona, alegre, porque todo era la mar de divertido. Él era divertido de la hostia. ¿Por qué no se daba cuenta todo el mundo de lo divertido que era?

—El problema de las mujeres es… —repitió Tom.

—¡Que no tienen agallas!

—No. —Tom parecía confuso—. Lo que no tienen es polla.

—Bueno, eso se puede arreglar —se burló él.

—El problema de las mujeres…

La respuesta era tan cegadoramente obvia que James no pudo evitar interrumpirle, su risa atacando las palabras que salían de su interior.

—¡El problema de las mujeres es que no saben lo que quieren!

Él se desternillaba de risa y pensó: y ahora, ¿por qué no se ríen los demás? En lugar de romper platos o, en el caso de Seb, intentar meterle mano a aquella pobre chica. Guapa pero algo vulgar, con la falda que apenas le tapaba el culo, la frente arrugada como si estuviera cabreada seriamente con él, aunque Seb era inofensivo, o a él le parecía que era inofensivo, y ella iba vestida como si lo fuera pidiendo… con la falda que apenas le tapaba el culo, y la blusa con un escote tremendo.

—¡Aaay! —chillaba la chica, y sus ojos negros fulminaron a Seb, que seguramente le había pellizcado el culo, y él tenía un aire avergonzado, y levantaba las manos en el aire, como si fuera inocente, aunque estaba claro que se había desplazado sigilosamente detrás de ella.

—Caballeros. Me temo que tendrán que irse. —La cara de Jackson se estaba arrugando mucho, como una ciruela pasa, al acercarse a Seb, y se le ocurrió a James que aquella chica quizá fuese su hija. Tenían los mismos ojos, como moras duras y oscuras en una cara de pastel, y parecía que le quería dar un puñetazo—. Debo insistir en que se vayan de este local. Ya basta. Lo digo en serio. Ya basta.

Se irguió en toda su estatura y, durante un momento, el aire tembló con la posibilidad de la violencia: una tensión que irradiaba entre el *maître* y Seb, muy tirante. Nadie hablaba, porque la tensión se había ido extendiendo por la habitación iluminada por unas velas, y James intentaba entender cómo había cambiado tan rápido la atmósfera pasando de algo divertido y jovial, de la destrucción humorística de los Libs, que eran unos caballeros, que de verdad lo eran, a esto, algo más bien desagradable y socialmente extraño. Lo contrario de la atmósfera que siempre conseguían crear.

Abrió la boca intentando decir algo adecuadamente solícito, pero Tom se interpuso.

—Mi querido señor, por supuesto que nos iremos. Mil disculpas. ¿Nos dice cuánto le debemos? —Y a Seb—: Vamos, tío. Vamos a tomar un poco el aire. Ya es hora de dejarlo por esta noche, ¿vale? Es hora de irse a casa.

Pero Seb no quería saber nada.

—¡Qué cojones! Un tipo le hace un cumplido a una chica. Le dice que es guapa... aunque lo retiro, lo retiro todo inmediatamente, y ella se pone de uñas. No lo entiendo. No acepta un cumplido. ¡Qué gilipollez! Qué mierda. —Miró a su alrededor, incrédulo, y por un momento terrible pareció que sus ojos se estaban llenando de lágrimas.

—Buen hombre. —James llenaba las manos del *maître* de billetes, 100, 200, 300 libras, no lo suficiente para cubrir los daños, pero sí para distraerle, esperaba.

—Es una puta gilipollez, digo. —Seb no se calmaba, no había forma de sacarlo de allí discretamente, y de repente hubo un golpe y más añicos de cristal, porque levantó una silla y, antes de que los demás se pudieran dar cuenta de lo que estaba ocurriendo, la había arrojado por la ventana a la calle.

—¡Ja! —En el silencio conmocionado sonó un chillido desde el extremo de la sala donde estaba Hal y donde el honorable Alec empezó a dar palmadas, despacio al principio, y luego con intensidad brutal—. Qué buen espectáculo, tío, bueno de verdad, joder.

Pero no lo era, ¿no? George, Nick, Cassius y un drogado Hal, espabilados por el ruido explosivo, se unieron a los aplausos y la destrucción, y Jackson se dirigió al vestíbulo, al teléfono del restaurante, y James miró a Tom a los ojos. No podían pasar una noche en el calabozo, sería horriblemente violento. Eran invencibles, sí, pero a ninguno de ellos le haría ningún bien aquello. Y además, y era levemente consciente de que la coca estaba afectando su pensamiento, normalmente mesurado, serían ellos, ¿no?, los Libs, los que como Ícaro volaran cerca del sol. Mucho mejor escabullirse entonces, dejar a los chicos más jóvenes, los que estaban armando escándalo en aquel momento y rompiendo más vasos y, ay madre mía, George se sacaba la polla de nuevo, mientras Hal estaba echando la pota, una corriente constante de vómito salía de sus labios fofos, que pagaran el pato.

Todo eso transmitido con una rápida mirada, unos ojos que se encontraron y que no requirieron mayor confirmación. Y entonces se largaron. Salieron a hurtadillas de allí mientras Jackson iba al teléfono a llamar a la policía, y la pobre camarera se quedaba encogida a su lado, aplastándose contra la pared mientras ellos pasaban. James murmuró una disculpa porque no cuesta nada ser educado, su madre siempre lo decía, ayudaba a suavizar las cosas, porque nadie quería problemas, y luego salieron a la helada noche de enero.

—Joder, vaya mierda. —Tom se pasó las manos por el flequillo de un castaño claro, un gesto compulsivo que James reconocía de sus raros momentos de gran tensión: esa época de los diecisiete años en la que pensó que tenía una novia en casa que estaba embarazada, aquella última tarde en el colegio, cuando los cogieron fumando porros y hubo un momento, en el despacho del director, en que pareció que los iban a expulsar.

—Sssh. —Su advertencia acabó con una risita.

—Ya lo sé. ¡Joder, joder! —Horror y deleite, conmoción y sobrecogimiento se reflejaban en su voz, y salieron al momento, mientras una sirena de la policía distante empezaba a gemir subiendo por St. Aldate hacia ellos y por el High.

Eran invencibles, invencibles de la hostia, pensó James, y luego: se están acercando, mientras corrían por el paso y los fracs revoloteaban, el corazón les latía con fuerza, las piernas les ardían como si se estuvieran esforzando en un ejercicio ergonómico tremendo o en el último y torturante largo de una carrera de remos.

El corazón le latía contra las costillas, ese gran músculo que no le decepcionaba nunca, y voló, con un último brote de energía que le empujaba por encima de los guijarros, hasta que llegaron por fin al santuario de la facultad de Tom, Walsingham. Las puertas de roble estaban cerradas, así que tuvieron que subir por el muro, desgarrándose el frac al intentar pasar los pinchos, las manos escocidas al rozar con la piedra. Pero no importaba porque iban medio sigilosos, medio riendo. Eran invencibles, lo eran de verdad. Los habían superado en ingenio a todos, lo habían conseguido, estaban a salvo. En casa.

Hizo una pausa al escalar por los pinchos, bien arriba en la pared, junto al cielo azul marino, las estrellas, el cielo entero y, sí, las gárgolas lascivas. Rey del castillo, y de todo lo que abarcaba su vista. Recuperó el aliento al apoyarse contra una torre, notando la solidez de la piedra bajo sus dedos, la calidez, y también la edad. Llevaba allí cuatrocientos años o más. Invencible, de una forma que ellos nunca serían.

—¿Vienes o qué? —Tom, que ya había bajado sano y salvo, le llamaba; le brillaban los ojos, estanques de calidez y de confianza. Joder, cuánto le quería, haría cualquier cosa para protegerle. Se habían respaldado contra el mundo desde aquel primer trimestre en el colegio, unidos por el deporte, el preparatorio, la adolescencia, la bronca del director, compartieron las primeras experiencias con las drogas, los porros y la coca, y, suponía, en sus conjuntas torpezas masturbatorias, en el sexo.

La noche se cernía sobre ellos, de repente, y él se soltó, aterrizando ligero entre las sombras, allí donde el portero de noche, instalado ante su aparato portátil de televisión en su alojamiento, era muy poco probable que les espiara, y donde sus pasos parecieron fundirse en el cemento.

—¿La última copita? —Tom pasó un brazo alrededor de él, con su aliento cálido en su mejilla.

—La última —accedió.

KATE

26 de abril de 2017

*D*oce en punto. Tercer día y Angela Regan, QC, da golpecitos ligeros con su pluma estilográfica en su expediente: ra-ta-ta, ra-ta-ta, ra-ta-ta. El redoble de un tambor en el campo de batalla, al nacer el día, mientras una paz intranquila quiebra el amanecer.

Se inclina hacia delante y su pecho reposa contra el archivador, y un anillo de diamante como una nudillera que corona su mano derecha relumbra a la luz. De cincuenta y tantos años, con raíces irlandesas y norteñas de clase trabajadora, es una elección muy inspirada. Si James Whitehouse pasó la adolescencia jugando al frontón de Eton y bendiciendo la mesa en latín, la señorita Regan se las arreglaba como podía en la zona de Ardoyne, en el sectario Belfast, tramando su rápida salida de aquel lugar.

Sonríe a Olivia y coloca sus manos, sorprendentemente pequeñas, bajo el pecho. Su sonrisa es rápida y no la mira a los ojos, porque no es ninguna hipócrita. Cualquier posible calidez se desvanecerá más rápido que la escarcha en la ventana de un tribunal en cuanto lleguen al meollo de las pruebas.

Olivia mira al frente, como si estuviera decidida a no dejarse acobardar por aquella mujer que, según detecta, no muestra ningún amor fraternal. Con la barbilla alta, pone las manos ante ella en el estrado de los testigos, me ve mirarla y me dedica una sonrisa algo temblorosa.

—Señorita Lytton. Intentaré no alargarme, pero tenemos que comprobar algunos puntos —empieza Angela, con un tono suave y destinado a imbuir en ella una falsa sensación de seguridad, aunque Olivia, que está a la defensiva, ya sabrá que se propone sorprenderla—. Hemos oído que usted tuvo una aventura sexual con el señor Whitehouse, ¿verdad?

—Sí.

—¿Cuánto duró?

—Desde mediados de mayo hasta el 6 de octubre, cuando él cortó conmigo. De modo que un poco menos de cinco meses.

—Y creo que nos ha dicho que cuando «chocaron» en el ascensor usted todavía le amaba, ¿verdad?

—Sí.

—¿En qué momento se enamoró usted de él?

—Supongo que de inmediato. Tiene ese efecto en la gente. Es muy carismático. Una... yo, me enamoré de él.

—Pero en la fecha en cuestión ustedes ya habían roto, ¿verdad?

—Sí —asiente ella.

—¿Y cómo se sentía usted?

—¿Que cómo me sentía? —Parece asombrada ante una pregunta tan obvia—. Pues estaba... consternada.

—¿Y eso por qué?

—Porque estaba enamorada de él... y porque no lo había visto venir. En la conferencia del partido pasamos la noche juntos. Luego, dos días más tarde, cuando estábamos ya de vuelta en Londres, él cortó conmigo. —La incredulidad y el dolor por la conducta de él quedan patentes en su respuesta.

Baja la vista, consciente de que ha revelado demasiadas emociones confusas y se ha apartado de su guion sobrio, aséptico.

—Refiriéndonos a la fecha en cuestión, ¿estaba usted consternada entonces? ¿Justo una semana más tarde?

—Estaba preocupada, pero decidida a ser profesional. Me aseguré de que no afectara a mi trabajo y de que ni mis colegas ni James sospecharan lo que ocurría. Es lo último que hubiéramos deseado ninguno de los dos —dice.

—Pero usted todavía tenía sentimientos intensos. Nos ha dicho que aún le quería, ¿verdad?

—Sí. Claro que estaba afectada todavía. Preocupada.

—Y también estaba furiosa, ¿verdad?

—No. —La negación es demasiado rápida para resultar totalmente convincente. Un sencillo «no» puede revelar muchísimo con su única y simple sílaba, y este «no» sugiere que Olivia sí que sentía un poco de rabia.

—¿De verdad? El hombre del que estaba enamorada había cortado con usted de la noche a la mañana y luego quería que se comportara usted de una forma totalmente profesional, ¿no? Sería comprensible que se sintiera un poquito enfadada, ¿no le parece?

—No me sentía enfadada.

—Si usted lo dice... —Angela mueve la mano con un gesto de evidente incredulidad—. Si le parece vayamos al día en cuestión. Usted ha dicho que estaban en el pasillo del comité, y que el señor Whitehouse estaba preocupado por un artículo aparecido en *The Times* que le acusaba de ser un arrogante, ¿no?

—Sí.

—Y usted le dijo... ah, sí, aquí está, que «la arrogancia puede ser irresistiblemente atractiva». ¿Qué quería decir con eso?

—Quería decir lo que dije... que la arrogancia puede ser una cualidad atractiva.

—Quería decir que «usted» le encontraba «a él» irresistiblemente atractivo, ¿no?

—Supongo que sí.

—¿Lo supone?

Una pausa y luego:

—Sí.

—Y después dice que él abrió la puerta del pasillo de la sala del comité hacia la escalera del vestíbulo, que llamó al ascensor, que apretó el botón para abrir la puerta y creo que usted entró primero...

—No me acuerdo.

—¿No se acuerda? —Angela finge incredulidad y mira al jurado para que quede bien patente la aparente debilidad de la testigo. Se vuelve hacia Olivia—. Bueno, si puedo referirme a su declaración, que tengo aquí, usted dijo claramente: «Él llamó al ascensor y yo entré primero, él vino detrás».

—Entonces supongo que será así —dice Olivia.

—Así que usted le dice que lo encuentra «irresistiblemente atractivo» y luego pasa delante y entra en el ascensor que él ha abierto.

—Yo no pasé delante. La puerta se abrió y él me hizo entrar.

—¿Y usted no se resistió?

—No.

—¿Y no le preguntó por qué hacía tal cosa?

—No.

—Aunque usted debía quedarse en el pasillo de la sala del comité, y tenía una reunión que empezaría al cabo de menos de quince minutos, no se cuestionó por qué hacía él aquello, y no se resistió a entrar en el ascensor en ningún momento, ¿es así?

Una pausa.

Luego Olivia dice, de mala gana:

—No.

Angela espera, con la frente arrugada en forma de V, y luego consulta sus documentos como si buscara una explicación creíble. Cuando habla, su voz suena baja, y su tono rezuma incredulidad y una enorme dosis de desprecio.

—¿Qué creía usted que estaba haciendo él, al llamar al ascensor?

—No lo sé.

—Oh, vamos. Es usted una mujer muy inteligente. Le había dicho a aquel hombre, con quien había tenido una aventura, que le encontraba irresistiblemente atractivo... y entonces él llama al ascensor y usted entra la primera, sin hacerle ninguna pregunta. —Una pausa—. Él la llevaba a un sitio «privado», ¿no?

—No lo sé... quizá —dice ella.

—¿Quizá? No había motivo alguno para que ustedes entraran juntos en aquel ascensor. La reunión a la que estaban a punto de asistir era en aquel pasillo, ¿verdad?

—Sí.

—¿Y sus oficinas estaban en otro edificio distinto?

—Sí.

—Y según creo, ese ascensor solo lleva abajo, al New Palace Yard, donde se puede girar a la derecha y volver a Portcullis, o bien girar a la izquierda hacia el Vestíbulo Central. Nada que tuviera relación con su inminente reunión, ¿no? Ningún sitio donde tuviera que estar usted.

—Sí.

—Entonces, ¿en qué estaba usted pensando, al meterse en el ascensor?

Hay una larga pausa mientras deja que Olivia soporte la agonía de ser incapaz de dar con una explicación inocente. Es cruelmente felina: un gato jugando con un ratoncillo, permitiéndole la posibilidad de escapar, arrojándolo al aire, antes de clavar las garras en él.

El golpe es brutal.

—Él la llevaba a un sitio privado, ¿no es cierto?

El silencio es doloroso… largo y tenso, antes de que Olivia lo rompa con una voz tan baja que es casi un susurro.

—Sí —dice.

—De modo que él la hace pasar y entonces, una vez en el ascensor, se besan.

—Sí.

—Y creo que fue un beso apasionado.

—Sí.

—¿Un beso de tornillo? ¿Con lengua?

—Sí.

—«Me tocaba por todas partes», ha dicho usted. De modo que entra en el ascensor con ese hombre al que, según nos ha dicho, todavía «amaba», al que encontraba «irresistiblemente atractivo», y se besan apasionadamente.

—Sí.

—Y él le pone las manos en el culo.

—Sí.

—Y le abre la blusa.

—Sí… la abrió a la fuerza.

—Dice usted que a la fuerza. ¿Le arrancó algunos botones?

—No.

—¿Quedó desgarrada?

—No.

—Así que es más apropiado decir que en un momento de pasión, se la quitó, ¿no?

La cara de Olivia se retuerce, luchando por permanecer tranquila ante tal incredulidad. Transige.

—Me la quitó, pero a la fuerza.

—Ya veo .—Angela deja que el escepticismo penetre en el tribunal antes de seguir adelante.

—De modo que se la quitó, a la fuerza, y le dio lo que

se podría llamar un chupetón, encima del pezón izquierdo.

—Me hizo un hematoma y me dolió.

—Sostenemos que es la naturaleza de tales mordiscos dejar un hematoma, y muchos lo describirían como un «mordisco de pasión» —Angela mira al jurado, todos hemos pasado por eso, parece decir su mirada—, pero solo en este momento dice usted —y consulta sus notas, dejando salir la tensión y abriendo paso así al anticlímax—, solo aquí, cuando él le besa los pechos, apasionadamente, dice usted: «No. Aquí no». Es así, ¿verdad?

Una pausa y de mala gana responde:

—Sí.

—Solo estoy comprobando su declaración. Usted no dice: «No, no me hagas eso. No quiero que me hagas eso». No dice, sencillamente «No». Simplemente dice, en ese momento, cuando él le ha abierto la blusa, a la fuerza o no, solo entonces dice usted: «No, aquí no».

—Sí... Me preocupaba que alguien pudiera vernos.

—Le preocupaba que alguien pudiera verles.

—Habría sido terriblemente violento.

—Y esa era su preocupación, que alguien pudiera verles. No lo que estaba haciendo él... ese hombre al que todavía amaba, con quien había tenido una relación sexual y había entrado voluntariamente en el ascensor. Su preocupación, al abrirle la blusa y tocarle el culo, ¿era que «alguien pudiera verles»?

—Él me había dejado conmocionada con el mordisco... pero sí, esa era mi principal preocupación, en aquel momento.

Una pausa. Angela consulta sus notas de nuevo, sacude la cabeza, como si no pudiera creer que está oyendo aquello. Su voz se vuelve más lenta, más baja.

—¿Está usted segura de lo que dijo realmente?

—Sí.

—¿De que dijo: «No, aquí no», en ese momento?

—Sí.

Una pausa más larga. Angela consulta más papeles. Baja la vista, como si estuviera recapacitando. Olivia parece desconcertada: la han dejado colgada, esperando a ser interrogada. Sabe que algo se está cociendo.

—No era la primera vez que tenía usted relaciones sexuales con el señor Whitehouse en la Cámara de los Comunes, ¿verdad?

Los periodistas del banco de la prensa garabatean muy atentos. Casi se pueden ver sus oídos abiertos, y sus bolígrafos corren encima de sus blocs de notas. Solo Jim Stephens, sentado hacia atrás, parece lánguido como siempre, pero yo sé que está tomando todas las malditas notas.

El color desaparece del rostro de Olivia. Sus ojos vuelan hacia mí, pero no puedo ayudarla y aparto la vista. Durante la larga discusión legal del primer día, Angela quiso aplicar la sección 41 y citar el historial sexual previo, afirmando que dos de los incidentes eran idénticos a este caso, y yo accedí a que se incluyera el material, sobre la base de que lo último que necesitaba era que James Whitehouse, si se le condenaba, usara su exclusión como motivo de apelación.

—No sé lo que quiere decir. —La voz de Olivia es un poco más alta de lo normal.

—Ah, sí, yo creo que sí lo sabe. Si me permite, voy a pedirle que retroceda usted mentalmente hasta el 29 de septiembre de 2016, una quincena antes del día del que estamos hablando. Usted se reunió con el señor Whitehouse en su despacho. Era justo después de las nueve de la noche, ¿verdad?

—Sí. —Ella se muestra mansa.

—Usted tenía que irse a una fiesta de despedida de una amiga. Su colega, Kitty Ledger, la esperaba en el Red Lion, pero creo que llegó tarde, ¿verdad?

—Un poco, sí.

—¿Y eso por qué?

Silencio.

Angela se vuelve hacia el jurado y pone los ojos en blanco.

—El motivo de que usted llegase tarde es porque estaba teniendo un encuentro sexual improvisado con el señor Whitehouse en su oficina, ¿no es así? Sexo oral, que realizó usted, según creo, y luego coito en el escritorio. Unas relaciones sexuales que cualquiera podría haber presenciado, que cualquiera podría haber visto. Un sexo apasionado y arriesgado precisamente del mismo tipo que tuvo lugar en el ascensor.

Los periodistas escriben frenéticamente, y algunos de los jurados la miran con los ojos muy abiertos. Se nota que la empatía de las mujeres mayores se desvanece, al ir reconsiderando su opinión. Cara Naranja está encantada por este giro de los acontecimientos, mientras que la señora anciana la mira con los ojos entrecerrados.

—Creo que hubo otra ocasión más, ¿cierto?

Olivia no responde, baja la vista y la sangre enrojece su cuello.

—El 27 de septiembre de 2016, dos días antes.

Sigue sin haber respuesta.

—Hay un estudio de grabación de la BBC escondido al final de la galería inferior de periodistas, y en torno a las nueve de la noche, usted se reunió allí con el señor Whitehouse, ¿no?

Suena un quejido de Olivia, un sonido que parece que se le escapa involuntariamente.

—¿Se reunió usted allí con el señor Whitehouse?

—Sí —dice al final Olivia.

Angela deja escapar un pequeño suspiro.

—Y tuvieron relaciones sexuales apasionadas y arriesgadas. Esta vez solo un coito, pero cualquiera podía haber entrado allí, en ese momento y verlo. —Menea la cabeza—. Parece que hay una especie de patrón de conducta, lo del sexo imprudente en el entorno de trabajo... algo que iba ocurriendo.

Pero si los jurados creen que Olivia aceptará mansamente esta última dosis de humillación, es que no la han estimado bien.

—No.

—¿No? —Angela levanta una ceja, en terreno seguro.

—En esas dos ocasiones anteriores, el sexo era consensuado. Ambos queríamos tener relaciones sexuales. Ahora estamos hablando de algo completamente distinto. —Su voz vacila y se resquebraja, por la furia y el miedo unidos, y luego titubea y se calla, como si careciera del poder de argumentar contra su feroz oponente, como si reconociera que ha sido condenada por admitir francamente que sentía deseo.

—Tuvo usted relaciones sexuales en la Cámara de los Comunes en dos ocasiones, apenas quince días antes de ese incidente del ascensor. Sexo arriesgado, que podía haber sido visto por cualquiera, que cualquiera podía haber sorprendido, ¿no es así? —insiste Angela. Hace una pausa, dejando que la tensión se prolongue—. Bastará con un simple sí.

El juez Luckhurst sugiere ahora que sería un buen momento para hacer una pausa.

—Diez minutos, no más —dice al jurado. Angela, apostaría cualquier cosa, está furiosa, porque ha atrapado a su víctima y quiere ir a degüello.

Cuando vuelve Olivia parece más calmada, sin señal alguna de lágrimas, y con la cara tensa y pálida, pero Angela no tiene piedad. Se ha apuntado un tanto mortal, invalidando la perfecta y precisa distinción de Olivia, y la perseguirá hasta que no quede nada de sus acusaciones sino un cadáver ensangrentado, que no servirá para nada.

Se ocupa del informal y desdeñoso «qué calientapollas».

—¿Está segura de que él no dijo: «qué caliente me pones»? Son esas cosas que se suelen decir algunos amantes entre sí, ¿no? Sobre todo, si son de esos amantes que se regodean en la naturaleza ilícita de un romance de oficina, de esos a los que les gustan los riesgos del sexo en un despacho o un ascensor, ¿verdad?

Descarta la idea de que las bragas de ella fueran desgarradas.

—Es una prenda bastante fina, y de hechura barata. No hay prueba alguna de que no se las pudiera desgarrar usted misma... o estuvieran rotas ya de antemano.

—No lo estaban. Eran relativamente nuevas. —Olivia está a punto de llorar.

—Se las podría haber roto usted misma al quitárselas.

—¡No, no fue así! —insiste ella.

La atmósfera se vuelve opresiva al instante.

—Yo no quería aquello. Le dije que no quería —insiste Olivia en un momento dado, habiendo perdido por completo la compostura; su angustia pura y simple queda al descubierto.

Angela la mira por encima de las gafas.

—Es usted terminante a este respecto, ¿verdad? —le pregunta, acorralándola.

—Sí.

—Que dijo usted que no quería.

—Sí.

Y el corazón se me encoge, porque ahora sé que Angela tiene algo concreto con lo cual pillarla de nuevo, y lo único que puedo hacer es quedarme sentada y escuchar, impotente para mitigar el siguiente golpe. El juez Luckhurst levanta la vista también, alerta a cualquier posible truco de la abogada, familiarizado con las trampas que solemos tender, y lo mismo pasa con los jurados, anticipando con deleite el siguiente giro.

Angela suspira, como si le doliera mucho tener que infligir este daño, y busca una declaración. Se la pasa a Olivia a través del ujier, que lee la declaración jurada, y hace que ella asienta y reconozca que, en efecto, es una declaración que hizo en la comisaría de policía, diez días después del encuentro en el ascensor, y que esa es su firma, y que son sus propias palabras.

Angela levanta la vista y señala hacia el documento.

—En la página cuatro, párrafo dos, por favor, corríjame si me equivoco, usted dijo: «Le dije que me soltara. Él siguió metiéndose dentro de mí, aunque yo seguía diciendo: "aquí no"».

Hace una pausa y mira al jurado.

—Ante el tribunal, usted acaba de decir: «Yo no quería aquello. Le dije que no lo quería». Pero en la declaración que acaba de leer usted en voz alta, hecha ante la policía poco después de los hechos, usted se limitó a decir: «Le dije que me soltara... dije: "aquí no"». No mencionó, en su declaración hecha diez días después de los hechos, que usted dijera que no lo quería, simplemente le indicó que aquel no era el lugar. Y solo lo menciona ahora, varios meses más tarde, cuando se ha encontrado enredada en un caso judicial y aparece ante nosotros, aquí.

Mira directamente al juez, esa mujer formidable protegida por sus libros y sus expedientes y por el traje del tribunal, con la cabeza bien alta. Su voz es profunda y controlada, y así es como pronuncia su declaración mortífera. Una pregunta retórica a la que no se espera que conteste Olivia.

—Usted no es fiable, ¿verdad? Usted amaba a ese hombre, había tenido relaciones sexuales no una, sino dos veces antes con él en la Cámara de los Comunes, y agobiada porque él cortó con usted, le dijo que le encontraba atractivo, entró en un espacio privado con él y lo besó... plenamente decidida a tener relaciones sexuales con él de nuevo.

Y Olivia se queda impotente, con la boca abierta como un pez, mientras Angela acaba esta parte del turno de repreguntas con un triunfante floreo.

—Las palabras que usted usó en ese ascensor se podían interpretar como una invitación. No es usted fiable en absoluto. ¡De hecho, está usted mintiendo!

HOLLY

5 de junio de 1993

*L*a música llenaba todo el patio, latiendo desde la escalera más alejada, donde el escándalo de la habitación comunitaria de las de primero estaba en su apogeo. Sábado por la noche, sexta semana del trimestre de verano, una juerga a la que podía apuntarse cualquier soltero y entrar a formar parte de una masa sudorosa y amistosa, y aquellos que tuvieran ganas podían agarrarse unos a otros, las manos rodeando la espalda empapada en sudor de las camisetas y apretando las nalgas en algo que podía convertirse en un torpe primer magreo.

Las parejas se iban retirando a medida que pasaba la noche, escondiéndose en los rincones donde se sentaban en sillas o unos en el regazo de otros, con botellas de cervezas vacías o tiradas, y se dedicaban al asunto exquisito de aprenderse de memoria la cara de los nuevos amantes: mejillas, cuellos, bocas... Los pocos no emparejados les ignoraban y seguían bailando, con el brazo derecho agitándose en el aire con un saludo rítmico, y saltando de puntillas, estirando los cuerpos y celebrando a lo grande que tenían dieciocho años, o diecinueve... porque la mayoría eran de primero, y no les preocupaba nada más que si ligarían o no al final de la noche. La música se fue arremolinando y elevando, un himno que iba *in crescendo* y que todos podían gritar como una gran afirmación de júbilo. Holly pronunciaba las palabras, pero al no saberlas bien, se le quedaban en la garganta, y Dan, un amigo al que conocía del periódico estudiantil, que la había invitado al Walsingham College para esa fiesta, bajó la mano que había levantado para saludar y empezó a pincharla con el dedo. Le hizo dar vueltas y luego le cantó al oído, con el aliento agrio por la cerveza, y las manos ligeramente posadas en su cintura, rozándose con los pechos de ella, que se sintió algo turbada. La sensación de sentirse halagada dio paso a la incomodidad y la vergüenza.

—Demasiado mareada, lo siento —dijo, con una sonrisa, y se soltó. Y lo estaba, era verdad, sentía náuseas por las vueltas, además de las dos pintas de sidra que siseaban y se agitaban en su estómago. Se abrió paso entre la atmósfera viciada y humeante de todos aquellos cuerpos calientes, aquel aire rancio y dulce, y se dirigió al patio. El ruido latía tras ella, arrojándola hacia delante, rodeándola antes de verse absorbida por la piedra dorada y rústica. El estruendo fue menguando a medida que se dirigía rápidamente al alojamiento de los bedeles, marcando el paso irregularmente con las botas, porque sentía una necesidad irracional de escapar de aquella facultad y de Dan, que, se había dado cuenta algo tardíamente, quizás estuviera interesado en que fueran algo más que amigos.

Iba con la cabeza gacha, concentrada en las losas del suelo y en intentar andar en línea recta, porque se arriesgaba a tropezar y pisar la hierba, y había una prohibición propia estricta de no hacerlo, y notaba los pies un poco vacilantes, la verdad. La noche de junio había refrescado y se le puso carne de gallina, porque solo vestía una camiseta, y se paró a ponerse la camisa vaquera que llevaba atada en torno a la cintura. La euforia de formar parte de un grupo grande y feliz se había desvanecido y empezó a tararear, con la voz baja y melódica, intentando capturar de nuevo una alegría que no sentía ya.

Se le iba pasando el mareo. Se arriesgó a mirar hacia arriba, al cielo nocturno sin nubes que se extendía, de un color azul intenso, e intentó encontrar los rasgos en la cara cremosa de la luna llena que se cernía por encima. Venus parpadeaba y ella le guiñó el ojo a su vez. Por un momento simplemente miró hacia arriba, se dejó envolver por la oscuridad que flotaba más allá de las agujas doradas. La teoría literaria feminista que devoraba hacía que viera símbolos fálicos por todas partes, pero las torres penetrantes parecían patéticas y risibles incluso, comparadas con la grandeza del cielo nocturno. Se tambaleó un poco, abrumada por el esplendor aterciopelado y la belleza de un cielo plenamente nocturno que la aplastaba.

El reloj de la facultad dio las doce: las campanadas fueron largas y sonoras. Debía encontrar la salida, pero al dar un giro a la izquierda descubrió que estaba en el claustro de la facultad, un patio mágico con puertas de roble incrustadas muy hondo en las paredes, y un trozo de césped iluminado por la luna, cerrado y rodeado de arcos. ¿Se había perdido acaso? No conocía aquella facultad. Era mucho más grande que la suya, más grandiosa, con su parque con ciervos y su jardín en el campus, y te desorientaba ligeramente. Quizás estuviera metiéndose en algún lugar privado... aunque Dan la había invitado, y había insistido mucho en que ella asistiera. Como siempre, se sentía como una impostora. Dan, Ned, Sophie, incluso Alison, aunque ella jamás lo admitiría, con su orgullo de proceder del norte, podían justificar estar allí, pero ella seguía sintiéndose como un fraude, alguien que había conseguido colarse, quizá para cumplir algunas cuotas escolares estatales, pero que no tenía derecho a estar allí. Solo era cuestión de tiempo que la descubriesen.

Se escabulló entre las sombras, lejos de las falsas ventanas que enmarcaban una vista increíblemente bonita, y se apoyó en la pálida piedra de Headington. Entre las sombras podía existir, observando sin ser observada. No formaba parte de todo aquello, pero estaba presente, en el borde. Fue andando de puntillas, abrazando la sombra de las paredes, disfrutando de la calma, notando cómo se iba poniendo sobria a medida que el aire frío de la noche la obligaba a pensar. Había sido bastante idiota. Quizá tuviera que volver, fingir que se había perdido yendo al baño, buscar de nuevo a Dan... quizá dejarle que se insinuara otra vez, porque su virginidad se estaba convirtiendo más en una molestia que en una situación, y seguramente resultaba muy obvia, algo que temía que todo el mundo fuera capaz de adivinar.

¿Podría hacerlo? ¿Con él? Pensó en su amigo, tan poco amenazador: con el pelo sedoso, delgado, más bien flaco, con un poco de acné todavía en la mandíbula. Se le daban bien las palabras... o la palabra escrita, al menos. Eso le gustaba de él, cómo esculpía una frase, su habilidad infalible para captar una historia con unas pocas palabras elegidas. Era listo, y ella valoraba mucho la inteligencia, aunque él hubiera estado torpe aquella tarde. Quizá simplemente estuviera nervioso, y aquella era la forma de intentar demostrarle que quería acostarse con ella, o al menos que no la encontraba físicamente repulsiva... ¿No sería mejor hacerlo con un amigo? Alguien con quien no significara nada, en quien ella no hubiese puesto ninguna esperanza, y que le permitiera conservar sus ideales románticos... porque ella sabía que la primera vez sería doloroso y sucio, y también un anticlímax, y no quería experimentar eso con alguien que realmente le importase. Se metió la mano dentro de la camisa vaquera y se arregló los pechos, formando un buen escote con la ayuda de su nuevo Wonderbra, algo que sin duda socavaba todos sus principios feministas, pero que sin embargo controlaba bien su grasa infantil y la esculpía formando algo que sugería que quizá no fuese tan virginal. Mirando esas dos suaves almohadas, sintió culpabilidad y un orgullo poco familiar. «Esto soy yo. Son parte de mí... quizá tanto como el pensamiento y la literatura.» Se desabrochó otro botón y, con aquellos globos pálidos marcando el camino, se volvió hacia la sala común junior, con aprensión creciente, con una gran expectación, que iba creciendo como una marea y se arremolinaba al volver sobre sus pasos.

Una figura salió corriendo del extremo más alejado del claustro. Oyó los pasos antes de verle: la carrera veloz de alguien muy en forma, con los pies rebotando en las piedras, y luego su aliento, curiosamente íntimo en el silencio, mientras venía a toda velocidad y doblaba la esquina y casi choca de frente con ella.

Se detuvo, con el cuerpo tan rígido como uno de los ciervos del parque situado al otro lado del jardín vallado. Aunque podía oírle llegar, Holly no había anticipado que saltara sobre ella tan rápido, llenando su espacio con su volumen y su energía, de modo que parecía que no quedaba espacio para nada más.

—¡Madre mía, lo siento... lo siento! —Él estaba igual de conmocionado, con sus ojos oscuros, sus altos pómulos, mientras la sujetaba por los brazos para no caerse los dos. El corazón de ella le golpeó el pecho con fuerza, el temor y la adrenalina mezcladas con un agudo brote de deseo. Él le dedicó una sonrisa rápida, con un encanto automático, aunque tenía el aliento espeso por el whisky y se tambaleaba, inestable. ¿Cómo debe de ser saber que, por mucho que te equivoques, siempre serás perdonado? ¿Porque tu encanto es tan intrínseco, tan abrumador, que sabes que puedes confiar por completo en él, aunque estés borracho? Sophie le había hablado de que los Libs tiraban botellas enteras de Bolly por el fregadero… pero aun así, ella no podía creer que él, un disciplinado remero azul, hubiese tomado parte en ello. Él no era «grosero», pensó, devorando con los ojos su piel suave, y se sintió llena de ternura. Quizá él no quería formar parte del club. Quizá, como ella, no era animal de fiestas, aunque ¿por qué iba vestido entonces con el ridículo atuendo de los Libertinos? Estaba tenso, se dio cuenta, un nerviosismo palpable latía en todo su cuerpo, y ella quiso abrazarle, tranquilizarle y decirle que todo iría bien. Pensó todo eso, consciente de la calidez, de que las manos de él le sujetaban los brazos, solo a unos centímetros de sus pechos.

—No pasa nada. —Ella bajó la vista, temiendo que él hubiera detectado su reacción.

Las pupilas de él parecieron centrarse.

—¿No te conozco…? ¿Molly? ¿Polly?

—Polly —afirmó ella. Por supuesto que él no recordaba su nombre. Él no la conocía.

—Polly la guapa.

Ella se rio, avergonzada por el penoso intento de él de hacerle un cumplido.

—Sí que te conozco. O al menos debería… —La voz de James era líquida al acercarse más a ella, escrutando sus rasgos—. Guapa, guapa Polly…

—No, de verdad que no. —Notaba que le ardían las mejillas e intentó bajar la vista, pero los ojos de él atraían a los suyos.

—Sí, de verdad —dijo él, y sonrió.

Casi imperceptiblemente se iban acercando. Una mano fue avanzando hacia su nuca. De los dedos de él brotaron escalofríos, mientras le acariciaba la nuca, una parte de su cuerpo que a ella nunca le pareció femenina, porque el pelo corto no le quedaba como si fuera un gracioso pilluelo, en absoluto. «¿Y ese aire de bollera jovencita? —le había preguntado Sophie una vez, con la desconsideración casual en la cual era maestra—. ¿Lo eres?» «No, no lo soy.» Holly negó con la cabeza, avergonzada de no querer que se pensara que era lesbiana, porque estaba bien, realmente bien, y la aliviaba mucho, que su amiga no hubiera detectado lo que sentía por «él».

Cerró los ojos brevemente y por un momento imaginó que era otra persona, observándolos a los dos: dos estudiantes captados a cámara lenta, momentos antes de su primer beso. Porque eso era lo que estaba a punto de ocurrir. Por muy absurdo que pareciese, había aquella tensión peculiar en el aire, una fricción que se podía romper, pero que era mucho más probable que acabara cuajando en un beso. Todas las historias de amor lo exigían, aquel camino ineludible hasta estar juntos, hasta caer uno en brazos del otro, bocas y miembros encontrándose y fundiéndose, los ojos cerrados en deliciosa expectación, una ligera sonrisa jugueteando en los labios separados.

Abrió los ojos de repente. Él la miraba y sus ojos se habían vuelto más profundos, un deseo inconfundible apoderándose de cualquier breve especulación sobre su identidad. ¿La reconocía él en realidad? Ella lo dudaba. Era solo una estudiante borracha más, mal iluminada por la luna, y él un remero cachondo. Los dedos de él le acariciaron la mejilla y luego se volvió a inclinar hacia ella.

Sus labios eran suaves, y aquel primer beso sobrepasó todas las expectativas. Fue maravilloso. Ella levantó la vista, buscando aquellos cálidos ojos verdes, y él los abrió y le sonrió también, luego se agachó otra vez y sus brazos le rodearon la cintura, acercándola a sí. Su aliento era caliente en su boca, y ella lo aspiró mientras la volvía a besar, recorriendo sus labios con la lengua, de modo que estremecimientos de placer estallaron en partes inesperadas de su cuerpo, una exhibición privada de fuegos artificiales.

«Esto es mágico», pensó ella, todavía observadora, que miraba como si estuviera suspendida en el tiempo. La pasión de él era contagiosa, y su corazón se aceleró, excitándose cada vez más, mientras los labios de él se endurecían y se volvían más decididos, y la lengua investigaba en su boca. Era como una oleada ahora, una fuerza que la había arrebatado y estaba empujándola sin cesar, independientemente de si podía manejar el dramatismo o la marcha.

—Quizá debería irme... —empezó, aunque no sabía adónde podía ir, o si quería irse en realidad; simplemente quería que las cosas fueran un poco más despacio, quería darse plena cuenta de adónde iban las manos de él ahora: una subiendo el borde de su camisa, con su ancho pulgar acariciando el pezón, la otra de alguna manera metida bajo su falda.

—¿De verdad? —Los ojos de él se ensancharon hasta parecer la mirada de un niño perdido, y ella vio hilos de oro en el color verde, y también incomprensión. ¿Le habría dicho eso alguien antes?

—De verdad —repitió ella, y sonrió para aplacarlo.

—Creo que no —dijo él, con un gruñido en la voz, un sonido que hablaba de una confianza desenfrenada—. Creo que en realidad no quieres irte. —Y la besó más ferozmente en esta ocasión, de modo que ella notó el labio escocido. «Lujuria», se dijo a sí misma, con una cierta sorpresa, y quizá orgullo por haber podido tener ese efecto en él, aunque sentía un cierto miedo, una sensación de que las cosas se escapaban de su control.

—No... de verdad. —Soltó una risita y lo empujó hacia atrás. ¿Cómo podía ser tan arrogante como para adivinar lo que ella quería? Eso la irritó. O quizá fuera el juego de la seducción. Los ojos de él se ablandaron, y ella ansió que se repitiera el primer beso, algo provocador, complaciente. ¿No podría besarla él de aquella manera otra vez?

Él se inclinó, le besó la punta de la nariz.

—¿Mejor así? —añadió.

—Mucho mejor.

Así que él la comprendía. Su alivio fue inmenso. Ella le devolvió el beso, pero sus labios se entretuvieron un poco más, disfrutando del momento: la luz de la luna en sus caras levantadas hacia el cielo, el tranquilo frescor de los claustros, la combinación de excitación y aprensión que estaba surgiendo en ella, instándola a ser más atrevida de lo que había sido nunca hasta entonces, a ignorar todo pensamiento: la lealtad a Sophie, el miedo de ser descubiertos, la ansiedad por lo que él podría pensar de ella, y simplemente entregarse a las sensaciones que latían en su interior, y que amenazaban con desbordarla.

Los dedos de él juguetearon con su pelo, y su boca fue bajando por su garganta hasta la oreja, y unos besos ligeros empolvaron su camino. Y entonces él la abrazó muy fuerte, con un abrazo de oso, de modo que las costillas de ella quedaron aplastadas, y su aliento se vio obligado a salir como el aire que escapa de un acordeón. Y él susurró algo a su oído. Ella se quedó helada, congelada por la amenaza de aquellas palabras, porque la voz de él seguía acariciándola lentamente. ¿Realmente había dicho aquello? Ella quiso pensar que se había confundido.

Pero sí, se dio cuenta, sí que lo había dicho.

Y entonces todo cambió. Ella consiguió soportarlo recurriendo a su papel habitual de observadora. Imaginándose a sí misma como si contemplara a otra chica experimentándolo, una Tess Durbeyfield, quizá, y observando su dolor. Se concentró en una gárgola, una grotesca, que estaba tallada en lo alto, en la esquina del muro, con las manos medio cubriéndose los ojos, la boca curvada hacia abajo y mirando el horror. Verlo a través de los ojos de esa figura, se dijo a sí misma, mientras su espalda se apoyaba contra la fría piedra. Solo un hecho más en la historia de la universidad, algo que debía de haber pasado durante siglos, los caballeros de la universidad obteniendo su placer de las sirvientas o de algún chico. Nada personal... quizá incluso ella misma lo hubiera provocado, exhibiendo sus ridículos pechos, y mirándole, francamente, con bastante deseo. Era culpa suya, o al menos parcialmente culpa suya, porque aunque ella al principio se resistió y le dijo que no, su boca resbalando de la de él, mientras intentaba pronunciar las palabras, él seguramente no la oyó, y fue rápidamente silenciada: la boca de él venció a la suya, el tamaño del cuerpo de él ahogó sus sonidos. Porque de otro modo él no se comportaría como se estaba comportando, ¿verdad? Si hubiera sabido que ella no quería en realidad... Ella miraba la gárgola y las lágrimas emborronaban su mueca horrible y su nariz bulbosa, aunque seguía viendo las manos que apretaban los ojos, los pulgares apretados contra los oídos. No oigas nada malo. No veas nada malo.

Lo llevó bien. Casi consiguió sobrellevarlo... excepto que era imposible permanecer desconectada, tramar alguna historia, cuando la parte más íntima de su ser había sido desgarrada y su cuerpo traspasado con gran dolor. No podía dejar de llorar y las lágrimas resbalaban por sus mejillas, aunque no hacía ruido, porque estaba demasiado abrumada por aquel entonces, demasiado horrorizada ante la entera inmersión en su propio ser, aquella sensación de impotencia.

Cuando él terminó, se apartó y se disculpó. No por el acto, sino por el hecho de que ella fuese virgen.

—¿La primera vez? Joder... lo siento. —Miró la sangre que goteaba de las piernas de ella y le había manchado a él—. Tendrías que habérmelo dicho.

Él se apartó, las pruebas de su desfloramiento y su vergüenza escondidas en los pantalones oscuros.

—Me habría tomado más tiempo. —Parecía sonrojado e inquieto. Evidentemente, no había dado con muchas vírgenes—. Joder —concluyó.

Ella no dijo nada que le ayudara, y por lo tanto él se pasó una mano por el pelo y luego la miró por debajo de su flequillo y le dedicó una sonrisa encantadora.

—Joder —repitió, y luego le dio un beso en la frente, acercándola hacia él, de modo que Holly pudo notar su corazón latiendo deprisa contra el suyo, fuerte y vigoroso. Intentó mostrarse amistoso—. Pero sin rencores, ¿eh?

La garganta de ella parecía haberse cerrado y se puso de pie, sin moverse, sin respirar apenas entre los brazos de él, simplemente, deseando que la soltara, alejarse, para poder limpiarse la mancha que él le había dejado.

—Sin rencores —consiguió decir.

Fue Alison quien la encontró a la mañana siguiente. Ella se había escabullido de vuelta a su facultad, manteniéndose entre las sombras, evitando el contacto ocular con las parejitas amorosas que se podía encontrar, y consiguió pasar por las puertas antiguas de la facultad al abrirle otra alumna que llegaba tarde. Y entonces se escondió.

Se dio un baño bien caliente, sin preocuparle que fuese antisocial hacerlo tan tarde, con las cañerías crujiendo y gimiendo mientras se descargaban, y el sonido del agua que reverberaba detrás de los paneles de madera. Su piel se inflamó hasta un rosa porcino, escaldada en el baño. Le escocían los muslos con el calor, y le ardieron las entrañas cuando se metió el jabón dentro. Metiéndose bien debajo del agua, se frotó el cuello, los pechos y el esternón, todos los lugares donde él la había tocado, y también el pelo, hundiendo los dedos en el cuero cabelludo por debajo del cabello que él había acariciado y agarrado, como una madre que peina la cabeza de su hija en busca de piojos. Sus dedos se clavaron con un movimiento de rascado obsesivo, hasta que notó una humedad pegajosa y vio que le sangraba el cuero cabelludo.

Más tarde se echó en la cama, acurrucada, envuelta en una sudadera y unos pantalones de correr, unas ropas que la hacían más infantil, que escondían aquellos problemáticos pechos, aquel problemático cuerpo.

Se sentía entumecida. Aunque le escocía por dentro, tenía el corazón muy duro, como un guijarro. Había agotado todo el llanto. La culpa y la rabia vendrían después. Saldrían a la superficie en los momentos más inesperados. Pero, por ahora, estaba demasiado exhausta.

No bajó a desayunar. En el patio oía el parloteo de los chicos de primero que volvían del comedor, llenos de tostadas o de gachas, o de huevos fritos con bacon acompañados con té y café de filtro, pagado con un billete de papel rosa de 50 peniques. Había una reunión prevista de la Línea Nocturna a la que pensaba asistir a las diez, pero no se movió, ni tampoco se reunió con Alison para comer, como habían quedado. La idea de encontrarse con alguien, sobre todo con Sophie, la encantadora, intachable Sophie, le daba ganas de vomitar.

A la una y media llamaron fuerte a su puerta. Se agarró al edredón, aguzando el oído, y los golpes continuaron, una llamada insistente, el sonido de alguien que no pensaba irse.

—¿Quién es? —Su voz no parecía suya, sonaba muy baja y con un temblor obvio, mientras dejaba la seguridad de su cama y se acercaba a la puerta.

—Alison. ¿Estás enferma o algo? ¿O es que estás con Dan? Si es así, me largo.

Ella trasteó con la llave y abrió la puerta. El esfuerzo de abrir la puerta, de abrirse a alguien más, de revelar su secreto, era casi más de lo que podía soportar.

La boca de su amiga se quedó muy abierta, traicionando su conmoción al ver la cara de Holly: hinchada, eso ya lo sabía, y manchada de lágrimas; los ojos inyectados en sangre, los rasgos despojados de cualquier maquillaje, infantil y desnuda.

—¿Qué te ha pasado? —Las palabras fueron como un susurro, como si al decirlas bajito, la respuesta resultara menos creíble. Ella levantó los brazos para abrazarla, pero Holly se escabulló.

HOLLY

19 de junio de 1993

$\mathcal{V}$olvió a casa poco después de aquello. Hundida. Su lenguaje corporal, cuando su madre, Lynda, se reunió con ella en la estación, hablaba de desánimo y de fracaso, porque eso era exactamente lo que sentía. Que era un fracaso por no haber conseguido encontrar su camino sexual y socialmente, y por ser incapaz de comunicar adecuadamente algo tan crucial (el hecho de que no quería que su cuerpo fuese invadido por otro).

—Demasiado esnob —explicaba a todo aquel que le preguntaba por qué volvía en octubre.

Manda, que apenas podía ocultar su regocijo al ver que la hermana que se había atrevido a ser demasiado ambiciosa volvía con las alas fundidas por el sol, seguía insistiendo.

—Déjalo ya —respondía Holly—. Sencillamente no era para mí.

—Creo que añoraba su casa… —decía su madre, cuando las amigas la pinchaban—. Lo encontró todo un poco distinto, allá en el sur.

Mucho mejor sería hacer algún curso en la Universidad de Liverpool, desde donde podía volver a casa cuando quisiera, porque algo la había afectado mucho, Lynda no era ninguna idiota, de eso se daba cuenta. Un chico. O un hombre, más probablemente.

Por lo tanto, Holly empezó de nuevo. En septiembre de 1993. En la Universidad de Liverpool. Los informes de sus tutores de Oxford habían sido ejemplares, aunque no le había ido tan bien en los exámenes como era de esperar. Tenía beca completa, y desde luego no se la iban a retirar ahora que cambiaba de orientación e iba a estudiar derecho.

—Mucho mejor hacer algo orientado a una profesión —le dijo a Manda, que asintió y le señaló que ella ya se lo había dicho desde el principio—. No tiene sentido ir haciendo el tonto por ahí con novelitas. Con eso no iba a conseguir nada.

—¿Y qué quieres conseguir? —Manda masticaba un chicle y fingía una despreocupación que desdecía su interés en su nueva hermana centrada en su carrera.

—Bah, nada, ya sabes —dijo, fingiendo una displicencia que no sentía, porque hablar desde el corazón sería exponerse—. Atrapar a los malos. Que se haga justicia.

Y por primera vez desde que había llegado a casa, sonrió como es debido, con una sonrisa que llegó hasta sus ojos y los iluminó, de modo que su severidad y su seriedad desaparecieron brevemente.

Cuando se apuntó al grado fue con un nombre distinto: Kate Mawhinney. Kate, una forma más dura y más aguda de su dulce segundo nombre, Catherine, y Mawhinney, el nombre de soltera de su madre, que Lynda había recuperado recientemente después de descubrir que Pete y su nueva novia de veintiocho años iban a tener un hijo.

Holly Berry, una persona de broma con un nombre de broma, fue descartada por completo; como una lana que se esquila a una oveja desaliñada y avejentada y que deja al descubierto una piel limpia y brutalmente pelada.

Su metamorfosis continuó. El pelo que se había cortado justo antes de ir a Oxford le volvió a crecer, a lo largo de los años, con un tono más claro, y el aclarador que Manda le aplicó liberalmente aquel primer verano acabó reemplazado por unas mechas tan convincentes que solo su madre y su hermana recordaban que no era rubia natural. También adelgazó: aquellos pechos problemáticos y aquel estómago que sobresalía debajo se fundieron y puso a punto su cuerpo, contenido y controlado por la práctica de las pesas y la carrera. La guerra contra su cuerpo era constante: combatió su flexibilidad y su blandura, su figura innecesariamente sexy hasta convertirla en casi andrógina; se volvió espigada y orgullosa. Se depiló las cejas gruesas, casi unidas en el centro, y a medida que se volvía cada vez más esbelta, iban emergiendo sus pómulos, altos, agudos y distintivos, en el lugar donde en tiempos estuvieron sus mejillas regordetas, ahora reducidas, y su cara se convirtió en un corazón.

—Está guapísima —observaba Lynda en la graduación de su hija, cuando la fotografiaron junto al Philarmonic Hall Art Deco de la ciudad, con el birrete ladeado en la cabeza, pero con una sonrisa todavía un poco severa—. Si se diera cuenta y dejara que alguien la invitara a salir...

Porque los años de estudiante en Liverpool estuvieron totalmente desprovistos de novios. Kate Mawhinney era una mujer a la que muy pocos se atreverían a pedir que saliera con ellos, tan absoluto era su desdén por los hombres. Por eso fue una gran sorpresa cuando se echó un novio que brevemente se convirtió en marido, al empezar en la escuela de abogacía, en Londres. Alistair Woodcroft, un joven agradable que le hacía caso en todo, y que no consiguió entrar en el bufete después de las prácticas.

Ella había deseado muchísimo volver a confiar en alguien de nuevo, abandonar la crispación que sabía que se había apoderado de su alma, y dejarse amar, solo un poquito. Pero no podía con la intimidad, aunque el sexo lo llevaba bien. No quería que él ahondase en sus pensamientos más íntimos, que intentase «ayudarla». Y por lo tanto, replicaba con brusquedad, intentaba ganar siempre, lo humillaba y lo expulsaba cuando empezaba a existir el riesgo de que se acercase demasiado. Ella veía que los ojos de él se llenaban de dolor y se quedaba hasta tarde en el bar o en la oficina, y solo volvía a casa cuando imaginaba que él ya estaría dormido, o fingiendo dormir.

El matrimonio duró dieciocho meses, y le dejó pocas ganas de volver a vivir con nadie y un nombre nuevo, con el cual inició su carrera legal. Le gustaba por su sencillez, por las consonantes serias, duras; las tres sílabas impasibles, la impresión de solidez.

Había llegado Kate Woodcroft.

ALI

26 de abril de 2017

Ali se desploma junto a la mesa de la cocina y mueve los dedos de los pies dentro de sus medias negras opacas, apretando firmemente los talones hacia abajo. La casa está tranquila, por una vez. Diez de la noche. Los túpers del almuerzo están preparados, la cocina ordenada… o al menos, todo lo ordenada que puede llegar a estar. Los niños ya están dormidos, Ed no está, y aunque ella sabe que debería aprovechar para dormir un poco, necesita reunir toda la energía necesaria para el lío que supone irse a dormir. Además, es tan raro tener un momento para detenerse sin más… Tener tiempo para pensar…

Toma un sorbito de té, Earl Grey descafeinado, lechoso y cómodo, el equivalente adulto a la lechecita caliente que Joe todavía pide ruidosamente al irse a dormir, y que ella le prepara, si está de buen humor. No es algo que ocurra muy a menudo ahora mismo. Busca el *Guardian* del día anterior. Raramente lee los periódicos durante la semana, pero este era un ejemplar gratuito, cogido en un viaje de emergencia al supermercado. Quizá por una vez pueda ponerse al día de los acontecimientos del mundo.

Se salta la primera página y va a la tres, donde están las historias más picantes, aunque sea un periódico serio. Es un reportaje sobre el primer día del juicio de James Whitehouse. Es el caso que mencionó Kate la última vez que estuvo aquí, en esta misma cocina: el caso importante, de alto nivel, que se suponía que iba a hacer avanzar muchísimo su carrera. Al recordarlo se queda en suspenso. No la ha visto desde hace más de un mes... no, casi seis semanas. Este debe de ser el motivo. Un pinchazo de culpabilidad: tendría que haberle enviado un mensaje deseándole buena suerte. Mira el reloj. Como siempre, ella es la amiga que cree que tiene el trabajo menos importante, la que no quiere molestar. No. Si está trabajando, no hará otra cosa que distraerla, y de todos modos quizá sea ya demasiado tarde.

Examina los tres primeros párrafos, se traga toda la historia, codiciosamente, absorbiendo las acusaciones en cuestión de segundos: amante, ascensor, Cámara de los Comunes, y ese siniestro detalle que deja las cosas a un paso de ser solo un cotilleo jugoso: «violación». Qué lista Kate, haber conseguido un caso tan importante... aunque todavía le parece difícil de creer que él sea culpable. Allí está, en una foto de cuatro columnas de ancho. Su expresión es una mezcla atractiva de seriedad y confianza inspirada. No sonríe, no hay ni asomo de suficiencia en él, solo esa sensación de creer en sí mismo, intrínseca. Sabe que es inocente, sugiere su expresión, y por eso el jurado no podrá hacer otra cosa que convencerse.

Le pica el cuero cabelludo por la intranquilidad. Si es inocente, Kat está acusando a un hombre intachable. ¿Cómo podría ella hacer algo semejante? Es algo que nunca ha entendido de los abogados, su despreocupada explicación de que hay que probar la culpabilidad, no la inocencia... porque puede haber errores judiciales, ella lo sabe muy bien. Espera que James Whitehouse sea inocente. Tiene mujer e hijos,

¿no? ¿Cómo serán las cosas para ellos, ahora mismo? No se puede ni imaginar el horror que estará pasando la pobre esposa. Pero si él no fue, entonces Kate debe perder... y quedará deshecha.

Examina por encima el periódico. Solo dos años mayor que ella misma, antiguo etoniano, Oxford... ya lo sabía, vagamente. No va acompañado de su mujer. Curioso que se mencione ese hecho. El interés por la familia de ese hombre, y sobre todo por su mujer, se intensifica. ¿Quién será ella? Coge el iPad y teclea las palabras clave, sintiéndose un poco mal porque sabe que en parte quiere ver si está casado con alguna pija despampanante y espera, a medias, que ella en realidad sea fea, aunque sabe que demuestra muy poca solidaridad femenina y que es muy improbable.

Y ahí está su mujer, mencionada con algo de detalle. «La esposa del señor Whitehouse, Sophie, nieta del 6.º barón Greenaway de Whittington», y una foto suya cogida de la mano de él y mirando con altivez a la cámara: pelo largo y oscuro, ojos grandes y azules, iluminados con una potente mezcla de desdén, resentimiento y quizá hasta un puntito de miedo.

Se le revuelven las entrañas y el corazón le da un vuelco. Conoce esa cara. Conoce a esa mujer. Más madura aquí, sí, y más arreglada, pero reconocible al instante, de todos modos. La última vez que la vio fue en un comedor de la facultad, vestida con el equipo de remo, sin duda, o con una camiseta de tirantes y unos vaqueros cortados diminutos. Sería después de los exámenes finales, ese junio tan bonito que no hicieron otra cosa que pasear en barca por los parques de la Universidad. Ve a aquella chica, con la cabeza echada hacia atrás al reír, jugando al croquet en el patio interior, su voz alzándose confiada sobre las de sus iguales, una voz muy bonita, bien modulada, dulce, pero a veces estropeada por una carcajada demasiado estridente. Un grito de privilegio.

Sophie Greenaway, esa es. Una de aquellas chicas tan

guapas que pasaban sin esfuerzo alguno por la vida universitaria, que apenas perdían nada de tiempo con aquellos que
no procedían de su mismo entorno, que sabían, sin necesidad
de que se lo dijeran, casi como si lo pudieran «oler», quién
no estaba destinado a ser de los suyos. Chicas que estudiaban
historia del arte o inglés o a los clásicos, nada preciso ni útil,
ni mucho menos científico, para las cuales no era una prioridad tener una carrera profesional inmediatamente después
de la universidad, y mucho menos pagar alguna deuda. Oxford era una experiencia, de educación en sentido amplio,
aunque algunos conseguían incluso ser contables o consultores de gestión, con un pragmatismo duro, que aparecía en
ellos el último curso.

Sophie apenas habría dedicado una mirada o dos a Ali, o
Alison, como se hacía llamar entonces, en la creencia equivocada de que sonaba más adulto. ¿Por qué entonces Ali la
recordaba mejor que a otras chicas que la habían ignorado
también? ¿Por qué tenía la sensación de que había alguna
conexión con ella?

Conoce la respuesta antes de dirigirse al váter del piso de
abajo, donde se encuentra colgada su foto de inscripción en
la universidad, de una forma que espera que parezca irónica.

Y ahí está. La prueba que deseaba con desesperación no
haber visto. Escondida entre las caras inocentes de todas
esas chicas de dieciocho y diecinueve años, con sus gruesos
flequillos y su cabello suave y desvaído, esas adolescentes
vestidas de forma idéntica, con su *subfusc*, el uniforme de
los exámenes y la inscripción, la ceremonia formal al principio de su carrera: camisa blanca, corbata blanca, cintas negras para las chicas, toga negra, birretes negros, rectos en la
mayoría, y en las más seguras de sí mismas, alegremente
ladeados.

Ahí están, dos chicas, con las caras del tamaño de una
uña, una a cada extremo de una fila que corría por toda la ca-

pilla; de pie, lo recuerda ahora, en un banco. Chicas que eran físicamente muy distintas, una regordeta, otra delgada, pero que tenían los mismos temas de estudio, y compartían el mismo optimismo, esa sensación de que estaban a punto de embarcarse en tres años fantásticos. Como saltadoras situadas en el borde de una piscina, estaban preparadas para la aventura más maravillosa, y las caras de Sophie y Holly resplandecían llenas de esperanza, y no de temor.

Ella mira ahora esas caras y sabe que no debería haber ninguna conexión en el día presente. La justicia natural se lo dice así… aunque sabe poco de la ética del Colegio de Abogados.

¿Le habló Kate de todo esto? Su mente vuelve atrás, a aquella conversación en la que ella le contó que estaba acusando a James Whitehouse. ¿Mencionó alguna vez a Sophie? ¿Dijo algo parecido a: «no adivinarías nunca con quién está casado»? ¿Insinuó acaso que existía algún tipo de conexión, por tenue que fuera? Rebusca ese fragmento de conversación, esa frase de reconocimiento que le diga que todo está bien, que Kate lo tiene controlado, que todo se está haciendo abierta y legalmente, y que lo lleva bien. Y sin embargo sabe, con una certeza gélida, que le da escalofríos, que eso no ha ocurrido nunca. Que Kate no ha sacado el tema.

Se le cierra el estómago, preocupada por los motivos de esa omisión. ¿Por qué iba a ocultarle algo Kate? Quizá ni siquiera sabía que James Whitehouse estaba casado con la Sophie que ellas conocieron en la facultad. ¿Aunque ya en aquella época James saliera con Sophie? Recuerda a un remero alto, con los hombros muy anchos, con una mata de pelo que le tapaba los ojos y le rebotaba en la frente, alguien que nunca las habría mirado a ellas dos, en las raras ocasiones en que lo veían salir de la habitación de Sophie. La figura va apareciendo en su recuerdo, dejando a un lado todas las visicitudes de la vida, desde los recovecos más olvidados de su memoria. Sí, tenía que ser él.

Quizá Kate no se hubiera dado cuenta todavía; de alguna manera, no había hecho la conexión, o bien, si la había hecho, no había pensado que fuera significativa. Ella no lo conocía a «él», aunque hubiera conocido a su novia de estudiante, y por lo tanto la conexión no tenía importancia, ¿verdad?

Y sin embargo, todo eso no le suena a verdadero. Kate, con sus *post-its* de colores para organizarlo todo y sus complicados planes de trabajo, con su enfoque forense y obsesivo de cada caso, su memoria siempre impresionante, no habría pasado por alto semejante conexión. Habría descubierto, aunque al principio no se acordase, que el hombre al que estaba acusando se había casado con una chica que estudiaba lo mismo que ella en la universidad, y que incluso había sido compañera suya de tutorías. Que existía un vínculo entre ellos, por tenue que fuera, por breve que hubiese resultado.

Así que, ¿por qué no sacó el tema, ni pensó que valía la pena mencionarlo? Existía una razón posible, aunque perturbadora. El motivo de que las entrañas de Ali hayan quedado atravesadas por un hierro helado, y el miedo brote de su corazón y llegue a cada uno de sus miembros.

Se apoya en la pared del lavabo, escrutando todas aquellas caras y recordando los nombres que había olvidado hasta aquel preciso momento, personas a las que normalmente no daba importancia, un borrón de familiaridad en blanco y negro, pero que estaban allí, que fueron testigos de aquellos años dorados. Aunque para Kate no fueron dorados, ¿verdad? O para la Holly que era en aquellos tiempos. Y ve a su querida amiga enfundada en aquella sudadera poco favorecedora, con los ojos rojos y mortecinos, de una manera muy poco habitual.

Y recuerda lo que le ocurrió.

Y

Nunca le dijo a Ali quién fue. Cuando la encontró a la hora de la comida, después del ataque, solo reconoció lo que había ocurrido. Alguien de otra facultad, dijo, y Ali pensó brevemente que quizá fuese aquel chico del periódico estudiantil a quien había mencionado, Dan. Luego le conoció, un par de días después, y a Ali no le cuadró: no podía imaginar a aquel chico delgaducho, con el pelo sedoso, de dedos finos, nervioso delante de su amiga, que estaba claro que le gustaba, como un agresor, como a alguien capaz de un acto semejante.

Porque había tenido lugar una violación, estaba claro. Ali lo había comprendido. No se tiene una reacción de ese tipo si piensas que el acto ha sido consensuado. Un «aquí te pillo, aquí te mato» estando borracha, con el que sigues adelante porque es más fácil que decir que no, es una cosa. Pero un acto que la llevó a frotarse así todo el cuerpo, a sumergirse en agua dolorosamente caliente, porque después reconoció que se había lavado obsesivamente, es algo enteramente distinto. Ahí no había ambigüedad alguna.

Le dijo a Holly que fuera a la policía, o que contactase con la representante para asuntos de mujeres de la facultad, aunque ninguna de las dos sabía qué podía hacer ella, o si alguna vez se había enfrentado a ese tipo de problema. ¿Y el decano junior? Era un profesor joven de francés, supuestamente más en contacto con los asuntos de los estudiantes que ninguno de los académicos acartonados de su edificio. Pero Holly negó vigorosamente con la cabeza.

—Puede que haya sido culpa mía —susurró—. Quizá yo le di las señales equivocadas. A lo mejor fui ambigua… —Y miraba a Ali como buscando una seguridad que ella no podía darle, aunque lo intentó.

—Claro que no fuiste tú, por supuesto que no lo hiciste.

Aquellas palabras parecían inútiles. Por supuesto, Holly se culpaba a sí misma, ¿por qué iba a hacer alguien algo así, a menos que ella le hubiese animado?

Siguió negándose en redondo a ir a la policía, y Ali comprendía por qué. ¿Quién quiere hacer una escena con todo eso? ¿Atraer la atención hacia sí misma? ¿Arriesgarse a tener que volver a contar su experiencia, y que a lo mejor no la crean? Las mujeres habían empezado a acudir a aquella facultad hacía poco, y existía la sensación de que no debían marear la perdiz. ¿Por qué iba a querer ser conocida para siempre por las autoridades universitarias, sus tutores y los demás alumnos como la chica que dijo que la habían violado?

Holly se cerró en sí misma, aquella chica que había florecido tan brevemente. Que había evolucionado desde la estudiante tímida, ligeramente suspicaz, a veces incluso chusca, a una chica que aprovechaba todo lo que ofrecía Oxford y lo cogía con fuerza, con ambas manos. Dejó de escribir críticas para *Cherwell*, y de asistir a las reuniones del Partido Laborista; dejó de cantar en el coro de la facultad, donde su voz, de un contralto profundo, era muy buscada; abandonó todos los turnos nocturnos del servicio de asistencia telefónica y se retiró a su espacio al final de una mesa larga de roble en la biblioteca de lectura más baja, donde se sentaba, protegida por una barrera defensiva hecha de libros de texto. Si se aventuraba a salir por la noche, llevaba bien sujeta una alarma antiviolación, un pesado embudo que dejaba escapar una sirena muy aguda, pero raramente iba más allá de la biblioteca. Allí era donde se escondía, solo aparecía la parte superior de su cabeza detrás de la barricada de libros.

Y cuando empezó el segundo año, ya no volvió. Escribió a Ali. «Parece que Oxford no es para mí. No podía aguantarlo. Solo tú sabes el motivo.» Y esa última frase, y el recuerdo de encontrarse después, y de Holly protegiéndola a ella a principio de año, cuando la encontró semiinconsciente en el lavabo y tuvo que subirle las bragas, lavarle el vómito de la boca, apartarle el pelo, las unió mucho más intensamente que todos los buenos tiempos. Ella le contestó por carta enseguida, y siguieron en contacto. Y cuando ambas emigraron a Londres, su amistad se hizo más profunda y más fuerte aún.

Por aquel entonces ya era Kate. Se había convertido en Kate durante su ausencia, una versión más dura, más elegante e irreconocible de Holly. Había ocurrido gradualmente, pero cuando empezó su periodo de prácticas, la metamorfosis ya era completa. Esta nueva versión era más segura de sí misma que la chica que había vuelto a casa, a Liverpool, a todo correr: su voz era más profunda y más cultivada, había perdido todo rastro de acento, y solo volvía a veces un pequeño soniquete en las muy raras ocasiones en que se emborrachaba y se ponía llorona. Era pulida, arreglada, y carecía de humor. Estaba centrada completamente en su trabajo, con su pobre novio, o marido, que eso fue luego, como una prioridad muy secundaria. A Ali le dio mucha pena, la verdad: un tipo encantador, que carecía de las ambiciones de Kate, de su empuje y de su tenacidad. Estaba claro que era un hombre de buen carácter, que, según imaginaba, jamás había sufrido un contratiempo en su vida sólida de clase media.

No hablaban de lo que ocurrió aquella noche; ¿por qué iba a querer que se le recordara? Solo una vez, hacía mucho tiempo, Ali sacó el tema y se vio rechazada categóricamente.

—¿Y estás bien? ¿Por lo que ocurrió?

Kate se la quedó mirando con los ojos muy fríos.

—No quiero hablar de eso.

—Por supuesto que no. Lo siento. —Ali cambió de tema torpemente, evitando sus ojos, para que Kate no la viera mirando cómo se sonrojaba.

—Está bien. —La voz de Kate dejó pasar una grieta de luz, como si estuviera transigiendo: su tono era tan suave que Ali tuvo que escuchar atentamente para captar lo que estaba diciendo—. Sencillamente, no puedo hablarlo.

Pero si mencionarlo era enteramente innecesario, seguía estando allí, como una corriente subterránea, aunque no reconocida. Presente cuando Kate rompió con Alistair, cuando pasó sus muchos periodos estériles, y cuando se fue lanzando de una aventura breve a la siguiente.

Quizá hubiera ocurrido hacía veinte años, pero la violación de Holly había ayudado a convertir a Kate en la mujer que era. Era el catalizador que la había hecho proseguir su carrera como abogada criminalista, y el motivo de que prefiriese la acusación. Ali se daba cuenta, aunque Kate nunca lo había reconocido.

Y ahora, ¿puede ser que su dolor privado haya afectado a su juicio profesional? ¿Es concebible acaso que James Whitehouse sea el hombre que la violó… y que tenga un motivo muy personal para ejercer su acusación? Lo único que sabe Ali con toda seguridad es que, hace veinticuatro años, Kate conocía a la mujer que se convirtió en su esposa, que no lo ha revelado, y que tiene algún motivo para no hacerlo. La cuestión la irrita como una picadura de insecto, que sabe que no se debe rascar, pero que se vuelve más molesta cuanto más intenta resistirse a ella. Debe pensar siguiendo pasos pequeños y lógicos: James salió con Sophie, la compañera de tutorías de Kate, de modo que quizá la conociera; ciertamente, estaba en Oxford al mismo tiempo que ella. Pero de ahí a que ella le acuse de violación hay un gran trecho.

Sale del baño de las visitas en el piso inferior y deja la foto, con esas caras juveniles tan confiadas, e intenta pensar tranquilamente mientras el agua de la tetera hierve y, ansiando certeza y comodidad, se prepara otra taza de té. Es posible, sí, solo posible que Kate se haya callado la conexión a causa de ese motivo siniestro y vergonzoso. Nunca reveló el nombre de su violador, y su enorme reserva podría explicar esa negativa ahora también. Pero hay un temple muy duro, una tozudez, una crueldad incluso en su amiga, también, y si fue James Whitehouse quien la violó (que es mucho suponer), entonces es perfectamente capaz de acusarlo por lo que le hizo aquella noche, quizá sin preocuparse demasiado de si es culpable o no en este caso de violación.

¿Y dónde queda, en todo esto, la pobre chica que le acusa ahora? ¿Y si Kate no centra su caso en ella, sino que se ve impelida por algo totalmente distinto? Su vida quedaría destruida ante los tribunales, por el amor de Dios. Respira hondo. Seguro que Kate, la meticulosa y disciplinada Kate, no se permitirá verse arrastrada por sus emociones, sino que conseguirá canalizar su ira y usarla para ganar su caso, ¿verdad?

¿Y qué decir de Sophie? A Ali se le encoge el corazón. Pobre mujer. No es una pija estúpida, sino alguien a quien conoció hace tiempo, una mujer no tan distinta de ella misma, con ese terrible asunto en el centro de su matrimonio. ¿Cómo será vivir con él, dormir con él? La asalta un recuerdo de Sophie corriendo a través de los alojamientos, con las mejillas de un color rosa intenso mientras se refería con demasiada frecuencia a él como «mi novio». Ahora le están juzgando en el Bailey, y ella ni siquiera va a verlo. ¿Sospechará que ya lo había hecho antes? Aunque lo dude, debe de estar rezando para que se libre esta vez.

Y luego piensa en su amiga más querida, en Kate, y en cómo, si pierde, no solo habrá perdido un caso de gran repercusión. También habrá perdido la oportunidad de vengar su propia violación, de destruirle, igual que él casi la destruyó a ella.

Si se libra, su supuesta víctima quedará destrozada. Quizá el mundo de Sophie pueda recomponerse.

Pero ¿y a Kate, qué le pasará a ella?

KATE

27 de abril de 2017

*E*stá igual que entonces. Incluso se podría decir que la edad no le ha desgastado, sino que lo ha hecho más guapo aún, uno de esos hombres que mejoran con el tiempo, como un buen queso o un buen vino tinto. Las patas de gallo de sus ojos y un ligero toque gris en sus patillas indican una cierta seriedad, y su mandíbula es más firme ahora, más decidida. Ha conseguido el truco difícil de parecer experimentado y a la vez juvenil.

Su cuerpo es el de un joven, por supuesto. Todavía tiene el torso de remero: los hombros anchos, la definición de la cintura… esos almuerzos en Westminster no han creado asomo alguno de barriga, y si alguna vez han amenazado con hacerlo, seguro que la ha eliminado a base de ejercicio. Aunque se entregase a los excesos con el Club de los Libertinos, nunca he creído que fuera muy propio de él. Alguien que remaba con una tripulación de élite y consiguió el título con la nota más alta, y que se vio catapultado al rango ministerial a los cinco años de ser elegido, tras una lucrativa carrera en un campo totalmente distinto, es alguien que ejerce un fuerte control sobre sí mismo, y que es capaz de una enorme disciplina.

Simplemente le he echado un vistazo, claro, mientras entraba en el tribunal. Lo último que quiero es establecer contacto ocular con él. El temor de que consiguiera reconocerme de alguna manera todavía permanece ahí, aunque me he reinventado drásticamente. Incluso mi perfil es distinto: la nariz que tanto me desagradaba, aun antes de que él besara la punta, y que llegué a odiar después de aquello, fue afinada por un cirujano tan hábil que no puedo encontrar a la chica que yo era cuando me miro en el espejo, y cuando me visto con la peluca y la toga tengo que buscar con más insistencia aún.

Pero a medida que el caso ha ido continuando, ha quedado bien claro que él me ve simplemente como Kate Woodcroft, QC. Y mientras mis miedos se han ido tranquilizando, me he dado cuenta de que, evidentemente, él es incapaz de detectar quién soy: fui alguien muy poco memorable para él. Anónima. «¿Era Polly o Molly?», me preguntó, y nuestro encuentro no fue más que otra muesca en la cabecera de su cama. Yo fui una conquista común y corriente, que solo merecía una marca, como todas las demás, si es que volvía a pensar en ello alguna vez.

Respiro hondo, sintiendo al mismo tiempo una rápida aceleración de mi corazón y un virulento brote de ira. ¿Cómo se atreve a haberlo olvidado?, pienso, irracionalmente, o ¿es que no es consciente del daño que infligió de una manera tan casual? Con cada brutal empujón, me robó la confianza en los demás y la idea que tenía del mundo como un lugar esencialmente decente. El dolor de la violación se desvaneció rápidamente; las náuseas de la píldora del día después duraron solamente un día, pero el recuerdo de la violencia que él me infligió, al arrancarme la falda, la quemadura de sus labios, la frase que murmuró, ese regusto amargo, han perdurado. Yo pensaba que los había eliminado… y entonces Brian me tendió los documentos del tribunal, y se volvió a inflamar el recuerdo.

Rebusco entre mis notas, preguntándome qué pensara él de mí, de esa mujer de cara delgada, con peluca. No sé si me mira con interés, porque no hay motivo para que yo le mire a él. Aunque todo este juicio gira en torno a él, una de las paradojas es que, para el grueso de las pruebas, a él se le puede ignorar por completo. Nosotras, la abogada de la acusación y la de la defensa, pasaremos horas sin dignarnos referirnos a él, cuando escuchemos a los testigos que suban al estrado para dar su versión de los hechos. Ni siquiera habrá que llamarle a declarar, aunque por supuesto, Angela lo hará; sería una locura no hacerlo. Hasta ahora, y durante un poco más de tiempo, serán los otros testigos los que merecerán casi toda nuestra atención, y no él, en absoluto.

La primera que sale a declarar es Kitty Ledger. Es la amiga más íntima de Olivia, y trabaja en la Oficina Central Conservadora. Más concretamente, es la mujer que habló con el *Daily Mail* cuando se acercaron a Olivia por primera vez con rumores de una aventura. A pesar de lo que Angela Regan pueda alegar, y de lo que cree James Whitehouse, Olivia no fue corriendo a los tabloides en persona, sino que dejó que Kitty respondiera cuando los reporteros se enteraron de la noticia. Angela Regan querrá atacarla fieramente por eso, y por el hecho de que fue ella quien animó a Olivia a acudir a la policía. Mi trabajo, en parte, consistirá en establecer que ella no tenía ninguna animadversión hacia ese político poderoso y atractivo, amigo íntimo del primer ministro, un hombre cuyo partido ella quiere promover, porque trabaja en el departamento de actos electorales, y a quien sabe, intelectualmente, que debería hacer todo lo posible por reforzar. De modo que ¿por qué ayudó a poner en marcha los acontecimientos que lo han llevado al banquillo de los acusados en el Old Bailey? Seguramente lo hizo porque creía que era moralmente correcto.

Es una buena testigo. Una mirada al entrar en el estrado

te lo dice ya: una mujer joven y robusta, con el pelo oscuro, de veintitantos años con una melena corta seria, un traje azul marino muy recatado y unos modales imperturbables. En otra vida podrías imaginarla como directora de un colegio, o como matrona en un servicio de urgencias muy ajetreado. Es una luchadora nata. Ese tipo de amiga ligeramente mandona que nunca se pondría en situaciones delicadas, pero que sabe la mejor manera de responder cuando son otros los que están implicados, y que, en una crisis, se hace cargo automáticamente.

La miro y veo que aunque sea poco imaginativa, esta joven tiene un código moral muy claro, un sentido de lo que está bien y lo que está mal, entrenado, imagino (y sí, lleva una pequeña cruz con diamantes en torno al cuello, así que puede que tenga razón) por una niñez de domingos en misa. No me imagino que nada haya podido ir drásticamente mal en la vida de Kitty Ledger, pero veo que, si fuera mal para otra mujer, ella querría arreglarlo.

Habla con claridad y confianza y confirma su nombre y su relación con Olivia. Establezco que su amiga se acercó a ella el día después del incidente del ascensor.

—¿Puede describir cómo estaba?

—Estaba nerviosa, llorosa. Normalmente es bastante indiferente con las cosas… o lo había sido antes de que acabara su relación. Pero entonces estaba muy agobiada.

Ya habíamos hablado de que todo esto ocurrió una semana antes de que Kitty hablase con el *Daily Mail* y confirmara la noticia. Al acceder a ello, ¿pretendía vengarse Olivia?

—No. Ella estaba enfadada con él. —Veo que Angela toma nota, por el rabillo del ojo—. Se sentía utilizada. Pero era algo más. Como si se culpara a sí misma por el hecho de que él le hiciera eso, tanto como le odiaba por su conducta. Decía que se sentía sucia. Como si todo fuera culpa suya.

SARAH VAUGHAN

Mencionamos el hecho de que Kitty pinchó a su amiga para que le diera detalles. La puedo ver haciéndolo: con sus ojos castaños muy abiertos por el horror del hecho, un brazo en torno a la amiga, como si fuera una hermana mayor, protectora, el tono alternando entre la indignación al pensar que él hubiera sido capaz de hacer eso y una simpatía amable y persuasiva.

—¿Quién sacó el tema de la violación? —Tenemos que abordar esto de inmediato.

—Pues fui yo. —Kitty no se arrepiente de nada; con la cabeza muy alta, el pecho erguido—. Después de lo que me contó, de que le había roto las bragas, y me enseñó ese mordisco, después de lo que me dijo que la había llamado... —Parece asqueada—. Yo le dije: «Te das cuenta de lo que te ha hecho, ¿verdad?». Ella dijo que sí, y se echó a llorar. No dijo la palabra.

—¿Y usted sí?

—Sí. —Noto un escalofrío que corre por todo el tribunal—. Le dije: «Te ha violado. Tú le dijiste repetidamente que no querías, y él te ignoró. Eso es violación».

—¿Y qué pasó entonces?

—Pues que siguió llorando. Dijo que ella pensaba que él la amaba. Que no podía creer que le hubiera hecho aquello. «Sé que es difícil de creer», dije, «yo misma apenas puedo creerlo tampoco, pero James te lo ha hecho».

—¿Y discutieron qué acciones debía emprender, si es que debía emprender alguna?

—Yo sugerí que acudiera a la policía. Ella se resistía mucho, al principio. Creo que quería que las cosas se arreglaran, de alguna manera. No quiso hacerlo durante dos semanas.

—Eso fue el lunes 31 de octubre, nueve días después de que la noticia apareciese en el periódico.

—Sí. —Se niega a dejarse amilanar por eso—. Solo hablé con el periódico cuando vinieron a verme y me preguntaron

226

por los rumores sobre su relación… y yo les confirmé que habían tenido una aventura, pero no mencioné nada de esto.

—Creo que citaron a «una amiga» que decía: «La trató muy mal. Ella estaba enamorada, y él abusó de su confianza». ¿Fue usted?

—Sí. Fui yo.

—¿Y qué quería decir usted con eso de «abusó de su confianza»?

—Que se aprovechó de ella. La trató muy mal. No dije nada de violación… ni de ataque sexual. Ella no quería que lo hiciera de ninguna manera y, por supuesto, legalmente yo no podía. Creo que, de alguna manera, Olivia todavía esperaba que él se disculpara… y que pudieran arreglarlo todo.

—¿Que pudieran arreglarlo? —Levanto una ceja. Tenemos que afrontar la suposición de que Olivia estaba manipulando la situación, y que fue a los periódicos, a través de Kitty, esperando propiciar una reconciliación amorosa.

—No que volvieran a salir, sino que pudieran trabajar juntos. Ella encontraba imposible trabajar en aquella oficina después de lo que él había hecho.

—¿Pero no ocurrió así?

—No. Él se puso furioso por la noticia del periódico, que entendía que ella había sacado por venganza. Se negó a atender sus llamadas o incluso a hablar con ella. Y Olivia se dio cuenta de que nunca se disculparía por lo que le había hecho. Él no creía que hubiera hecho nada malo. Por eso tardó algo de tiempo en llamar a la policía; necesitaba procesar adecuadamente lo que había ocurrido, y aceptar que no se podía resolver ni mejorar antes que acudir a la policía.

Angela intenta desestimarla, por supuesto. Adopta un enfoque mucho más dogmático que con Olivia. Una luchadora de peso pesado contra otra, calentando para encajar algunos golpes… y no serán golpes de refilón. Incluso su postura cambia: los hombros mucho más rectos, el pecho fuera. Dos mujeres de mundo, parece decir su postura, ambas seguras de sí mismas, ninguna dispuesta a ser menospreciada, luchando cada una por su propia percepción de la verdad.

Esta Kitty es una figura calculadora, según la versión de Angela de los hechos. La amiga mojigata que desaprobaba la aventura de Olivia con un hombre casado y estaba dispuesta a lanzarse a emitir juicios, la buena samaritana, que guardaba rencor al ministro que una vez admitió que era «guapísimo», pero que no se fijaba en ella (¿y por qué iba a fijarse?) en las ocasiones en las que se habían visto. La mujer joven que introdujo la idea de la violación, la que primero pronunció esa fea palabra, la que intentó exponer a la vergüenza pública en los periódicos al político… —«¿abusó de su confianza? Lo que quería decir era: la violó, ¿verdad?»— y que siguió insistiendo a su amiga afligida hasta que, dos semanas después del incidente, esta finalmente se desmoronó bajo la presión de sus interrogantes incesantes y fue a la policía.

Su Señoría la interrumpe: le pide a Angela que haga preguntas, y no comentarios, y se asegure de que Kitty puede responder a cada asunto que se le plantea. Las imputaciones se arremolinan, arriesgándose a nublar las pruebas presentadas por Kitty, mucha agua turbia y encharcada. Angela se anota algunos puntos: sí, Kitty desaprobaba la aventura y no tenía buena opinión de James Whitehouse, aunque la afirmación de Kitty («pensaba que él era un canalla») hace sonreír a algunos jurados. Insinúa que había algo lascivo en su interés. «¿Por qué fue tan rápidamente a meterle prisa a la señorita Lytton para que creyera en el peor de los panoramas posibles? ¿Por qué interfirió?»

Y sin embargo, no creo que todo este barro persista. Veo al jurado intentar anticipar su respuesta, veo al hombre que posiblemente será portavoz fruncir el ceño a Angela en ese momento, y a la señora Cara Naranja poner los ojos en blanco como diciendo: «Oh, venga, por favooooor». Ayuda mucho que Kitty parezca imposible de aplastar. A nadie le gusta ver un acoso. Y aunque Kitty difícilmente se puede considerar desvalida (demasiado convencional, demasiado educada, demasiado pija), hay algo atractivo en esa valiente forma que tiene de no dejarse intimidar por mi colega letrada, esa mujer de peso envuelta en ropajes negros.

—No —insiste, en el momento culminante—. Yo le dije que fuera a la policía porque él la había violado. —Y su voz, la voz de una joven que ha tenido mucha suerte en la vida, sí, pero que nunca consentiría en plegarse al punto de vista de otro si no la convenciera; la voz de una mujer que no se deja acobardar para decir algo en lo que no cree del todo, suena alta y clara.

El chico de Essex sonríe, una sonrisa que lleva una sombra de amenaza y que está dirigida al banquillo, donde está sentado James Whitehouse, y no a la mujer en el estrado de los testigos, que ha contribuido a ponerlo ahí. Junto a mí, Angela se sienta de golpe, con su larga toga y su superioridad moral, con solo un asomo de mal humor, y la boca como una línea tensa e impenetrable. Sabe que podría haberlo hecho mejor para su cliente, que no ha manejado a esta testigo de una forma que ayude al caso, y que la afirmación de Kitty («él la violó») ha resonado en la sala del tribunal y será una prueba que el jurado recordará durante sus deliberaciones. Se me ensancha el corazón y empiezo a tener esperanza.

El día va transcurriendo, un día breve, porque el juez tiene una audiencia preparatoria y un par de sentencias de las que ocuparse esta tarde.

—Si no les importa, nos saltaremos la sesión de esta tarde y llegaremos bien temprano mañana —dice al jurado, y todos sonríen como niños a los que se dice que han cancelado el colegio, porque el caso les está empezando a pesar un poco, la necesidad de concentrarse en las pruebas, de escuchar atentamente mientras se desenreda la madeja de la historia, y las distintas versiones se encuentran expuestas como fragmentos de lana y de seda bordada, hilos del color y la textura errónea que nunca podrán entretejerse en un conjunto convincente.

Primero, sin embargo, tienen que escuchar la declaración policial de James Whitehouse, las palabras que él pronunció cuando se le acercaron dos oficiales de policía y le advirtieron. El sargento detective Clive Willis, el oficial a cargo, sube al estrado: con la cabeza alta, la voz muy clara, porque es el caso más importante de su carrera hasta ahora.

Mi pasante, Tim, debería estar leyendo en voz alta la declaración policial, pero le han llamado para otro caso, de modo que el sargento Willis y yo representaremos los papeles de oficial y acusado, yo pronunciando las palabras en un tono lo más rápido y neutro posible, leyendo la declaración, ligeramente recortada, a mi paso habitual, de una página por minuto.

El sargento detective Willis es un hombre muy agradable, pero es justo decir que parece un detective cuando desgrana las pruebas: con esa expresión especialmente inexpresiva, como si no pudiera concebir algo emocionante, o mucho menos arriesgarse a pronunciarlo. Las preguntas que hizo a un político prometedor sobre un delito grave no parecen tener más interés que el pronóstico marítimo o la lista de la compra. Sin embargo, las palabras tienen su propio dramatismo, y se me tensa el cuero cabelludo al revelar lo que le dijo a James Whitehouse cuando fue advertido, unas palabras que todos los miembros del jurado reconocerán, si alguna vez han visto un programa de detectives en televisión.

—No tiene usted que decir nada, pero puede perjudicar a su defensa que no mencione cuando haga esta declaración algo que posteriormente se presente ante el tribunal —entona, y su voz finalmente se eleva llena de confianza y sentido de la oportunidad—. Cualquier cosa que diga podrá ser utilizada como prueba.

Espero un par de segundos y dejo que el significado de esas palabras penetre en los jurados, y los veo animarse al reconocerlas, a medida que las frases resuenan en la sala.

—¿Y dónde lo arrestaron ustedes? —pregunto.

Y el sargento Willis hincha el pecho, al recordar y transmitir el dramatismo del momento y la incongruencia del entorno.

—Justo ante la sede del Parlamento.

Aunque acabamos a la hora de comer, me siento exhausta cuando terminamos de leer la declaración policial. Quizá sea el proceso de leer en voz alta durante media hora, o quizá el esfuerzo de no traicionar mi frustración mientras recito la melosa y creíble versión de James Whitehouse de lo que ocurrió. Se me llena la boca de algodón, intentando articular las palabras; notando la cadencia de sus frases, reparando en la facilidad fluida con la cual desgrana su historia. La ha explicado con tanta facilidad que resulta totalmente creíble.

Según asegura, Olivia miente, por supuesto. Ella nunca le dijo que parase mientras hacían el amor en el ascensor; fue ella quien lo inició todo… igual que había hecho muchas otras veces antes. Está seguro de que todo es un malentendido que se puede solucionar. Y luego un asomo de crueldad: los policías ya saben que él había terminado la relación, era un hombre casado, había sido un error desgraciado, se lo debía a su mujer e hijos… y ella se lo tomó muy mal. Fue a los periódicos. Francamente, y aunque le duele decirlo, y lo dice con más pena que ira, ahora está preocupado por la salud mental de ella. Nunca ha sido tan firme como él pensaba; tuvo un brote de anorexia de adolescente, ese perfeccionismo exagerado que la había convertido en una investigadora excelente, pero que indicaba también una falta de equilibrio; y cómo yendo a los periódicos no había obtenido el resultado esperado, que él no abandonara a su mujer como ella quería, esta «fantasía» tan clara.

Sus despreocupadas negaciones salen de mi boca. ¿Se las estará creyendo él? Un político que está tan seguro de sí mismo y de su versión de la verdad es totalmente subjetivo, ¿es su verdad la única que «quiere» creer? ¿O bien es la respuesta fácil de un mentiroso que sabe perfectamente que está mintiendo? Pronto lo averiguaremos. Porque mañana los bancos de la prensa y la galería del público estarán repletos para el acontecimiento principal, y yo pondré a prueba esas afirmaciones con mi turno de repreguntas. Mañana, James Whitehouse dará testimonio. Y yo me enfrentaré al fin con él.

SOPHIE

27 de abril de 2017

*L*os charcos de barro en las calles de Devon son como chocolate deshecho derramado; bajan de las colinas y gotean desde los setos donde brillan el espino y las zarzas.

A los niños les encantan. Los charcos como de arcilla roja que se extienden por toda la carretera llena de baches y que reclaman a gritos a Emily y Finn para que se salpiquen de agua el uno al otro, esas gotas gordas, que perlan los pantalones y chaquetas impermeables.

—¡Me ha dado! ¡Eh, me has dado! —El tono de superioridad moral de Emily se transforma en otro de deleite cuando se venga y salpica a su hermano, chapoteando con las botas de agua rojas y luego levantando las piernas, mientras el agua de los charcos corre por el asfalto embarrado, y luego forma remolinos y gira.

Sophie los mira y no les dice nada, por una vez. No le dice a su hija que intente no mancharse, porque ¿qué importa en realidad? Están demostrando un abandono casi histérico. Em ha vuelto a ser una niña pequeña, Finn se muestra mucho más atrevido y libre que cuando está en casa. Ahora viven siguiendo las normas de Devon.

Las normas de su abuela ligeramente excéntrica, bebedora de cerveza, porque Ginny ha dejado los gin-tonics de los que sacó el nombre y ahora hace su propia cerveza de ortigas. O más bien las normas habituales se han relajado hasta el punto de abandonarlas. No hay colegio, ni rutina, ni Cristina, ni papá. Solo su madre sigue siendo una constante, e incluso ella, es la primera en admitirlo, no se está comportando como haría habitualmente.

Llevan ya dos noches allí. Son menos de cuarenta y ocho horas, desde que Sophie inesperadamente los recogió del colegio y se los llevó a aquella visita sorpresa a Devon. El cuarto día del caso, el tercero de las pruebas. Un día en que la carísima abogada defensora de su marido iba a destrozar más decisivamente la acusación contra él. Ay, Dios, espera que lo haga. Cruza los dedos en un tic involuntario, y los descruza otra vez. No hay necesidad alguna de ser supersticiosa, y sin embargo no puede pasar por alto nada, se agarraría a cualquier cosa.

—Venga, vamos a la playa —llama a los niños, porque anhela de verdad el ejercicio, una caminata vigorosa, no vagabundear sin rumbo. Caminan torpemente, con las gotas de agua golpeándoles las piernas y empezando a arrastrar los pies, cuando la novedad de su chapoteo se desgasta y se calientan más.

Emily se detiene y le tiende el gorro a Sophie para que lo lleve ella.

—No. Tú lo has querido traer, pues ahora lo llevas tú, Em.

Su hija hace una mueca de disgusto, un mohín en el labio inferior que sobresale.

—No —insiste ella.

—Vaaale —suspira, cogiendo la suave lana con sus dibujos de *jacquard* y se lo mete bien apretado en el bolsillo de la chaqueta, con el evidente desconcierto de Emily. No quiere pelearse. Toda su energía emocional está concentrada en mantenerse a sí misma y a los niños juntos, y en pasar los siguientes días.

Porque esta noche tiene que volver a Londres. Angela quiere sacar a James al estrado, y si él testifica, ella tendrá que estar ahí apoyándole, aunque sea en casa, si no puede acudir al tribunal. Es el trato al que llegó después de una directa conversación con Chris Clarke, que dejó bien claro que, si continuaba ausentándose, las posibilidades de que su marido se rehabilitara políticamente tras una absolución se harían más escasas todavía. Ella estuvo a punto de decir que le importaba un pimiento la rehabilitación política de James, en aquel preciso momento. Está demasiado preocupada por las noticias del juicio, y por si es probable que se libre o no.

Hace una mueca. Tiene el interior de la boca dolorido, como si tuviera una llaga. Pero no, es que se lo ha mordido. Se pasa la lengua por los bordes rugosos y salientes y nota el sabor salado de la sangre.

No es de extrañar que esté tan estresada. En cuanto los niños están en la cama, se engancha a las noticias de la BBC y los periódicos *online*, leyendo todo lo que puede del caso en el cual el supuesto delito de James se anuncia con mucho bombo y platillo, y se le concede absoluto anonimato a Olivia: sin nombre, sin cara, su trabajo no identificado... cosa que deja algunos agujeros en la narración de los periódicos, como por ejemplo cómo llegó la señorita X, o «la supuesta víctima», como siguen refiriéndose a ella, a aquel ascensor. Está obsesionada con las pruebas. Algunas (el hematoma, incluso las medias desgarradas) puede pasarlas por alto. James es un hombre apasionado: un mordisco demasiado fuerte, unas medias rotas, unas bragas desgarradas, todo es posible y comprensible, ninguna de esas cosas es siniestra, ya que ocurrieron en el calor del momento. Él deseaba a Olivia, después de todo.

Traga saliva intentando mantener la racionalidad, felicitándose por mantenerse tan tranquila y no pensar en las bragas, negras, delicadas, descaradamente sexy, ese tipo de ropa interior obvia que enciende tanto a James. Se fustiga por obsesionarse con esto, pero no puede evitar fijarse en un detalle. Esa horrible frase: «Qué calientapollas». No es algo que diría James, jamás. Así que ¿por qué no puede olvidarse de ello sin más? Quizá sea el temor a que otros lo imaginen diciendo eso, que crean que es capaz de ser así de malo y vulgar. O quizá porque él ciertamente ha usado una expresión parecida despreocupadamente. No con ella, sino con otros hombres. «Qué gilipollas son», decía de Matt Frisk y Malcolm Thwaites. Quizás incluso de Chris Clarke. Un rechazo displicente. Pero nunca usado en relación con las mujeres o de una forma sexual. Nunca «calientapollas». No es lo mismo, ¿verdad? En absoluto...

Tiene que dejar esto.

—¡Vamos! A correr —llama a los niños, y sube las dunas de arena intentando sacudirse la ansiedad que la devora. El viento sopla con fuerza ahora, una brisa intensa costera que enrojece las mejillas de Finn y hace sonreír a Emily, nada cohibida, mientras escalan las resbaladizas dunas y luego se dirigen hacia el mar.

Ella abre camino a través de los restos de la costa, madera de deriva, cabos de pesca, alguna botella de cristal sin mensaje, y luego mira el paisaje, intentando vaciar su mente de preocupaciones. Una pequeña isla surge del agua, separada de la tierra en todo momento, excepto con la marea baja. Burgh Island, el lugar donde Agatha Christie se ocultó para escribir *Diez negritos* y encontró la reclusión exigida por la novela. Si pudiera aislarse de la misma manera...

Lo ha intentado. Ah, sí, lo ha intentado. No hay tiendas en este valle, ni wifi, de modo que de día ha conseguido evitar todas las noticias y los e-mails, fingiendo, al menos ante los niños, que los acontecimientos que tienen lugar en el tribunal dos de Bailey no existen. Pero hoy no lo está consiguiendo. Anoche estuvo encorvada sobre el portátil, con un enorme gin-tonic a su lado, porque su madre no ha abandonado del todo su antigua bebida favorita, con un nudo frío en el estómago mientras leía compulsivamente. El miedo se difundió por sus entrañas y bajó por sus miembros. Lo que se describía: el hematoma, las bragas rotas, ese horrible, amenazador desaire... bueno, la horrorizó completamente.

Va a dejar aquí a los niños. No hace falta que los vuelva a llevar a Londres, obligarlos a experimentar lo que ella tiene que pasar. La posibilidad de que él no sea absuelto, el temor (que la habita en todos los momentos de vigilia) de que el testimonio de Olivia sea creído, y su marido sea convicto de violación.

Se le cierra la garganta. No puede creerlo. No se permitirá a sí misma creerlo. James puede ser un hombre apasionado, un hombre enérgico, incluso algo contundente sexualmente... alguien que quiere sexo con mucha mayor frecuencia que ella, y a veces incluso le da la lata con ese asunto, si ha de ser completamente sincera. Pero siempre se ha detenido cuando ella le ha dicho que no, y siempre lo ha aceptado cuando ella no ha querido.

Los niños corren por la playa. Dos manchas rojas y azules como cometas atrapadas por la brisa, y rugientes, dando vueltas y zumbando con una energía feroz. Su corazón se ensancha y verlos la tranquiliza, porque estos son los hijos de él, y la tranquilizan de tal modo que de repente está llena de certeza: alguien implicado en su creación nunca sería capaz de violar a nadie.

Esta pesadilla no es más que la venganza de una mujer burlada, que fue a los periódicos y luego se metió en aguas mucho más profundas aún, y la Fiscalía de la Corona forzó un caso aunque, tal y como insinuaba ella ayer en las repreguntas, o como decide contemplar Sophie las pruebas, posteriormente tuvo reservas al respecto.

«Yo le amaba y le deseaba», eso fue lo que reconoció Olivia, cuando le preguntaron por los momentos en el ascensor. Sophie sabe lo que es desear a James. Comprende también sus intensos y duros celos al pensar en él con otra mujer, y la humillación que habrá provocado que ella, fatalmente, estúpidamente, busque la dulce y rápida gratificación de la venganza.

El caso nunca tendría que haber prosperado. Eso es lo que dirán siempre, cuando lo absuelvan. Ya casi puede oír a Chris Clarke practicándolo. Ensayando una declaración escueta que echará la culpa a una fiscalía que tuvo la audacia de proseguir con un caso sin motivos, porque se consideró políticamente oportuno, mientras incontables criminales «reales» han quedado sin ser detectados y sin castigo.

Camina más deprisa, fortalecida por esa idea, y piensa en algunas de las cosas que experimentó antes de su matrimonio. Lo desdibujado del consentimiento, en la época de las fiestas de los dos últimos cursos del instituto, cuando los chicos lo intentaban todo y a veces era más fácil decir que sí, sencillamente. No está diciendo ahora que esos chicos tuvieran razón, y le parecería odioso que a Em tuviera que pasarle lo mismo, pero en aquellos tiempos también pudo haberlos acusado de violación, o al menos de agresión sexual, cuando en realidad de lo que eran culpables era de una exuberancia egoísta, y de lo que ella era culpable, porque también fue cómplice en todo aquello, fue de falta de comunicación. De incapacidad de ponerse ante ellos y decir: «No quiero esto. Por favor, no me lo hagas».

Ella es muy consciente de la definición legal de violación. De que solo se puede probar si el jurado queda convencido de que su marido sabía, en el momento de la penetración, que Olivia no consentía. ¿Y por qué iba a hacerlo James, si lo sabía? Podía ser apasionado, descuidado, enérgico, pero no brutal, y Olivia ha admitido que le deseaba, y que ambos chocaron, que el beso fue consensuado, que ella se metió voluntariamente en el ascensor.

Su corazón se aligera al repasar todos estos hechos. Este es un ejemplo de corrección política que se ha desquiciado. Ya se imagina los titulares del *Daily Mail* después de su absolución, e intenta sonreír mientras camina por la playa hacia sus hijos, que ahora están arrojando trozos de pizarra hacia el mar de color gris plomo. Su marido está lejos de la perfección. Envía mensajes ambiguos. Le ha sido infiel, sí, ha sido incluso insensible, porque no le cabe duda de que no tenía intención alguna de reanudar su relación con Olivia, y que en aquellos momentos la estaba utilizando. Pero no es un violador. El sentido común, y la ley, dictan que tiene que ser exonerado de esa acusación que puede destruirle la vida, ¿verdad?

Se sentirá mucho mejor cuando le vea. Cuando hablen, cara a cara, y ella pueda leer la expresión de sus ojos claramente. Los periódicos siempre serán sensacionalistas, y se centrarán en los detalles que distorsionan las cosas. «Qué calientapollas.» Nota en sus propios labios la amenaza de esas palabras.

—¡Mamá, mamá! —La voz de Em la saca de sus pensamientos, al llegar junto a los niños, que están buscando tesoros en la costa. Ella tiene en la mano algo que parece una diminuta concha de berberecho, pero ensangrentada.

—¡Mira! —Em le dirige una sonrisa que no le resulta familiar—. ¡Se me ha caído el diente que se me movía!

Coge el diente perlado de su hija, prueba de que está perdiendo ya los últimos restos de la primera infancia, y de que está creciendo con rapidez.

—¿Me traerá algo en Devon el Hada de los Dientes? ¿Será como Papá Noel?

Mira a Em de cerca. Tiene nueve años. Demasiado mayor para creer tanto en el Hada de los Dientes como en Papá Noel, aunque es astuta, y sabe que solo obtendrá brillantes monedas y calcetines llenos de cosas si finge que aún cree en el mito. O quizá sea como su madre: decidida a creer en algo porque es la explicación más feliz, aunque sea la menos creíble. Emily cree en el Hada de los Dientes, igual que Sophie cree que James jamás habría usado esa frase, porque es lo que quiere creer, desesperadamente.

Se aclara la garganta.

—Estoy segura de que sabrá encontrarte —dice, demasiado alegre—. Quizá puedas escribirle una carta para ponerla debajo de tu almohada, explicándole que sigues siendo tú, aunque no estés en casa…

—Pero ella ya lo sabrá, de todos modos —dice Finn, con la cara llena de la típica confusión de los seis años—. Acuérdate, reconocerá bien el diente porque es Tabitha, el Hada de los Dientes especial de Em.

—Claro, claro que lo sabrá. —Había olvidado la intrincada telaraña que había fraguado el verano anterior, cuando la niña perdió un diente en Cornualles—. Qué tonta es mamá, se le había olvidado.

«Hay que ver las mentiras que contamos —piensa— para facilitar las cosas, para hacer la vida más digerible. Papá Noel, el Hada de los Dientes, un marido que nunca violaría a alguien a sabiendas… y además él no podría, sencillamente, sería incapaz de decir jamás una frase así a otra mujer, una mujer con la cual había tenido sexo antes.»

Abraza a su hija, notando las costillas de la niña debajo del forro polar, sin asomo alguno de cintura. No parece que algún día vaya a ser una mujer, y aspira el suave olor de su pelo, queriendo detener físicamente su crecimiento y que no se haga mayor.

—¿Por qué me abrazas? —se retuerce Em, quisquillosa, suspicaz.

—¿Es que tengo que tener un motivo? —Sophie se aparta con una sonrisa, entristecida ante la respuesta de su hija, pero decidida a seguir en tono desenfadado—: Ah, a lo mejor es que no te había abrazado bastante hoy…

—Ni a mí. —Finn se mete serpenteando entre las dos. La rivalidad entre hermanos y su necesidad de ser amado son las fuerzas que le guían, que aseguran que, una y otra vez, esté siempre metido en todos los abrazos.

Durante un momento largo y dulce se quedan allí de pie, mientras la marea lame sus botas de agua, con las manos de Em en torno a su cintura, la cabeza de Em metida entre sus pechos, los brazos de ella en torno a los dos. Luego se aparta. No quiere asustarlos. No debe abrumarlos con emociones, desgastar su amor por ellos, sino que debe controlarse, por el bien de ambos. Y por el suyo propio.

—Vamos —ordena, levantando la vista y sacudiéndose los vaqueros, tardando un poco más de la cuenta para evitar la mirada inquisitiva de Em, para rehacerse, y volver a ser la mamá firme y sensata de siempre—. Vamos a guardar bien ese diente, y nos marchamos ya. Es hora de tomar un chocolate caliente. Parece que va a llover.

Como si le dieran pie, el cielo color carbón se pone a rugir y la arena se ve salpicada por gruesos goterones que puntean la playa, volviendo de oro la arena rubia. Los niños miran al cielo, sin palabras, y echan a correr.

—¿Quién vuelve primero? —los azuza ella.

Emily va delante; Finn, frenético por llegar a su altura, como siempre. Un chillido seguido de un estallido de risas recorre la playa.

Ella tiene que intentar imitar su infantil habilidad de vivir el momento, aferrarse a los instantes de felicidad y quedarse allí, bajo la lluvia, en la playa de Devon. Y así sigue, con los pies hundidos en los montículos de arena, las mejillas lamidas por la lluvia resbaladiza, intentando ignorar las náuseas en la boca del estómago, la frase que se repite como un mantra, con una sonrisa fija en el rostro y su corazón como un guijarro de dolor.

KATE

27 de abril de 2017

*Y*a es por la tarde cuando cojo la llamada de Ali. Noto que su número relampaguea en mi móvil de camino a Middle Temple, justo después de las siete de la mañana. El cielo está de un azul evasivo mientras el Strand se va desperezando, tras una noche de sueño incómodo. Me he pedido un cappuccino doble, y un chocolate caliente con sobrecitos extra de azúcar para dejarlo junto al saco de dormir de color verde oliva, acurrucado en la entrada de una tienda. La chica no se ha movido, y yo he examinado su silueta pequeña y encogida para comprobar que respiraba, porque la noche había sido fría: las temperaturas cayeron por debajo de la congelación. Al agacharme, he notado los dedos de los pies entumecidos, metidos en las finas medias y los zapatos del tribunal. El frío del pavimento gris me traspasa. Solo cuando noto un débil movimiento, un ligerísimo temblor, me aparto.

No he tenido tiempo de escuchar el mensaje de Ali hasta entonces, porque estaba demasiado concentrada en pensar en las pruebas aportadas por Kitty Ledger y en una rápida sesión preliminar anterior al juicio que tengo a las diez. El icono del buzón de mi móvil registra un puntito rojo, pero he tomado nota de que había dejado un mensaje. He pasado las primeras horas de la tarde preparándome para las repreguntas de James Whitehouse, y solo después de terminar he apretado el botón, esperando una alegre sugerencia para cenar, o quizá vernos para tomar algo, porque ha pasado más de un mes desde que nos vimos, y a ella se le da bien eso de seguir en contacto, mucho mejor que a mí con mi tendencia, cuando me abruma el trabajo, a dejar aparte mi vida social y recluirme. Pero también había tres llamadas perdidas, algo raro, porque ella sabe que no cojo llamadas personales cuando estoy en el tribunal, y tres mensajes cortos. Los escucho y se me acelera el aliento cuando oigo su voz, tensa por la ansiedad, y cada vez más quejosa, como si estuviera desesperada por tranquilizarse.

«Kate. Es por tu caso, el de James Whitehouse. ¿Puedes llamarme?». Y luego: «Kate, por favor, ¿puedes llamarme? Es importante». Y por último, a las seis de la tarde, más o menos la hora en la que normalmente ella estaría recogiendo a Joel y Ollie de las actividades extraescolares, un mensaje mucho más formal: su voz irritada pero con un toque herido, diciendo que la he estado ignorando todo el día. «Kate. Ya sé que estás muy ocupada, pero tengo que hablar contigo. ¿Puedo ir a verte esta noche?» Y luego un pequeño suspiro, como si yo fuera uno de sus hijos y no pudiera contener su decepción. «Creo que es importante, Kate.»

Así que lo sabe. Miro por la ventana de mi despacho georgiano y al otro lado del patio, hacia los demás, en este aire enrarecido. El cristal está salpicado por gotas de lluvia, prueba del breve chaparrón que me ha empapado cuando he salido del taxi y corrido hacia la oficina, maniobrando con mi maleta con ruedas llena de documentos, mientras las nubes de tormenta teñían el cielo de media tarde de un oscuro color ciruela, como un hematoma que se va asentando y que tarda en desvanecerse. Observo las gotas caer, y pienso que en la facultad estaría mirando por las ventanas de la biblioteca, esos cristales elegantes que ofrecían una vista hacia otros mundos, y que me permitirían mirar a aquellos que no podían entrar, y pienso que mi elevada posición aquí me deja hacer lo mismo. Encerrada en el corazón del sistema legal británico, en el corazón de este laberinto de edificios georgianos, estoy completamente a salvo.

Y entonces pienso que James Whitehouse debe de haber pensado que estaba protegido de la misma manera, en un lugar mucho más fortificado y aislado: la Cámara de los Comunes. Seguro en el mismísimo corazón del sistema político, ocupado creando y votando nuestra legislación, nada menos. Pienso en la protección que le ofrece su posición, y luego en cómo puede acabar desenmascarado por fin, expuesto por las mismas leyes que él y sus predecesores ayudaron a crear. Que su estatus ministerial no puede impedir que tenga que estar en el banquillo del Old Bailey, respondiendo como los reincidentes más prolíficos y aparentemente amorales. Los criminales que rompen los mayores tabúes de la sociedad. Los asesinos, los pedófilos y los violadores.

Pienso que no siempre se hace justicia. Que un reciente informe de la fiscalía reconocía que en tres cuartas partes de los casos hay problemas de exhibición: la cuestión crucial de si se proporcionan todas las pruebas requeridas por la administración de justicia, pruebas que pueden ayudar a la defensa o socavar a la acusación, y si esa revelación llega demasiado tarde o es incompleta.

Todos los que trabajamos en el sistema criminal de justicia sabemos de juicios que han fracasado porque resulta, ya un poco tarde, que un testigo estrella se ha contradicho, y no es tan fiable como presumíamos, o porque de repente aparece una información (quizá recogida en los medios sociales) que contradice el caso de la Corona. Todos tememos que las pruebas no localizables queden metidas en una caja en algún lugar: el oficial de exhibición de la policía y el abogado de la fiscalía no han tenido el tiempo de revisarlo todo y de ponerlo en la lista de material no usado. Como esas posibles pruebas se envían a los abogados, no es imposible que se pierda algún material, que quede abandonado en una sala de correo o por un mensajero. Pueden ocurrir fallos injustos en la precipitación por acelerar el proceso judicial, que por otra parte es algo bienvenido.

Pero es un arma de doble filo. Si hay problemas con la exhibición de pruebas, un caso puede ser rechazado por argumentos legales, antes incluso de poder ofrecer las pruebas, y eso significa que personas que son culpables con toda seguridad pueden «librarse» por tecnicismos legales. Y creo que no podría soportar que eso ocurriera aquí. Que, aunque hay un pequeño margen de duda en el caso de Olivia Lytton, porque ella admite que entró en el ascensor con James Whitehouse, le besó voluntariamente, que al principio todo aquello le pareció bien, existen pruebas que se van acumulando: el hematoma en el pecho, las medias desgarradas y las bragas rotas, esa frase con la cual él la despachó, tan dolorosa como la penetración, por su absoluto desprecio.

Puedo oírle susurrándola ahora, con esa voz dulce como la miel que podría ser adorable, pero que en este caso no lo es en absoluto.

—Qué calientapollas.

Y sé, hasta lo más profundo de mis huesos, que él se lo dijo en el ascensor.

Los testigos no se inventan esas cosas.

Además, es exactamente lo mismo que me dijo a mí.

ϒ

Nos reunimos al fin en mi piso de Earl's Court. En un sitio al que Ali apenas viene, porque desde Chiswick es una paliza, aunque estoy en el lado correcto de la ciudad. He comprado unas ensaladas de Marks & Spencer, aunque no tengo nada de hambre: mi estómago es un nudo de ansiedad y de bilis arremolinada, en lugar de los pinchazos de hambre que normalmente siento a las ocho. Me pongo una copa bien llena de vino y miro las agujas blancas que se pegan al cristal por el interior. Está frío y sabe a néctar. Un Sancerre muy aromático. Doy otro trago codicioso y me siento muy tiesa al borde de mi butaca, el cuero pulido todavía brillante, porque, como todos mis muebles, es relativamente nueva: no es la butaca de cuero desgastada por el uso que anhelo, con marcas que hacen pensar en un largo linaje y que huele a antigüedad. El asiento está tapizado muy tirante, y me resulta difícil relajarme.

O quizá me cueste relajarme porque sé que he hecho algo malo... al menos según el código de conducta de mi profesión. Lo supe en cuanto Brian me dio el listado de los documentos legales, mi *billet doux*, a pesar de la falta de cinta de tela rosa, al leer «R v Whitehouse» en la cubierta.

La acusación tiene que revelar cualquier cosa que pudiera socavar su caso, o ayudar a la defensa desde el principio del proceso judicial, y tiene el deber constante de hacerlo a lo largo de todo el juicio. Y creo que está bastante claro que litigar contra un acusado al que conoces, aunque él quizá no se acuerde de que te conoce, es un abuso del proceso. ¿Y si crees que te violó? Bueno, pues ya se ve lo que podría parecer.

El Comité de Normativas de la Abogacía, el organismo que enjuicia a los abogados, no estipula que no puedas acusar a alguien a quien conoces. Quizá se considere que no hace falta decirlo. Pero no hay ambigüedad alguna en cuanto a que los abogados tienen que comportarse de tal modo que la justicia no solo sea respetada y defendida, sino que se vea que es así. Al no revelar esa conexión, posiblemente estoy infringiendo el código de tres maneras distintas: al no observar mi deber hacia el tribunal en la administración de justicia, al no actuar con integridad y honradez, y al comportarme de tal modo que perjudica a la profesión públicamente. Sospecho que el Comité de Normativas de la Abogacía me miraría con muy malos ojos.

Empiezo a temblar entonces. A temblar de verdad. Un temblor convulsivo que es muy raro en mí, y que solo experimenté una vez antes, mientras me frotaba hasta quedar en carne viva en el baño de la facultad. Una destilación de auténtico terror. Continúa unos cinco minutos, la copa de vino oscila en mi mano y consigo dejarla en la mesa, el pie colisiona con ella y amenaza con romperse, y las rodillas entrechocan, a pesar de mis intentos de mantenerlas bien juntas. De acallarlas. Me digo a mí misma que debo respirar, que debo contenerme, que lo que más temo ahora mismo, es decir, ser traicionada, acabar expuesta, no ocurrirá, porque Ali me quiere y puedo hacer que lo comprenda. Puedo convencerla, porque la persuasión se me da muy bien. Y aunque no fuera así, ella lo vería claro, ¿no? Mi aliento se calma. Ella lo verá. Claro que sí. Tiene que verlo.

Porque yo tendría que haber revelado el hecho de que lo conozco... o que lo conocí, por supuesto que tendría que haberlo hecho. Tendría que haber pasado voluntariamente el caso a un colega, y confiar en que le acusarían tan diligentemente como yo. Y sin embargo, enfrentada con la decisión, no pude hacerlo. No pude ceder el control y confiar algo tan importante como esto a otra persona. Porque en las violaciones de personas conocidas, la posibilidad de conseguir una condena es muy escasa, y no podía arriesgarme a desequilibrar la balanza de la justicia. No podía confiar que ninguna otra persona lo acusara tan apasionada y vehementemente como yo.

Porque lo que me preocupa es la justicia natural. Intentar que alguien pague por un delito que cometió hace veinte años, y asegurarse de que no pueda volver a cometerlo. Y tengo también un motivo menos edificante. Sentí mucho dolor y odio hacia mí misma por culpa de ese hombre; me sentí violada por su acto, disminuida, reducida, irrevocablemente alterada; mi confianza en que él parase cuando se lo pedí, destrozada como una copa de vino arrojada contra unas losas de piedra antiguas, rota en mil pedazos. Nunca volvería a confiar plenamente en nadie después de aquello, nunca podría volver a entregarme del todo. No quiero que se libre y pueda hacerle eso a Olivia o a cualquier otra mujer en el futuro, pero tampoco quiero que se libre de lo que me hizo a mí.

Ali está sonrojada cuando llega, con el pelo un poco desordenado, la cara roja, o bien por venir corriendo desde el metro o, lo más probable, porque se está preparando ya para lo que tiene que decirme.

Voy a besarla cuando abro la puerta, pero ella me esquiva, inclinándose para dejar su bolso y quitarse el abrigo, y luego se vuelve a dejarlo en los colgadores del vestíbulo. Está inusualmente callada. Normalmente no deja de hablar cuando nos reunimos, como si fuera consciente de que ambas tenemos un tiempo limitado y debemos encajar el mayor número posible de noticias en las dos o tres horas que tenemos para las dos. El silencio es un lujo que llega con la familiaridad de cada día, pero aunque nosotras compartimos brevemente un piso, o vivimos muy cerca la una de la otra en la facultad, nunca estuvimos calladas, y mucho menos distantes. Las dos estábamos demasiado ocupadas, ella demasiado extrovertida de forma natural, y yo demasiado encantada de estar en su compañía.

Ahora me mira con frialdad. Es un sentimiento que jamás habría pensado atribuirle a ella, porque es la más cálida de las amigas, aunque nuestras vidas recientemente se han distanciado. Y hay algo más en esos grandes ojos azules: un atisbo de que quizá se sienta herida. Agraviada.

La amabilidad humana, que Alistair tan dolorosamente me acusó de ignorar, fluye por las venas de Ali, y yo intento leer la compasión en sus ojos, porque ella es de natural bondadosa. Sonrío: una sonrisa más nerviosa de lo que desearía, que no contiene la fe en mí misma que transmito en el tribunal. Ella me mira también con la boca fruncida, y no me corresponde.

—¿Quieres beber algo?

El alcohol siempre ha facilitado nuestras conversaciones más difíciles: cuando le dije que iba a abandonar a Alistair, y cuando nos vimos por primera vez, después de que yo abandonase Oxford. Fue dieciocho meses más tarde, y yo ya no era Holly sino Kate por aquel entonces, y ella estaba visiblemente preocupada por los cambios que veía en mí. Yo era todo ángulos: codos agudos, rodillas, pómulos como cuchillos bajo aquel pelo liso y recién decolorado. Ella no me reconoció en el pub, y cubrimos nuestro mutuo bochorno y confusión pidiendo vodka y naranja, y nos las metimos entre pecho y espalda, y la quemadura del alcohol pronto nos soltó la lengua. «¿Otra?», me preguntó ella; «¿por qué no?», respondí yo, hasta que hubimos bebido seis copas en rápida sucesión, y la moqueta con espirales parecía que retrocedía, y la habitación llena de humo nos aplastaba. Salimos del bar tambaleándonos, ignorando los silbidos que nos seguían y riendo con el abandono de unas jóvenes que han escapado de la atención masculina no deseada, mientras irrumpíamos en la fría noche de diciembre.

—¿Por qué no? —dice ella ahora, fingiendo despreocupación, y se sienta en el borde de mi sofá, con las manos en el regazo y los dedos entretejidos como si fuera una cesta de mimbre. Le pongo una copa de vino delante, generosamente llena de dorado Sancerre. Ella la mira, la coge y da un sorbo, y su cara se relaja cuando el líquido va bajando, de modo que es una Ali apagada, la que tengo delante de mí, pero ya no fría. Me siento en mi butaca a su lado y espero a que hable.

—Estoy preocupada por ti —me dice al fin.

Yo me miro los dedos de los pies ocultos en mis medias opacas, no queriendo arriesgarme a incurrir en su ira, esperando que termine.

—James Whitehouse. Sé que está casado con Sophie... la Sophie que estudiaba inglés en tu mismo año, tu compañera de tutorías ¿no?

Veo que tiene los ojos clavados en mí y levanto la vista, indecisa.

—No me imagino por qué no has mencionado esa relación. Fue... fue él quien te hizo aquello, ¿verdad?

Yo la miro a los ojos.

—Ay, Kate... —Su mirada se suaviza, sus ojos se llenan de lágrimas, y ella se mueve hacia delante, como si fuera a abrazarme. No puedo soportarlo; casi preferiría el fuego áspero de su ira, antes que la calidez de su contacto.

—No.

—¿No qué?

—No me toques. —Mis palabras tienen el tono equivocado; mi voz tensa como un cepo.

Un relámpago de dolor cruza por su rostro, y yo bajo la vista, con las manos en el regazo, los hombros inclinados hacia delante, intentando contener mi emoción. El segundero de mi reloj hace tic-tac; uno, dos, tres, y espero.

—No puedo creer que fuera él —dice ella, como si buscara un consuelo que no está ahí.

Yo me quedo callada. Poca cosa puedo decir.

Ali parece agitada, con las mejillas sonrojadas, porque la verdad parece especialmente difícil de digerir. Sus dedos se retuercen, hasta que acaba metiendo las manos debajo de los muslos.

—Todos estos años nunca se me ocurrió que podía ser él… Quiero decir que no le conocíamos, ¿verdad? ¿Le conocías?

—No. —Me aclaro la garganta.

—No estaba en nuestra facultad, ¿no?

—No. —No estoy segura de adónde nos llevará todo esto—. No ocurrió en nuestra facultad, y no tenía por qué conocerle.

—No, claro… Ay, Kate…

Espero, no estoy segura de lo que quiere de mí. No puedo clamar o llorar por todo eso ahora, porque he contenido mi ira y, si ocasionalmente me coge por sorpresa, no es para el consumo público, ni siquiera con la mujer a la que estoy más unida, y con quien no pude compartirlo entonces. Mis colegas a veces me llaman la Reina de Hielo. Un cumplido para una abogada que ha sido capaz de dejar a un lado sus emociones y mostrarse profesional, despegada, incluso severa. Ahora soy fría. No puedo mostrar algo tan confuso como dolor, o furia. Espero que de alguna manera ella se dé cuenta, y espero que deje que el asunto quede en una muestra de simpatía.

Pero, por supuesto, no la había juzgado bien.

—Kate, ¿crees realmente que deberías estar en la acusación, cuando él te hizo eso? —Su voz es suplicante, pero ha llegado con habilidad al meollo del asunto: la probable falta de imparcialidad dado que estoy acusando por el mismo delito a un hombre que me violó—. Entiendo perfectamente que quieras hacerlo, pero ¿por qué te has colocado en semejante posición? ¿No deberías contárselo al juez o algo?

Y me mira como si yo tuviera el poder de arreglarlo todo ahora mismo, aunque no puedo sin hacer que se anule el juicio y se convoque otro distinto, uno con alguien en la acusación que no se preocupará tanto como yo, y que lo único que conseguirá es que Olivia tenga que pasar de nuevo por todo este suplicio.

Ella no lo ve, no se da cuenta tampoco de que si confieso que lo conocía de antes, el juicio se anulará de inmediato con la base de vicio en el proceso, y todo mi mundo se tambaleará. La única opción que me quedaría es hacerme la inocente y decir que me acabo de dar cuenta de la relación. Pero ¿quién me iba a creer?

Debo andar con pies de plomo aquí, porque tengo elección. O bien miento, e intento convencerla de que mi experiencia es irrelevante, y que como profesional puedo dejarla perfectamente a un lado, o bien le digo la verdad e intento apelar a su sentido natural de la justicia y la compasión. Ella no me traicionaría, lo sé, por muy rígida que sea su visión moral, su necesidad de hacer lo que es correcto. Pero necesito que comprenda mi postura… o al menos que esté convencida del motivo para permanecer en silencio. No quiero que piense que soy corrupta, sino que se dé cuenta de que, en el momento en que acepté los documentos de Brian, no me pareció que pudiera hacer otra cosa.

Empiezo a hablar y mi voz tiembla mientras intento explicarle por qué tomé la decisión de aceptar el caso, aunque sabía que podía perderlo todo. El espectro de mí misma sentada ante un tribunal disciplinario flota en el aire, justo fuera de mi campo de visión. La perspectiva de que me prohíban trabajar. Recuerdo el momento en que Brian me entregó los documentos y pude, o quizá debí decir, con mucha calma: «No, gracias». ¿Por qué no lo hice? ¿Porque soy una fanática del control, que no podía dejar pasar esta oportunidad? ¿Porque quería vengarme? Me pareció que aceptaba involuntariamente. Tendí la mano y cogí los papeles, y así fue como intervino el Destino. «Aquí tienes», dijo. Y sé que esto parece una locura, un desvarío de una esquizofrénica que alega una responsabilidad limitada, que afirma que una voz en su cabeza le dijo que hiciera algo. Pero en esa fracción de segundo en que cogí los papeles, no estaba pensando racionalmente.

—¿Puedes imaginar que le ocurriera algo a Pippa? —digo, y soy consciente de que estoy pisando un terreno peligroso, al pedirle a mi mejor amiga que se imagine lo peor que le puede ocurrir a su hija—. Si fuera atacada, que Dios no lo quiera…

Ella parece enferma.

—¿No harías todo lo posible por vengarla… especialmente si pensaras que existen muchas posibilidades de que el hombre que le hizo daño puede salir airoso?

Ella asiente.

—Yo no he tenido ninguna hija, ni la tendré —digo—. Pero la chica que yo era… aquella estudiante ingenua, idealista, «virginal» que era, tan emocionada con la vida… es la niña a la que quiero vengar, la niña a la que quiero ayudar.

Hago una pausa y mi voz ahora surge en coágulos. El dolor va en aumento hasta que mis palabras suenan desgarradas, y parezco totalmente otra persona.

—Él ha hecho mucho daño —intento explicarle—. Me hizo daño a mí… y lo que hizo me cambió y todavía me afecta, más de veinte años después, cuando debería haberlo superado completamente.

—Oh, Kate…

—Intento ser feliz, lo intento muchísimo, y a veces lo consigo.

Siento auténtica felicidad cuando gano un caso, cuando

veo una puesta de sol por encima del puente de Waterloo, o cuando estoy en tu cocina, tan cálida, o esas raras noches con Richard en que me suelto y me relajo un poco, y disfruto estando con él. Pero luego estoy echada en la cama y aparece algún recuerdo: el tono de su voz, la conmoción de que me rompiera toda la camisa y me bajara las bragas de aquella manera, el miedo que me invadió, cuando me apretó la espalda contra la pared del claustro y me di cuenta de que no podía escapar.

—Coger el caso fue muy imprudente, y yo nunca soy imprudente…

—No, no lo eres —accede ella.

—Es lo menos sensato que he hecho en mi vida. Pero ahora ya lo he aceptado, y tengo que seguir. ¿No lo ves? Él se ha librado ya de muchas cosas, no solo de lo mío, sino también de lo de Olivia. Yo sé que la violó, hay demasiados paralelismos con mi caso. Pero se librará de las dos violaciones, si yo ahora me aparto.

—Pero si admitieras conocerle, y el juez ordenase un nuevo juicio con otro abogado, seguiría estando acusado, ¿no?

—Quizá. Pero Olivia tal vez pensara que ya no puede soportar otro juicio. Y yo sentiría que la había traicionado de una manera horrible, si eso ocurriera… o si alguien le acusara sin saber de lo que es capaz, o lo que hizo.

»A mí me arruinaría confesar, pero él sería rehabilitado políticamente, y su suerte mejoraría.

Mi voz empieza a sonar desesperada, y la miro, frenética de repente, porque necesito que vea lo injusto que sería ese probable final. Que él, un hombre que nació afortunado, siguiera medrando y sobresaliendo, una vez más el chico de oro… porque esto se vería solo como un accidente, una locura que llevó a cabo una mujer vengativa. Una mancha desafortunada, que sería erradicada a lo largo de los años.

Ya estoy gesticulando, cogiendo el aire con las manos, como si esperase capturar alguna certeza, con los ojos brillantes, amenazando lágrimas.

Y mi amiga más antigua y más querida se vuelve hacia mí y asiente despacio. Solo un gesto mínimo y amable, cómplice, comprensiva. Y yo me trago mi gratitud por el hecho de que ella se haya decidido. Por respaldarme tan incondicionalmente.

SOPHIE

28 de abril de 2017

James está nervioso. Sophie, que pensaba que conocía muy bien a su marido, solo le ha visto así de alterado en una ocasión anteriormente.

E igual que entonces, ahora debe mostrarse más creíble, más «persuasivo» que nunca.

«Entonces lo conseguiste», quiere decirle, pero ninguno de los dos quiere recordar aquella ocasión. Además, ahora hay mucho más en juego. Esta vez, su roce con la policía ha acabado en los tribunales.

Nadie notaría que está tan nervioso. No es una persona que traicione su ansiedad, y no es ansioso en absoluto: su innata fe en sí mismo, su confianza en su habilidad para lograr cosas, anulan cualquier pensamiento perturbador. Ella siempre le ha envidiado eso, esa característica que es más intrínseca que la confianza que ella puede afectar cuando se requiere, como un manto de superhéroe que le da una capa de impermeabilidad, o al menos de competencia. Él sabe que impresiona. La duda de sí mismo, que ella cada vez más identifica como algo femenino, o al menos algo que nunca perturba a su marido y a sus colegas predominantemente masculinos, es algo que nunca le ha preocupado. Le absolverán, la tranquiliza, porque es inocente y porque tiene una fe suprema en el jurado.

Sin embargo, no está en su forma habitual, tan cortés. Hay una tensión en su mandíbula que la hace parecer más cincelada de lo normal, y está especialmente concentrado mientras se viste, haciéndose un grueso nudo Windsor en la corbata, los puños dobles unidos con unos gemelos sencillos, nada llamativos, la camisa blanca y nueva, no una de las seis que ella había enviado a la tintorería.

Quizás esté así desde el primer día del juicio. Ella le ha abandonado, de modo que no puede saberlo, pero hasta Cristina cree que está más nervioso esta mañana.

—Qué bien que haya vuelto —le dice la *au-pair*, cuando se ven brevemente en la cocina, porque Cristina está siendo muy discreta y se aparta de su camino todo lo que puede. Sophie se toma un café negro que no le apetece y mira a la chica que prepara un desayuno con fruta, yogur y miel, maravillándose de su capacidad de comer, porque el estómago de Sophie la corroe—. Es mucho mejor que haya vuelto. Creo que la necesita —añade Cristina, mientras sale de la habitación, con un tono despreocupado, sin juzgarla.

Y es cierto, piensa Sophie, mientras contempla a James dedicarle el tipo de sonrisa que podría esbozar cualquier funcionario, que no le llega a los ojos, sino que es solo por cortesía.

Él coge el café que le ofrece ella y bebe un poco, y su nuez sube y baja.

—Está un poco frío.

—Te hago otro.

—No. —Su tono es cortante y él se corrige, sonríe mejor—. No, no hace falta, de verdad. Ya lo hago yo.

Empieza a desmontar la cafetera y ella le contempla, imaginando que los granos salpican sus mangas de un blanco inmaculado, y tener que volverse a vestir después.

—En realidad... ¿te importa? —Por un momento él se queda impotente, como Finn cuando se enfrenta a sus botas de fútbol, que no sabe cómo ponerse.

—Claro. —Ella va a ponerle una mano tranquilizadora en la espalda, pero se aparta, casi imperceptiblemente y sin embargo empática.

—Estaré en el salón... pensando.

No hay necesidad de mencionar que, por supuesto, ella se lo llevará allí.

Su exhibición de nervios, tan poco característica, la obliga a tranquilizarse. Igual que ha conseguido esa capa de serenidad para sus hijos, también la conseguirá para él, siendo ese tipo de mujer firme y segura de sí misma que él necesita tan desesperadamente que sea.

Se siente fortalecida por la conducta de él, la noche anterior. Ambos estaban exhaustos: ella por conducir todo el camino de vuelta, y por su aprensión por verle, después de examinar minuciosamente las pruebas; él por la tensión de estar en el tribunal. James tenía la cara gris, y Sophie sintió una abrumadora e inesperada ternura cuando la cogió entre sus brazos. ¿Cómo había podido dudar de él? ¿Cómo había podido permitirse a sí misma pensar que él podía decir aquellas palabras terribles, y peor aún, cómo podía imaginar que él no se había preocupado de los sentimientos de Olivia? ¿Cómo podía haber formulado, aunque solo fuera a medias, la suposición de que quizá fuera capaz de cometer una violación?

Se siente desleal solo con pensarlo ahora. Ella se fundió entre sus brazos y lo abrazó de verdad, consciente de que no tenía precedentes que él la necesitara tan por entero. Los hombros de James se relajaron, solo un poquito, y Sophie se quedó de pie, sintiendo la calidez de su cuerpo que fluía a través del suyo, y disfrutando de su dependencia, breve y poco característica, y más dulce aún por su novedad.

Y luego hicieron el amor. Lo hicieron como era debido, de una forma que no hacían desde que surgió aquella historia. No sexo alimentado por la ira, o por la necesidad de afirmar que ambos estaban bien, que estarían bien, ni sexo como forma más fácil de combatir la ansiedad, el temor y las dudas que les habían envuelto los últimos cinco meses y medio, un alivio físico puro y duro. No, hicieron el amor con una ternura que indicaba la necesidad que él tenía de ella y de su dependencia, que le exponía en su aspecto más vulnerable, con la cara relajada, sin artificio, sin necesidad de imponer una cierta imagen. Y después, mientras estaban allí echados, conscientes de que debían levantarse, pero regodeándose en su cercanía, ella sintió que él le había dicho, tan perfecta y completamente como pudo, pero sin palabras, que era inocente. Un hombre que podía hacer el amor de aquella manera, con la máxima ternura y consideración, su marido, el padre de sus hijos, no podía ser capaz nunca de algo tan feo y brutal como una violación.

Ella da los pocos pasos desde el taxi hasta el acceso al complejo Bailey de su mano. Con la cabeza alta, los hombros hacia atrás, el pecho erguido, los ojos fijos en los *paparazzi*, que corren hacia ellos en cuanto les ven acercarse. No les deja que le hagan ninguna pregunta.

—Sophie… Sophie, aquí.

Un hombre de mediana edad, con gabardina, el pelo revuelto, el traje desaliñado y la cara roja de bebedor, invade su espacio, con una libreta en la mano.

—¿Tiene el primer ministro confianza plena en su marido, Sophie? —Su voz es rasposa, repleta de energía y de ira.

Ella le dirige una mirada que sabe que es fulminante. Puede ser muy hiriente. ¿Cómo se atreve a dirigirse a ella? Como si fuera un perro al que se atrae con un palo. Y entonces John Vestey los arrastra a través de la puerta y están a salvo, con la mano de James firmemente cogida a la suya todavía. Ella le da un apretón, consciente de su calidez y de un poco de sudor, algo no característico. Él le suelta los dedos.

—¿Estás bien? —pregunta, con los ojos fijos en los suyos, como si ella fuese la única persona que importara.

Sophie asiente y se retira, permitiéndole que hable con su abogada, y se queda allí silenciosa, leal. No se le requiere que se una a la conversación, pero desde luego está ahí.

Detrás de la puerta, ella se imagina a los fotógrafos comparando las fotos y al periodista tramando algunas palabras. ¿Por qué preguntarle a ella por James y Tom; por qué no hacerle esa pregunta a James? ¿Estarán quizá escarbando en el tema de los Libertinos de nuevo? Le pican las manos y el corazón le late más rápido, un martilleo rítmico que le resuena en los oídos mientras ella intenta calmarse, tranquilizar su respiración, y ahogar una pregunta.

«¿Qué saben ellos exactamente?»

Arriba, en la galería del público, se concentra en su marido, e intenta transmitirle la fuerza de su apoyo aunque sabe que él no levantará la vista para mirarla. Él parece muy autoritario, en el estrado de los testigos, y por un momento espera que el jurado se engañe y crea que es solo un testigo más, uno que ofrece una versión distinta, una narración alternativa, y no el hombre al que están juzgando por violación.

Hay un letrero clavado en la pared que advierte al público de que no se mueva durante la recapitulación del juez, o se asome por encima de la barandilla. Lo ignora: mira hacia abajo hasta que se siente desorientada, y la sangre galopa con fuerza en su cabeza e introduce una nueva sensación de pánico que momentáneamente aparta sus pensamientos positivos hasta que le parece que se va a caer. Se echa atrás de forma abrupta, recibiendo con agradecimiento la dura certeza del banco.

Intentando tranquilizarse, escruta las cabezas de los abogados, hojeando documentos en los pocos segundos que quedan antes de que el juez dé a entender que el caso debe continuar... y su marido presente su testimonio. Ella contempla a su abogada defensora, Angela, e intenta consolarse con la anchura de sus hombros, la forma expansiva en la que llena su toga. La señorita Woodcroft es muy delgada, en comparación, aunque tampoco es baja. Una coleta rubia que sobresale por debajo de la peluca, una pulsera de diamantes en la mano derecha; unos zapatos de salón ridículos, de charol con galón dorado, ese tipo de zapatos que llevaría una sargento del ejército.

Se entretiene esta mujer, comprobando algo en un archivador cuyo borde está lleno de notas con *post-it* de colores, y las páginas también están llenas de subrayados con fluorescente de determinadas frases. La mano derecha garabatea frenéticamente, apretando con un rotulador grueso. A lo largo del banco, Angela tiene un iPad, igual que su pasante, Ben Curtis. Ella es lista, no tradicional, tiene una memoria formidable, dice James. A Sophie la intimida un poco esa abogada, sabe instintivamente que no tienen nada en común, que ella no le cae bien. No importa. No tiene que gustarle, solo tiene que dejar libre a su marido.

El tribunal se queda silencioso cuando entra el juez, una oleada de tranquilidad como el agua de un estanque que se aquieta, y entonces James empieza a prestar juramento. Está en su mejor momento: el político cercano, que explica su historia de la manera más convincente.

Todavía se le hace difícil oír todo aquello. Angela aborda la infidelidad directamente, y ella oye a su marido explicar que su asunto con Olivia no fue algo en lo que se hubiera embarcado a la ligera.

—Yo sabía que estaba mal —admite, formando con sus dedos otra vez la metáfora a lo Blair, apretándolos ligeramente entre sí: esta es la aguja, esta es la iglesia.

—¿Es usted un hombre muy familiar? —pregunta Angela.

—Sí que lo soy. Mi familia, mi mujer y mis hijos, lo son todo para mí. Estuvo muy mal por mi parte traicionar su confianza y relacionarme con la señorita Lytton. Fue equivocado y débil, y me siento terriblemente culpable por el dolor que les he hecho pasar, cada día.

Su abogada hace una pausa.

—Y sin embargo les hizo pasar ese dolor.

—Lo hice. —James lanza un suspiro que parece venir de lo más profundo de su cuerpo, el suspiro de un hombre atormentado por sus debilidades—. No soy perfecto —y aquí levanta las manos, como suplicante—, no lo somos ninguno de nosotros. Yo respetaba a la señorita Lytton como colega y sí, admito que me sentí atraído hacia ella, igual que ella hacia mí. En un momento de debilidad, empezamos una aventura.

Los ojos de Sophie se llenan de lágrimas ahora, y su pecho de compasión por sí misma y de un sentido de humillación creciente, e intenta concentrarse en alguien que no sea James: los jurados quizá, cuya mirada varía. El hombre de mediana edad parece comprensivo; una mujer anciana de la fila de atrás, y una joven musulmana que lleva un pañuelo de cabeza oscuro, bastante menos. Mira a John Vestey y a la abogada de la fiscalía, una mujer sosa con un traje gris barato que se inclina hacia atrás, con los brazos cruzados, sin hacer intento alguno de fingir que cree que James pudiera ser inocente, o a lo mejor simplemente es que está aburrida.

Y entonces mira a la abogada de la acusación, la señorita Woodcroft, que revuelve entre sus notas, mientras Angela interroga a su marido, tomando notas ocasionalmente en uno de sus elegantes cuadernos azules, y hay algo en la forma que tiene esa mujer de inclinar la cabeza y de apuntar cosas furiosamente que le recuerda a otra persona.

La sensación va aumentando durante la siguiente media hora asfixiante, mientras James continúa testificando. Quizá sea más fácil fijar la vista en esa mujer, que ha ido perfilando la versión de los hechos de su marido, que parece destinada a transmitir que, aunque estaba casado, su relación con Olivia fue respetuosa, consensuada, y que su investigadora parlamentaria era alguien de quien se preocupaba profundamente. Le enviaba flores, la sacaba a cenar y, a finales de julio, le compró un collar para su cumpleaños. Su corazón se agita ante esa revelación, y siente un dolor físico agudo, seguido por una dificultad al respirar, mientras se va haciendo pública la extensión del engaño de su marido, su facilidad a la hora de vivir una vida totalmente desconocida.

—¿Y cómo era ese collar? —Le llama la atención la pregunta de Angela.

—Era como una llave —explica James—. Un juego de palabras. Ella era la llave de mi oficina parlamentaria. Quería demostrarle que se la valoraba, que era fundamental para el éxito de mi trabajo.

—¿No pensó que ella podía verlo como la llave de su corazón?

—Supongo que existía la posibilidad de que hubiera esa interpretación. —Frunce la frente—. No creo que deseara conscientemente que ella pensase eso. Quizá fue ingenuo, pero bueno, la verdad es que estaba un poco colado por ella...

Sus palabras llegan hasta Sophie, cinco palabras brutales. Su corazón se cierra, quiere dejar de sentir, estar totalmente entumecida.

Angela hace una pausa. Deja que la importancia de lo dicho vaya asentándose.

—¿Así que estaba un poco colado por ella? —Su tono es interesado, pero sin emitir juicios.

—Bueno, más que un poco. Es una joven muy atractiva e inteligente.

—Y por eso le compró un collar. ¿De qué era?

—De platino.

—Así que era un regalo muy generoso, ¿no?

—Supongo.

—¿Mucho más generoso que el regalo habitual a cualquier colega?

—Yo no pensaba en ella entonces como una simple colega.

—¿Eran amantes?

—Sí, lo éramos.

—Ella ha dicho que estaba enamorada de usted. ¿Estaba usted enamorado de ella?

—Creo que existe la posibilidad. —Hace una pausa y a Sophie le parece que todas las personas que hay en el tribunal se inclinan hacia delante para captar sus siguientes palabras, dichas en voz tan baja y con tan aparente dolor que parece que esté confesando un secreto—. Sí, creo que lo estaba.

Hace un esfuerzo para escuchar cómo pasaron la noche juntos, en el cumpleaños de Olivia. Ella estaba con su madre en Devon, y consiguió hablar brevemente con James a última hora de la tarde, después de subir a la cima de la colina más cercana y coger cobertura. Le pareció que él se sentía nostálgico, y ella notó un pinchazo de culpabilidad por aban-

donarlo a sus documentos laborales, mientras ellos holgaza-
neaban, iban a nadar, jugaban en la playa. «Lo siento mucho
—le había dicho ella, imaginando su punzada de frustración
al quedarse solo en la bochornosa capital durante una quincena—. Podríamos volver enseguida a casa, pero los niños se
quedarían muy desilusionados... y también Ginny. Les encanta estar aquí.»

Recuerda que notaba el calor del día en el cuello, y que el
mar la distrajo, brillando al final del valle y mezclándose con
el cielo en un horizonte apenas perceptible. Esperaba no tener que irse y conducir hasta casa.

—Por supuesto, tenéis que quedaros —le dijo él—. Es
que te echo de menos.

—Nosotros también te echamos de menos —respondió
ella, con el corazón enternecido.

Olivia debía de estar esperándole cuando él cogió aquella
llamada en St. James Park, quizá impaciente. Y sin embargo,
él no había dado la menor indicación aquella noche de que
tuviera algo más emocionante que sus interminables cajas
rojas y una ensalada y un bistec. Las mentiras salían sin esfuerzo de su boca, o más bien las omisiones. Por segunda vez
en minutos, ella se maravilla de la dualidad de su vida y
cómo conseguía llevarlo con tanta facilidad. Le recuerda
aquella otra vez, hace más de veinte años, en que sus explicaciones no consiguieron transmitir tampoco toda la verdad;
era resbaladizo, poco fiable en sus omisiones. Y sin embargo
le funcionó, nunca fue cuestionado agresivamente. Quizá,
como Emily con su Hada de los Dientes, como ella misma en
Devon aquel verano, simplemente, todos querían dejarse
convencer.

Aparta a un lado ese pensamiento e intenta concentrarse
en las respuestas de él, una vez más, desea que continúe
dando la impresión de su imagen más afable, con debilidades, sí, pero mucho más humano precisamente por ello.

Clava las uñas en su palma tan fuerte que forman medias lunas blancas. El dolor es una buena distracción del sordo latir de su pecho, el abrumador deseo de llorar.

Y entonces interrumpe la señorita Woodcroft.

—Señoría. Mi docta amiga está conduciendo al testigo.

El juez levanta una mano y la baja, como si disciplinara a un cachorro extravagante para el cual realmente no tuviera tiempo. Angela sonríe… Sophie casi puede oír la sonrisa en sus vocales profundas, y su pesada condescendencia, y sigue tranquilamente.

Pero la interjección de la señorita Woodcroft la preocupa: el tono, el timbre de esa voz bien modulada, profunda, como un burdeos muy caro que uno no quiere que se acabe. Una voz repleta de privilegio que apunta a una inteligencia fina y una educación exclusiva, pero ¿por qué entonces hay algo en ella, una cierta intensidad, quizá, que le recuerda a alguien en quien no ha pensado en más de veinte años?

Debe de ser por su hábito de escribirlo todo. Ese garabatear febril, zurdo, como si sus pensamientos fueran demasiado voluminosos, es una carrera para ponerlos todos por escrito. Holly escribía así… pero debe de haber muchas personas, sobre todo abogadas tenaces, para las cuales cualquier grieta en la narración debe señalar otra oportunidad para desmontar una historia. Casi puede ver el cerebro de esa mujer abultando por debajo de la peluca, tramando formas en las cuales ponerle la zancadilla a su marido bajo las repreguntas, aunque hasta el momento James no parece haber dado ni un solo paso en falso. Incluso los jurados visiblemente menos impresionados (la mujer anciana, la chica musulmana) lo contemplan ahora con menos antagonismo, mientras las otras mujeres, obviamente más jóvenes y guapas, con las cejas como arcos oscuros, con bronceado de bote, parecen haber sucumbido a su encanto, y están bebiendo sus palabras, al menos en este momento, cuando se trata de infidelidad, una historia de amor confusa y moderna, y nada más siniestro. No se mencionan hematomas ni bragas rotas. No se indica tampoco que él pudo decir: «Qué calientapollas». ¡Basta ya! No tiene sentido repetir esas horribles palabras.

Se inclina hacia atrás, se dice a sí misma que debe relajarse. Que debe olvidarse de Holly. Debe escuchar: debe esforzarse por bebérselo todo. Y así se vuelve hacia James, hacia su marido infiel, que está empezando a odiarse a sí misma por amar, y que está empezando a gustarle un poquito menos…

Su testimonio continúa. Ella sigue cerrando su mente a gran parte de todo aquello, y deja que las palabras fluyan sobre ella como el agua aplicada a un grueso bloque de pergamino. Están llegando al meollo del asunto, el incidente en el ascensor. Y Sophie siente que debe conservar la energía para ese momento en que ella oiga la versión de su marido de ese hecho, pronunciada bajo juramento. Su atención entonces debe ser muy intensa.

La señorita Woodcroft habla de nuevo. Otra puntualización legal, otra cansada desestimación por el juez. ¿Cómo es posible que le haya recordado a Holly? Esta abogada tiene los brazos muy delgados, ni asomo de pecho, los hombros muy ligeros. Una mujer menuda como un pajarillo, estudiosa, un poco neurótica. No es alguien que asestaría un golpe mortal a su marido, que pudiese acabar con su encanto fácil… porque él todavía aparece relajado, a pesar de tomarse el proceso en serio, y solo ella, alerta a todos los tics, es la única que puede notar, en la ligera tensión de la mandíbula, que realmente está tenso. Su voz la trae de vuelta al presente. Su voz profunda, persuasiva, que a menudo contiene el potencial de la risa, pero que luego deriva hacia una autoridad confiada. Su tono es oscuro, ahora. El político que asume la responsabilidad de sus fallos, pero cuidando no decir nada que le implique personalmente, al mismo tiempo.

—Me gustaría que retrocediéramos hasta lo que ocurrió en el pasillo de la sala del comité la mañana del 13 de octubre —empieza Angela Regan, y le sonríe con facilidad.

—Ah, sí —dice su marido—. Después de que la señorita Lytton llamara al ascensor.

Más tarde, Sophie se maravilla de cómo ha conseguido aguantar allí sentada todo el rato, asomándose por encima de la galería e intentando imaginar los pensamientos del jurado, de esos doce individuos distintos que decidirán el destino de su marido. Se pregunta cómo ha conseguido soportar las miradas francamente inquisitivas de los que la rodean, que la han reconocido, allí, en primera fila, y han cuchicheado e intercambiado miradas significativas mientras ella pasaba junto a ellos. La vergüenza la invade, feroz y ardiente. Y pensar que en tiempos disfrutó de que la mirasen, cuando era joven, en Oxford. Estas miradas son muy distintas, están motivadas por los cotilleos, la juzgan y la analizan abiertamente, con asombro. «Es su mujer. ¿Estará casada con un violador? ¿Lo hizo él, después de todo?»

Ella intenta bloquearlos, y casi lo consigue, porque las pruebas de James son atractivas, una narración muy distinta de lo que ella ha leído en los periódicos. Un relato que ella quiere creer desesperadamente. Una versión de los acontecimientos en la cual la mujer que ha destrozado su matrimonio llamó al ascensor y le dijo a su marido que era «tremendamente atractivo», en la cual fue ella quien le empujó a él dentro y él, preocupado por el artículo del *Times* y agradecido por tener algo de intimidad para discutirlo, ingenuamente, sin pensar, la siguió.

—Sé que suena ridículo —dice, con esa sonrisa compungida que ella conoce tan bien, esa que funciona tanto con las madres a la puerta del colegio como con las profesoras de los niños o los electores—. Pero yo solo quería hablar con ella. Siempre había sido una buena caja de resonancia. Supongo que dudé de mí mismo… me cuestioné si mi forma de actuar podría ser entendida como arrogante… y pensé que ella precisamente era la que podía aclararme las cosas.

—¿Pero no hablaron? —le pincha Angela.

—No, no hablamos. —Él niega con la cabeza, como si no pudiera explicar cómo pudo verse envuelto en aquella situación—. Ella se puso de puntillas para besarme y yo respondí sin darme cuenta. Fue un momento de locura, de debilidad absoluta. —Hace una pausa y le tiembla la voz, llena de una sinceridad que le sale muy fácil—. Obviamente, es algo que lamento muchísimo.

Su abogada insiste: le hace desgranar su versión del beso, de cuando le tocó el culo, de la apertura de la blusa.

—Yo no le rompí la blusa en ningún momento. —Entra en detalles, y mira al tribunal como si la idea fuera absurda—. Tal y como yo lo recuerdo, ella me ayudó a desabrocharla. No soy ningún bruto. No soy de esos hombres que arrancan la ropa a una mujer. No es así como actúo.

«Es listo», piensa Sophie. Tiene mucho cuidado de no decir lo que ella sabe que está pensando: que es un hombre que «no necesita» arrancar las ropas a una mujer, que Olivia suspiraba por él.

—¿Y las medias rotas? —señala su abogada—. Eran unas medias finas. De quince deniers. De las que se rasgan con facilidad.

—Debió de pasar cuando ella se las intentó bajar y yo intenté ayudarla. —Hace una pausa, casi se arriesga a parecer compungido—. Me temo que la cosa se descontroló un poco, con el calor del momento —dice.

—¿Y las bragas, con su elástico desgarrado? ¿Sabe usted cuándo acabaron rotas?

—Pues no. Supongo que fue cuando ella se las bajó. No recuerdo que se rompieran, porque, como digo, la cosa se descontroló un poco. Recuerdo que fue la señorita Lytton quien se las bajó.

Sophie tiene ganas de vomitar. Puede verlo todo con una claridad absoluta. Ha estado en un ascensor de los Comunes, un cubículo diminuto y desvencijado con paredes de roble tan juntas que es imposible no rozar al que tienes al lado. Cuando se besaron debieron de caer uno encima del otro, y el espacio les animó a un abrazo más íntimo. Olivia quizá le ayudó a desabrocharle los botones, quizá incluso se los desabrochó todos ella misma, tiró de las medias, se bajó las bragas. Y James, frenético, desesperado, quizá caballeroso al principio, pero luego incapaz de resistirse a intentar ayudarla, se lanzaría al ataque.

Y al mismo tiempo, se le tensa la piel al darse cuenta de que lo que dice su marido no es del todo cierto. No es nada importante, solo un diminuto escalofrío, la sensación de que las cosas están descolocadas, de que no se está contando lo que pasó de verdad. Él ha dicho que nunca arrancaría la ropa a una mujer, pero ella recuerda algunas ocasiones en las que le rompió la ropa, con las prisas por llegar hasta ella: un vestido cortado al bies muy corto cuyos tirantes rompió en un baile, una blusa con una abertura delantera complicada que no pudo esperar a desabrochar, una falda cuyos botones saltaron cuando él se la abrió. Momentos de hace mucho, mucho tiempo, cuando él era un joven impulsivo y apasionado, a los veintiuno o veintidós, y prueba de la fuerza de su deseo mutuo, porque ella lo deseaba con la misma intensidad. Pero porque hubiera dejado de comportarse así con ella hace mucho tiempo, eso no quería decir que no lo hubiera hecho con Olivia. Es más que capaz de arrancar ropas, diga lo que diga.

Ella no puede pensar. Apenas escucha las explicaciones

sobre el hematoma, que califican como «un chupetón amoroso demasiado intenso».

—¿Había hecho algo semejante antes? —pregunta Angela Regan.

—Sí —reconoce su marido—. Era algo que ella quería cuando hacíamos el amor, que hacía en el trance del acto amoroso.

Sophie menea la cabeza, intentando ordenar sus pensamientos. Sabe que él ha mentido antes, le mintió a la policía en 1993 y ha mentido sobre Olivia; ha tenido pruebas continuas e irrefutables de sus mentiras desde que empezó la historia. Las evasivas forman parte de la profesión de él, del juego político, junto con la manipulación de las estadísticas, la manipulación de las cifras, la omisión deliberada o el silenciamiento de los hechos que podrían socavar un argumento, y que deben ser apartados discretamente de la vista.

Pero mentir en un tribunal sobre el hecho de arrancar la ropa... Es un nuevo paso para él, ¿no? O quizá no, a lo mejor piensa que no es peor que una omisión o una media verdad. «No soy el tipo de hombre que arrancaría la ropa, venga.» ¿En qué más estará mintiendo? ¿En el rechazo? ¿Y si Olivia dijo que no? Un caleidoscopio de posibilidades cae sobre ella antes de que su voz la devuelva al momento presente y crucial en el tiempo.

Porque están en la prueba que ella más ha temido, y que sin embargo se siente empujada a escuchar, y como sus lascivos vecinos en la galería pública, se inclina hacia delante mientras la señorita Regan toca el tema espinoso del consentimiento. El tribunal se queda paralizado, el aire tenso, con un silencio extraño, mientras la abogada se pone ligeramente de puntillas y luego baja otra vez y llega al corazón legal del caso.

—La declaración de la señorita Lytton afirma que usted dijo: «Qué calientapollas». Eso sugiere que usted sabía que ella no quería tener relaciones sexuales. ¿Lo dijo usted?

—No. Es una frase espantosa. —Está horrorizado.

—¿Dijo usted, por ejemplo: qué caliente me pones?

—Quizá lo dijera —admite él—, como término afectuoso. Pero fue mucho antes de que llegásemos a ese punto. Es posible que lo murmurase cuando ella me dio el primer beso.

—La señorita Lytton ha declarado que dijo: «Apártate. No, aquí no». ¿La oyó decir eso?

—No, en absoluto.

—¿Es posible que ella lo dijera y usted no la oyese?

—No. Estábamos muy cerca. No es posible que si ella dijo eso, o cualquier otra cosa, yo no la oyese. Además… —hace una pausa, como si lo que iba a decir fuese delicado y le doliese revelarlo, aunque tuviera que hacerlo—, ella dio todas las señales de que aquello era algo que quería hacer. En ningún momento me llevó a creer que no consintiera.

Alguien tras ella da un respingo, pero Sophie nota que el aliento sale de ella con mayor facilidad. Mira tomándose tiempo para examinar al jurado, con los ojos desplazándose de uno al otro, porque sabe que este es el momento crucial, la prueba que ellos necesitarán recordar cuando estén en la sala del jurado, determinando el destino de su marido.

Son las palabras que Sophie necesita oírle decir. Él habla con un tono de la mayor sinceridad, con la voz profunda y tranquilizadora. En ese momento, cuando está más persuasivo, ella le cree completamente.

Y sin embargo, quizá porque ha oído esa misma voz tantas y tantas veces antes, y sabe que él puede invocarla a voluntad en los momentos de mayor dramatismo, no se apaga del todo su intranquilidad. En realidad esa intranquilidad que la agita va en aumento, mientras él insiste en su afirmación, haciendo una pausa para que la magnitud de sus palabras resuene en toda la sala:

—Sé con toda seguridad que ella no me pidió en ningún momento que parase —dice—. En ningún momento tuve la impresión de que ella no quisiera hacerlo.

Y Sophie, conociendo a su marido, su amor por el sexo, su absorción en sí mismo, su actitud relajada hacia la verdad, lo «escurridizo» que es, y le duele tener que señalar todo eso, queda con una sensación muy desagradable.

No está segura de creerle.

KATE

28 de abril de 2017

*A*sí llegamos al momento que tanto he esperado, que imaginaba desde que Brian me dio los documentos del caso, y que, a un nivel más visceral, llevo anticipando más de veinte años. El peso de la expectación me abruma. Me tiemblan las manos cuando me levanto para empezar mis repreguntas, y noto esa tensión tan curiosa en el cuero cabelludo que notamos en los pocos momentos de la vida en los que experimentamos auténtico miedo. Ocurrió en aquellos claustros, cuando me quedó bien claro que no podía hacer nada para detenerlo, y ocurrió también cuando me di cuenta de que Ali había adivinado la relación que existía, y supe que todo aquello por lo que había trabajado, mi carrera estelar, y esta oportunidad de llevarlo ante la justicia, podía desbaratarse por completo.

Respiro hondo, imaginando que mis pulmones se expanden y empujan mi diafragma. Absorbo todo el oxígeno posible. No importa que el tribunal espere, que los jurados estén sentados ahí muy tiesos, porque ya están sintonizados con el ritmo del juicio y son conscientes de que este es un momento crítico, durante el cual sus ojos irán de mí al acusado, como si contemplaran un partido de tenis, de esos momentos que hacen jadear y contener el aliento a los espectadores por la expectación.

Les voy a hacer esperar. Puede parecer un juego de poder por mi parte, pero todo ha tratado de él, hoy, hemos estado inmersos en su historia. Ya es hora de que ofrezcamos una narración alternativa. Que arrojemos una sombra de duda sobre todas y cada una de las cosas que dice.

Mi problema es que todo en la imagen de James White-house es persuasivo, razonable y creíble. Cada uno de sus rasgos, desde los dedos que están juntos, como si rezara, hasta su voz tranquila de barítono, que calma con su profundidad y transmite autoridad sin esfuerzo alguno, y que te va seduciendo hasta que sientes que creerle es justo y necesario. Debo limitar sus intervenciones y no darle ni un milímetro de ventaja, hacerle preguntas muy concretas, que no le permitan el lujo de explicarse, de dominar la situación y transmitir su historia. A pesar de mi rabia, que ahora hierve a todo volumen, este no es el foro adecuado para enfrentamientos histriónicos. Él será racional y forense, y yo tengo que ser tan clínica y controlada como él.

—Me gustaría aclarar solamente unos cuantos puntos —le digo, con una sonrisa rápida—. El tema de la apertura de la blusa. La señorita Lytton dice que usted se la abrió a la fuerza, pero usted ha sugerido que ella le ayudó a desabrocharla. —Hago una pausa y examino mis notas, mostrando mi deseo de ser precisa—. Usted ha dicho: «No soy un bruto. No soy de esos hombres que arrancan la ropa de una mujer. No es lo que suelo hacer».

—Sí. Así es —dice él.

—Usted es un hombre fuerte, señor Whitehouse. Antiguo remero de Oxford. Un hombre atlético, me atrevería a decir. ¿Nunca ha desgarrado la blusa de una mujer, en un momento de pasión? —pregunto, porque vale la pena esperar que haya un momento de indecisión en su reacción, el atisbo de un recuerdo, o algún pequeño y absurdo toque de machismo que le conduzca a una duda momentánea. Pero si espero, aunque sea solo a medias, que recuerde mi violación o algo similar, es que soy una ingenua.

—No. —Arruga la nariz, cautelosamente desconcertado de que yo haya sugerido una cosa semejante.

—¿Ni siquiera en un momento de intensa pasión? ¿Como el momento que vivió con la señorita Lytton en septiembre... cuando tuvieron ustedes relaciones sexuales consentidas en su oficina?

—No. —Aquí pisa terreno firme.

—¿Y cuando usted la ayudó a bajarse las medias y le desgarró las bragas, en el ascensor... como ha reconocido que hizo?

—Su Señoría. —Angela se ha puesto en pie—. No hay pruebas de que mi cliente haya sido responsable de ningún daño.

El juez Luckhurst suspira y se vuelve hacia mí.

—¿Podría usted reformular su pregunta, señorita Woodcroft?

Hago una pausa.

—Ha reconocido usted que la ayudó a bajarse las medias y las bragas, que las cosas «se descontrolaron un poco, en el calor del momento». ¿No es perfectamente posible que en ese momento de descontrol usted le rompiera las medias?

—No.

—¿Y que, en el calor del momento, le rompiera las bragas?

—No.

—¿Ah, no? —Finjo que no estoy preocupada, pero internamente estoy furiosa porque sé que miente. A mí me desgarró la blusa, hace muchos años; todavía recuerdo los hilos sueltos y los botones perdidos que saltaron cuando me agarró el Wonderbra—. Muy útil respuesta. Ya veo.

Me aclaro la garganta y hago una valoración rápida. En lugar de pasar por páginas y páginas de pruebas sobre el hematoma («simplemente, algo que ella quería, en el calor del momento») y enfrentarme al muro de la seguridad en sí mismo, debo ir directamente al meollo del asunto. Desviar la narración de él, y esperar desenmascararle, en mi absoluta indiferencia por sus respuestas, como el mentiroso que es. Pero primero tengo que poner de manifiesto su arrogancia, porque el hombre al que tiene que ver el jurado es un hombre que pone sus necesidades enteramente por encima de las de los demás, inmune al deseo de cualquier joven mujer que le dice que no.

—Si podemos volver al incidente del ascensor, sabemos que usted y la señorita Lytton habían tenido relaciones sexuales antes en los Comunes.

—Sí.

—En dos ocasiones: el 27 de septiembre y el 29 de septiembre, ¿verdad?

—Sí. —Se aclara la garganta.

—Y por eso usted podía esperar, razonablemente, que ella estaría dispuesta a hacerlo de nuevo, ¿verdad? A tener relaciones sexuales en otro lugar de los Comunes.

—Sí. —Se muestra un poco más precavido, y la sílaba se arrastra un poco, indicando que su respuesta es cauta.

—Cuando entraron en el ascensor (que usted dice que llamó ella, y que ella entró primero, habiendo dicho que lo encontraba todavía atractivo), me atrevería a decir que usted pensaba que podría tener lugar alguna relación sexual.

—Al principio no.

—¿Al principio no? Fue un encuentro rápido, ¿no? Que

acabó en menos de cinco minutos. «Se descontroló un poco», reconoció usted... así que no hubo mucho tiempo para jugueteos previos, ¿verdad?

Él se aclara la garganta.

—Me quedó claro con bastante rapidez lo que iba a ocurrir, pero no entré en el ascensor pensando que ocurriría —dice.

—Pero usted debió de pensar que podía ocurrir «algo». No estaban allí para celebrar una reunión, ¿verdad?

Suena una risita ahogada por parte de uno de los jurados.

—No. —Su tono se endurece, porque no le gusta que se rían de él.

—No —digo, con tranquilidad—. De modo que usted entra en el ascensor, e inmediatamente chocan y se besan.

—Sí.

—Su blusa se abre... desgarrada, dice ella, abierta por ambos, dice usted, y usted le pone las manos en el culo.

—Sí.

—Y ambos bajan las bragas de ella. Usted la ayudó, según ha reconocido.

Una pausa y después:

—Sí.

—Y mientras todo esto ocurría, ustedes estaban «en estrecha proximidad», ha dicho usted.

—Sí.

—Es un ascensor muy pequeño. Poco más de un metro de ancho, menos aún de hondo. ¿Cómo de cerca diría usted que se encontraban, exactamente?

—Bueno, nos estábamos besando y... estábamos intimando... así que estábamos uno frente al otro.

—¿Muy cerca, entonces? ¿A diez o veinte centímetros de distancia... o quizá menos?

—No más de treinta centímetros.

—No más de treinta centímetros —repito—. Así que si

ella hubiese dicho «déjame. No, aquí no», usted ¿la habría oído?

—Sí.

—De hecho, usted nos ha dicho: «No, ella no dijo nada de eso, en realidad no dijo nada, porque yo la habría oído». Es lo que ha dicho usted.

—Sí. —Saca la mandíbula hacia fuera, a la defensiva, quizá no muy seguro de adónde quiero ir a parar.

—Y usted no es un hombre brutal. No es alguien que vaya «rompiendo» ropa para apartarla a un lado, dice, aunque quizá sí que podía tirar un poco, con el calor del momento. Así que, ¿habría parado usted, si hubiera sido consciente de esto?

—Sí.

—Y sin embargo ella nos ha dicho, en este mismo tribunal, que le dijo a usted que parase.

—No.

—Ella dijo: «Déjame. No, aquí no».

—No.

—No una vez, sino dos.

—No.

—Ella se echó a llorar, en este mismo tribunal, mientras lo decía, ¿no es así?

—No. —Su voz se endurece, gutural, como un puño.

—Usted estaba cara a cara con ella, abrazados, a no más de treinta centímetros de distancia. Ella le pidió que parase... y sin embargo usted siguió adelante.

—No. —Su voz es tensa, pero yo prefiero no mirarle, sigo mirando al frente, al juez, sin dignarme siquiera hacer caso a James Whitehouse, porque ahora ya es la guerra, y no voy a fingir que él es agradable en ningún aspecto.

—Ella lo volvió a decir... y usted decidió ignorarlo de nuevo.

—No —insiste.

—Usted la penetró, aunque sabía que ella había dicho que no dos veces.

—No.

—De hecho, usted sabía que ella no consentía, porque usted dijo: «Qué calientapollas».

—No.

—¿Qué significa esa frase, señor Whitehouse?

—¿Cómo?

Se ha quedado momentáneamente desconcertado por el cambio de ritmo.

—Es muy desagradable, ¿verdad? —Y aquí tengo que controlarme mucho, para asegurarme de que la rabia no crece hasta devorarme por completo—. Significa: «No me excites sexualmente y luego te niegues a consumar el asunto». Reconoce una renuencia a continuar, una falta de consentimiento, ¿verdad?

—Eso es puramente teórico. Yo no dije eso —insiste.

—Lo que dijo fue: «Qué caliente me pones», ¿verdad? —Echo un vistazo a mis notas—. Mi docta amiga, la señorita Regan, le preguntó: ¿dijo usted «qué caliente me pones»? Y usted respondió: «Quizá lo hiciera... cuando nos besamos». Usted era consciente de que ella se negaba —insisto, mordiendo cada palabra—. Usted sabía que ella le estaba retirando el consentimiento, entonces.

Y por fin aparece un atisbo de ira, porque su mandíbula sobresale. Está luchando alguna batalla interna.

—Era un término que se proponía ser cariñoso. —Su voz está tan tensa como un reloj al que se ha dado demasiada cuerda—. Son cosas que se dicen.

—Usted era consciente de que se mostraba reacia, y entonces la violó, porque cuando ella le dijo «no, aquí no», usted decidió no hacerle caso.

—No.

—Usted pensaba que ella realmente quería decir que sí.

—No.

—O mejor aún: no le importaba. Usted sabía que ella había dicho que no, pero ignoró su falta de consentimiento porque pensaba que usted lo sabía mejor que ella. —Y aquí, por fin, lo miro a los ojos, desafiante, y me pregunto si veo un destello de reconocimiento... pero no, es solo un destello de ira.

Me vuelvo hacia el juez, sin dar a James Whitehouse la oportunidad de contestar.

—No haré más preguntas, Señoría.

KATE

1 de mayo de 2017

*D*espachan al jurado a última hora de la mañana del lunes, después de acabar los parlamentos, y el juez Luckhurst les recuerda que se tomen su tiempo para sopesar todas las pruebas presentadas. Repite las restricciones que les señaló al principio del juicio: que es la Corona la que lleva ese caso, y la Corona quien tiene que probarlo. El señor Whitehouse no tiene que probar nada. Resume los puntos más sobresalientes de nuestros respectivos argumentos, y reitera la definición de violación, insistiendo en que el consentimiento está en el núcleo de este caso, y la cuestión crucial (la palabra de una persona contra la de otra) es si James Whitehouse podía saber razonablemente en el momento de la penetración que no se le daba consentimiento.

Los jurados están alerta durante esta clase magistral de jurisprudencia, ya no están encorvados, con el pecho apoyado en el mostrador que tienen delante, están todos muy erguidos, tomando notas, porque son alumnos diligentes que escuchan atentamente a su profesor, ansiosos de aceptar su responsabilidad, de dar la talla. Porque durante más de una semana han contemplado a los profesionales más altamente cualificados intentando persuadir, seducir y argumentar, actuar con sus mejores capacidades para impresionarles, y sí, para marcarse puntos los unos a los otros. Ahora, por primera vez, el poder está enteramente en sus manos. El juez determinará la posible sentencia. Pero la decisión, la elección de si James Whitehouse es inocente o culpable, violador o amante, alguien que llamó «calientapollas» a la víctima, la magulló y le arrancó la ropa interior, o bien alguien que simplemente le hizo unas carreras en las medias y le dio un mordisco amoroso, en el calor del momento, esa decisión es enteramente suya.

Me retiro a la sala de los abogados. La agente Rydon y el sargento Willis se dirigen a la cantina para tomar un café, pero declino la oferta de ir con ellos. Me ponen nerviosa, y lo que deseo es silencio o que me distraiga el humor negro de mis colegas que se quejan por la ineficacia del sistema judicial, o por la simple ineptitud que obstaculiza nuestro trabajo cada día. John Spinney, de mi bufete, está que se sube por las paredes por un caso de abusos a una niña, que se ha tenido que suspender porque un ingeniero se llevó el equipo requerido para la conexión de vídeo de la víctima con el tribunal, de la noche a la mañana.

—¿Sabe alguien acaso lo difícil que ha sido conseguir que venga aquí esta niña de nueve años, tan vulnerable, ya de entrada?

David Mason se desahoga hablando de un acusado que ha utilizado todo tipo de artimañas para sugerir que era físicamente incapaz de soportar un juicio, pero que se ha recuperado asombrosamente en cuanto lo han absuelto. Caspar Jenkins se queja de que ha tenido que posponer una vista previa porque los documentos del tribunal no se habían descargado electrónicamente.

Es una catarsis, esta conversación llena de palabrotas, ese relato casi competitivo de los peores supuestos imaginables para los casos, esa sensación de que estamos todos batallando contra la incompetencia burocrática y trabajando con algunos individuos desprovistos de moralidad, y ¡ay!, cómo necesitamos esta camaradería, así como nuestra pomposa búsqueda de la justicia, y la maravillosa sensación de conseguir el resultado correcto, el «justo», que nos ayude a volver cada día a los tribunales de mala muerte de nuestro circuito.

Escucho todas sus quejas y recibo una llamada de Brian sobre un juicio de asesinato programado para más adelante, en Norwich. No me dedico a crímenes a menos que tengan un componente sexual: al acusado se le imputa haber asesinado al hombre que abusó de él de niño, hace treinta años, durante varios años. Se me pide que defienda y me tranquilizo, empiezo a imaginar cómo se podrían aplicar mis argumentos atenuantes. Me manda por e-mail los documentos preliminares, y trato de sumergirme en ellos.

Pasa una hora. ¿Saldrán antes del almuerzo? Es poco probable, y casi es un alivio cuando llega la una y sé que no pueden convocarlos cuando esté comiendo el juez. Tim me pregunta si quiero salir a comer un bocadillo, pero le digo que no. Yo no como durante el día, tengo poco tiempo y el estómago me produce un exceso de ácido, que está gorgoteando en este momento, emitiendo silbidos. Me mantengo a base de nervios y adrenalina, el nivel bajo necesario para estar alerta y correr de un tribunal a otro con pocos minutos de intervalo, la exigencia de pensar con claridad y rápidamente, el imperativo de no bajar nunca la guardia, de no dejar nunca de escuchar o preguntar cómo penetrar en un relato y extraer de él una historia totalmente distinta.

Luego, a las dos y cuarto, llega la voz gangosa por la megafonía: «Todas las partes del caso Whitehouse, acudan a la Sala Dos de inmediato». Un sabor a bilis me inunda la boca, e intento calmar la adrenalina, esa curiosa combinación de emoción derivando hacia el miedo que surge en mi interior tan rápido como un corredor cuando dan la salida. Me tiemblan las manos mientras recojo el portátil, los documentos, el bolso, mientras me pongo la peluca de nuevo, y corro al lavabo, desesperada por orinar de repente, y temiendo distraerme demasiado si no lo hago. Sola en el cubículo, apoyo la cabeza contra la puerta, emboscada por el recuerdo de lo que ocurrió en aquellos claustros, el roce de la piedra en mi espalda, el dolor de los movimientos de él, el peso de su cuerpo apretado contra el mío, esa quemadura interna. Veo la gárgola tapándose los ojos y la boca con las manos, y más recientemente, mi ser más viejo, convulso por el dolor mientras me meto en el agua del baño grisácea. Noto el aullido que acompañó a ese deslizarse y que ha amenazado con estallar, una y otra vez, a lo largo de los años.

Abro el cerrojo. Debo contenerme, aunque interiormente sienta que me deshago y se me doblan las piernas. Me concentro en intentar pensar racionalmente mientras voy bajando la escalera detrás de Angela, que anda con su habitual paso autoritario. No puede ser que hayan tomado ya una decisión, no puede ser que hayan tomado una decisión ya. Aunque todos conocemos decisiones rápidas (diecisiete minutos para una absolución, es la más rápida que he tenido hasta el momento), son muy escasas. Llevan deliberando una hora y veinte minutos. El tiempo suficiente para haber fingido que deliberaban, si la decisión es unánime; no el tiempo suficiente si hay una cantidad considerable de dudas en muchas mentes.

¿Cuánto tiempo les costará? Les habrá costado media hora solamente volver a su sala, elegir a un portavoz y levantar las manos; y luego, les costará tiempo disuadir a los que piensan que es inocente, porque persisto en la creencia de que obtendré mi veredicto de culpabilidad, de que el chico de Essex y el hombre asiático y presumiblemente también el portavoz regordete ganarán a Cara Naranja y su linda compañera, y a la señora anciana que no podrá ni imaginar que un hombre de su estatus sea tan poco caballeroso, y a la matrona obesa de mediana edad que no paraba de tocarse el escote mientras lo miraba, deslumbrada.

¿Necesitarán todos que los convenzan? Después de todos estos años de esperar veredictos de jurados, todavía me sigue costando entenderlos. Los jurados urbanos suelen absolver con mayor frecuencia, y los que son mayoritariamente femeninos, también. A los jurados en juicios por violación no les gusta condenar, así que todo está en mi contra. Y sin embargo, está ese respingo cuando Olivia reveló la frase despreciable, la simpatía que obtuvieron sus pruebas, la sospecha, que yo misma sembré en la mente de los jurados, de que James podía ser ese tipo de hombre que arranca la ropa. Ese feo insulto: «Qué calientapollas». No es el tipo de expresión que una joven que presta declaración en un juicio por violación suela inventarse. No es algo que a ella le gustara repetir.

Nos amontonamos en el tribunal: el abogado, el juez, la defensora, con la mandíbula apretada, su frente un poco desprovista de color. Muy por encima de nosotros, noto, por los roces que se oyen, que la galería del público está llena, y me pregunto si Sophie estará allí arriba, con un nudo en el estómago, igual que yo. El miedo debe de correr por sus venas mientras espera para descubrir si su marido fue o no un violador... y si su mundo está a punto de cambiar irrevocablemente.

Y entonces llega un momento de anticlímax. No entra ningún jurado, solo hay una nota que tiende el ujier al juez.

—Al jurado le gustaría tener una copia de la declaración de la señorita Lytton —lee el juez. Emite una risita indulgente—. Bueno, me temo que la respuesta es no.

El ujier inclina la cabeza y se va; Nikita nos dice que nos pongamos de pie, y eso hacemos, y luego nos vamos, de nuevo a la asfixiante sala de togas y a esperar, no podemos predecir ni controlar cuánto tiempo.

—Pensaba que ya estaba todo listo —bufa Angela, mientras subimos las escaleras de mármol, y yo intento detectar un asomo de duda, pero su rostro está tan impasible como siempre. No puedo responder, porque tengo un nudo en la garganta, y la mente llena de pensamientos que no acepto: un James radiante, absuelto, y yo misma disminuida, rechazada, derrotada por él una vez más.

—Estás muy callada. —Mi docta colega suena brusca, e inclina la cabeza, un arrendajo observando a un gusano. Sus ojos de un gris oscuro son más penetrantes de lo habitual.

Yo no puedo hacer otra cosa que asentir, intentando apartar mis pensamientos que van rebotando sin parar.

La tarde se estira como un gato sobre un suelo de cemento bañado por el sol. La justicia se toma su tiempo, y estos jurados, asignados para servir como tales durante dos semanas y que se toman muy en serio sus deberes, no tienen prisa por acelerar las cosas.

Las manecillas de acero del reloj del cuarto de las togas tiemblan. Las 15.30, las 15.35, cuarenta, cuarenta y cinco. En cualquier momento ahora sonará la megafonía. Cuatro horas, ahora cuatro horas y cinco minutos. ¿Es tiempo suficiente? ¿Suficiente para que esas doce personas analicen las pruebas y den con el veredicto justo, el único posible?

—Espero que no tarden mucho. Tengo que irme prontito. —Angela se asoma a la habitación, dando un bocado a una galleta de chocolate con un crujido repentino y un brillo plateado del envoltorio—. Asquerosa. —Da un trago a un café solo que lleva en un vaso de papel y se va. A ella le importa este resultado, no ayudaría nada al bufete de Angela Regan,

QC, que no consiguiera que absolvieran a James White-house. Pero no puede importarle ni una ínfima parte de lo que me importa a mí.

He intentado mostrarme positiva, aunque en lo más oscuro de la noche, la certeza gélida de la derrota me traga. Ahora, la esperanza crece a cada minuto más que se toma el jurado. Siempre he sabido que sería difícil obtener una condena. La violación es un delito especialmente feo, y aquí no se trata de la violación de un desconocido, uno de esos de los que tanto nos han advertido en los cuentos, y luego más explícitamente en la primera adolescencia, ese típico hombre que espera en un callejón y nos pone un cuchillo en la garganta o nos sujeta. No, es una violación cometida por un profesional de clase media agradable, atractivo diría incluso, que ha tenido una relación con la demandante, ese hombre que te gustaría si lo vieras en la calle o en la puerta de un colegio, con el que estarías encantada de salir a cenar o presentárselo a tus hijos o a tus padres, es ese tipo de violación y ese tipo de hombre, y como jurado, la tarea es inmensa: arrojar una mancha especialmente sucia e intransigente.

Más allá de la duda razonable, lo que tienen que aplicar los jurados es la carga de la prueba, antes de poderle hacer eso a alguien. Y es mucho menos dañino, mucho más comprensible darle el beneficio de la duda. Marcarlo todo como una experiencia sexual que salió mal: desagradable, ciertamente, moralmente cuestionable, pero no ilegal. No una violación, ni por asomo.

Pero luego, a medida que Angela se va poniendo cada vez más irritable, me permito la esperanza de creer que he sido demasiado negativa. Quizá solo haya uno o dos jurados convencidos de su culpabilidad. El juez puede llamarlos ahora y dar un veredicto por mayoría, decirles que aceptará el veredicto de diez de ellos al menos, aunque sería mejor en todos los sentidos si fuese unánime, si no dejaran lugar alguno para argumentar que hubo disentimiento o ambigüedad. Que algunos siguieron pensando que era inocente hasta el final.

Voy desgranando mis argumentos, el discurso final que hilvané al principioo nada más recibir el expediente, y gran parte del cual recuerdo aún. No hay bala de plata. No hay pruebas forenses que señalen inequívocamente a la verdad, porque el moretón, las medias, incluso las bragas... todo se puede explicar de otra manera. Sé que él es culpable: «qué calientapollas» le crucifica, aunque yo no conociera sus culpas pasadas. Pero para esos jurados, es solo la palabra de una mujer contra la de un hombre. Dos narraciones que empiezan en el mismo lugar, y que luego divergen. Unas pequeñas discrepancias: ¿fue él quien llamó el ascensor, o ella? ¿Quién besó a quién en primer lugar? Y luego una diferencia crucial, llamativa, irreconciliable.

Si la creen a ella, no solo me sentiré feliz (que también, claro) sino «reivindicada». James Whitehouse se verá desenmascarado como el hombre seductor, despiadado y absolutamente narcisista que yo sé que es. Si el jurado le cree a él, Olivia quedará marcada como mentirosa. Y yo... bueno, no puedo soportar lo que eso significaría para mí, y lo que diría de mis habilidades, mi juicio, mi disposición a dejar que mis prejuicios personales y mi falta de objetividad se sobrepusieran a mi profesionalidad, de tal modo que he llegado a obsesionarme con la idea de derrotar a James Whitehouse.

—Por favor, todas las partes de Whitehouse, acudan a la sala dos de los tribunales inmediatamente.

Cuatro quince de la tarde. Cuatro horas y quince minutos. La mujer de megafonía suena aburrida, no es consciente del posible drama de su anuncio, de sus efectos sobre Angela y sobre mí. Las dos pegamos un salto y recogemos documentos y portátiles; nos ponemos las pelucas.

—Veredicto... ¿o los mandan a casa por hoy? —pregunta mi oponente, más conforme ahora, porque no puede hacer nada para influir en los acontecimientos, y al menos parece que está pasando algo.

—Lo último —digo yo, aunque no estoy segura de poder soportar una noche agobiándome y pensando si emitirán el veredicto correcto, mientras dan vueltas a las pruebas en su cabeza.

Pero en el tribunal dos la atmósfera es densa, llena de presión por la expectación. Los bancos de la prensa están llenos, y los periodistas de letra impresa saben que deben moverse rápido para obtener los titulares de la primera edición. Los de los medios audiovisuales piensan en los boletines de las seis, en los cuales se podría colocar la condena en un lugar prominente. Jim Stephens está en su asiento del banco delantero. No se ha perdido un solo día. Se me cierra la garganta al ver cómo mira a la ujier. Ella hace señas a Nikita. Tenemos un veredicto. Trago saliva. Tenemos un veredicto.

Los jurados entran arrastrando los pies y yo intento leer sus caras. La mayoría son inescrutables, pero ninguno se niega a mirar al acusado. Eso no es buena señal. Evitar el contacto ocular es algo que suelen hacer, si han decidido condenar. Cara Naranja tiene un amago de sonrisa en los labios, pero es habitual, y el hombre de mediana edad que yo predecía que sería el portavoz está cohibido, porque está a punto de aparecer en el centro del escenario.

—Por favor, contesten a mi siguiente pregunta, sí o no. ¿Han llegado ustedes a un veredicto respecto del primer cargo? —pregunta Nikita. El aire se queda muy quieto, y el portavoz mira un trocito de papel que tiene delante. Durante una fracción de segundo imagino a Sophie Whitehouse y me pregunto si estará inclinándose por encima de la hilera delantera de la galería del público, contemplando a ese hombre que va a transmitir una decisión sobre el futuro de su marido. O quizás esté contemplando a su marido y preguntándose si realmente lo sabe todo sobre él.

Me parece increíble que hayan llegado a una decisión, y sin embargo:

—Sí.

Y todo el mundo colectivamente contiene el aliento. Aprieto los puños y los nudillos se me ponen blancos. Aquí estamos: este es uno de esos momentos nítidos que cambian tu vida. Como aquella noche de junio, en los claustros. Noto el roce de la piedra en mi espalda, el dolor cuando él me penetraba. «Qué calientapollas.» Su voz era suave, aunque en ella se leía perfectamente la amenaza.

—¿Encuentran al acusado culpable o no culpable del primer cargo? —pregunta Nikita, y yo me doy cuenta de que estoy conteniendo el aliento, y clavándome las uñas con fuerza en la palma de la mano derecha, cuando el portavoz abre la boca rosada y húmeda y su voz sale casi descaradamente alta y clara.

—No culpable —dice.

Una mujer en la galería grita de alivio, y otra (¿Kitty? Olivia no es porque no está en el juzgado), grita: «¡No!». El grito es gutural, instintivo, el no de una mujer que sabe que está teniendo lugar una flagrante injusticia, y que ella no puede hacer nada en absoluto.

Es el grito que yo quiero soltar, que hará eco con fuerza en la intimidad de mi cuarto de baño, más tarde... pero por ahora me quedo callada. Solo un pequeño gesto de asentimiento. Un gesto breve, adusto, como si ya estuviera archivando el veredicto y olvidándolo.

A mi lado, Angela se vuelve y se permite una sonrisa. Es un buen resultado, veo moverse sus labios diciéndolo. Mi rostro se tensa como una máscara. Sigo calmada y profesional, pero en mi interior, mi corazón ruge, y ruge.

Sophie

1 de mayo de 2017

James está eufórico. Sophie nota la emoción que surge de él, muscular, sexual, contagiosa. Es un hombre joven de nuevo, en la cima de su potencia física e intelectual. James tal y como era cuando su tripulación ganó en el río, que escaló una pared de la facultad para sorprenderla a última hora de la noche y luego hicieron el amor hasta las dos de la mañana, aunque tenían que levantarse pocas horas después para remar. James, que sacó la nota máxima aunque dejó su revisión para última hora, lo más tarde posible, y que se ganó su escaño, que era seguro, eso ya se sabía, con un margen tan enorme que confundió a los analistas electorales, el hombre que exigía toda la atención en la puerta del colegio, en todo Westminster e incluso en este tribunal.

—Querida. —Se muestra ardiente, su beso es apasionado, la agarra con tanta fuerza por la cintura que casi le hace daño, y la atrae hacia él con un solo movimiento sin esfuerzo, tan preciso como si estuviera coreografiado—. ¿A que es preciosa mi mujer? —les pregunta a John Vestey y a Angela, y besa a Sophie con intensidad, y luego la suelta y se dirige hacia la salida del edificio, donde hará una breve declaración en la cual se atemperará toda posible euforia por su gratitud ante la imparcialidad del sistema judicial británico, la sabiduría de esos hombres y mujeres del jurado que han reconocido unánimemente su inocencia, y su preocupación por el hecho de que este caso haya llegado a juicio.

La multitud de periodistas y cámaras empuja mientras él está de pie en la acera, en el exterior del juzgado. Todo es excesivo: los palos de las cámaras que se proyectan hacia delante, la bandada de reporteros con sus micrófonos protuberantes y sus cuadernos de espiral, los ojos iluminados, con la necesidad de coger una cita jugosa, de captar cada palabra que surja de los labios de James para pregonarla en una primera plana o repetirla innumerables veces en los noticiarios de televisión.

—Aquí, Sophie, aquí. —Hay ronroneos y chasquidos incesantes, mientras los hombres que están detrás de las cámaras, y las mujeres con chaquetas de colores vivos y micrófonos, que parecen igual de impacientes, si no más, la llaman e intentan atraerla. Ella espía a Jim Stephens, siempre donde está la acción, y se aparta, y su alivio por el veredicto, tan intenso que es como si una garra le cogiese el corazón físicamente, se ve puesto en peligro por una necesidad abrumadora de escapar.

Más tarde, ve las noticias y apenas se reconoce: esa expresión como acorralada, la postura reducida al mínimo. Yo me sentía eufórica, ¿no? Y sin embargo, sabe que no es así. El peso del alivio no deja lugar para el desenfado, para el júbilo que está experimentando su marido. Ella está exhausta, desorientada, tras meses de anticipar lo peor, y también en conflicto: las preguntas que todavía quiere hacer siguen reconcomiéndola.

Retrocede intentando ausentarse de la aglomeración. Lo único que le interesa es James, con la frente fruncida, con la voz profunda, hablando con elocuencia y brevedad. Chris

Clarke le ha aconsejado que sus frases sean cortas y no triunfantes, que simplemente dé las gracias a los que están más cerca de él por su apoyo y recalque su decisión de centrarse en su circunscripción y el trabajo de su partido en el gobierno, porque hay mucho que hacer.

Pero su marido no entiende su deseo de huir. Ahora se está refiriendo a ella, agradeciéndole su «continuo e infatigable apoyo». Sophie no reconoce a la mujer de la que está hablando, y la culpa la sacude al pensar en sus dudas, que surgieron mientras examinaba aquellas pruebas en Devon, y que no han hecho más que intensificarse en las últimas horas.

—Estos cinco últimos meses han sido un auténtico infierno para mi esposa y mis hijos. Quiero agradecerles que hayan permanecido a mi lado y que hayan confiado en que era inocente del terrible delito del que se me acusaba —continúa, y las palabras caen sobre ella, anodinas, insustanciales, prescritas. Él se había negado a aceptar, al menos públicamente, la posibilidad de fracasar.

Y ahora su tono se vuelve más profundo, con solo un toque de intranquilidad, un pequeño toque de culpabilidad.

—Me preocupa mucho por qué este caso ha llegado a los tribunales, una cuestión que tanto la policía como la Fiscalía de la Corona, a su debido tiempo, tendrán que responder. Todos queremos que los que cometan graves delitos comparezcan ante la justicia, pero ninguno de nosotros desea que los fondos públicos se desperdicien cuando está claro que se trata de un caso de una relación breve que ha acabado mal, ni más ni menos. Agradezco mucho que los doce miembros del jurado, unánimemente, hayan aceptado que soy inocente. Ahora les pido un poco de tiempo con mi familia, y estoy dispuesto a volver al trabajo de representar a mis electores y apoyar a mi gobierno en todo lo que deba hacer.

Y saluda entonces, y John Vestey deja bien claro que no

habrá más preguntas, muchas gracias, el señor Whitehouse se tiene que ir ahora, y los llevan hasta un taxi que ha aparecido allí, porque ya no hay coche ministerial, al menos de momento, y al caer en los asientos, James le coge la mano.

Londres pasa a toda velocidad mientras bajan por Ludgate Hill, y van hacia Blackfriars y Victoria Embankment, y el Támesis, de un gris acerado, va fluyendo a su lado al encaminarse hacia el oeste, hacia casa, pero primero pasan junto al escenario donde ocurrió todo: la aventura de su marido. La Cámara de los Comunes está bañada en una luz dorada, y sobresale el Big Ben, orgulloso y resplandeciente, y su torre del reloj, de ladrillos y con una espira de hierro forjado, perfora el cielo de un azul pálido, ya algo oscurecido.

Los peatones se escabullen cuando el taxi sale pitando en torno a Parliament Square, y luego pasan por la abadía de Westminster y por Millbank, cogiendo la ruta de los turistas. Sophie está tan desorientada que nota como si estuviera viendo por primera vez la ciudad que conoce tan bien. Después de vivir en un túnel de miedo tanto tiempo, casi se siente agorafóbica: el brillo y el escándalo del centro de Londres son demasiado agudos e intensos, los coches están demasiado cerca, los turistas con sus móviles con cámara, no interesados en ellos, ya lo sabe, pero aun así molestos, haciendo fotos sin parar, apuntando hacia ellos.

El teléfono de James suena. Ha estado sonando casi sin cesar con llamadas de felicitación, que él ha cogido, pero este mensaje es el que importa. Un texto de Tom. Sonríe, indulgente y, cosa rara, se lo enseña a ella: «Muchas felicidades. Bienvenido otra vez. T».

Desde que le acusaron no había recibido un solo mensaje del primer ministro. No era la forma más segura de comunicación, y Tom no quería que se supiese que había apoyado a un supuesto violador, aunque le había transmitido su infatigable apoyo a través de Chris Clarke. «Un amigo tuyo te dice: ¡ánimos, casi hemos terminado.» «El gran hombre tiene un respeto absoluto por ti.» Esos fragmentos y un puñado de conversaciones cogidas al vuelo tenían que bastar para apoyarle. Porque no había habido conversaciones de última hora en el estudio de Downing Street, ni habían jugado al tenis en Chequers, ni habían cenado relajadamente en su casa con Tom y la que era su esposa desde hacía ocho años, Fiona. Virtualmente habían sido *personae non gratae* durante seis meses enteros. Pero ahora, la puerta a su rehabilitación social y política se había abierto, y más que una simple rendija.

—Es lo menos que podía decir —consigue responder ella, cuando lee el texto, y se detiene en su antigua y dolorosa exclusión. No añade «después de lo que hiciste por él», pero las palabras quedan flotando en el aire.

Él sonríe, ahora magnánimo, capaz de ser indulgente, y ella se sorprende de lo conmovida que se siente por esta promesa de amistad renovada. Un sollozo la coge por sorpresa, su habitual autocontrol queda destrozado, de modo que su aliento sale entrecortado, jadeante, mientras trata de tranquilizarse, los ojos llenos de lágrimas que intenta contener.

—Vamos, vamos, querida.

En la parte de atrás del taxi, él la coge entre sus brazos, y ella se deja llevar por el impulso de su alivio, por un momento, notando la fuerza de él, el firme latido de su corazón a través del abrigo de lana color antracita, la calidez de su torso y su familiar firmeza, la dureza de su pecho. Le pasa las manos por debajo del abrigo, palpa la camisa blanca de algodón que lleva metida por la cintura, le acaricia la espalda, como podría hacerlo con Finn o Emily, para intentar que le transmita la comodidad y tranquilidad que ella tanto necesita, para volver a conectar.

—Todo va a ir bien —susurra él en su coronilla, y ella nota un temblor de inquietud.

—No digas eso —susurra al hombro de él, con la voz apenas distinguible—. Ya lo habías dicho antes.

Él se aparta, con la cara intrigada, sin poder aceptar el recuerdo.

—No —dice, con claridad y precisión—. Todo. De verdad. Todo irá bien.

No tiene sentido disentir. Nada volverá a ser lo mismo jamás, ella lo sabe instintivamente entonces, pero no es el momento ni el lugar de arriesgarse a empezar una pelea. No aquí, en este taxi, con el conductor mirándoles por el retrovisor, los ojos color avellana enmarcados por un rectángulo de espejo, sabiendo que el pasajero que ha cogido en el Bailey es el parlamentario *tory* que acaba de ser declarado inocente de violación… ese del que la BBC Radio Five Live empezará a hablar en cualquier momento, porque están a punto de transmitir el boletín de noticias de las cinco; ella oye ya la música que inicia las noticias horarias, mientras James habla.

Pero su marido toma el control, como hace siempre. Aprieta el botón para hablar con el taxista, que intenta fingir que no les estaba mirando.

—¿Podría poner Radio Cuatro, por favor?

Se echa atrás, expansivo, y escucha mientras las noticias de su absolución encabezan el boletín de noticias. Las palabras caen encima de ella, la autoridad del locutor lo hace todo mucho más oficial, consolándola brevemente en el sentido de que, al menos para el mundo exterior, todo va bien.

—Ven aquí. Te quiero.

Él pasa un brazo en torno a ella en el asiento trasero del taxi, con los labios curvados en una expresión de intenso alivio que ella comprende, por supuesto que la comprende, pero que la deja medio horrorizada. No hay palabras que explicar, no hay motivo para poner objeciones. Y por lo tanto, hace lo que suele hacer a menudo: se rinde a la fuerza de la personalidad de él, de sus sentimientos, e intenta tranquilizar el incansable vagabundeo de su mente.

Los niños están encantados, por supuesto. Corren hacia él en cuanto Cristina abre la puerta, después de que James pasara tranquilamente ante un par de fotógrafos que le esperaban, educado, pero claro: «Ya he dicho todo lo que había que decir. Ahora necesito un tiempo con mi familia». La cara de Finn es toda alegría, Emily está más precavida, porque tiene una cierta idea de lo que ha estado pasando, no de la naturaleza de la acusación, por supuesto, porque a eso le han quitado importancia, diciéndole sencillamente que una pobre señora se había inventado unas cosas sobre papá, pero sí del hecho de que su queridísimo padre ha estado en un juicio.

Sophie lo contempla mientras los abraza, como si su vida dependiera de ello, con los ojos bien apretados, y su cabeza alojada entre las dos cabecitas con su pelo claro y suave. Traga saliva, intentando desalojar el nudo duro que parece tener permanentemente en el fondo de la garganta, y evitar las lágrimas que ahora salen, en la seguridad de su propio hogar, porque no quiere que los niños la vean preocupada, porque no comprenderían que no son solo lágrimas de alivio, sino también de inquietud por los días y semanas desconocidos que se avecinan.

Él la mira por encima de la cabeza de Emily y le sonríe con los ojos llenos de amor, y ella sin darse cuenta le devuelve la sonrisa. La respuesta es automática. Este es James en su mejor momento. James, amante padre y marido, para el cual la felicidad de su familia es lo más importante. El James que a él siempre le habría gustado ser. El único problema es que tiene una personalidad demasiado grande, que es un hombre demasiado complejo, demasiado conflictivo, demasiado egocéntrico para ser ese James por completo... y James el político, James el mujeriego, aflora por debajo.

—¿Mamá, nos abrazas también?

Finn, siempre el niño más inclusivo, el más cariñoso, se vuelve e intenta atraerla hacia su abrazo de grupo. Ha hecho una regresión la semana anterior, y en su infantilismo demuestra lo mucho que quiere que estén juntos. Ella se deja arrastrar, con los brazos de su hijo en torno a la cintura y la hija apoyada en su espalda; la boca de James aplastada contra su pelo.

—Todos en casa. Una familia. —Emily quiere que el mundo esté correctamente organizado; en su visión en blanco y negro de la vida, no hay lugar para el disentimiento.

—Todos en casa juntos —afirma James.

«Si las cosas fueran tan sencillas —piensa Sophie, y simultáneamente añade—: Intenta agarrarte a ese momento. Al hecho de que a tus hijos se les haya ahorrado ver a su padre marcado como violador y enviado a prisión, de que nunca experimenten la devastación de perder a un padre, de que nunca sientan vergüenza.»

«No necesitas más que esto», se dice a sí misma, mientras disfruta de la calidez del momento, de la cercanía de las manitas de sus hijos a su alrededor, apretándola bien fuerte. Y sin embargo, la inquietud va en aumento. Hay preguntas que no puede acallar, y con ellas, el deseo de apartar firmemente a su marido. De experimentar solo el abrazo de sus hijos.

Ella lo desafía aquella misma noche, en cuanto los niños están en la cama. Está a punto de no hacerlo, intenta beberse el champán que ha abierto él sin más, disfrutando del momento. Un momento empapado en gratitud más que en júbilo, y nublado por la fatiga, porque la tensión de los últimos meses ha ejercido una sangría debilitadora en su cuerpo, como los dolores que siente un día o dos después de una maratón, o de una carrera de remo muy reñida.

James sigue de buen humor. Recibiendo llamadas de felicitación, concertando una cita privada con Tom (todo terriblemente secreto, lo meterán de incógnito en Downing Street a primera hora), se detiene para hacerla girar entre sus brazos al pasar, y luego finalmente cae exhausto junto a ella, llena de nuevo las copas de champán y adopta una expresión de felicidad al inclinarse a besarla.

Él es todo ternura, mientras la toma entre sus brazos y empieza a desabrocharle la blusa, hundiendo la cara en su cuello de una manera que a ella normalmente le gusta mucho, pero que ahora asocia con otras mujeres. Ella le devuelve el beso con la boca cerrada y tensa, y luego se aparta de él, rechazándolo.

—¿Qué pasa? —Su bello rostro exhibe una interrogante, y ella casi cede y vuelve a abrazarlo. Se dice que no debe estropear las cosas. Pero este es el momento adecuado, y si no dice nada, las preguntas se la comerán viva, incesantes, y corroerán su matrimonio, como el óxido que floreció en las macetas que Cristina se dejó fuera, bajo la lluvia.

—No hay forma fácil de decir esto...

—¿Qué? —El rostro de él se arruga. Quizá piense que quiere dejarlo...

—Necesito saber qué ocurrió exactamente... No puedo evitar pensar en lo que ocurrió realmente en el ascensor.

—¿Qué? —repite él—. Ya sabes lo que ocurrió en el ascensor. Declaré en el juzgado y conté toda la verdad.

—Ya sé lo que dijiste en el juzgado, sí... —Se vuelve para enfrentarse a él, con los pies bien apoyados en el suelo, las manos cogiéndose los codos como si pudiera consolarse a sí misma meciéndose—. Pero necesito saber lo que ocurrió de verdad. ¿Fue todo exactamente como lo contaste?

—No puedo creer que me preguntes esto... —Él se inclina y coge su teléfono de la mesa del salón, meneando la cabeza como si estuviera muy triste por su pregunta—. Después de todo lo que hemos pasado. Después de todo lo que me has oído reconocer, ¿aún dudas de mí? —Su voz se endurece—. No pensaba que pudieras hacer algo semejante. Creo que me voy a dormir.

—Solo dime que ella no te dijo que parases. —Sophie nota que hay un deje de desesperación en su voz, pero necesita saberlo—. Que de verdad no dijo nunca «no, aquí no». —Y su voz se rompe con el peso de su agitación—. Que tú no dijiste nunca «qué calientapollas». —Esas palabras salen precipitadamente—. Que no se lo dijiste.

—¿Tú qué crees? —Él la mira con la voz tranquila de nuevo, y razonable. Es el James que controla por completo y que argumentará de la manera más fría.

—No lo sé. Me preocupa que pudiera decir algo, que quisiera que parases, y que tú la ignorases porque no creías que lo dijera en serio.

Las palabras llevan mucho tiempo reverberando en su mente hasta ocupar su lugar en este discurso claro y limpio que se abre ahora entre ellos. Anhelando que él la tranquilice, ella espera.

Pero él se arrellana en el sofá, sacudiendo la cabeza irónicamente y con una mirada que parece admirativa.

—Me conoces demasiado bien.

—¿Qué quieres decir con eso? —Algo se remueve en su interior.

«Sé que puedes decir verdades a medias si te conviene —quiere decirle—. Sé que lo has hecho antes… pero no puedes llegar a tanto.»

—Quizá es posible que ella hiciera un intento poco entusiasta de rechazarme.

—¿Cómo? —No quería que lo reconociese.

—Pero no iba en serio.

—¿Y cómo puedes decirlo tú? ¿Cómo puedes saber lo que pensaba?

—Porque sé que no quería decir eso. Siempre estaba dispuesta. —La mira a la cara, porque sabe que sus palabras le han dado un duro puñetazo en el estómago—. Siento mucho que suene grosero, pero intento ser sincero.

»Así era siempre, fingiendo siempre que se resistía, pero luego volvía. No siempre era así, pero sí en las situaciones arriesgadas, cuando teníamos relaciones sexuales y existía la posibilidad de que otros pudieran entrar.

Sophie se sienta, anonadada. Es demasiado para encajarlo: que él reconozca que tenían relaciones sexuales de riesgo, habitualmente. La referencia al deseo de Olivia, los detalles de su juego amoroso. Ella quiere abordar entonces el meollo del asunto, entre la niebla de aquel discurso.

—Pero quizá no quisiera, aquella vez.

—Lo dudo mucho.

—¿Pero te dijo que no quería?

—Bueno... a lo mejor sí que lo hizo.

—¿Lo hizo o no lo hizo?

—Está bien. Creo que lo dijo una vez, ¿de acuerdo? —Su voz se eleva, exasperada—. Eh, dejemos esto ya, ¿vale? No esperaba un tercer grado...

Pero no quiere dejarlo, ahora está empeñada.

—¿«Crees» que lo dijo?

—Joder. ¿Qué es esto? ¿Otro interrogatorio? Mira, lo dijo una vez solo, y además no muy convencida, ¿vale?

La confesión de él la deja sin aliento y cuando habla su voz suena tranquila, casi incrédula.

—Pero ante el tribunal tú dijiste que no lo había dicho. Dijiste que no lo dijo en ningún momento.

—Ah, venga, no te pongas puritana conmigo.

—Pero fue lo que dijiste...

—Bueno, a lo mejor no me acordaba bien.

—¿Qùe no te acordabas bien…?

—No mentí, Sophie.

Se queda callada, intentando pensar con calma. Un error a la hora de recordar, una omisión, una mentira, todos ellos matices de la inexactitud.

—¿Y lo de «calientapollas»? ¿Se lo dijiste también?

—Bueno, ahí sí que me has pillado… —Al menos se puso rojo—. Es posible que lo hiciera. Pero ella no se ofendió. Siempre estábamos bromeando.

—¿Lo hiciste o no lo hiciste? —grita.

—¿Y qué si lo hice?

Durante un momento los ojos de ambos se encuentran y ella ve ira pura y dura en los de él. Sabe que los suyos están nublados por el dolor y la confusión, al darse cuenta de que todo lo que suponía sobre él estaba equivocado. Él sonríe enseguida, intentando neutralizar esa ira, suponiendo que se pueda suavizar.

—Escucha —dice, y le dedica una mirada contrita, una mirada a la que ella normalmente sucumbiría—. En mi declaración ante la policía, es posible que no recordara algunos hechos. Para no confundir las cosas, yo me atuve a esa declaración luego, en el juzgado. Ella dijo que no, sin mucha convicción, solo una vez, y yo sabía que no lo decía en serio porque la conocía bien, y conocía el contexto, que ella lo había querido muchas otras veces en situaciones de riesgo similares. Del mismo modo, yo quizá usara esa frase, bueno, en realidad sí que la usé, porque ella me estaba provocando mucho, y a ella le gustaba la idea de que yo viera que era así… de que yo la viera como una calientapollas, incluso. Francamente, así fueron las cosas. Pero lo negué en el juzgado porque no creo que sea relevante, y sabía que si cambiaba mi declaración, no habiéndolo mencionado previamente, no haría más que complicar las cosas.

»Pero en realidad nada de esto importa, ¿no lo comprendes? —Sonríe él, confiando en habérsela ganado, en resultar tan persuasivo como siempre… y ella se siente desconcertada al ver cuánto cree en sí mismo—. Yo sabía la verdad, y era que, dijera yo lo que dijese, y hubiera dicho ella lo que hubiese dicho brevemente, y de mala gana, y solo una vez, se podía obviar, porque en el momento de la penetración, ese momento en el cual, legalmente hablando, el consentimiento importa, ella sí que me quería.

—Pero no contaste toda la verdad, ¿no? —Habla con mucho cuidado, como si intentara llegar al fondo de una pelea entre Emily y Finn, porque se siente algo mareada y está intentando hallar el camino para comprenderlo todo bien.

—Yo dije la verdad, más o menos. O la verdad tal y como yo la veía.

La cabeza le daba vueltas.

—Pero no funciona así, ¿no?

A Sophie le parece que lo ve con claridad.

—Venga, Soph. La verdad era que ella quiso sexo varias veces antes, en situaciones similares, arriesgadas, y que yo pensé que esa vez también pasaba lo mismo. Si me dejé algo al declarar ante el tribunal, o la contradije, bueno, pues lo único que hice fue decir la verdad tal y como la veía entonces.

»Todos arreglamos un poco la verdad, de vez en cuando —sigue diciendo—. Mira lo que hacemos en el gobierno, manipulando estadísticas, dando a las cosas un giro positivo, omitiendo cifras que podrían socavar nuestros argumentos y yendo un paso más allá. Fíjate en lo que hacemos con los presupuestos, toda esa doble contabilidad… Mira lo que hizo Blair con el expediente de Irak.

—Eso es irrelevante. —No puede distraerla de esta manera. Sabe que él no hace más que jugar, que intenta escabullirse como puede, superarla en ingenio, como hace en todas las peleas que tienen—. No estamos hablando de nada parecido aquí.

—¿Así que querías que confesara algo que yo sabía que no era relevante, y aumentar así las posibilidades de que me señalaran como violador y me metieran en la cárcel? ¿Eso era lo que querías? ¿Que os hiciera eso a ti, a Finn y a Em?

—No, claro que no. —Se echa atrás, porque ella no quería eso, en absoluto—. Pero pienso que tendrías que haber dicho la verdad. —Las palabras brotan de pronto de ella, como bebés impolutos, recién nacidos. Le duele el corazón al darse cuenta de que él ha tergiversado la verdad para su conveniencia, que ha mentido ante el tribunal, y que cree además que es aceptable hacerlo. Conoce todos los fallos de la personalidad de él, hasta el último y desagradable de sus matices. Y sin embargo, ya no lo reconoce.

—Mira. —La sonrisa de él es tensa ahora, una mueca desnuda, decidido a que ella le escuche—. Hasta tú tuerces la verdad de vez en cuando.

—¡No! —Le entra el pánico.

—Sí lo haces. Le dijiste a tu madre que estarías encantada de que viniera a instalarse aquí cuando en realidad no lo considerabas conveniente; le dijiste a Ellie Frisk que admirabas su vestido en el State Opening, cuando luego me susurraste que la envejecía. Incluso le dijiste a Emily que perforarse las orejas antes de los dieciséis años aumentaba el riesgo de que se le infectaran.

—Eso es muy distinto —dice ella.

—¿En qué es distinto? Tú dijiste todas esas cosas para facilitar una situación, o en el caso de Emily, para que se asustara y aceptara tu punto de vista. Lo único que hice yo fue decir la verdad tal y como yo la entiendo, para no confundir al jurado y facilitar su comprensión, para aclarar las cosas.

Ella está anonadada. La idea que tiene él de la verdad es tan distinta de la suya que se pregunta si no se estará volviendo loca.

—No, no fue eso lo que hiciste —intenta encontrar el

rumbo, porque ¿no acaba de reconocer él que sabía que tenía la opción de decir la verdad, y que decidió no hacer algo que aumentaba su riesgo de ir a la cárcel?—. Tú les diste una versión que te convenía, cuando estabas bajo juramento, cuando habías prometido decir la verdad ante los tribunales. Tú... —Piensa qué palabra usar, pero no hay ninguna que transmita la fuerza de su conducta—. Tú mentiste ante el tribunal, James. Cometiste perjurio.

—¿Y qué vas a hacer al respecto, Soph? —Los ojos de él eran fríos en ese momento, y tenía la boca apretada.

Esa era la cuestión. ¿Qué iba a hacer ella?

—No lo sé. Nada. —Se siente hueca por dentro. Es absolutamente patética, nota que su resolución se deshace, porque no piensa destruir la familia que tanto ha trabajado para mantener junta... no, después de todo esto.

Él levanta una ceja. Es raro que discutan así, y normalmente él abre los brazos, no permitiendo que continúe el rencor. Pero ahora no los abre, ni ella iría hacia él, si lo hiciera.

La repulsión surge al darse cuenta de que él quizá forzó a Olivia. Que quizá la violó. La habitación da vueltas, los bordes se vuelven menos definidos a medida que las fronteras de su vida se desmoronan. Él puede insistir en creer que no hizo nada malo, pero Olivia no consintió el sexo en aquel ascensor, en aquel momento, y reconocer que ella había dicho «no, aquí no», y su pulla: «qué calientapollas», sugiere que él lo sabía.

Sophie sale de la habitación a tientas, con las piernas temblorosas, los ojos emborronados. Su único pensamiento es que debe salir de allí antes de derrumbarse por completo. El lavabo del piso de abajo es pequeño y oscuro, pero tiene una cerradura por dentro, allí se quedará encerrada y segura. Se sienta de golpe en el inodoro y deja que el horror la engulla, y nota que brota un gemido que silencia con el puño.

La mano se le pone húmeda, tiene las mejillas resbaladizas cuando vuelve atrás en el tiempo y nota que su yo adulto se desintegra. Su marido es un desconocido. No solo es un narcisista, que desprecia la verdad si le conviene, que piensa que es algo flexible, sino que (y el horror la aplasta por completo) es culpable de violación.

Agachada en la oscuridad, se esfuerza por analizar si él le ha hecho algo semejante, alguna vez. No, no lo ha hecho. El alivio es enorme: una oleada que la barre del todo y le permite un atisbo de esperanza de que él no sea enteramente amoral, que esta fealdad no se haya propagado a su relación y la haya contaminado.

Pero si no la ha forzado sexualmente, sí que ha impuesto sus necesidades a lo largo de los años, tan sutilmente que ella casi ni se ha dado cuenta. Porque siempre ha sido James el que ha decidido las cosas.

A medida que las lágrimas corren por su cara, ella va haciendo recuento: fue él quien concluyó su relación en Oxford, y quien decidió su ritmo cuando se volvieron a reunir, a los veintitantos, de tal modo que ella temía iniciar algo por no alejarle de su lado. Fue él quien sugirió que ella abandonase su trabajo en cuanto nació Emily, y expresó los argumentos con tanta convicción que parecía más fácil no resistirse. Fue él quien la convirtió en esposa de un diputado, dejando claro desde el principio que se quería meter en política, que se presentaría a esa circunscripción, que incluso decidiría la zona de Londres donde debían vivir (lo más cerca posible de Tom).

Sus amigos eran sobre todo los amigos de él, ahora se da cuenta: Alex y Cat fueron abandonados rápidamente a cambio de Tom y sus aliados políticos. Las vacaciones que hacen son las que él prefiere, con Tom en la Toscana, antes de tener hijos, y luego, cuando se convirtió en parlamentario, en Cornualles, por miedo a que unas vacaciones caras en el extranjero puedan parecer impropias de la austeridad. Si por ella fuera sería vegetariana, pero come carne roja con él, e incluso su forma de vestir está tan sutilmente influida por las preferencias de él que siempre hace esfuerzos por ir bien vestida y discretamente sexy, no desaliñada. En Devon lleva vaqueros gastados y sudaderas, no se alisa el pelo, conscientemente decide no llevar maquillaje. Se relaja de una forma que con él es imposible.

Las cesiones en gran medida han sido por parte de ella, no de él, ahora lo ve. Ninguna de esas sugerencias ha sido dictada ni impuesta. Simplemente, él expone lo que le gusta y siempre es más fácil plegarse a su voluntad y aceptarlo. No es ningún milagro que ella no le haya desafiado claramente antes del juicio. Ha vivido su relación como una sonámbula, y solo se ha visto obligada a enfrentarse a lo peor cuando se le ha revelado ante el tribunal, incontrovertiblemente.

Se limpia la cara y nota que está muy caliente, y se pregunta cuándo se volvió tan maleable y blanda en su relación. Tiene un recuerdo de cuando era alumna de segundo, de remar sola en el Támesis. Era una tarde de finales de la primavera, el sol estaba bajo, el agua quieta, excepto el suave chapoteo de una nutria. El corte de los remos que se metían en el agua y dejaban un rastro triangular en el lugar donde había estado la canoa. Ella acababa de aprender aquella técnica, y se sentía preparada: las manos ligeramente apoyadas en los remos, mientras empujaba firmemente las hojas a través del agua para propulsar la canoa hacia delante, y luego dejar que se deslizara, y luego dejarlos caer de plano y anclar de nuevo el bote. Sentía una fuerza enorme en los pies, piernas, glúteos, espalda y brazos, pero no dolor. Era invencible. La felicidad resplandecía de una manera que no había vuelto a ocurrir desde el verano anterior, antes de la tragedia, antes de que James la dejara.

Aquella chica había desaparecido hacía mucho tiempo. Y

la mujer que la había sustituido no podía concebir una felicidad tan simple. Su corazón late con un sentimiento de pérdida, un dolor agudo, inconsolable.

Y en lo más profundo de su interior asoma una pregunta. ¿Qué va a hacer ahora, sabiendo lo que le ha dicho él, que mintió sobre la violación de Olivia, y que se ha salido con la suya?

SOPHIE

2 de mayo de 2017

Al día siguiente van a casa de los padres de él, en lo más profundo de Surrey. Unos pocos días fuera es lo que necesitan, porque Sophie se siente acosada. Incapaz de acudir a la tienda local, donde las portadas de los periódicos anuncian la noticia de la absolución de él; mal preparada para las sonrisas de felicitación de sus vecinos y los textos de las otras madres del colegio que le aseguran que están «muy aliviadas», cuando la semana anterior mantenían las distancias, apartando la vista cuando ella entraba en el patio de recreo a recoger a sus niños y llevárselos.

Woodlands, el sólido hogar de Charles y Tuppence, junto a Haslemere, proporciona la intimidad que necesitan con tanta desesperación. Se llega por una carretera privada, un camino largo. La casa se encuentra instalada en casi una hectárea de terreno perfectamente ajardinado, rodeado de pinos y coníferas que mantienen apartado al mundo. Sophie siempre había pensado que esos centinelas de hoja perenne eran provincianos y severos, árboles que reflejaban la mentalidad de su suegro («no en mi jardín»), pero ahora les ve el sentido. El hogar de un inglés es su castillo, con el puente levadizo levantado, las murallas con sus vigías y las flechas preparadas, de modo que sus habitantes puedan estar siempre protegidos de insinuaciones apenas susurradas y ojos indiscretos. El mundo aún no había apretado la nariz contra el cristal de su matrimonio, pero sí que llamaba a la puerta... y ya es hora de un poco de apoyo con el aspecto formidable de Charles y Tuppence Whitehouse, ese tipo de individuos respetuosos de la ley cuya propiedad no se allana, y por cuyo camino de entrada uno no se aventura a menos que haya sido invitado o tenga una razón muy, pero que muy buena.

James se relaja visiblemente aquí: muestra una paciencia infinita al llevar a los niños fuera, a la pista de tenis, y hace que Em pruebe el revés, mientras simultáneamente enseña a Finn a dar un golpe de derecha, manejando las habilidades diversas de los niños con tacto y facilidad.

Ayuda mucho que su madre lo adore. Tuppence, una mujer muy guapa con una permanente gris muy rizada y un collar de perlas que toquetea cuando está nerviosa, no es de esas que muestran sus emociones, al menos según sus dos hijas. Y sin embargo, cuando su hermano menor y único hijo varón llega a casa, se ablanda: sus mejillas hundidas se llenan de hoyuelos, sus ojos grises se iluminan, sus hombros se relajan de modo que se puede ver un poco más allá de su altiva imagen de sexagenaria y atisbar por un momento a la belleza de labios gordezuelos que debió de ser en tiempos. Ella revive en su presencia, se vuelve juvenil, casi voluble, y cuando lo abraza, al llegar, y las esmeraldas de su anillo *art déco* sobresalen orgullosas en sus dedos al cogerle por los hombros, Sophie ve la enorme profundidad del miedo que la ha consumido y que la ha mantenido alejada de los tribunales, secuestrada. Su niño querido, ¿un violador? La posibilidad les ha acosado, burlándose de la innata seguridad en sí mismo de Charles (su creencia en la Forma Correcta de Hacer las Cosas, que incluye acciones y valores, iglesia el domingo, poner dinero en un fondo de inversiones para los nietos, golf tres veces a la semana, sol invernal y un traguito rápido antes de cenar) y los ha llevado a un mundo totalmente nuevo, de juzgados y conferencias de prensa y conceptos como «consentimiento» y «culpa», cosas en las que ella preferiría no tener que pensar, pero que, como es más imaginativa que su marido, la asaltan insidiosamente en las oscuras y tranquilas horas de la noche.

Ahora, sin embargo, Tuppence puede relajarse. Su chico está a salvo. Se queda observándolo mientras él persigue a los niños por el césped inmaculado de su jardín, y mientras Sophie, desesperada por tener alguna ocupación, por tener algo que hacer en esta casa sólida de los años veinte en la que nunca se ha acabado de sentir a gusto, prepara un té. Actúa con el piloto automático, hablando con monosílabos cuando se la requiere, pero sintiéndose enteramente distante, y repasa su pelea con James hasta que ya no es capaz de pensar. Nota los miembros pesados y tiene que hacer un esfuerzo simplemente para poner un pie delante de otro, y para mantener la pena controlada.

Se da cuenta entonces de que su suegra está nerviosa. Sigue toqueteándose las perlas con un ritmo entrecortado, y un nervio se agita un poco bajo su ojo izquierdo.

—¿Vas a dejar a James? —La pregunta coge por sorpresa a Sophie—. Porque no te culparíamos si lo hicieras. —Su suegra le dedica una sonrisa apretada, tensa, porque se nota que le duele decir eso—. Por supuesto, preferiríamos que no lo hicieras. Sería mucho mejor para los niños.

Señala con un gesto hacia James, que coge a Emily y le da la vuelta boca abajo, de modo que su largo pelo cuelga libremente y ella abre la boca y chilla encantada. Sophie se imagina los accesos de risa, ese gorjeo particular de preadolescente que ha oído cada vez menos estos días, porque ella no ha sido capaz de proteger a Emily de todos los comentarios en el patio de recreo, y teme que la niña haya comprendido lo que ha pasado más de lo que quiere reconocer. Que, igual que sabe que el Hada de los Dientes no existe en realidad, note que James no es totalmente inocente. Aun así, la adoración por su papá parece intacta.

Ahora juegan a corre que te pillo, James les da una gran ventaja a los niños y luego corre detrás de ellos. Finn imita a un jugador de fútbol americano y chilla por el jardín, abriendo los brazos como si fuera un avión. Em se lanza hacia un bosquecillo que está más allá de la frontera de la hierba. La primavera está aquí, atisbada en los ceanothus y los tulipanes, en la vibrante alfombra de jacintos silvestres, pero el sol está acuoso y tiene un resplandor opaco, en un cielo de un gris como de franela.

Ella calienta la tetera mientras piensa qué decirle a su suegra, cuyas palabras la enervan como los exabruptos de un borracho. Pero Tuppence continúa como si tal cosa.

—A veces me pregunto si no lo malcriamos. Igual le hicimos creer que su opinión siempre era la correcta… Supongo que en la escuela le inculcaron esa sensación… y Charles, por supuesto, porque nunca toleró una pelea. ¿Será algo propio de los hombres? Esa creencia absoluta en sí mismos, la convicción de que no tienes que dudar nunca de su opinión. Las chicas no son así, yo tampoco. Él ya era así de pequeño, siempre mentía en el Cluedo, siempre hacía trampas en el Monopoly, insistía en que podía cambiar las reglas. Era tan dulce, tan persuasivo, siempre acababa saliéndose con la suya. Me pregunto si por eso pensará que todavía puede seguir haciéndolo…

Sophie calla. Sus conversaciones suelen ser sobre libros, tenis o el jardín, y nunca había visto que su suegra se sincerara como lo está haciendo. Ni tampoco había previsto ese examen de su alma. La pone muy incómoda y resentida. Ya ha tenido que soportar bastantes cosas, sin tener que acomodarse también a la necesidad de Tuppence de que la tranquilicen, y en realidad, ella sí que se había cuestionado los fallos de su suegra en la forma de criar a sus hijos.

Echa unas bolsitas de té en la tetera, vierte agua hirviendo, intentando mantener una actitud desapasionada. ¿Qué es lo que quiere esta mujer? ¿Que le digan que no es culpa suya? ¿Que Sophie le eche la culpa decididamente a Charles, por haber elegido esas escuelas tan caras? Por mucho que le guste Tuppence (porque en realidad le tiene cariño, no puede dejar de tenérselo, aunque no es demasiado efusiva con los niños) es incapaz de absolverla de esa manera.

Pero su suegra, evidentemente, requiere respuesta.

—No estoy pensando en dejarle, no. —Las palabras salen de la boca de Sophie sin que ella haya tenido tiempo de llegar a una conclusión y, de alguna manera, forzar la decisión. Se aclara la garganta, tragándose sus dudas y ahogando esa posibilidad—. Es mejor para los niños y hay que pensar sobre todo en ellos, como has dicho.

—Tú eres muy buena con ellos, ¿sabes? —Tuppence la mira con lo que podría tomarse como admiración—. No me gusta pensar lo que podría pasar si él no tuviera una mujer como tú, tan lista y tan guapa. —Hace una pausa, imaginándose un puñado de aventuras breves e insatisfactorias.

La responsabilidad de mantener controlado a su marido, que recae por entero sobre Sophie, pesa mucho, y la asalta un súbito brote de ira.

Tuppence, sin darse cuenta, continúa.

—Él no sabe la suerte que tiene de tenerte, ¿sabes? Su padre y yo se lo hemos dejado bien claro.

—No estoy segura de que lo sepa. —No piensa tragarse el cuento del hijo contrito y cuenta hasta diez para desterrar los tacos que escandalizarían a la madre de su marido. Cuando habla, su voz suena más tranquila, pero con un rastro amargo inconfundible—. Como dices, es lo mejor para los niños. No se trata de mí.

—Yo no he dicho eso… —Tuppence parece alterada.

—Sí lo has hecho.

El ambiente se agita con más emoción de la que han tenido jamás sus conversaciones. La ira de Sophie tensa su cortesía casi hasta el punto de la ruptura.

Comprueba la mesa, preparada para tomar el té: la redonda tetera y una jarra de leche, unas tazas de porcelana, un bizcocho de limón que ha hecho ella misma con Emily aquella mañana… y se esfuerza por parecer contrita.

—Lo siento si he saltado. Será mejor que los hagamos entrar. El té ya está preparado.

Y va a la puerta de atrás para llamar a su familia.

KATE

26 de mayo de 2017

*H*an pasado tres semanas desde el juicio y estoy de pie en el puente de Waterloo, ese sitio que normalmente me anima mucho. Estamos al final de la semana, y las aceras están vacías, ya que mis compañeros de trabajo se han ido corriendo para aprovechar este fin de semana tan bonito.

Estoy viendo una puesta de sol maravillosa: sorbete de mango, unos chorritos de frambuesa y vetas de caramelo. Ese tipo de cielo que hace que la gente saque los móviles y capte toda su gloria, o simplemente se detenga, como yo, y mire.

Junto a mí, una joven pareja española se está besando. Con este cielo uno quiere este tipo de cosas: abrazar a la persona que amas, ser espontánea, demostrar la intensidad de tus sentimientos, tu vértigo y emoción ante la inexplicable belleza de la vida.

Nadie me envuelve en un abrazo apasionado. «La tierra no tiene nada más bello que enseñar que esto», y sin embargo, la puesta del sol y la vista me dejan indiferente. Saint Paul, Canary Wharf y la extensión de cemento del Teatro Nacional al este; la vertiginosa noria, The Eye, al oeste, todo me resbala. No puedo evitar fijarme en un edificio dorado y gótico, quizá la parte más icónica del río: el Big Ben y la Cámara de los Comunes. La madre de todos los parlamentos.

Aun sin ese recordatorio visual, James Whitehouse está siempre en un rincón de mi pensamiento, y mientras estoy echada en la cama y despierta, por la noche, delante de todo. Mi dolor enfermizo ha disminuido, pero sigue consumiéndome. Es un dolor sordo que se vuelve agudo y me tiende emboscadas en los peores momentos.

Nadie sabe esto, por supuesto. Yo me muestro tan fría y competente como siempre, aunque cuando acabó el juicio mi ira era totalmente palpable.

—Siempre fue muy remota la posibilidad de conseguir que condenaran al mejor amigo del primer ministro, y al menos les ha hecho pensar —intentó tranquilizarme mi pasante, Tim Sharples, justo después del veredicto. Recuerdo que intenté meter la peluca y los documentos en mi maletín, y lancé un par de tacos, algo impropio de mí, cuando la cremallera se atascó. El esfuerzo por no llorar, mientras Angela salía pavoneándose, y Tim la miraba, incapaz de encontrar una réplica rápida, me parecía inmenso—. Es solo un caso más —añadió él, aunque todos sabíamos que no era un simple caso más, sino que tenía que ser el caso que confirmaría que hacerme QC tan pronto había sido un movimiento sabio, que nadie levantaría una ceja ante la velocidad de mi nombramiento—. Habrá muchos más.

Y los hay, y he seguido mi labor de siempre, es decir, hacer de tripas corazón y seguir trabajando, acusando a los que son convictos de los peores delitos sexuales. Tengo hambre de trabajo porque si lleno todas las circunvoluciones de mi cerebro, quizá deje de obsesionarme con mis repreguntas y si fueron adecuadas o no, y con los paralelismos entre la experiencia de Olivia y la mía. Esa es la teoría. En la práctica, raramente funciona.

Levanto la vista. Compruebo que la pareja que se besa no ha notado que tengo los ojos brillantes, y que me escuecen por lo mucho que me compadezco a mí misma. Claro que no. Sus caras están apretadas una contra otra, y están envueltos enteramente en ellos mismos. Además yo no llamo la atención, ni siquiera en el tribunal. «¿Polly? ¿Molly?» Una oleada de odio crece dentro de mí y me pregunto si ese periodista, Jim Stephens, estará investigando el pasado de James en Oxford. ¿Habría otras chicas como yo? Corrían rumores de fiestas donde se echaban cosas en las bebidas. ¿*Omertà de* los Libertinos? Pero alguien, en algún lugar, debe de tener alguna foto incriminatoria… Ofrezco una plegaria, con los ojos muy apretados, para que James se lleve su merecido, que experimente la humillación más intensa. No puede ser que se salga con la suya, por lo mío y lo de Olivia y otras cosas que pueden haber ocurrido.

El sol ha desaparecido ya, como una bola caliente de fuego que se ha apartado de la vista, dejando el cielo desnudo y ya no deslumbrado, el color frambuesa intenso diluido hasta un rosa grisáceo. La vida sigue adelante, me repito a mí misma, aunque es algo que, en este estado mental obsesivo, lucho por creerme.

Y sin embargo, racionalmente, sé que es verdad. Hay nuevas noticias, quizás un nuevo escándalo político. Han cogido a Malcolm Thwaites, presidente *tory* del Comité Selecto del Ministerio del Interior, pagando a unos jóvenes chaperos por sexo. Los detalles (tríos, poppers, textos explícitos) dejan el asunto del sexo de Whitehouse en un ascensor —porque según dictaminó el jurado, eso fue todo lo que ocurrió— como algo muy insulso. Y el momento es muy afortunado. Qué coincidencia que salga a la luz otro escándalo sexual político el fin de semana después de que el mejor amigo del primer ministro fuera absuelto, ¿verdad? La política es un negocio bastante sucio, y casi me da pena el señor

Thwaites. Pasará menos de un año antes de que a James Whitehouse le den un cargo como subsecretario y esté de vuelta en los rangos más bajos del gobierno.

No debo amargarme la vida por eso. Ya noto el sabor agrio de esos hechos en mi boca, una sensación que me invade por completo. De alguna manera, me parece preferible a la desesperación. Sé que debo guardarme la ira que siento, porque es dura, finita, preciosa, como un anillo de cóctel enterrado en lo más hondo de un cajón y que apenas se lleva. Ahora mismo, no puedo manejarlo. Mientras tanto, corro. A las seis de la mañana ya estoy corriendo por el Chelsea Embankment, por encima del río, y hacia el parque de Battersea. El día está lleno hasta los topes de posibilidades, entonces, y siete kilómetros después siento un breve chute de serotonina. Por la noche me las arreglo peor. Curo mi dolor con baños y ginebra.

Camino lentamente de vuelta al Strand. Ginebra y un baño esta noche; mañana por la mañana temprano, a correr otra vez. El fin de semana festivo se extiende como un desierto de soledad, excepto el oasis de Ali. Gracias a Dios, me ha invitado a comer el domingo en su casa, otra vez.

Añoro la intensidad de su abrazo al saludarme en su estrecho recibidor, anhelo su calidez, su simpatía tranquila, saber que ella también está furiosa. Su furia emerge en los tacos que usaba prolíficamente cuando éramos estudiantes, pero que desde que se ha convertido en profesora y madre ha abandonado en gran medida. La noche del veredicto vino a verme y se quedó, me abrazó mientras yo temblaba, llena de dolor, escuchó mientras yo rabiaba contra él, me evitó tener que borrarme a mí misma con la bebida. Hablamos tal y como teníamos que haber hablado veinticuatro años atrás, y cuando terminé, con la garganta ronca y el cuerpo dolorido por el agotamiento, ella se quedó echada a mi lado y se acurrucó detrás de mí, mientras yo intentaba dormir.

Desde entonces la he visto cada semana, y su familia debe de estar harta de mí, y preguntándose por qué la Kate anterior, tan elusiva, ahora se sienta en su cocina con los ojos rojos, y por qué su mamá parece tener a alguien más de quien preocuparse, ahora mismo.

Pero la necesito. Solo con Ali puedo ser yo misma totalmente. Solo ella recuerda a Holly.

SOPHIE

22 de julio de 2017

Cuando llega la carta con la invitación a la reunión de exalumnos de su facultad, ella al principio la desecha. Un sábado por la noche de julio, una noche lejos de los niños, la mayor parte de un fin de semana dedicada a algo solo para sí misma.

Además, tendría que enfrentarse a la gente, arriesgarse a la probabilidad de que cotilleen sobre James o que eviten hacerlo de una manera ostentosa. Su marido, su juicio, y por implicación el estado de su matrimonio, el elefante paseándose por la habitación.

Pero no tira a la papelera la gruesa tarjeta con el escudo del colegio en relieve y la letra cursiva, ni tampoco la tira a la chimenea, sino que la pone en la repisa, encima. La petición de respuesta tiene fecha de un par de meses más tarde.

—¿Por qué no vas? —le pregunta James—. Los niños se pueden quedar con mis padres. —Aunque tengan a mano a Cristina, ni se plantea la posibilidad de que él los cuide durante el fin de semana.

—No podría —dice ella, sin atreverse a señalar lo obvio: que él es el motivo de que ella ya no se ponga en situaciones nuevas, situaciones en las cuales tendrá que parecer firme y desenfadada, al hacer un resumen de su vida a nuevos conocidos o a antiguos. Sí, está casada con James; viven en North Ken, tienen dos niños preciosos. Una versión de la verdad, pero pintada con colores primarios y trazos gruesos, que no deja lugar para matices o detalles. Una versión que podría crear Finn o cualquier otro niño de seis años.

Y sin embargo, la posibilidad de volver a su antigua facultad sigue ahí, y la invitación la tienta desde su lugar junto a una foto con su marco de plata, en la repisa de la chimenea. Sophie Greenaway, dice, en la parte superior de la invitación, y ella desentierra fotos antiguas de aquella chica. Ahí está con Alex y Jules con su equipo de licra, sonrojadas y exuberantes después de la carrera de remo, la Torpids, y aquí, sentada en la puerta del King's Arms, tras los exámenes finales, con un alivio palpable, el vestido manchado con los tradicionales huevo y harina. Hojea buscando más, una fiesta de segundo, en aquella casa compartida en Park Town, la botella de Bud de la que bebía, echando el pelo hacia atrás, aquella cara con aspecto desafiante como diciendo «ven y cógeme, si puedes». La foto la sitúa a mediados y finales de los 90, con aros de plata en las orejas, una especie de body como un leotardo, los labios húmedos por el brillo de labios y las cejas no tan amaestradas con las pinzas, una confianza en sí misma que apenas puede reconocer.

James está ausente en la mayoría de esas fotos, porque su vida en Oxford la vivían siempre por la noche, sobre todo en su facultad, y solo el primer año. Aunque asocia Oxford con él, la verdad es que pasó la mayor parte del tiempo ella sola. Shrewsbury College era solo de ella, y una enorme parte de sí misma añora a aquella chica que no se veía definida por un novio carismático, y que ahora viene a reclamarla. Quiere volver a capturar el espíritu de Sophie Greenaway.

Concuerda con su deseo de volverse más enérgica, de construir un yo más seguro de sí, alejado de la sombra de James, porque su antiguo yo está fracturado desde el juicio, y ella está cambiando mucho más evidentemente que él. Su matrimonio es una construcción precaria. En la superficie puede que parezca estable, porque son educados el uno con el otro, quizá demasiado y todo, y también precavidos; él se muestra inusualmente atento, escucha sus opiniones, o al menos parece hacerlo, le compra flores, es propenso a indicar que solo le interesa ella, y que no hay ninguna futura Olivia por ahí.

Y sin embargo, los cimientos de su matrimonio ya no son fuertes; el mapa con el cual se orientaban ya no es seguro. Su marido es un desconocido, o más bien, ella tiene que aceptar una versión de él más oscura, que solo reconoce a medias. A veces, la ira que siente es como un puño que se despliega mientras ella se burla de sí misma, considerándose tan débil que él supo que le podía confesar que había mentido y confiar en que ella no le traicionaría. Otras veces intenta tomarse a broma su propia conducta, echarle la culpa de todo a Olivia o ceder a los sofismas de él. Tramar una explicación que permita que él esté equivocado, en lugar de ser cruel y displicente.

Para James es soportable, piensa en los momentos en que más se odia a sí misma. No reconoce que haya hecho nada malo. Parece creer de verdad que Olivia estaba jugando con él, y su versión de la verdad es la única que importa. Mientras que ella está atormentada por la confesión de él, por esos detalles cruciales de lo que ocurrió en el ascensor.

Su vida está volviendo a la normalidad. A él el trabajo de su distrito electoral le preocupa igual que sus consejos entre bastidores al primer ministro, ese lazo todavía fuerte, aunque Tom es lo suficientemente astuto políticamente para que no lo vean con él en público todavía. Pero eso se prevé que cambie. «Ya llegará», la tranquiliza James, con la sonrisa avivada por su confianza interior, por su conciencia de las madejas de la historia que los ligan a ambos estrechamente.

Ella es la que debe enfrentarse al mundo exterior, a las sonrisas ante la puerta del colegio, a las falsas felicitaciones de otras mujeres que sabe que en realidad le desean lo peor, así como a aquellas que espera que sean algo más genuinas. Su barrio de Londres es como un pueblo, y se imagina los cotilleos siguiéndola al gimnasio, a la farmacia, al supermercado, a las cafeterías, a la tintorería. Ella evita todo eso. Actúa con naturalidad, se dice a sí misma. Y sin embargo, la vergüenza fluye por sus venas. Está manchada por asociación. Quizá lo hayan absuelto, sí, como hombre inocente, como hombre libre, y sin embargo el mundo entero sabe que la ha engañado, y ella sabe que ha mentido y violado.

La mayor parte del tiempo lleva ese conocimiento discretamente, el corazón dolorido con una resignación triste. Y de vez en cuando amenaza con hacer erupción, ese puño cerrado buscando alguien a quien golpear, salvajemente, y tiene que hacer un ejercicio agresivo, correr por la calle o usar la máquina de remo que tienen en la habitación auxiliar, cuando empieza a rehuir el gimnasio. Solo entonces, cuando siente esa tensión en el corazón, casi presto a estallar, y se empuja a sí misma hasta que le arde el pecho, es cuando consigue un cierto equilibrio, y el agotamiento físico y la sensación insoportable de casi desmayarse con el esfuerzo expulsan todos los demás sentimientos.

Una terapeuta la está ayudando un poco también. Fue idea de Ginny, algo que jamás se le habría ocurrido a Sophie, que lo habría considerado enormemente autocomplaciente, de no ser porque su madre confesó que acudió a uno cuando Max la dejó, y le reveló que lo había encontrado útil.

—Simplemente tener a alguien con quien hablar, que no te juzgue, podría ayudarte —le había dicho.

James lo sabía, pero fingía no haberse enterado.

—No quiero oír ningún detalle. —Y parecía muy serio.

Ella se quedó muy sorprendida. «¿Por qué demonios te lo iba a contar?», quiso haberle dicho.

Por supuesto, hay muchísimas cosas que ella no puede contar. Enormes verdades que permanecen no dichas, ristras de palabras consideradas y descartadas antes de cada sesión: mi marido mintió en el juzgado sobre el hecho de violar a otra mujer, y no sé qué hacer al respecto.

Todo lo cual resulta mucho más difícil cuando se enfrenta a Peggy, su terapeuta, con el pelo gris y una persona al parecer carente de humor. La primera sesión pasa casi en silencio, Sophie censurando cada frase breve, la segunda también, hasta que Peggy levanta una ceja ante una breve referencia a su padre, y Sophie llena la mayor parte de la hora siguiente con lágrimas. Enormes y feos sollozos le manchan el rostro y la dejan agarrada a un montón de pañuelos de papel húmedos, confundida ante la intensidad de la emoción que sus recuerdos han desatado.

—Lo siento mucho —sigue diciendo, mientras se suena los mocos que burbujean. Está tan inconsolable como Finn cuando pierde su equipo de fútbol—. No sé qué me ha pasado.

Para mejorar su autoestima, Peggy la desafía a ir a la reunión de la facultad.

—¿Qué es lo peor que puede pasar?

—Puede que no me quieran. Puede que me juzguen… —susurra Sophie, pensando: «Si tú supieras, también me juzgarías. Pensarías que soy débil, que soy cómplice de lo que se ha hecho, que soy tan interesada y estoy tan moralmente implicada como James».

—O quizá no lo hagan —dice Peggy, y se pasa un mechón de pelo de la melena por detrás de la oreja. Sophie espera, viendo que su terapeuta la mira y esperando que rompa pronto el silencio, que resulta más embarazoso cuanto más se prolonga.

Peggy se encoge de hombros; está poco atenta.

—Supongo que podría ser —dice al final Sophie.

Y por eso acaba volviendo al Shrewsbury College. Está en una sala del Old Quad. Una habitación por encima de aquella que tenía cuando los exámenes finales, con paneles de roble oscuro, un escritorio doble enorme coronado con cuero antiguo y verde, y en el dormitorio tipo celda, una cama individual.

Sigue el contorno de su estómago, ahora cóncavo porque el estrés de los últimos nueve meses se la ha comido viva, de modo que los huesos de sus caderas sobresalen y su vestido negro no se agarra a su cuerpo, sino que cuelga de él, exponiendo el carillón de sus clavículas y sus costillas. Tiene las manos húmedas y, cuando se las lava, ve que los anillos, que ahora le van grandes, brillan bajo el agua corriente, y reluce la laca de sus uñas recién arregladas. Son las manos de una mujer totalmente distinta a la antigua Sophie, cuya mayor preocupación era ponerse en forma en sus sesiones de gimnasio y qué cocinar si invitaban a unos amigos a cenar. O cómo manejar mejor la disparidad de apetito sexual entre ella y James.

Aparta esa idea al momento, y con ella el recuerdo de las renuncias que hizo, y se apoya en la ventana viendo a sus compañeros atravesar el patio para ir a beber algo antes de cenar. Todos tienen cuarenta y dos o cuarenta y tres años, en lo mejor de la vida, pero también son conscientes de que tienen responsabilidades, hijos, hipotecas, padres envejecidos. Pronto se deslizarán a toda prisa hacia la mediana edad. Y sin embargo están envejeciendo bien. Eso es lo que consigues con una relativa riqueza y una buena educación, piensa, aunque tales cosas nunca han estado en duda para ella, porque siempre ha asumido que seguiría siendo delgada, activa y en forma, igual que ir a la universidad se daba por supuesto. Erguidos, confiados, seguros de sí, así es como parecen todos, como si tuvieran aún el mundo a sus pies, igual que veinticinco años antes, cuando entraron por primera vez en ese campus, algunos conscientes de ser las estrellas más brillantes de su generación, otros dándolo por supuesto. «Unos granujas con suerte», había dicho su padre, que la acompañó al principio de su primer año, cosa poco característica de él.

Ahora ya eran lo suficientemente mayores para haber sufrido algunas dificultades y tener algunos secretos. Divorcio, pérdida de algún ser querido, infertilidad, despido, depresión. Los agobios y las tensiones habían aumentado al pasar los cuarenta. Ella sabe incluso de uno de su curso que murió en un accidente en un safari sudafricano con un rifle, y otra que ha sufrido cáncer. Pero ¿a alguien más lo habrán acusado de un delito? Examina las siluetas, alguno con un asomo de tripita, un par más delgadas de lo que recordaba, y lo duda. Quizá por conducir bajo los efectos del alcohol, o por algún delito de cuello blanco, como fraude por ejemplo. Seguro que ninguna más tiene un marido que haya sido sometido a un juicio por violación.

Le empiezan a temblar las manos de inmediato. ¿En qué estaba pensando, por qué ha venido aquí? El doloroso recuerdo del final de su primer trimestre de verano la aplasta, magnificado por el prisma de la acusación de James. Recuerda el temor de que le hubiera ocurrido algo horrible, y su intenso miedo después de ser interrogada por la policía. Recuerda el horror cuando la noticia corrió por toda la universidad, su preocupación atónita cuando James la apartó de sí.

¿Por qué se había arriesgado a remover aquellos recuerdos y exponerse a la condena pública? En cuanto empiecen a fluir las bebidas, seguro que habrá alguien que estará encantado de mostrarse polémico. Alguien que puede preguntar por ejemplo: «¿Y qué opinas tú, Sophie? ¿Siempre creíste que era inocente? ¿No hubo duda alguna en tu mente?».

Se ha preparado, ha ensayado la risa para desviar el silencio incómodo de la conversación, ha ensayado bien su papel.

—Por supuesto que no dudé nunca. ¿Crees que estaría con él, si lo hubiese hecho?

Representará el papel de esposa leal, igual que tranquilizó a la madre de él, y como lo ha de hacer ante sus hijos.

Todavía no ha ideado un papel diferente.

Las velas arrojan unos suaves charcos de luz en torno a las mesas de caoba e iluminan las caras de los que hablan entre ellos, favoreciéndolos, de modo que los años desaparecen y pueden parecer una década más jóvenes, no estudiantes ya, sino chicos de veintitantos para los cuales la universidad está todavía al alcance de la mano.

Han pasado al oporto. Un *vintage* con cuerpo, semiseco, que pasa demasiado bien y que ella sabe que está bebiendo por pura nostalgia. Una noche fragante de verano, después de probarlo por primera vez, se echó en el centro del Old Quad, ignorando las pequeñas señales que prohibían pisar la hierba. El cielo estaba punteado por cristales, y los edificios se alargaban hasta el cielo. Recordó la humedad del rocío en sus piernas desnudas, la forma en que se le levantó la falda, y que alguien, posiblemente Nick, de su grupo de inglés, se inclinó hacia ella y le dio un suave beso. Durante un segundo le pareció intensamente romántico, y luego notó un brote de náuseas.

Quienquiera que fuera, se rio, tiró de ella hasta ponerla de pie y la llevó hasta un baño que había bajo una escalera, donde tuvo que esperar pacientemente a que ella vomitase con eficiencia.

—Tendrías que haber tomado agua —dijo él entonces, cuando salió, con la cara llena de vergüenza y agradecida—.

Ya nos veremos cuando te encuentres mejor. ¿Seguro que estás bien?

Ella afirmó, balanceándose un poco, con la visión borrosa.

—Y duerme un poco.

Ahora se preguntaba quién habría sido. Ese chico decente, recordado solo a medias, que le mostró una amabilidad tal que se apartó cuando estaba claro que ella era incapaz de mostrarse amorosa. Porque muchos no lo habrían hecho, y la perturba que ella no lo encontrara sorprendente, que le pareciera normal pensar que había tenido suerte de no despertarse con las bragas bajadas.

Mira a su alrededor en la sala y ve la mirada de Paul. ¿Sería él, quizá? Fue solo un besuqueo breve y furtivo el primer año. Pero no era el tipo adecuado: bioquímico, procedente de un instituto público de Kent, listo, pero no deportista; ella supo instintivamente que había demasiadas cosas que diferían, aunque sí que hubo una diminuta chispa de química sexual. «Quizá no hubiera sido un mal comienzo», piensa ahora. Era divertido y guapo, también. ¿En qué estaba pensando ella? Una versión distinta de su vida relampaguea, como un espejismo, elusiva, intangible, atisbada en el horizonte. Pensó que era muy lista al elegir a James. Estaba muy satisfecha de sí misma entonces, pero podía haber elegido a otros hombres. Y a ninguno de ellos lo habrían juzgado en el Old Bailey, ninguno habría mentido bajo juramento y luego admitido en privado ser un violador, ni le habría echado encima a ella la carga de ese conocimiento.

Da un largo trago de oporto, y nota que el vino le calienta la garganta, coge una fruta de mazapán y la mordisquea, disfrutando de su dulzor e intentando concentrarse en el momento y apartando tales ideas.

—¿Te importaría pasarme el oporto? —dice una voz a su izquierda.

—Lo siento... lo siento. —Ella se siente momentáneamente aturdida y luego llena la copa a Alex, a su derecha, y pasa el pesado decantador a la izquierda.

El propietario de la voz, moreno, bien cincelado, amable, es Rob Phillips, un antiguo novio de Alex que ahora es abogado. La última vez que lo vio fue en una de esas bodas del fin del milenio. No está casado, ve ahora, por el hueco que hay en su mano izquierda, sin anillo, pero además no es gay, cree recordar.

—Bueno... ¿qué tal te va? —le pregunta él, volviéndose hacia ella, con la voz llena de un calor íntimo, como si se lo estuviera preguntando porque le interesa de verdad, y no simplemente por ser amable.

—Ah, muy bien. Fantástico. Me encanta estar aquí... aunque el solomillo Wellington no es tan bueno como lo recordaba.

Él suelta una risita, perdonando su insinceridad.

—Me alegro mucho de volver, de verdad —añade ella—. Me encanta estar aquí.

Y agradece este momento en el tiempo, esta oportunidad para complacerse en la nostalgia, esta posibilidad de escapismo. Mira los pesados óleos que adornan las paredes, los retratos de benefactores Tudor y alumnos ilustres, y las caras bondadosas y sonrientes de sus colegas, a todos los cuales les va bien o consiguen ir sobrellevando lo que la vida les ha echado encima, y respira hondo, notando que la piel de su estómago se tensa. Por una vez está satisfecha, y empieza a relajarse por fin.

—No me refería al solomillo Wellington —dice Rob, y ella nota que sus ojos la miran.

—Ah, claro, ya me lo imaginaba. —Ella no puede mirarle, de modo que juguetea con un tenedor de postre, volviéndolo a un lado y otro, mientras espera que él capte la indirecta y se aleje.

—Lo siento. No quería meterme. Hablemos del tiempo. O de adónde vas de vacaciones. ¿Os vais de vacaciones? —pregunta.

—A Francia… y a Devon, a casa de mi madre.

—Ah, maravilloso. ¿En qué parte?

Y se embarcan en una conversación menos problemática sobre las mejores playas de los South Hams, lo bueno que es viajar fuera de temporada, los horribles embotellamientos de tráfico en esas carreteras rurales con sus setos y sus arcenes en pendiente. Oye que su propia voz vuelve a ser la de la alegre y desenfadada Sophie Whitehouse, usada para los pocos acontecimientos de la circunscripción a los que asiste, y a esas espantosas cenas y cócteles para recaudar fondos. Una voz suave, privilegiada, que nunca ha conocido ningún trauma emocional, y no digamos financiero ni físico, que todo lo ve ligero, y pasa rozando por encima de las dificultades de la vida. Puede conversar así durante horas, pero cuando empieza a ansiar algo menos superficial, una discusión sobre política incluso, aunque sin mencionar a James, él la mira intensamente y dice:

—Bueno, si alguna vez necesitas hablar con alguien, ya sabes, yo te puedo ayudar.

Ella se pone tensa, nota que el corazón le aletea contra las costillas y su estómago da un vuelco. ¿Le está haciendo una proposición?

—Yo… estoy bien, gracias —retrocede, como una solterona de Jane Austen, alerta y temerosa de la intriga.

Él sonríe como si ya hubiera previsto esa reacción.

—No quería decir… solo me refería a que… mira, esto probablemente esté del todo fuera de lugar, y es de poco tacto por mi parte que lo mencione, pero conozco a una buena abogada de divorcios, por si alguna vez la necesitas.

Sonríe y todo el artificio de su conversación queda completamente destruido. Ella lo mira directamente y detecta en sus ojos oscuros tanto la necesidad de sentido práctico como una conciencia sincera de que los matrimonios de cuentos de hadas no existen. De que eso de que hasta que la muerte os separe ya no tiene por qué unir.

—¿Eres abogado divorcista?

—No. No te estoy presionando para conseguir trabajo. Jo y yo nos divorciamos hace dos años, y yo recurrí a una colega. Es muy buena, hizo las cosas mucho más fáciles de lo que podían haber sido. Mira... aquí tienes mi tarjeta. —Busca en su cartera y saca un rectángulo grueso y pulido—. Lo siento. No quería meterme. Es que... bueno, ya sabes. Yo ya he pasado por eso. Las infinitas cesiones que haces en un matrimonio. Los intentos de arreglar algo que quizá no se puede arreglar.

Hace una mueca, ahora con movimientos exagerados y cómicos, el típico inglés que se ríe de sí mismo llevado al extremo. Es efectivo y simpático, y ella se ablanda un poco.

—Gracias... pero no creo que llame —consigue decir, y se sorprende de que su voz suene firme y clara.

Él se encoge de hombros, como diciendo que no le guarda rencor, y vuelve a la copa de vino, y se bebe el resto. Después de un rato se dirige a Alex, que es consultora de gestión con mucho éxito y ha sido madre recientemente, y enseña fotos de sus gemelos de un año, nacidos a través de fecundación in vitro.

—Ah, son adorables, Alex...

Su amiga sonríe con orgullo, y se embarca en una larga anécdota sobre sus precoces parloteos, tediosa, aunque el brillo que tiene Alex en la cara la hace soportable, e intenta ignorar la sugerencia de Rob que la incordia como un bebé insistente: «Divorcio. Las cesiones que haces en un matrimonio. Una abogada que hace las cosas mucho más fáciles de lo que podrían haber sido».

Junto a ella, Rob empieza una conversación con Andrea,

una mujer a la que apenas conoce, sentada frente a él. Sus voces se van elevando y ella se bebe el vino, notando la habitación cada vez más cálida y más íntima, y se apoya en Alex, que ahora habla del paladar sofisticado de sus bebés, notando la calidez del brazo de la amiga contra el suyo, y recordando una amistad que se podría reactivar, después de todos aquellos años.

En un momento dado nota que alguien la mira. Levanta la vista y diagonalmente, dos mesas más allá, ve la cara de una mujer con los ojos oscuros, el pelo rubio cortado en una melena mal cuidada, una boca sin sonrisa alguna que no la saluda con reconocimiento ni muestra calidez cuando ella le sonríe. Qué raro. Su sonrisa titubea cuando la mujer aparta la vista.

Alex sigue hablando, de modo que Sophie vuelve a escuchar, ofreciendo aprobación cuando se requiere, exclamando «oh» y «ah», maravillándose de la felicidad que su amiga acepta sin pensar. Se sentía así cuando nació Emily y James estaba entusiasmado con su primera experiencia de paternidad. Y luego también, más intensamente aún, después del nacimiento de Finn. Qué pequeños espacios de tiempo más preciosos.

Su mente vaga, preguntándose por esa mujer, cuya cabeza queda ahora oculta detrás de un espeso grupo de chaquetas de smoking, y sobre Rob, que ha desatado un tren de pensamientos perturbadores con su intervención. Divorcio. La renuncia inacabable.

Solo cuando está segura de que él no mira, coge la tarjeta y se la guarda en el bolso.

Más tarde, mucho más tarde, se desperdigan por el patio. Es más de medianoche y muchos de ellos se dirigen a la cama; una pareja, observa divertida, se va junta, un romance del segundo curso reavivado, aunque solo sea por una noche.

Rob se despide animosamente.

—Siento si me he pasado de la raya —empieza, pero para enseguida—. No, no es verdad. No hay que disculparse. —Su tono, educado, distante, es el mismo que ella usa con los electores que insisten en llamarles a Thursldon, desesperados por obtener la atención de James. Rob levanta a medias la mano, revelando una camisa de etiqueta toda arrugada, porque ya es esa hora de la noche, y desaparece subiendo por una escalera gótica, en el rincón del patio.

—¿Vas al bar? —Alex la coge del brazo y dan la vuelta en torno al césped. La noche es cálida, las estrellas tan brillantes como las recordaba la noche que se tumbó en el rocío y las vio dar vueltas, y cuando mira hacia abajo, tropieza, revelando lo mucho que ha bebido, o quizá sea por un brote de nostalgia, por esa sensación de las otras versiones perdidas de su vida.

—¿Estás bien? —Alex la estabiliza mientras ella se pone de nuevo el zapato, y le aprieta la mano.

—Lo siento, sí. —La amabilidad de sus manos que se juntan, de su amistad recuperada, la conmueve hasta las lágrimas. No han hablado de James. Ella se imagina charlando con ella hasta la madrugada, y luego se da cuenta de que es imposible, porque ¿cómo se va a arriesgar a ser sincera sobre él con nadie?

—Estaré contigo al momento. Solo necesito un par de minutos.

—¿Estás segura? ¿Qué quieres que te pida? ¿Media sidra por los viejos tiempos? ¿O una Budweiser? ¿No era eso lo que bebías siempre?

No la había bebido desde hacía años.

—En realidad, por favor, ¿podrías pedirme un whisky de malta con hielo?

—Bueno… ¿estás segura?

—De verdad. Te prometo que estaré bien dentro de dos

minutos. Solo necesito quedarme aquí sentada un poco, para pensar.

Los ojos de Alex se ablandan. No es ninguna idiota, y de repente Sophie no puede soportar su compasión.

—¿Prometido?

—Prometido.

—Vale, entonces. Te veo dentro de un momento —y su vieja amiga se va atravesando el césped.

Durante un rato se queda allí simplemente, en un banco apartado en un rincón del patio, viendo cómo van todos hacia el bar o fuera, a la Sala Comunitaria Junior. Las antiguas pandillas se han vuelto a juntar, los empollones de ciencias apenas hablan con los graduados en arte, y los esnobismos de siempre prevalecen todavía, aunque son los empollones los que dominan el mundo ahora, y los historiadores y graduados en literatura son todos profesores y periodistas, a menos que se hayan convertido en consultores de gestión o contables tras graduarse, y hayan dejado atrás sus inclinaciones artísticas.

El banco es sólido bajo sus muslos, y el frío evapora un poco su mareo. Ella intenta concentrarse en los que tiene más cerca, e imaginar a los jóvenes de dieciocho rondando a sus propios yoes de mediana edad. Algunos apenas han cambiado, unos pocos están irreconocibles, con el pelo teñido o las rastas que llevaban hasta que empezaron a asistir a entrevistas de trabajo ahora domados, convertidos en sencillas melenas lisas y pelo muy corto con entradas.

A medida que las siluetas se desvanecen, es consciente de que hay alguien sentado a su lado. Mira a la intrusa y nota un escalofrío de inquietud. Es la mujer que la miraba durante la cena, y que sigue sin sonreír, pero lanza un suspiro largo, cansino.

—Lo siento mucho… me temo que no recuerdo tu nombre. —Sophie trata de hacerse con el control de la situación.

—Ali. Ali Jessop. Alison en la facultad. Me parecía que sonaba más adulto —La mujer se vuelve a mirarla directamente, y Sophie ve que está bastante borracha, y que tiene los ojos inyectados en sangre e iluminados por un fuego curioso, intranquilizador—. No te preocupes. No me conocías. —Ali parece leerle la mente—. Yo no era una de las guapas. Y además estudiaba matemáticas, que no era lo tuyo.

—Ah.

Intenta relajarse, pero hay una capa de resentimiento bajo la voz de esa mujer. ¿Le haría algún desaire, alguna vez, o es una de esas mujeres que incomprensiblemente están resentidas con las que son más atractivas que ellas? Quizá se sienta fuera de lugar, con las raíces oscuras, el peinado como de mamá, un poco de exceso de peso… sus medias finas y oscuras tienen una carrera que sube por la pantorrilla, pero parece que no lo ha notado. Sophie lo notaría siempre. Se agarra a esta posibilidad, y luego ve que es posible que ella sea la persona con quien tiene que discutir esta velada, no un graduado en Filosofía, Política y Economía dominante y celoso de su marido, sino una partidaria firme del laborismo.

—Siento no recordarte —consigue decir—. Soy un desastre con los nombres. ¿Teníamos amigos en común?

—Pues sí. —Ali pronuncia las sílabas con una risa amarga, gutural—. ¿Recuerdas a Holly? ¿Holly Berry?

Se le tensa el cuero cabelludo con esa sensación de premonición y la imagen de una chica recordada a medias, y en la que pensó recientemente.

—Sí. Sí, claro. De hecho, pensé en ella hace unos meses. Alguien me la recordó.

—Tu antigua compañera de tutorías.

—Sí, por poco tiempo. Nos llevábamos bastante bien el primer trimestre, y luego se fue de repente, al final del primer año. Nunca supe por qué. —Hace una pausa—. Lo siento. No sabía que erais amigas.

—¿Por qué ibas a saberlo? Tú no te acuerdas de mí en absoluto.

—No, la verdad es que no. —Está desprevenida, e intenta llevar la conversación hacia terrenos menos beligerantes—. ¿Y está bien? ¿Todavía sigues en contacto con ella?

—Sí, seguimos en contacto.

Ali la mira un momento y luego se echa hacia atrás en el banco y mira al frente, hacia un dormitorio que está arriba, en la mitad del patio, por debajo del reloj de sol. Sophie espera, extrañada por su conducta, y cada vez más aprensiva de que esta mujer algo borracha pero que se expresa muy bien esté a punto de lanzarle una granada emocional.

—Y en cuanto a eso de si está bien... bueno, sí, ahora está bastante bien. Tiene éxito profesionalmente. No se ha casado ni tiene hijos.

—¿Y a qué se dedica? —Se agarra a un clavo ardiendo.

Ali se vuelve y la mira directamente a los ojos.

—Es abogada criminalista.

Y ahí está, ese escalofrío de miedo, tan intenso que el aire a su alrededor se hiela perceptiblemente y todas las sensaciones se acentúan. La ansiosa Holly, regordeta, penosamente progresista, casi guapa, bastante mona, tan idealista y poco práctica, es «abogada». Kate Woodcroft aparece en su mente como un relámpago, pero desecha su imagen de inmediato. No existe la menor posibilidad. Y sin embargo, Holly se ha convertido en alguien tan autoritario y poderoso como ella...

—Ese era el dormitorio de Holly. —Ali mueve los ojos hacia arriba—. La encontré después. Había cerrado la puerta y me costó veinte minutos convencerla de que la abriera. Cuando lo hizo, no me dejaba que la tocara: tenía los brazos cruzados muy apretados y se había puesto una ropa muy ancha, que al final la convencí de que no llevara. —Su voz se entrecorta, un momento de debilidad, y luego se tranquiliza, pero sigue sin mirar a Sophie, mira derecho al frente, como si estuviera decidida a contar lo suyo—. ¿Te preguntas por qué se fue? ¿Qué hizo que abandonara su licenciatura en Oxford, cuando había luchado tantísimo por estar aquí? ¿Por qué puede hacer eso una chica?

Se vuelve y la mira.

—No lo sé. —Sophie se agarra a cualquier explicación posible, por peregrina que parezca, aunque interiormente se está desmoronando y nota como si se estuviera derrumbando. Sabe lo que vendrá a continuación—. ¿Se quedó embarazada?

—La violaron.

Solo ha susurrado las palabras, solo cuatro sílabas, disparos de un arma que reverberan y resuenan.

—Tu marido tiene antecedentes, Sophie —dice Ali. Su voz suena baja y pragmática, triste, pero no malévola—. Solo te cuento esto porque estoy borracha, me he tenido que emborrachar para poder decirlo. Pero eso no significa que no sea verdad. Él la violó cuando era virgen y tenía dieciocho años, al final del primer curso. Me imagino que nunca habrá pensado siquiera en el impacto de lo que hizo; quizá ni siquiera se dio cuenta, pensó que era solo otro encuentro sexual casual. Pero el caso es que lo hizo.

Las feas palabras giran a su alrededor y Sophie se pone de pie, desesperada por escapar. Nota las piernas flojas, pero su corazón se acelera, y la sangre se le sube a la cabeza.

—No seas absurda. —Sabe que suena ridículo, pero tiene que decir algo—. No sabes lo que estás diciendo. ¡Estás mintiendo! No digas eso tan malo y desagradable…

Ali levanta la vista hacia ella desde el banco, encoge los hombros solo un poquito, un movimiento mínimo.

—No, no es así… y yo también lo siento.

—¡Eres una zorra! —Las palabras desconciertan a Sophie, pero su instinto de conservación es mucho más fuerte de lo que ella misma pensaba. Sea cual sea la verdad, no puede dejar que la gente piense eso de James.

Debe apartarse de esa mujer, así que se vuelve, con la cabeza bien alta, y sus tacones bajos resuenan rápidos en el camino, mientras se aleja. Clic, clic, clic. «Mantén la postura recta, sigue apartándote de ella, no corras, ya casi estás.» Intenta agarrarse a algo positivo. ¡Los niños! Se imagina los brazos de Finn apretados a su alrededor, y luego ve la carita de Emily, solo un poco dudosa cuando le contó que papá estaba en el juzgado porque una señora había sido poco amable. Se le tuerce un tobillo, tropieza, se tambalea, medio se echa a correr mientras la verdad cae sobre sí con estrépito, los hechos alineándose por fin como un cubo de Rubik que se resuelve.

En la biblioteca empieza a bajar el ritmo, pero la voz de Ali la sigue mientras abandona el patio, un insulto final, bajo y burlón, que la acosará durante las largas horas de una noche sin sueño, y continuará atormentándola a lo largo de los días y semanas que seguirán.

Intenta fingir que no lo ha dicho, pero la noche es clara, y el patio está vacío.

—Te digo la verdad… y creo que tú lo sabes.

SOPHIE

3 de octubre de 2017

*L*a recepción-cóctel en la sala de conferencias del hotel está repleta. Llena de delegados exhaustos después de pasar el día entero conspirando, sus suaves caras bañadas en sudor y adrenalina y la emoción de estar en la misma sala con tantos diputados.

El vino blanco no es demasiado seco y está tibio. En la fiesta del *Spectator* sirven champán Pol Roger; en todas las demás, solo hay esto, zumo de naranja concentrado o agua con gas. Sophie bebe de todos modos, probando el vino flojo y notando cómo pega y le estraga la boca y con un poco de suerte podría entumecerla del todo. Bebe mucho más, estos días.

¿Dónde está su marido? Examina la sala, consciente de que él es todavía su punto focal, y deseando poder relajarse y no notar continuamente su ausencia o comprobar su presencia. Pero la verdad es que solo está allí por James. Es ridículo, como si no estuviera pensando constantemente en dejarle. Cada mañana se despierta y durante una fracción de segundo se queda tumbada en la cama, con tranquila ignorancia. En ese estado semiconsciente en el cual solo percibe

SARAH VAUGHAN

la calidez de su lecho y la limpieza de las sábanas, porque es muy puntillosa y las cambia cada semana o dos veces a la semana. En ese estado, el día todavía tiene posibilidades de ofrecer alegría, porque es alegría, y no algo más ambicioso como por ejemplo felicidad, lo que anhela.

Y entonces, quizá medio segundo más tarde, la ilusión se rompe y recuerda. El recuerdo le llega como un dolor físico. Una corrosión del estómago, un dolor del corazón, de modo que queda paralizada brevemente por el peso de su pena y por la carga de un conocimiento que podría consumirla, si no bajara las piernas de la cama y se levantara, arriba, arriba, arriba, porque hay niños que tienen que ir a la escuela, y hay que ocuparse del día a día, y no hay tiempo para la introspección, que debe ser desterrada antes de que se obsesione completamente y se la coma viva.

Intenta aplicar las técnicas de terapia cognitiva del comportamiento que le ha enseñado Peggy, con la cual todavía no puede ser totalmente sincera, por supuesto, pero que ha resultado de mucha ayuda. Pero la mayor parte del tiempo, la distracción, en forma de ejercicio, y la perpetua, implacable, innecesaria reorganización de la casa, es lo que le funciona mejor.

Así consigue clausurar los pensamientos que giran como un caleidoscopio en los momentos de vigilia y mientras se ducha, antes de la bienvenida interrupción de los niños. ¿Es James un violador habitual? ¿Fueron solo Olivia y Holly, porque ya ha aceptado lo que Ali le contó, un hecho que encuentra casi insoportablemente lamentable, o hubo otras jóvenes, aparte de esas dos, y esos incidentes no son simples debilidades? ¿Habrá otras más todavía? ¿Una retahíla de amantes cuyos deseos él no tiene en cuenta, despreocupadamente, porque su necesidad es lo que más importa? La simple idea la deja paralizada aquí, en el cuarto de baño; hace que desee quedarse, esconderse bajo el agua corriente para siempre.

¿Piensa él alguna vez en lo que ha hecho? Nunca hablan del tema, por supuesto, y él fue categórico en su opinión: «Yo dije la verdad, o casi. O la verdad tal y como la veía yo. Ella quiso tener relaciones sexuales varias veces, en situaciones similares». Sabe que su punto de vista no habrá cambiado. Pero si todavía tiene ese enfoque tan flexible del consentimiento y de decir la verdad, entonces, ¿qué dice eso de ella? Porque el hecho es que sigue casada con él...

Cuando esos pensamientos la acosan, limpia neuróticamente, empapa los rincones de las cómodas con un pulverizador antibacteriano, seleccionando y quitando de las habitaciones de los niños juguetes que ya no corresponden a su edad pero que echarán de menos cuando vean que faltan, dobla la ropa interior según las recomendaciones estrictas de una gurú del estilo de vida, y recicla los calcetines sueltos o la ropa con imperfecciones, porque su casa debe estar rigurosamente ordenada, al menos, aunque lo demás no lo esté.

Y al final, el torbellino arremolinado de su mente empieza a amainar. Estar lejos de Londres ayuda también, lejos de James, con Ginny en Devon, e increíblemente, a finales de agosto, en unas vacaciones familiares en Francia con él. James está encantador con los niños, y adorable con ella. Y aunque no siente nada cuando la toca, sabe que tiene que aparentar que se está descongelando, por el bien de Emily y Finn. Ellos son (deben ser) su prioridad.

Cada vez resulta más y más soportable fingir, hablar de nuevos comienzos, y de que las cosas van a ir mejor, porque es lo que en gran parte, en la parte que trata de olvidar lo que le dijo Ali y lo que ha reconocido James, ella quiere creer, desesperadamente. Y sin embargo, en las raras ocasiones en que hacen el amor, se imagina organizando los armarios de la cocina, los botes Kilner reemplazados quizá por otros de Jamie Oliver, con las tapas de ese típico verde suyo. Igual que ella sabe (por lo que conoce de James) que se con-

SARAH VAUGHAN

vierte en una segunda naturaleza apartarse uno mismo
cuando se está teniendo una aventura, así deja a un lado su
auténtico yo. Pasa por todos los movimientos con su marido, mientras la auténtica Sophie, la Sophie que quizá fue
Sophie Greenaway, la chica que podía remar por un río, confiada, completa sin un hombre carismático al que agarrarse,
existe en otro lugar.

Y así va tirando, simplemente tirando. Pasando un día y
luego otro, pensando solamente en los niños, mirándolo todo
en lo posible por el lado bueno… vive con esos eslóganes,
sonríe cuando hace falta. Aquí, por ejemplo. En esta sala de
conferencias de hotel con su gruesa moqueta, la que estalló
por una bomba del IRA a mediados de los años ochenta. Mu-
rieron cinco personas entonces. Es muy consciente de este
hecho, que la hace poner los pies en el suelo. A pesar de sus
enormes problemas, no son nada comparados con la fatalidad
de la muerte.

Coge otra copa de un camarero y brinda por esa idea,
consciente de que su rostro es una máscara contemplativa,
que no concuerda con la frivolidad de los que la rodean.

—Anímate. ¡A lo mejor no ocurre nunca!

Un tipo con la cara roja, la camisa rosa tirante por la cintura, revelando un rollo de grasa como un michelín, le pone
la mano en la espalda al pasar a su lado, y Sophie retrocede
al notar su palma húmeda, con el cuerpo tenso.

—¡No tienes que fruncir el ceño, querida! —Levanta las
manos imitando los gestos de la rendición, con la agresividad
palpable tras su fina capa de afabilidad. Ella sonríe, con la
cara tensa, y se aparta.

Pero otra persona atrae su atención. Un hombre delgado,
de mediana edad, que escucha a Malcolm Thwaites, con la cabeza inclinada a un lado y los ojos oscuros relampagueando
en su rostro, atentamente. Su traje color azul marino brilla,
parece un poco desgastado en realidad, y la caspa cae sobre

sus hombros. Sus dedos flacos juguetean con una copa de vino rojo. Lo reconoce del tribunal: Jim Stephens, uno de los periodistas que llenaban los bancos de la prensa, y que le gritó aquella terrible mañana que James llegó a prestar testimonio: «¿Todavía tiene plena confianza en su marido el primer ministro, Sophie?». Una pregunta que aún le produce un pinchazo de miedo. Recuerda lo decidido que estaba a obtener una respuesta, y que aquello no pegaba con sus modales desastrosos, esa gabardina raída, su aliento, al acercarse demasiado a ellos, apestando a café y cigarrillos.

Le pica el cuero cabelludo. Él no forma parte del *lobby*, así que, ¿qué hace aquí? Debe de andar husmeando algo turbio de James. En la conferencia del partido del año anterior, su marido se acostaba con su investigadora. ¿Quién dice que James no vuelva a correr algún riesgo, que no vuelva a recaer en lo de siempre? ¿O a lo mejor anda en busca de una noticia distinta? Los periódicos siguen obsesionados con la foto de los Libertinos, aquella en la cual Tom y James se acicalan en los escalones de entrada, una imagen indeleble que habla de su procedencia privilegiada. Ella piensa en el acontecimiento terrible, a finales de su primer año, en la angustia de James cuando se lo contó, al día siguiente, con los ojos rojos, sin comprender nada. La única vez que ella le ha visto llorar. El corazón le da un vuelco. Por favor, que no se entere nunca de eso.

La mirada del periodista se encuentra con la suya y él levanta la copa. El calor le sube por el cuello, y se vuelve y se introduce entre los bancos de activistas con sus trajes impecables, decidida a poner algo de distancia entre los dos. Coge otra copa de vino. Algo que la distraiga. Así está mejor: en cuanto llegas a la tercera, el dulzor se hace menos empalagoso. Se lo bebe rápidamente, acepta otra copa y su estómago burbujea con ácido y miedo.

Debe encontrar a James, porque se supone que esto es

parte de su rehabilitación, este mezclarse con los más fieles del partido, demostrar que está dispuesto a currar de lo lindo (el apretón de manos, la escucha atenta) y que ha aprendido de su caída en desgracia. A todo el mundo le gusta un chico malo que se arrepiente, y se han regodeado con él, escuchando su *mea culpa* en las reuniones periféricas sobre la importancia de la unidad familiar, contemplando con aparente sobrecogimiento su voz cascada y viendo cómo se mordía los nudillos para contener las lágrimas. Estaban encantados con él, esas parejas de sesenta, setenta años, que ella habría supuesto siempre que serían severas, y las mujeres sin pelos en la lengua de cincuenta y tantos, con sus chaquetas de un vivo color azul pavo real o magenta. «Es digno de admirar alguien que puede levantar las manos y confesar que se ha equivocado, pero que ha aprendido de su error», opina una, y ella quiere coger a esa mujer estúpida y chillarle en la cara.

Pero claro, no puede hacerlo. La nueva Sophie, mucho más cínica (¡cómo odia haberse vuelto así!) debe estar allí diligentemente mientras él los corteja a todos, jugando al penitente con precisión, fingiendo un interés que ella sabe perfectamente que no siente. Casi admira su actuación, si no fuera porque no se puede confiar en una sola palabra de lo que dice. «Todos adaptamos la verdad de vez en cuando», le había dicho, con un tono tan despreocupado que casi sonaba razonable. Y sin embargo no lo era. Y no lo es. La mayoría de la gente no lo hace. Solo ahora empieza a darse cuenta de la frecuencia con la que él juega con la verdad, a través de elisiones, omisiones, medias verdades, y consigue manipularla.

Bueno, no tiene sentido quedarse aquí. Examina la sala una vez más y ve a alguien a quien desearía ignorar: Chris Clarke. Él capta su mirada y ella aparta la vista demasiado tarde, porque se está acercando ya, y la multitud se separa cuando él se abre camino impecable.

Coloca su mano bajo su codo y la encamina hacia un lugar más tranquilo de la sala, junto a unas puertas correderas que se pueden abrir y una mesa repleta de vasos y cuencos vacíos, manchados con cáscaras de cacahuete y patatas fritas. Jim Stephens está en la parte más alejada de la sala, de espaldas a ellos, y los periodistas del vestíbulo todavía trabajan en sus noticias. Los delegados están demasiado lejos para poder oírlos.

—Bueno, pues por fin nos encontramos en mejores circunstancias. —Su tono es conscientemente optimista, pero la sonrisa de él no corresponde con sus ojos.

—¿A diferencia del juzgado, quieres decir?

Él parpadea como un topo.

—Lo siento —añade Sophie. Cualquier cosa con tal de que se vaya.

—Anímate. Lo está haciendo bien. —Sus ojos examinan la sala. El secretario de Interior se abre camino entre la multitud, una bandada de posibles ministros formando una rosquilla a su alrededor—. Podría volver al Ministerio del Interior antes de que te des cuenta.

—¡No digas tonterías! —Su tono es seco.

—Bajo el secretario de Estado, a cargo de la política de drogas. Posiblemente un cáliz amargo, pero él se ha enfrentado a cosas mucho peores, ¿no? Y por supuesto, sigue teniendo la confianza del primer ministro. Un movimiento audaz, pero el primer ministro cree que podría arreglárselas.

—Joder...

La mira, sobresaltado. Sophie no dice tacos nunca, la palabra se le ha escapado involuntariamente. Una burbuja de rabia se hincha en su interior. ¡Ese puesto no! ¿Cómo puede ser tan estúpido Tom, tan irreflexivo? Se imagina al primer ministro sonriendo con su sonrisa encantadora y sin mácula, sin pensar en la arrogancia que supone semejante decisión, en lo arriesgado de su conducta, y también la de James. Hasta ahora se han librado de todo, su lógica ha funcionado perfectamente, así que, ¿qué le impedirá llevar a cabo esa decisión? Después de todo es el primer ministro... Pero ah, qué arrogancia, qué hipocresía en todo ello.

Mira a Chris y es consciente de que le escuecen los ojos, de que las lágrimas son inevitables, y necesita apartarse de él rápidamente, antes de que diga algo que después podría lamentar.

—¿Hay algo que deba saber? —La mira detenidamente ahora, con sus ojos claros bien alerta, mientras ella recoge la chaqueta y el bolso, con todas las fibras de su ser vibrando, resistiéndose a la necesidad de salir huyendo—. ¿Es demasiado amable el primer ministro?

Sophie casi se pregunta si estará fingiendo.

—¿De verdad que no tienes idea?

Pues no, no la tiene, y ella no hará ninguna concesión a su ignorancia. Mira al suelo, la moqueta, notando el grosor de sus hilos.

—A lo mejor podrías preguntarles por una fiesta después de los exámenes finales. Varios de los Libertinos. Tom y James. Junio de 1993.

Y con eso, abandona la sala de bajo techo, con su calor opresivo y su ruido estentóreo y su gente horrible, que trama y conspira y cotillea, y se dirige hacia el relativamente fresco frente marítimo de Brighton, una noche fría de principios de octubre.

JAMES

5 de junio de 1993

*L*a habitación de Alec en el tercer piso se encontraba atestada. Todos los Libertinos de tercero estaban allí después de un último fiestón, y el alivio de haber sobrevivido a los exámenes finales envolvía unas caras inusitadamente apagadas hasta adquirir un tono gris de asilo.

James se estiró en un sillón de cuero, notando los efectos del champán además de un agotamiento casi febril. Estaba mortalmente cansado, como resultado de haber dormido poco durante muchas noches. Estuvo empollando. Empolló mucho a última hora de la noche. Al principio se las arreglaba, su confianza era lo suficientemente fuerte para pensar que podía con todo, pero solo enfocando los exámenes igual que una crisis de entrega de trabajo, sobreviviendo a base de Pro Plus, Marlboro Lights y café para resistir las horribles horas de la noche, y luego whisky para poder dormir. La coca parecía superflua. Hizo los exámenes en un estado de hipervigilancia, y las cuestiones económicas más difíciles las afrontó con solo un sueñecito de cuatro horas.

No era eso lo que se había propuesto. Era disciplinado en lo que respecta al deporte y estar en forma, disciplinado en aligerar su trabajo académico con el disfrute. Casi lo llevaba al extremo. Sin embargo, pensaba que había tenido éxito en todo: la nota máxima en Oxford y el premio deportivo, sellos en un pasaporte que lo llevaría a lugares que pocos sabían que existían, clubes dentro de los clubes, círculos íntimos por los que ya navegaba con facilidad.

Se movía, inquieto, con demasiada cafeína y alcohol en las venas. Iría a correr mucho rato al día siguiente por la mañana, a University Parks, y luego a través de Jericho, y subiendo por Port Meadow, seguiría el Támesis hasta Godstow, donde se entrenaba el primer bote. Luego se dirigiría hacia los verdes pulmones de Oxford a la clara luz primeriza, antes de que la ciudad estuviera despierta para pasar el día, y mientras la vida pareciera todavía fresca y sin mácula, y se sentiría de nuevo como antes: en forma, viril, capaz de estirarse y correr sin notar la presión insistente de tener que repasar, o sabiendo que veinticuatro horas de exámenes determinarían su valor académico, toda aquella energía reprimida mientras pasaba el rato en las bibliotecas, con las largas piernas golpeando el escritorio por debajo, los hombros dándose porrazos contra la estantería mientras se echaba atrás en la silla, y finalmente tendría una válvula de escape, los músculos tensos, el corazón bombeando, la sangre circulando veloz mientras sus zapatillas se humedecían de rocío y él iba corriendo por las calles moteadas por el sol.

Estiró los brazos hacia arriba, notando que los nervios subían desde sus hombros y observó con tranquilidad sus dedos largos y bien proporcionados. Ya se sabe lo que dicen de los dedos… Ahora que su cabeza se iba vaciando enseguida de esos conocimientos empollados las cuatro semanas anteriores, pensaba con insistencia en una sola cosa. Se encontraba ante él la última quincena del trimestre, beber, remar, pasear en barca, sexo. Mucho sexo. Llevaría a Soph río arriba desde la Cherwell Boat House, harían un pícnic en uno de los campos de University Parks, deshojaría su flor (era un buen eufemismo shakesperiano) entre la alta hierba, con el sol calentándolos, las nubes deslizándose por un cielo de un azul vibrante. Quizá fueran en bicicleta más allá, hasta Woodstock y Blenheim, porque ahora tenía tiempo para prestarle algo de atención. Ella tenía exámenes de primero, pero no eran importantes, y le parecía bien que estuviera ocupada. El problema de las mujeres, aparte de que carecen del valor de sus convicciones, es que pueden ser muy exigentes. Soph parecía darse cuenta de que él no podía soportar la dependencia, pero aun así la notaba, una marea cuidadosamente suprimida que lo atraparía y lo acabaría hundiendo si él le daba alguna indicación de que ella le importaba de verdad.

Desechó esta idea y, por el contrario, pensó en un verano largo y hedonista. No estaba muy seguro de cómo encajaría ella. Supuso que su relación iría decayendo en septiembre, cuando empezase su nueva vida en Londres, pero antes tenía que llenar todavía mucho tiempo. No había sugerido nada para las vacaciones, porque no quería que Soph se pusiera demasiado pesada, y además iba a estar fuera, en Italia, tres semanas, en un lugar donde los padres de Nick tenían una villa, y luego navegaría en St. Mawes con los viejos.

Pero durante unas semanas los *parentes* estarían fuera, y ella podría ir. Una casa vacía, un verano bochornoso. Ya la veía echada en la cama, con la sábana entre las piernas. Un par de meses despreocupados, el fin de una adolescencia prolongada, consentida. Un periodo final sin responsabilidades ni expectativas, excepto disfrutar. Porque en septiembre estaría ya trabajando para la firma más importante de consultores de gestión. La perspectiva no le llenaba de un entusiasmo excesivo, para ser sincero, pero si quería hacer carrera en política, necesitaba una vida antes y la posibilidad de ganar un buen dinero.

Se bebió de un trago el vasito de whisky que Nick había llenado, y abrió una cerveza. Las ventanas con bisagras estaban abiertas de par en par hacia la noche, y Alec y Tom habían trepado fuera y estaban asomados al balcón de piedra que daba a los Meadows. El sonido de su risa libre de ataduras entraba en la habitación y flotaba hacia abajo, al Támesis.

Desde el tejado, se podía uno poner de pie en las juntas de plomo y echarse hacia atrás en las tejas, de modo que podías mirar arriba a las estrellas, o pasar a lo largo del borde, como Alec. Le oía corretear por las tejas, sabía que estaba pasando por allí. A James nunca le había gustado. Escalar paredes es una cosa, y tejados, otra. A él le gustaba moverse hacia arriba, no mirar abajo. Es curioso, podía ser muy imprudente con algunas cosas, como las mujeres o el estudio, o alguna droga recreativa de clase A, ahora que se habían acabado las competiciones de remo hacía tiempo, pero eso, igual que otras cosas, su fuerte instinto de conservación conseguía dominarlo.

Fue hacia ellos, ansioso de aire puro. La noche era tranquila y, a pesar de que las ventanas estaban abiertas, la habitación seguía llena de humo y del aliento rancio de chicos borrachos de cerveza y champán. George, agachado encima de una mesita baja, repleta de vasos y botellas vacías de cerveza, estaba esnifando una raya de coca. En el retrete, Cassius, con el estómago muy abultado encima de la bragueta, tenía arcadas. Notó una punzada de asco. Ahora que sus vidas en Oxford casi habían terminado, él y Tom debían distanciarse de toda esa gente, no solo por simple instinto de conservación, sino por respeto a sí mismos.

Un ruido al otro lado de la habitación. El honorable Alec había entrado de nuevo desde el tejado al balcón y llevaba en la mano una diminuta bolsa de plástico con un polvo dentro. A su lado Tom, que llegaba tarde después de un misterioso viaje a Londres, intentaba reír, pero la tensión de su mandíbula traicionaba su ansiedad, e indicaba que prefería que Alec le devolviera inmediatamente aquella sustancia. Este, consentido y mimado, era impredecible cuando se colocaba, capaz de esparcir la nieve química por el patio, y su risa histérica recordaba severamente a cualquiera de los implicados que era mejor no alertar a las autoridades universitarias de que allí había sustancias ilegales.

Farfullaba, pero no parecía que lo fuera a tirar.

—Oh, tío... eres un genio. —Echó el brazo sobre los hombros de Tom—. Vamos a probarlo. —Sus pupilas estaban dilatadas y habían perdido su brillo. Fuera lo que fuese lo que había tomado, era demasiado.

James notó un pellizco de aprensión, una conciencia creciente de alguna nueva experiencia que podía ser mala. Examinó la bolsita, que colgaba como un condón usado, y vio que una mezcla peculiar de emoción y cansancio iluminaba el rostro de Tom.

Alec estaba nervioso, lleno de emoción.

—¡Tío, será fantástico!

Tom, concentrado, asintió; sacó un tubo hecho de papel de aluminio de su mochila y una pajita de refresco.

—¿Tienes el encendedor?

Alec cogió el mechero de plata de su padre, una reliquia familiar ligeramente falta de lustre, y lo encendió. Una llamita anaranjada surgió en la punta. James notó un escalofrío de miedo que le recorría la columna vertebral.

—¿Es lo que pienso que es?

Tom se encogió de hombros.

—¿Es caballo?

Su mejor amigo asintió.

—No te preocupes. Es de primera. Es lo que tomé la semana pasada con Thynne.

—¿Y tú te fías de ese idiota?

—Venga, James. Es un colega.

—Es un cocainómano.

Se apartó, esforzándose por contener su desdén, cada vez mayor. Desde su último examen, Tom había estado de fiesta con Charlie Thynne, un pseudohippy que se había graduado el año anterior y cuyo nombre («Delgado») era muy pertinente. Tom no paraba de contar que había probado la heroína con él, en la ciudad, la semana anterior. Lo único que vio James fue el nerviosismo de Charlie, la inquietud que sentía en su propio cuerpo. Quiso sacudir a aquel tío, hacerle correr por un camino de sirga, o empujarle hasta que quedara mareado por el cansancio de los ejercicios. Sus miembros ligeros y delicados, su cara pálida, le daban escalofríos.

Se volvió hacia el balcón donde Tom estaba colocando la heroína en un trozo de papel de aluminio con la misma reverencia que un vicario oficiando la comunión.

—Joder, Tom.

Intentó concentrarse. No podía consentir que Tom se volviera así, que su antiguo compañero de carreras campo a través se volviera paranoico y patético, ni tampoco podían arriesgarse ninguno de ellos, si querían tener una carrera política.

—Tranquilo, James. La última fiesta, ¿no? —Alec, fingiendo acento barriobajero y con aire despreocupado, hizo un guiño mientras Tom acercaba el encendedor al papel de aluminio y el polvo empezaba a fundirse y se convertía en un líquido marrón.

—¿Así? —Alec, siempre codicioso de nuevas sensaciones, cogió la pajita e inhaló—. Aaaaah… tíooooo…

Parecía algo casi poscoital. Un aspecto de intensa relajación inundó su cara.

El sonido galvanizó a Tom, que cogió la paja y copió a su amigo.

—Aaaah… ¡mieeeeerda!

Su voz se hizo más profunda, las vocales se fundieron y

se volvieron más suaves, sus miembros se aflojaron, apoyados contra el balcón, y los bordes entre carne y piedra se fundieron.

James estaba sobrio de repente. Arrancó la paja de manos de Tom y corrió al lavabo con la bolsa de plástico. Cassius estaba enroscado alrededor de la cisterna. Su cuerpo gordo cayó contra él, y James le dio una patada involuntariamente.

—¿Qué cojones…?

Se contuvo con esfuerzo para no darle otra.

—¿Qué cojones, James?

—Cállate la boca.

Su voz sonaba violenta al echar el polvillo en la taza y tirar de la cadena. El polvo desapareció en el torbellino, pero la bolsita de plástico se quedó flotando, insistente. Metió un trozo de papel encima y apretó de nuevo la cadena, una y otra vez.

—¿Qué cojones, James? ¿Qué cojones?

—¡Cállate! —Sus nudillos agarraban la cisterna, y sintió como si estuviera conteniendo el aliento, incapaz de moverse, arriesgándose a que Cassius viera lo que estaba haciendo—. Joder, menos mal. —Su aliento se aflojó por fin. El plástico fue absorbido y desapareció.

Tom. Tenía que ver cómo estaba Tom. Corrió de vuelta al balcón, junto a George y Nick, que estaban apoltronados en el destrozado sofá, coronados con halos de humo.

—¿James? —Nick se removió apenas.

—Tómate algo. —George levantó su vaso—. O un poco de coca. Venga, tío.

Se puso de pie de un salto, pasó un delgado brazo en torno a James y lo estrechó con fuerza.

—No, ahora no, George. —No le costó esfuerzo alguno soltarse de George, pero lo hizo de forma elegante, manteniendo a raya su ira.

—¡James! —George estaba indignado, pero James lo

apartó. No tenía por qué estar con esos perdedores. Lo único que importaba era Tom, su mejor amigo desde hacía casi diez años, que ahora le sonreía beatíficamente.

—Tom... ven aquí, colega. Ven aquí. —Tuvo que contenerse para no cogerlo por los hombros y sacudirlo, cuando el otro se dejó caer. Lo rodeó con sus brazos—. Tom... es hora de irnos, tío. No necesitas esto. No necesitas la puta heroína. —Su voz se convirtió en un susurro. Cogió las mejillas de Tom e intentó traspasar su borrosa mirada, luchó para mantener la tranquilidad en su voz, aunque todo su ser estaba convulso de rabia, y un disgusto irrefrenable que burbujeaba acabó por explotar con un susurro frío y despiadado—. Está en una liga distinta de la coca, gilipollas.

—¿Quéeeee? —La cara de Tom estaba blanda y sonrojada—. Te quiero.

—Sí. Salgamos de aquí ahora mismo, ¿vale? —Aprovechó su rabia para medio tirar medio levantar a Tom, y sujetó su cuerpo de casi ochenta kilos contra él—. No querrás estar como él. —Echó un vistazo al honorable Alec, apoyado contra el balcón—. ¿Ha tomado demasiado?

—¿Quéeeee?

—A lo mejor deberíamos coger esto. No quiero que tome más, por si acaso. —James arrugó el papel de aluminio quemado y se lo metió en el bolsillo, y le ardían los dedos con el calor residual. Su simple contacto hacía que se sintiera sucio—. Vamos, pues. ¡Vamos!

Se echó el brazo de Tom por encima de los hombros y empezó a llevárselo, medio arrastrándolo, medio empujándolo.

—No... quédate aquí. —Las piernas de Tom parecían negarse a sostenerle.

—¡No! —James estaba lleno de rabia—. No pienso dejarte aquí. ¡Tú no eres un puto yonqui!

Y entonces vio un relámpago de algo parecido al reconocimiento en los ojos de Tom.

—Vale...

—Salgamos de aquí, joder.

No podía decir por qué notaba esa espantosa urgencia por salir corriendo. Solo que era fuerte e inmediata, era un chute de adrenalina más intenso que ninguno de los que había experimentado al empezar una carrera. Su amigo más íntimo no podía escaparse de él así, ni meterse en algo que lo acosaría o lo destruiría. La droga era una oscuridad incontrolable, desconocida, algo que podía abrumar por completo y rápidamente a Tom, le parecía, o bien que sería un sucio secreto que podía enconarse y mancharlo todo.

Se lo llevó medio a cuestas atravesando la habitación, y le iba susurrando para tranquilizarlo, animándose al ver que Tom, a pesar de la comodidad que le ofrecía la droga, se dejaba guiar, y su cuerpo pesaba, derrumbado contra el suyo.

—Nos vamos ahora mismo. Alec no dirá una palabra, y dudo de que los demás se hayan dado cuenta.

—Mareado...

—Sí. Vale. Bueno, son cosas que pasan.

Lo hizo salir por la fuerza, pasando junto a los otros, consciente de que aún tenía la bola de papel de aluminio apretada contra su pierna.

—¡Nos vamos! —dijo James hacia las habitaciones forradas de madera donde Nick y George estaban esnifando más rayas de coca—. Voy a despertar a Soph. Tom se viene.

Los saludaron unas risotadas estentóreas.

—Chica con suerte.

—¿Podrá con los dos?

—¿No querrá un tercero? —Este último era George.

—Muy bien. —James se negaba a cabrearse, casi empuja a Tom a través de la puerta y bajando los escalones, y la puerta de roble crujió como un suspiro de alivio.

Y cuando ya estaban fuera, James bajó a Tom a pulso por los tres tramos de escaleras, dándole apoyo cuando se detuvo en los gastados escalones, vencido por el mareo. Cuando llegaron al patio, Tom se inclinó detrás de un seto y vomitó violentamente.

—¿Mejor ahora?

—Calor. —Estaba muy rojo—. Mareo...

—Bueno, pues nos vamos de aquí cagando leches.

Fueron dando tumbos en torno al patio hacia la puerta de atrás, James todavía medio apoyándole, intentando hacer que caminara más rápido. Era tan tarde que no vieron a nadie. En cuanto estuvieron fuera de la facultad, hicieron una pausa y miraron atrás, a la habitación de Alec. Las ventanas estaban todavía abiertas de par en par, y vieron una figura de pie en el balcón, con la cara vuelta hacia la luna, y una expresión, por encima de la camisa de seda color crema y el chaleco desabrochado, de intenso deleite.

—Qué gilipollas. Igual se imagina que puede volar.

James meneó la cabeza y se apartó, y empezó a recorrer la grava arenosa, con el brazo todavía en torno a la cintura de Tom, medio tirando de él, medio azuzándole. Solo cuando llegaron al borde de los Meadows la idea, la terrible idea, empezó a formarse en su mente.

Y entonces oyeron el grito. El sonido más espantoso, loco, lleno de alegría y rápidamente carente de ella, y el pesado golpe del cuerpo de un joven impactando en la grava, seguido por el deslizamiento de las tejas.

—¡Joder! ¡Corre! —El instinto fue inmediato; sus entrañas se volvieron de hielo y echó a correr.

—Pero ¿y Alec? —vaciló Tom, despertando de su estupor.

—¡Corre, hijo de puta!

Lo agarró por la cintura, sujetándolo firmemente, y clavándole los dedos.

—Pero Alec...

—¡Te digo que corras, joder!

Medio lo arrastró, y estaban ya fuera de las puertas y dirigiéndose hacia High Street, con los pies resonando en la tierra polvorienta, y la adrenalina dejándolos completamente sobrios y fríos, y años de carreras campo a través dándoles la potencia suficiente para alejarse con rapidez.

—Pero ¿y Alec? Tenemos que llamar a una ambulancia. —La voz de Tom era un quejido.

—No puedes hacer eso. Le has dado tú el caballo, idiota.

—Joder. —La enormidad de lo que había ocurrido pareció golpear a Tom y su boca se torció como si tuviera que contener una emoción demasiado grande.

—Mierda. Aún tengo el papel de aluminio. —James hizo un gesto hacia su bolsillo—. Mierda.

—Tienes que tirarlo. —La cara de Tom se endureció; el instinto de conservación dejó a un lado la compasión—. Arriba hacia Brasenose Lane.

Giraron hacia la izquierda y corrieron por las calles hacia el contenedor de basura público, apretaron el papel de aluminio hacia abajo, bien metido bajo los cartones y envoltorios de chocolate del McDonald's, las latas de Special Brew y las pieles de plátano.

Cruzaron un Rubicón entonces, pero Tom, con una crueldad que James vería después, cuando saltó por encima de otros para asegurarse un escaño y maniobró para convertirse en líder del partido, se había sacudido sus escrúpulos y corría hacia su facultad. Él lo siguió, con el corazón latiendo con fuerza y la negrura que burbujeaba en el borde de su cerebro.

En la puerta de su habitación, Tom volvió a insistir.

—¿Y la ambulancia? —jadeó pesadamente.

—Los otros lo habrán hecho ya. O el portero.

—¿Estás seguro? —El aliento de Tom salía en forma de sollozos, estaba a punto de llorar.

—Para serte sincero, no creo que haya sobrevivido.

—Joder. —Toda la cara de Tom se replegó sobre sí misma—. Joder, joder, joder —repetía.

—Mira, vete a la cama, intenta dormir un poco. Yo iré a primera hora de la mañana.

Todo el cuerpo de James temblaba, latían en él la adrenalina y el miedo puro y duro. Se abrazaron brevemente, James dio unas palmadas a Tom en la espalda y lo atrajo hacia él.

—Estoy en deuda contigo.

—No, en absoluto. No estábamos allí y no vimos lo que pasó.

—No, no estábamos. No vimos nada —repitió Tom. Si lo decían con convicción, quizá les creyeran.

—Iré a primera hora.

Tom dejó caer la cabeza.

—La *omertà* de los Libertinos —murmuró.

James hizo una mueca. Tendrían que esperar que fuera así.

—Ni una palabra por mi parte.

Estaba a salvo en el Shresbury College, muy apretado entre los brazos de Sophie, cuando la policía fue a verlo a la mañana siguiente. Habían abandonado aquella maldita fiesta cuando la cosa empezó a desmadrarse, dijo a los oficiales. Tenía una novia preciosa, y bueno, prefería estar con ella, no sé si lo captan... En cuanto a las drogas, no había visto ni rastro de ellas, aunque la verdad es que se habían retirado pronto. ¿Heroína? ¡No, por Dios! Alec, aunque era un disoluto, no era ningún yonqui. Totalmente impropio de él. Un fuera de serie. No, por supuesto que no conocía a ningún proveedor. James, tentado de gritar con incredulidad, habló con calma y gravedad, consciente de que estaba usando lo que años más tarde llamaría su rostro del conservadurismo compasivo.

Las autoridades de la facultad respaldaron sus coartadas, y ofrecieron buenas referencias personales. James era remero, lo más cuidado que se pudiera desear. Miembro del club gastronómico, sí, pero realmente no se podía beber demasiado y ser del equipo azul de remo. Tenía una autodisciplina enorme. Además, había hablado de meterse en política, y siendo así no se iba a ver envuelto en asuntos de drogas, como era el caso. ¿Y Tom? Académicamente brillante, sus resultados confirmaban que acabaría sacando todo excelentes. Dos jóvenes con el futuro más radiante ante ellos, un honor para su escuela y se creía que también para su universidad.

Así que se libraron. Esperaban que alguien mencionara que Tom había llevado la heroína, pero o bien funcionaron la *omertà* y el silencio de los Libs, o bien los demás estaban demasiado colocados para darse cuenta. Todo había sido muy breve, pasó fuera, en el balcón, y James rápidamente se llevó la droga.

Los oficiales, que más tarde acusarían a George Fortescue de posesión de cocaína, no ganaban nada implicándolos, y la verdad es que se dejaron convencer por esos estudiantes con tanta labia, ambos educados, pero claramente traumatizados por la tragedia, uno señalado como futuro político, ya se notaba que tenía carisma de líder.

Les dieron las gracias por su colaboración y se centraron en los que estaban presentes cuando el honorable Alec Fisher, querido estudiante de geografía en proceso de convertirse en caballero licenciado, jugador de críquet, violinista, amado hijo y hermano, perdió la vida trágicamente.

SOPHIE

3 de octubre de 2017

*L*as olas color carbón absorben los guijarros y los escupen de nuevo al romper incansablemente en la costa de Sussex.

Sophie las observa, absorta, atraída por el movimiento rítmico y regular, imaginando que la lavan por entero, bombardeada por pensamientos que hacen que le duela el corazón y su mente se agite.

Como están en Brighton, ha tenido que esforzarse para estar a solas. El paseo marítimo está repleto de delegados y amantes, y tiene que caminar hasta Hove para encontrar un banco donde sentarse a solas y pensar. Mantiene a raya las lágrimas, alerta a los viandantes que le dedican solo miradas someras, con la atención captada por una mujer triste y apagada que mira al mar, o, evitando el contacto ocular, se mira los pies.

Allí sentada, piensa en Alec. No en un rico cocainómano, sino en el hijo de alguien, el hermano de alguien y, por muchas cosas que dijeran después los Libs, un amigo de ellos. Recuerda la foto de su funeral, que cubrieron todos los periódicos. Su padre, con la espalda abatida bajo el peso de su dolor; la madre, prematuramente envejecida, con los ojos grises como charcos de dolor brillando en un rostro como una máscara.

Recuerda a James la mañana después de la muerte de Alec, los ojos rojos que tenía, como los de un conejo, la crisis que experimentaba, su vulnerabilidad. Ella no conocía al chico muerto, así que el grueso de su angustia era toda para él. Estaba tan aterrorizada de que lo pudieran arrestar que consiguió convencerse a sí misma de que James se había mostrado amante, leal, casi noble, al haber tirado la droga para evitar que sus amigos siguieran tomándola y llevarse a Tom. No supo que habían visto caer a Alec hasta al cabo de muchos años (todavía dudaba de conocer la historia entera), pero sabía lo suficiente para comprender bien lo que Tom le debía. Ella no pensó que James fuera tan noble después de oír aquel hecho final, helador. Y aunque es cierto que hubo una lealtad intensa, aunque mal enfocada, supo entonces que su fuerte instinto de conservación, su forma despiadada de dar forma a la verdad para su conveniencia, estaban también en juego.

Piensa, sentada allí junto a la costa, piensa de verdad, deja que los pensamientos sigan llegando. Se pregunta por qué ha enviado a Chris en la dirección de ese secreto, un secreto que él guardará, mientras trabaje para Tom al menos, pero que ahora le da un poder excesivo. ¿Ha sido la presencia de ese periodista lo que la ha alterado? ¿O que está completamente harta de que Tom y James crean que son intocables? Decían que Blair era como el teflón, pero estos dos creen que están en una liga distinta, ahora mismo.

Sigue con los ojos secos mientras vuelve al hotel de la conferencia. Son las 20.45. El momento en que estos cócteles se van diluyendo, o pasan a las bebidas en la barra para aquellos que no tienen una cena concertada previamente. Pero la recepción para los LGTB *tories* todavía sigue en plena marcha. El aire apesta con el dulce aroma avinagrado de las patatas fritas y un exceso de alcohol, y su instinto es marcharse y llamar a James desde su habitación. Pero entonces lo ve, y nota ese respingo instintivo que ella imagina que siempre sentirá, aunque la sensación es de agudo reconocimiento, nada más cálido. Él no la ve. Por supuesto que no, está demasiado ocupado trabajándose a toda la sala.

Y lo hace tan bien, la verdad, con la cabeza inclinada al hablar con una mujer joven, como si fuera la única persona que importa en el mundo: los ojos centrados, tocándole ligeramente el brazo con una mano. Y hay algo perturbador en su sonrisa, y en la sonrojada cara del candidato parlamentario para Sutton North, que hace que la prevención profesional de ella se relaje solo un poquito, y que, a pesar de conocer su reputación (incluso ha habido un juicio, por el amor de Dios), consienta en actuar como cualquier joven normal halagada por la atención de un hombre guapo.

Lo mira, paralizada, y su marido sujeta con ambas manos la mano pequeñita de esa mujer y la mira con calidez. Sabe lo que es fundirse con esa sonrisa. Rendirse a esa mirada que dice, con toda franqueza, sin disimulo: «Eh, eres bastante guapa». Un gesto que indica que, en una situación distinta, el sexo sería algo más que una posibilidad, y que sería bastante bueno.

Y sabe entonces, con esa mirada, con esa mínima y diminuta traición, que nunca podrá volver a confiar lo suficiente en él, y que su manantial de buena voluntad y lealtad conyugales, que ha fluido durante tantos años, se ha quedado casi seco. Que nunca volverá a sentir el mismo amor por él. Todo ha concluido. Categóricamente. Ella ha llegado al límite.

Se da cuenta crudamente. No siente ninguna rabia, o al menos no en ese momento, solo una calma que la deja entumecida. Así son las cosas. En lo referente a las mujeres, o a decir la verdad, o a enfrentarse al pasado, en lo referente a mostrar auténtica integridad, James no cambiará nunca.

Sophie siempre ha creído en la redención, y ha intentado con todas sus fuerzas pensar bien de él. Su matrimonio ha continuado porque ella esperaba que él quizá sufriera una especie de conversión milagrosa, que quizá viera que la suya no es la versión auténtica de los hechos. Pero aunque es optimista, no es ninguna tonta. Lo mira de nuevo: ve la calidez que se refleja en su rostro, de tal modo que podría pasar por un hombre de treinta y tantos años. Y entonces lo capta: una rápida mirada a un lado para comprobar que no hay nadie más interesante, y luego se vuelve a concentrar de nuevo en la joven.

Sophie abandona la recepción, lo abandona a él a la multitud y la adulación general, a una velada durante la cual James intentará llamarla, pero no más de una vez, porque confiará en que su cuerpo será aquel contra el que pueda acurrucarse tarde, por la noche, después de un ligero flirteo extramatrimonial. Su puerto seguro ante cualquier tormenta. La ira de ella crece, se aloja en su garganta, como si fuera a estrangularla. Es algo físico, esa rabia. Respira hondo, se dice a sí misma: «Cálmate, piensa bien, con claridad. No hagas nada impetuoso».

Lo va a dejar, eso está claro. En su habitación, en el hotel de la conferencia, saca la gruesa tarjeta que tenía escondida en su monedero, detrás de la tarjeta de John Lewis y la tarjeta negra de Coutts. La tarjeta que le entregó Rob Phillips, tranquilizadora, autoritaria y con aspecto caro, la tarjeta de alguien que puede ayudarla. Pasa el dedo por la cremosa superficie con sus marcas de agua, leyendo la letra en relieve como una frase en braille que le podrá proporcionar todas las respuestas, en su estado de actual ceguera. Aunque tiene clarividencia con respecto a su marido y su incapacidad de cambiar jamás, no sabe cómo enfrentarse al futuro, no ve todas las opciones. Sabe que ahora debe dar pasos pequeños, uno a uno.

Una imagen de Emily abrazando a James con toda la fuerza que puede, como si intentara sujetar a su papá con su pasión, cruza por su imaginación. Luego otra de Finn. Un mini James, físicamente, pero muy distinto de él en carácter, más hijo «de ella», incuestionablemente. Se imagina abrazarlo ahora, la curva de su mejilla contra la de ella, el recuerdo de la primera infancia como un susurro fantasma, todavía, y nota un agudo pinchazo de culpabilidad ante el dolor que sabe que les infligirá, cuando marque ese número. En cuanto ponga en marcha el proceso de separarse de su padre. Y luego piensa en su media vida actual, su continuo dolor emocional.

Se echa en la cama con la pesada cubierta que se desliza y se cae y le da una ilusión provisional de opulencia, nota el tranquilizador contacto de la almohada de algodón egipcio bajo la cabeza. Desde este ángulo, las cosas parecen un poco más claras. Su matrimonio ha terminado y, aunque duda de que sea un proceso tranquilo de desenganche deliberado, sabe que James hará lo correcto con respecto a los niños. No es un hombre mezquino.

Ah, pero sí que tiene fallos. Piensa en su despreocupado reconocimiento de su perjurio, y la suposición de que ella le guardará el secreto. Piensa en su arrogancia, esas palabras son las que giran en su mente, en medio de la noche.

«Yo dije la verdad, más o menos. O la verdad tal y como yo la veía», le había dicho.

«Cometiste perjurio.» Nota el horror que ella sentía.

Recuerda que él se encogió de hombros, y su pulla: «¿Y qué vas a hacer?».

Sí, ¿qué va a hacer? Recuerda a la detective de la policía que vio a la salida del tribunal, con aire serio, treinta y tantos años. La detective Agente Rydon, el nombre que mencionó James. La sangre corre por su cuerpo. ¿Cómo reaccionaría si Sophie le hiciera una llamada?

Pero sabe que no puede enfrentarse a otro juicio. ¿No se cuestionarían sus motivos? La típica mujer burlada... Además, no podría hacerles eso a sus hijos, por muy correcto que fuese moralmente, por mucho que se lo merezca Olivia, la pobre Olivia, a la que nadie creyó.

Y entonces piensa en Chris Clarke. Lo llamará y le dará más detalles que asegurarán que las esperanzas políticas de James no solo queden hundidas, sino enterradas tan hondo que nunca jamás puedan volver a la superficie; que languidecerá toda la vida como diputado sin cargos, quizá sobreponiéndose lo suficiente para ser presidente de un comité, pero ninguno que tenga poder real. Y no solo es que ella sea vengativa, es que la idea de que Tom y él no tengan ninguna consideración por la verdad, de esta manera, la perturba muchísimo. Una juventud dorada cuyo oro se ha resquebrajado, que está realmente empañado, ahora mismo.

Su aliento se acelera ante los riesgos que supone todo esto. Podría llamar a Jim Stephens, o quizá a no sé quién que fue con James a la universidad, ahora en *The Times*. ¿Mark Fitzwilliam? Y aunque sabe que no hará ninguna de esas cosas inmediatamente, quizá hasta al cabo de unos años, la posibilidad la fortalece, la hace sentir menos impotente, menos sola.

«El problema de las mujeres es que carecen del valor de sus convicciones», dijo James de sus colegas femeninas, o de ella, cuando se veía desgarrada por la indecisión. Y sabía que estaba bromeando, pero solo a medias. Su certeza siempre había sido mucho más fuerte que la de ella.

Pero entonces piensa en las mujeres que han demostrado valor y fortaleza: Olivia, en pie ante el tribunal, con la experiencia más traumática que había vivido escrutada y cuestionada, que se arriesgó a que las mentiras de James resultaran más persuasivas que su verdad. Kitty, firme, ofreciendo todo su apoyo, haciendo lo correcto, aunque debió de ser difícil para ella. Incluso Ali Jessop, mostrando una lealtad tan fiera a Holly, una protección de tigresa, hasta en el momento de revelar el secreto de su mejor amiga. Quizá de alguna forma, aunque torpe y ebria, también quería ayudar a Sophie.

Se acurruca observando las motas de polvo que bailan en el rayo de luz de la mesilla, y se esfuerza por pensar en Holly, estudiosa, poco práctica, demasiado blanda, y justo antes de desaparecer, tan cerrada en sí misma que era casi una reclusa. Ahora es abogada, dijo Ali. La mismísima definición de una mujer enérgica. Su mente vuelve a Kate Woodcroft, que fue machacando a James hasta provocar un revelador ramalazo de ira. No había falta de convicción en ella.

Juega con una cadena que lleva en torno al cuello, tocando los huesos de su clavícula, al final de sus costillas, notando su fragilidad y luego imaginando las capas de músculos que podrían crecer más firmes, más fuertes, envolviendo su cuerpo en un tenso abrazo. Está remando en el Támesis, la fuerza brota a través de sus pies, piernas, glúteos, espalda y brazos, su cuerpo preparado, conectado, invencible. La felicidad brota mientras va cortando el agua y la ve chorrear de los remos.

«El problema de las mujeres es que no saben lo que quieren», le oyó decir a James una vez, completando la frase de Tom, y los dos se rieron, como colegiales. Pero ella está avanzando, poco a poco, y llegando a comprender mucho mejor lo que quiere, al menos.

Saca las piernas por un lado de la cama y se sienta bien recta, con las rodillas bien juntas, el teléfono en el regazo, una postura que sugiere que se está concentrando, que se ha puesto a trabajar. Y con un esbelto dedo, toca la pantalla.

KATE

7 de diciembre de 2018

$\mathcal{M}$i peluca está derrumbada en el escritorio donde la he arrojado. Mis tacones se cruzan allí donde los he lanzado de una patada. Principios de diciembre, final de una semana realmente larga.

Fuera de mi oficina el cielo explota, lleno de color: azul empolvado, naranja quemado, un rosa casi fluorescente. El aire está frío y despejado y con la promesa del hielo: esta noche hará frío para cualquiera que tenga que dormir en una cama de cartón. Pienso en la chica que desapareció el invierno pasado, y espero, contra toda expectativa, que esté en algún sitio llevando una vida mejor.

Un rumor de pasos en las escaleras, precipitación para ir a tomar algo, antes de la primera de las fiestas navideñas. Quizá tendría que unirme a mis colegas más jóvenes, porque ha sido una buena semana. Las cosas van bien en mi caso de tráfico de personas. Estoy en la acusación, claro. Seis inmigrantes afganas, de edades entre dos y sesenta y ocho años, metidas en un contenedor de transporte y pasadas de contrabando en los muelles de Tilbury. Cada una de las cinco acusadas tiene su propio abogado defensor, y hay varias acusaciones y contraacusaciones que han hecho el proceso prolijo y a veces tedioso. Pero resulta refrescante trabajar en un caso sobre poder y explotación que no incluye sexo.

Los discursos finales son la semana que viene. Examino mi discurso final, escrito cuando recibí los documentos del juicio, reescrito esta semana para incluir los puntos críticos que he conseguido sonsacar en las repreguntas. Lo he pulido hasta que ninguna palabra resulta superflua, lo he ensayado hasta que su tono es perfecto. No necesito practicar más.

Además, es viernes por la noche. Puedo hacer otras cosas. Tengo una «cita» mañana. La idea me da escalofríos. Me la ha organizado Ali: Rob Phillips, un abogado de la facultad que conoció en aquella reunión de exalumnos del año pasado. Divorciado. Dos hijos. Mi instinto fue rechazarlo con firmeza, porque no quiero recuerdo alguno de aquel lugar, y además lleva demasiado equipaje. Desde el juicio, he buscado ayuda y las cosas han mejorado, se han reducido los *flashbacks*, he conseguido dominar el odio a mí misma. Todavía no lo encuentro fácil, eso de ninguna manera.

Pero muchas cosas han cambiado desde la absolución. He dejado de dedicarme a la acusación en temas de delitos sexuales, y me he vuelto hacia delitos más generales, aunque siempre cosas graves y con un perfil elevado. Está este caso de tráfico, y después vendrá el juicio de una banda que robaba arte por encargo, jades y porcelanas chinos por un valor de cuarenta millones de libras, birlados de museos provinciales. Las demandas por delitos sexuales todavía siguen llegando, y el flujo de abusos sexuales históricos es aún mayor y más rápido, salpicando desde el espectáculo al fútbol ahora, y sin duda también otros deportes. Ocasionalmente me siento tentada de volver... sobre todo cuando pienso en víctimas adultas a las que no se ha creído por segunda vez. Pero mi instinto de conservación es muy fuerte. Estoy segura de que volveré, pero no puedo soportar esta dieta diaria mucho tiempo más. Ahora mismo, no. Al menos durante un tiempo.

Me echo atrás en mi silla, concentrándome en estirarme toda, en disfrutar de la sensación de mis nervios enardecidos desde los pies hasta la punta de los dedos. Han pasado dos años desde que Brian me pasó aquel *billet doux* de documentos y reabrió las heridas que me había dicho a mí misma que ya estaban curadas desde hacía tiempo. Más de diecinueve meses desde que James Whitehouse se puso de pie en el banquillo del Old Bailey y lo declararon inocente.

Es hora de seguir adelante, porque otros lo han hecho, sobre todo Sophie, que consiguió un divorcio «exprés» en marzo sobre la base de la «conducta irracional» de él. La noticia permitió a los periódicos hacer un refrito del caso e insinuar algo sobre las travesuras de los Libertinos... y sin embargo, a él no parece que le haya hecho el menor daño. Ha vuelto al gobierno: subsecretario en el Departamento de Transportes, con responsabilidad sobre la seguridad ferroviaria y fomento de la construcción. Un puesto terriblemente aburrido, aunque valioso, que no parece ser una recompensa, pero que le ha permitido ir haciendo méritos y volver a sus chanchullos de siempre: apuesto cien libras a que lo promocionan en la próxima reestructuración ministerial. La idea me deja un regusto amargo, igual que una reciente fotografía suya con el primer ministro, al parecer compartiendo una broma privada, porque está claro que ha quedado rehabilitado, su carrera ha resucitado y la amistad se ha reavivado de nuevo, si es que alguna vez estuvo en peligro de morir.

Ahora tiene una novia nueva, también, mucho más joven que su exmujer, abogada de la City de veintimuchos. Una foto suya en el momento del divorcio la mostraba andando deprisa por Threadneedle Street, con la cabeza baja, la cara oculta bajo una lámina de pelo oscuro bien planchado. Yo habría esperado a alguien menos inteligente y me pregunté entonces por qué una mujer tan lista podría relacionarse con alguien a quien acusaron de violación una vez. Pero claro, el encanto de James es innegable, y además lo absolvieron. ¿Que donde hay humo, hay fuego? Parece que no, por lo que respecta a James Whitehouse.

El estómago me gruñe y doy un sorbo a una Coca-Cola Diet. Es otro cambio, he dejado de beber licores, y ahora mismo mi nevera está repleta de comida. El vino blanco también desempeña su papel, pero ahora como, y ya no estoy tan flaca… solo esbelta.

Mi vida es un poco más equilibrada también, y si parece que sigo obsesionada por James Whitehouse, creedme, no es así. Pueden pasar días, incluso semanas, sin pensar en él, aunque el hecho de que fuera absuelto todavía me molesta; una irritación que parece burlarse de mí. Y a pesar de que su trabajo aparentemente es de poco relieve, todavía lo veo de vez en cuando en los periódicos, y constantemente me recuerdan a él y mi fracaso profesional dondequiera que aparezco en el Bailey. Es una nota al pie a mi obsesión adolescente, o quizá un contrapunto menor, tan silencioso como un silbato para perros, pero igualmente, al alcance del oído. Si se menciona su nombre, si hay el menor atisbo de conexión, es algo que no puedo evitar oír.

Pienso en todo esto cuando Brian llama a la puerta. Un rápido toc-toc-toc típico de él, que significa algo de trabajo.

—Adelante —sonrío cuando entra, aliviada de que alguien me distraiga—. ¿Me traes algo jugoso?

Tiene la parte superior de las orejas teñida de rosa, y sonríe como si intentara guardar un secreto. No lleva fajo alguno de documentos, no hay *billet doux* en sus manos, sin embargo, solo el *Chronicle*, un periódico de Londres.

—¿Qué ocurre? —Hay un brillo raro en sus ojos, y me impacienta conocer el motivo. Baja la mirada, disfrutando de su poder momentáneo.

—El viejo Jim Stephens ha estado muy ocupado —silba entre sus delgados labios.

Había olvidado que conoce al periodista, es un contacto suyo de años atrás, cuando Fleet Street todavía significaba Fleet Street, oficinas de periódicos apiñadas en ese trecho de Londres que va hasta los Reales Tribunales de Justicia; periodistas de noticias trabajando a un tiro de piedra de donde estamos ahora y de los otros Inns of Court.

—Viene a toda plana...

—Venga, dámelo.

Lo cojo, impaciente por sus burlas. Él retrocede dos pasos, un bailecito, luego me lo entrega con una sonrisa que solo puede escapársele porque llevamos más de veinte años trabajando juntos.

—Interesante, ¿eh?

Soy consciente levemente de que me está mirando, esperando una reacción, pero no puedo mirarle, estoy demasiado preocupada por las palabras que leo en aquella página. El aire parece quedarse inmóvil, uno de esos momentos nítidos, como el momento en que recibí la carta de Oxford, como aquel momento en el claustro, el roce de la piedra en mi espalda, su voz en mi oído.

«Primer ministro interrogado por muerte en Oxford», dice el titular en letras mayúsculas, ocupando toda la extensión del periódico, por encima de una foto del primer ministro, con la cara simultáneamente adusta y furtiva. «La policía de Thames Valley ha reabierto una investigación sobre la muerte por drogas de un compañero en 1993», añade la primera de las dos entradillas. Leo la siguiente entradilla... y el corazón me late muy deprisa.

«El subsecretario James Whitehouse también será interrogado sobre la muerte de un joven de clase alta.» Y la sangre galopa por mi cabeza ya, una gran oleada, mientras bebo los detalles, las palabras clave saltando desde el texto:

muerte... drogas... exclusivo club gastronómico... orgías... los Libertinos... y una muerte a principios de junio de 1993.

Y es la misma fecha en la que me violó, el 5 de junio. Esa muerte, la del honorable Alec Fisher, ocurrió la misma noche de principios del verano en que él tropezó conmigo en los claustros. Recuerdo el traje de los Libertinos que yo, secretamente, encontraba elegantísimo: camisa de seda crema con corbatín, chaleco ajustado, los pantalones que luego él se abrochó, ocultando las pruebas de lo que acababa de ocurrir. Recuerdo el hecho de que parecía venir de una fiesta, porque tenía el aliento dulce del whisky con un toque de Marlboro Lights. Y por encima de todo recuerdo que estaba muy alterado. Los ojos dilatados no por la coca, sino por la adrenalina que le había hecho correr por el patio, y una energía, una temeridad, una compulsión de liberación física que quizá no tenía nada que ver con el sexo, y que le importaba un pimiento cómo conseguir, o a quién tuviera que dominar para conseguirla, pero era una reacción a una sensación igual de potente. Era una respuesta a su intenso miedo.

Muerte. Sexo. Poder. Aquella noche, todo estaba en juego. Emito un curioso sonido, a mitad de camino entre tragar saliva y un nudo que se deshace en el fondo de la garganta, y finjo que se convierte en una tos, esperando que escape a la atención de Brian. Doy un sorbo a la Coca-Cola Diet, pensando furiosamente mientras inclino la cabeza hacia atrás, para ocultar el picor de mis ojos.

Pero oigo:

—¿Está bien, señorita?

Mi procurador se agacha hacia mí, preocupado, paternal, mirando mi cara, observando, lo sé, las lágrimas que me ponen los ojos brillantes. Me conoce muy bien. ¿Cuántas cosas habrá adivinado? Me ha visto progresar desde alumna a QC junior, me ha visto madurar, como abogada y como mujer, y me ha cogido llorando... muy recientemente, no hace poco, una noche en que pensaba que todo el mundo se había ido de la oficina, justo después de que absolvieran a James Whitehouse.

—Estoy bien —digo bruscamente, en un tono que no engaña a nadie—. Qué noticia más increíble, como bien dices. —Me aclaro la garganta—. Debe de estar muy seguro de sus fuentes.

—No saca uno a la luz una cosa como esta sin saber que es cierto.

—¿Y qué dice la BBC?

Busco mi portátil, ansiosa de desviar su atención, en busca de las últimas noticias, y preguntándome todo el rato si será este el momento en que la inacabable e inconmensurable suerte de James Whitehouse se acabe.

—Ah, están dando la noticia —dice Brian, y no estoy segura de poder soportar esto, estos recordatorios terribles y diarios de lo que hacían James y sus colegas de Oxford y, sin embargo, una burbuja de esperanza flota en mi interior, un sentimiento delicado que va aumentando porque sé, simultáneamente y con una certeza pétrea, que claro que podré soportarlo, puedo soportar cualquier detalle sórdido que salga a la luz. Porque Jim Stephens y sus colegas buscarán incansablemente la verdad, y yo estoy del lado de la verdad, más que simplemente del lado de los ganadores, y si sale a la luz alguna verdad oscura, y si James Whitehouse cae en desgracia, al final, entonces, de alguna manera, me sentiré exonerada, y por irracional que pueda parecer lo que pienso, no me echaré nunca más la culpa de lo que ocurrió, de ningún modo en absoluto.

Brian está hablando mientras esa convicción crece en mi interior, y el tono de su voz, suave pero grave, con su pequeño toque *cockney*, ha cambiado, me doy cuenta, ya no es coloquial ni chismosa, sino tan inesperadamente tierna que dejo de consultar la página de noticias de la BBC y escucho lo que me está diciendo.

Me mira de cerca, como si supiera exactamente lo que necesito oír. Y aunque sé que la ley no siempre castiga al culpable, que un abogado hábil puede ganar aunque se acumulen las pruebas contra su cliente, que la abogacía consiste en ser más persuasivo que tu oponente, también sé que, en el tribunal de la opinión pública, las cosas son muy distintas, y si hay más de un acto moralmente cuestionable, deja de parecer una casualidad y puede, si se dice lo bastante a menudo y en voz lo bastante alta, arruinar por completo a un hombre.

Pienso todo esto mientras habla Brian, y sus palabras compendian esa convicción suya, de modo que todo queda bien envuelto y presentado ante mí como un paquete terminado, un hecho mucho más dulce que cualquier *billet doux*.

—No se preocupe —dice, y su sonrisa se refleja en la mía, un simple asomo de sonrisa, indecisa, pero sonrisa al fin y al cabo—. Esta vez no se va a salir con la suya.

Nota de la autora

Anatomía de un escándalo debe mucho a mi experiencia como periodista, corresponsal política y alumna de literatura en Oxford en los noventa. Pero desde luego se trata de una obra de ficción, ambientada en un mundo sin referencia alguna al Brexit o las elecciones de Estados Unidos, y que ofrece un primer ministro y unos políticos distintos.

El Oxford que describo aquí también es de ficción. No existen las facultades de Shrewsbury ni de Walsingham, aunque la primera puede que tenga un cierto parecido geográfico con mi antigua facultad. Si Holly se parece a la alumna de provincias poco sofisticada que fui en tiempos, su historia, afortunadamente, no es la mía.

Agradecimientos

$\mathcal{A}$ veces, cuando investigas para una novela, tienes un golpe de suerte increíble. El mío fue ver a Eloise Marshall ejerciendo la acusación en el Old Bailey, y posteriormente irla siguiendo en un juicio por violación ante otro tribunal. Luego leyó algunos fragmentos de mi original, y me contestó numerosas preguntas. No podría estarle más agradecida.

El segundo golpe de suerte fue leer *The Devil's Advocate: A Spry Polemic on How to be Seriously Good in Court* de Iain Morley, QC, del antiguo bufete de Eloise, en el 23 de Essex Street. Una frase: «La verdad es un asunto delicado. Con razón o sin ella, la práctica de la ley mediante el sistema contradictorio no es realmente una indagación de la verdad», me preocupaba tanto que la cogí prestada. Estoy en deuda con él por ese motivo, y con Hannahy Evans, de 23 Essex Street, por recomendármelo, a la oficina de prensa del Colegio de Abogados y a Simon Christie, en la primera etapa de investigación.

Muchísimas gracias a mi incomparable agente, Lizzy Kremer, que fue la defensora más apasionada de esta novela desde el principio, y al equipo de derechos de David Higham Associates, Alice Howe, Emma Jamison, Emily Randle, Camilla Dubini y Margaux Vialleron, cuyo entusiasmo y energía han significado que *Anatomía de un escándalo* se vaya a traducir a catorce idiomas.

Mis editoras, Jo Dickinson en Simon & Schuster UK y Emily Bestgler en Emily Bestler Books, con las que es una delicia trabajar. Estoy muy agradecida por su enfoque lúcido y colaborativo, y sus reflexivas ideas y su amable toque. Ian Allen fue un corrector agudo y sensible, y Martin Soames, de Simons, Muirhead & Burton LLP, alivió gran parte de mi ansiedad. No podría haber tenido una mejor experiencia editorial.

Tengo la suerte de formar parte de Prime Writers, un grupo de escritores que hemos sido publicados por primera vez con más de cuarenta años (yo tenía 41). Ya fuera a través de juegos de «carrera de palabras» o reminiscencias de experiencias de estudiante, me han ayudado mucho más de lo que creen. Gracias especialmente a Terry Stiastny, que no solo discutió conmigo aspectos de la trama, sino que, al resumir la novela para un contacto, me dio el título. Karin Salvaggio, Sarah Louise Jasmon, Claire Fuller y Peggy Riley me metió prisa en las carreras de palabras, y Dominic Utton, Rachel Lucas, James Hannah y Jon Teckman comprobaron la terminología o me proporcionaron detalles de la investigación.

Antes de escribir novelas era corresponsal política del *Guardian*. Una conversación con mi antiguo jefe y editor político, Mike White, resultó valiosísima a la hora de encender la chispa de las ideas iniciales. Mi antiguo colega Andy Sparrow también fue asiduo y generoso en la comprobación de datos, igual que Ben Wright, de la BBC.

Debo dar las gracias también a Shelley Spratt, de la oficina de prensa de la policía de Cambridgeshire, y a la oficina de prensa en Addaction. Como en el caso de todos los expertos que me han ayudado, si se ha colado algún error, indudablemente es mío. En dos ocasiones he usado licencias artísticas para mantener el ritmo.

Finalmente, estoy muy agradecida a mi familia. Como graduada en literatura, coqueteé durante breve tiempo con la idea de seguir los pasos de mi padre y dedicarme al derecho. Habría sido un desastre, pero el entusiasmo de Chris Hall por este tema provocó mi interés y estimuló mi apetito por los dramas de los tribunales.

Mi madre, Bobby Hall, y mi hermana, Laura Tennant, continúan ofreciéndome un apoyo sin límites. Pero a los que más agradecida estoy es al trío que forman mi marido, Phil, y mis hijos, Ella y Jack. *Anatomía de un escándalo* suponía aventurarme en terrenos muy oscuros, en los que la mayoría de nosotros preferiríamos no pensar. La vida familiar, con todo su amor, ruido y energía, fue un antídoto excelente.